破异

探秘《聊斋志异》中的方术世界

李学良 / 著

方术之秘
文化之秘
人类社会之秘
宇宙万物之秘

当代世界出版社
THE CONTEMPORARY WORLD PRESS

追根溯源别开生面
（代序）

赵德发

　　我读《聊斋》，最早是在十岁那年。一部文言带注释的《聊斋志异选》，把我迷得魔魔怔怔，一到晚上，总觉得四处皆是狐踪鬼影。成年后买了《聊斋志异》全本，经常翻阅，还时常关注学术界的聊斋研究成果。山东大学的马瑞芳教授是我老师，她在央视《百家讲坛》讲聊斋，并出版有多部聊斋研究专著，让我加深了对这部千古奇书的理解。2017年初，我读到李学良先生的书稿《破异：探秘〈聊斋志异〉中的方术世界》，又增长了不少见识。

　　李君这部书，切入点选得好，可谓别开生面。解读《聊斋》的著作汗牛充栋，但此书独辟蹊径，选择从方术下手。我们知道，蒲松龄先生是淄川人，淄川古时属齐，而齐地一直是方士重点产区。当年秦始皇想长生不老，方士徐福取得了他的信任，奉命带童男童女去海外仙山寻药；汉武帝向往成仙登天，齐地方士就纷纷上疏，敬献神怪奇方，先后有万余人。到了蒲松龄生活的年代，方术在齐地一带依然盛行，制造着种种奇迹，影响着百姓生活，甚至改变了许多人的命运。蒲松龄耳濡目染，加之道听途说，手中的笔便摇曳多姿，在"写人写鬼""刺贪刺虐"的过程中，对方术也

做了许多纪录和描述。李君着眼于这些内容，体现了其独到的学术眼光。

既是"探秘"，必有相应的勇气与能力。《聊斋》里的方术，云遮雾罩，神神道道，让人眼花缭乱，目瞪口呆。普通读者看过也就看过了，揩去额头的冷汗该干啥干啥，或者认为小说家言，不必当真。还有一些人，只管诧异、惊恐，却不明白那些传奇故事为何发生，蹊跷之事从何而来。李君凭借其过人的勇气、丰厚的学养、灵慧的悟性，追根溯源，将那些方术一一解密，令我们茅塞顿开。《聊斋》中的《耳中人》，李君小时候就读过，心中揣着好多谜团。他定居蒲松龄的故乡，在大学里做起学问后，就下决心要解开此谜团。他阅读《丁耀亢全集》，发现了主人公谭晋玄确有其人。随后，他由修行谈到"守庚申"，进入了道教修炼的幽玄领域。他谈得很地道，从"斩三尸"到走火入魔，再到灶王爷的来历，最后谈到庚申崇拜，读者于是恍然大悟，知道耳朵里如何会钻出小人，练功为何会得神经病。我们读《画壁》，会对朱孝廉能进入壁画与仙女成就好事的情节感到特别好奇，而李君从"幻由心生"出发，以《南柯一梦》和《枕中记》为例，讲梦境种种，讲古今催眠术，甚至还讲到藏密梦修术，揭秘老和尚通过壁画让朱孝廉产生幻觉，引其生发向道之心的努力。《种梨》写一个道士埋下的梨核，很快长成树、结出梨。李君讲古籍中的类似戏法，揭秘戏术真相，令人信服。对《尸变》里的"诈尸"一事，他采用古人的魂魄说，对"鬼遁法"、湘西地区赶尸习俗的真相，以及现代神经科学成果，做了详细解释。《长清僧》里有"借尸还魂"的故事，李君便从古代的多个"夺舍"传说讲起，并且讲了季羡林亲历的"撞客"奇遇，讲了藏传佛教的转世灵童，讲了佛道两家"夺舍"的不同目的，最后猜度：像长清老僧那样，凝神有成、定力深厚，方能"夺舍"，实现"另一种长生"。

可贵的是，李君这部书，不只是揭方术之秘，更多的是揭文化之秘。《画皮》是《聊斋志异》中的名篇，是个大大的IP，光是电影就拍过许多版本。在这部书里，李君转述了《画皮》的有关情节之后，谈到佛经中的类似故事，谈到佛教的"不净观"和"白骨观"，谈到《红楼梦》里的"风月宝鉴"这面魔镜，进而做出推论："画皮"是对佛教"不净观"的隐喻。到这里，他并没有止步，又引佛经中记载的"跋求摩河惨案"，讲"不净观"的副作用，这个副作用体现在《画皮》中，就是"王生之死"。讲到这里，他又揭秘一个匪夷所思的情节：乞丐吐出的一口浓痰，为何变成一颗搏动不止的心脏，跳入王生胸腔令其复活。他说，这是隐喻了佛教的另一种修行方术——秽迹（金刚）法。介绍过秽迹法门，说出了螺髻梵王的秘密和法力来源，再回头捋一捋《画皮》故事，让自己的论点牢固确立。整个揭秘过程，让人脑洞大开。在此书下半部"演绎篇"里，李君走得更远，借聊斋故事做由头，从一个情节或一个细节出发，讲述与其相关的文化。譬如，《喷水》这一篇讲凶宅，他就介绍了风水学，讲凶宅怎样形成、如何确认，以及镇压的方法。他依据多种文献，讲"息壤"一物的来历，还顺便说明，"乡镇"的"镇"源自此物。《聊斋》中有《蛇人》《斫蟒》两篇关于大蛇的故事，李君便讲起了东西方的蛇图腾文化，其中涉及耶、道、释三家。《僧孽》中写张某做的一个奇怪的梦，李君借此讲"巫术思维"，讲《山海经》为何是那种写法，考证"夸父逐日"的事件真相、"夔一足"的正确含义，以及黎民的"黎"是什么意思。《封三娘》中提到了华佗五禽图，李君更是洋洋洒洒，用一万两千字的篇幅讲五禽戏的由来和原理，华佗所传五禽戏和后世所传五禽戏的区别，还用父亲和自己的亲身治病经历，阐解类似五禽戏的运动疗法为何有效。读了这些篇章，你会觉得，蒲松龄著作中的星星点点，到了李学良手中都可以变成火种，在他的学术研究领域引发一片片光明。

这一片片光明，由他的学术能量释放而成。他不只深入透彻地研究《聊斋志异》，还大量阅读与其有关的书籍，博古通今。行文中，他广征博引，单是提到的佛道经书、古人笔记、稗官野史就数不胜数。对于现代人文著作、科技成果、社会新闻、网络信息，他也纳入视野，为我所用。更重要的是，他能将这一切融会贯通，铸成一把把破解《聊斋》的秘钥，为读者消解一个个疑团。除了揭秘方术之秘、文化之秘，他还运用这些钥匙，试图破解人类社会之秘、宇宙万物之秘。例如他对"末法时代"人们思维变化的分析，对"螺旋"是宇宙中聚气形式的结论，就给人以耳目一新之感。

学术性与趣味性并重，是李学良给这部书制定的写作目标。现在看来，他实现了。我们读此书，不只读出了学问，也读出了乐趣。用现代语言转述的聊斋故事，与其相关的历史传说、充满神秘气息的传统文化、作者本人的亲身经历，穿插杂糅，妙趣横生，让人如入山阴道中，风景目不暇接。

尤其是语言，生动活泼，时尚诙谐，还纳入了一些网络用语，给人以深刻印象。读到这些地方，我们往往忍俊不禁，开怀一笑。

李学良是1979年出生的青年学者，已经发表多篇学术论文，出版了《当代沂蒙文学的多重文化内涵》这部对我很有启发的专著。因为工作单位在蒲松龄的故乡淄川，李君似乎也沾染了一些仙气，是以又在主业之余投身《聊斋》研究，此书就是一个可喜的成果。但他说，本书只是揭开了《聊斋》方术世界的冰山一角，所以还只是"初探秘"。这让我们有了新的期冀，今后，他还会揭开《聊斋》世界的哪些秘密呢？我们拭目以待。

2017.2.26

（编者注：赵德发，山东省作家协会副主席，当代文坛实力派作家，有"农民三部曲"、"宗教三部曲"、《人类世》等长篇小说的典范之作）

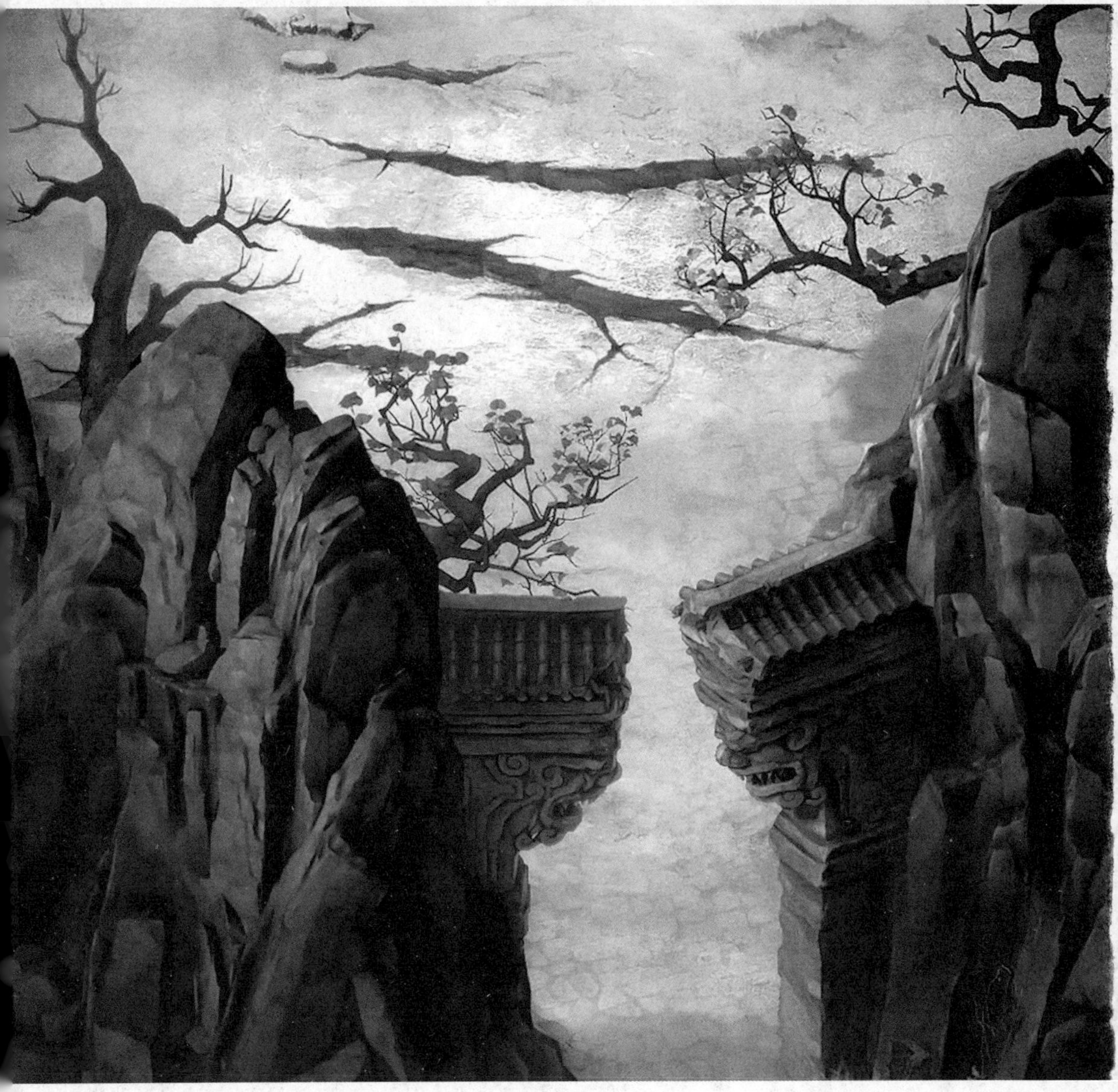

093　第八篇　《种梨》：江湖戏术

104　第九篇　《画皮》上：画皮之不净观

118　第十篇　《画皮》下：画皮之秽迹法

130　第十一篇　《崂石》上：道教服食养生

144　第十二篇　《崂石》下：辟谷与排毒养生

演绎篇

161　第十三篇　《尸变》：永动机巫术

170　第十四篇　《喷水》：凶宅传说

目录

揭秘篇

- 003　第一篇 《耳中人》：奇妙的守庚申
- 016　第二篇 《瞳人语》：存神养生术
- 031　第三篇 《画壁》：大千世界枕中记
- 046　第四篇 《咬鬼》：见鬼的真相
- 060　第五篇 《捉狐》：黄鼠狼的气功
- 067　第六篇 《王六郎》：土地公的心机
- 086　第七篇 《偷桃》：白莲教之通天绳

270	第二十二篇 《贾儿》：神童的奥秘
283	第二十三篇 《封三娘》上：腰腿痛的根治法
302	第二十四篇 《封三娘》下：五禽戏正本清源
315	后记

181	第十五篇 《山魈》《荞中怪》：山魈养成记
196	第十六篇 《宅妖》：伏藏开启
212	第十七篇 《长清僧》：另一种长生
228	第十八篇 《蛇人》《斫蟒》：灵蛇的崇拜
239	第十九篇 《雹神》：超感应能力
248	第二十篇 《僧孽》：揭秘巫术思维
257	第二十一篇 《野狗》：防身术速成

揭
秘
篇

破异：探秘《聊斋志异》中的方术世界

第一篇 《耳中人》：奇妙的守庚申

《耳中人》里的神秘小人

《聊斋志异》第一卷第二篇的《耳中人》里记载：淄川邑的谭晋玄笃信导引练功之术，寒暑不辍，修炼几个月后，似乎颇有进展。这天，谭晋玄正在闭目静坐，突然听到耳朵里有个很小的声音说："可以见面了！"睁开眼，声音就没有了。谭晋玄很奇怪，当是内丹将成，就有点小兴奋。又过了一段时间，谭晋玄静坐时耳朵眼中习习作痒，接着从里面钻出来一个三寸来长的小人，长得狰狞凶恶，在地上绕着圈旋转。谭晋玄偷眼看着，正暗自奇怪呢，忽然听到咚咚的敲门声，原来是邻居过来借东西在敲门呼叫。我们都知道练功的时候最忌有人打扰，不但谭晋玄吓了一跳，耳朵眼里钻出的小人也是惊慌失措，四处寻路而逃，不知躲到哪里去了。从此之后谭晋玄就得了精神病，整天号叫不休。经过半年多的治疗调理，才慢慢痊愈。《耳中人》一篇，说白了就是个练功走火入魔的故事。

很小的时候，我就接触到《耳中人》，并且印象深刻，但看的不是原著。大约是二十世纪八十年代末，父亲在单位里订阅了一份杂志《武术健身》，其中有一篇文章专门提到《耳中人》，并且说这是个练功走火入魔的典型案例。

当时社会上正值气功大潮，年幼的我也不知其真伪，只是觉得它很神奇。《耳中人》里的谭晋玄虽然练功失败，我却从中得到一个推论：气功是真的！为何这么说？假如气功不是真的，怎会从耳朵眼儿里钻出来个小人儿？又怎会练功练到走火入魔？在我看来，只有高妙的东西才可能走火入魔，吃饭、睡觉、打豆豆这些简单的事情是没资格走火入魔的。

时光如白驹过隙，转眼二十多年过去了，屡经辗转后，我定居在蒲松龄的故乡淄川，机缘巧合又重读起《耳中人》，突然间就有了新的感悟。

"谭晋玄"实有其人

即便是练功，要说从耳朵眼里能钻出个小人，任谁都不会相信。何况《聊斋志异》因其多讲鬼神仙狐，一直被认作是当不得真的"齐东野语"。其中的故事，想来都是蒲松龄老先生，或者吃了老先生茶水的路人胡诌的吧！

但事情没那么简单。有天，我出乎意料地发现，历史上还真有"谭晋玄"其人。《耳中人》篇里记载："谭晋玄，邑诸生也。"意思是，谭晋玄是淄川人。无独有偶，略早于蒲松龄时代的著名作家——山东诸城人丁耀亢的《丁耀亢全集》里，收录有《送谭晋玄还淄青谭子以修炼客张太仆家》一诗："谭子风尘里，潜居有化书。鲁门疑祀鸟，濠水乐知鱼。道气洪濛外，玄言汲冢余。幻形何处解，羽蜕近清虚。万物归无始，吾身患有终。神游方以外，天在道之中。客老苏耽鹤，人归列子风。茫茫沧海上，何处觅壶公。"[①]

题目"送谭晋玄还淄青"的意思是：身在外地的谭晋玄，要回老家淄青。"淄青"是说，谭晋玄的住址在淄川与青州之间（淄川与青州接界）。可见，历史上的确有谭晋玄其人，并且正如蒲松龄所说是淄川人。

这个谭晋玄还是个不折不扣的道教修行者。题目的注解"谭子以修炼客张太仆家"是说，谭晋玄因修炼的缘故，客居在张太仆家。丁耀亢自称紫阳道人，张太仆是丁耀亢的朋友张天石，两人都是道教修炼之人。物以类聚，人以群分，修行人之间常有来往，谭晋玄因修炼的缘故客居张太仆

---

① 李增波主编《丁耀亢全集（上）》，郑州：中州古籍出版社，1999年，第110页。

家并不奇怪。况且,《送谭晋玄还淄青》里所列举的都是道家典故,以此映照谭晋玄的形象,可知谭晋玄是道家修炼之人确凿无疑。

既然淄川邑的谭晋玄实有其人,又是道教修行者,道教修行之人当然要练功,所以《耳中人》里记的谭晋玄练功事迹,当有相当的真实性。

"静功"与"动功"

《耳中人》里说,谭晋玄"笃信导引之术"。"导引之术"大致分为两类:第一类是动功,指的是用意识控制呼吸,与此同时引导肢体做一些动作,用这些方法来祛除疾病,强健身体。我们熟知的易筋经、五禽戏、八段锦、第八套广播体操都可归入此类。第二类是静功,主要是运用意念,表面上看并无肢体动作,外示安闲,因此称为静功,例如道教修炼中的静坐、听息、守一等。

根据《耳中人》里所述的细节推测,谭晋玄习练的应是静功。首先,篇中记载谭晋玄在练功过程中出现类似幻象的耳语以及三寸小人现象,而这种幻象在肢体动作较大的导引动功里不太可能出现,倒是最有可能在导引静功里面出现。其次,《耳中人》在描述谭晋玄的修行方法时说"开目不可复闻",闭着眼睛怎么动作啊?所以不大可能是导引动功。再者,谭晋玄的"方跌坐"正是佛道静坐常采用的姿势。另外,文中还提到了"凝神"一词,正是典型的静功练法。

"守庚申"与"斩三尸"

谭晋玄练习"静功"几个月后,出现了很奇怪的现象。起先是听到耳朵里有人语如蝇,过一段时间练功时感觉到有三寸小人从耳朵里钻出,小人貌狞恶,旋转地上。咱先不论这段记录的真假,单从篇中细节来看,这个记录跟道经里经常提到的"守庚申"（又名"斩三尸"）有点类似。

什么是"守庚申"？这就要从"三尸虫"说起。"三尸"是道教术语。道士们认为，每个人的身体之内，都盘踞有三条虫子，也就是三尸虫。三条虫子有不同的喜好，盘踞在人大脑里的叫彭琚，喜欢金银珠宝；盘踞在人五脏之中的叫彭瓒，嗜好各类美食；盘踞在小腹或脚里面的叫彭矫，非常好色。因为它们仨分别盘踞在人体的上、中、下三个部位，所以又分别称为上尸虫、中尸虫、下尸虫。

这三条虫子很可恶，寄生在主人身体里不说，还喜欢跑到天上去，给天帝说主人的坏话，打小报告。而且三尸虫上天说坏话的时间是有规律的。我们知道六十日一个甲子轮回，道教认为，每到了庚申日的时候，趁着主人睡着，三尸虫就会离开主人的身体，跑到天上去，把主人这段时期所做的那些坏事悉数禀报给天帝。天帝据此削减此人的福气、财富或寿命，坏事做得越多，福禄寿削减得就越多，都削减完了，人也就死翘翘了。正因为此，人们对"三尸虫"真是又恨又怕，因为恨，所以骂之为虫；因为怕，所以敬称之为神，是以"三尸虫"又名"三尸神"。

人类是何等的聪明，很快就想出了对付"三尸神"的办法。"三尸虫"打小报告有两个必要条件：一是一定要等到庚申日才能上天，二是一定要等到主人睡觉的时候才能离体。那么，只要我们在庚申日的时候彻夜不睡（守夜），三尸神也就离不得体，上不得天，打不成小报告。这就是道教发明对付"三尸神"的方术，称之为"守庚申"。据说长时间"守庚申"之后，身体里的"三尸虫"会自然灭绝，所以"守庚申"又有一个名字叫"斩三尸"。"守庚申"在古代民间甚至成为一种习俗，曾经流布很广。而除了"守庚申"之外，道士们还用断欲、服食、服气等方法斩除三尸。三尸虫一除，则福禄寿不减，从而得以延年益寿。

这个"守庚申"的方术给我们的启发是：当我们想玩通宵，又觉得这样对身体很不好而不敢玩时，就可以选庚申日玩通宵，既能玩得高兴，又能憋死三尸神，真是一箭双雕啊！这当然是玩笑话，玩通宵要不得，实在不睡的话，个人还是推崇静坐，这才是适宜的养生之道。

《清稗类钞》里的"坐庚申"

清末民初的《清稗类钞》里有《坐庚申》一文,内载:"道家每择庚申日默坐诵经,谓之守庚申。道光时,有某者,非道士也,亦习为之。其初两月一举,越数年,则每夜箕踞静坐,双目时闭,万虑俱寂。功行既深,有二寸人从顶中出……一夕,寿数将尽,先知之,走出一小人,躲入三世佛耳中。见无常鬼来,彼即闭目,静窥鬼去,而目仍开。如是者数次,谓可幸免无常勾摄之祸而成地仙。"[1]

这是道教"守庚申"修行的一个非常典型的案例。《坐庚申》里说,起初修习者每两个月进行一次守庚申,两个月是六十天。按甲子纪日法,庚申日每六十天一次,正与"其初两月一举"吻合,可见此人的确是习练的"守庚申"。《清稗类钞》里把"守庚申"的练习方法、功境以及效果和盘托出了。

清代俞樾的《右台仙馆笔记》中也有一段类似的记录,特摘录在此:"汪子余,杭州人……无事辄入小室趺坐,遇庚申日,则坐终日不出。姚氏常使一佣者伴之。坐至丙夜,佣见窗外一黑影大如席,惧而从后户出,自此不复肯与偕,然子余固无恙也。"

《坐庚申》与《耳中人》的吻合

让人兴奋的是,上面这些关于"守庚申"的记载跟《聊斋志异》里的《耳中人》的记载有颇多吻合之处,那么谭晋玄练的是不是就是"守庚申"呢?

首先,他们的修行方法都是"静坐法"。《清稗类钞》里《坐庚申》说

---

[1] (清)徐珂:《清稗类钞》第34册《迷信类》,北京:商务印书馆,1917年,第23页。

某人"每夜箕踞静坐，双目时闭，万虑俱寂"，《耳中人》里说谭晋玄"方跌坐……合眸定息……凝神"，可见二人同是采用静坐的用功方法，并且最后都不局限于专门选庚申日静坐，而是"每夜箕踞静坐"。

其次，两个人在功境当中都出现了"小人"的形象，一个身长二寸，一个大约三寸，差不了多少。一个从头顶出，一个从耳中出，这可能是因"守庚申"的意念以及个人体质不同所致，不足为怪。

再次，出体的小人都可以自由行动。《坐庚申》里的小人能够钻到佛的耳朵里去，《耳中人》的小人则能"旋转地上"。

最后，两个小人都与耳朵有关。《坐庚申》里的小人钻到佛的耳朵里，《耳中人》则直接从耳朵里钻出，估计这与"三尸神"的言人罪过关系密切，说坏话对着耳朵，听坏话也要用耳朵听。三尸神钻入佛的耳朵，佛家讲究四大皆空，所以听了三尸神的报告等于没听。《耳中人》里的小人能够喃喃自语，很有可能也正是对其能言人罪过功能的一种印证。

根据上述四方面的一致，可以推断《坐庚申》与《耳中人》里的修行方法有不少吻合之处，《耳中人》里的功法很可能正是"守庚申"方术，出来的那个三寸小人，应该就是"三尸神"。

细节之处见真章

读笔记小说，很费脑子，但是也很有意思的一个地方，就是里边的些细节，这些细节里隐藏着事情的真相。下面咱们一起从《耳中人》里的几个细节来发现真相。

第一个细节，长相方面。《耳中人》里说这个三寸小人"貌狞恶，如夜叉状"。有接触过丹道的朋友说这个小人是修炼出的元婴。我对丹道不熟悉，对元婴也知之不多，但有了"貌狞恶"这个细节，一下子就可以把元婴之说否定了。为什么呢？道家学说里，三尸神因其惯于打小报告，说人坏话，促人早亡，当然属于凶神恶煞，那么"三尸神"的形象狞恶也就在情理之中，这与《耳中人》里说的三寸小人"貌狞恶，如夜叉状"刚好相吻合。而"元婴"跟凶神恶煞怎么都扯不上关系，所以元婴之说就可以排除了。

第二个细节，《耳中人》说谭晋玄练功"寒暑不辍，行之数月，若有所得"，并没有提到"守庚申"六十日的练功周期，却已经暗示了这个练功周期。何以见得？我们看《坐庚申》里记载的典型的守庚申案例，刚刚开始是两个月一次坐（守）庚申，后来就发展成每夜箕踞静坐，而不再仅仅局限在庚申日。这方面就与《耳中人》的记录吻合了。《耳中人》说谭晋玄修行"寒暑不辍"，然后才是"行之数月，若有所得"。"寒暑不辍"显然是指多年之事，而不可能在短短数月内完成。后面怎么又很突兀地来了个"行之数月"呢？这不是自相矛盾吗？这个细节实际隐含了这样的信息：谭晋玄此前已经修行六十日一次的守庚申数年（寒暑不辍），然后发展成每日趺坐，这种每日趺坐持续了几个月，出现了三寸小人的奇怪现象。这就与《清稗类钞》中"坐庚申"的"其初两月一举，越数年，则每夜箕踞静坐"完全吻合了。

细节之处见真章，无论是文学作品中的名侦探福尔摩斯、波罗，还是真实人物狄仁杰，他们每次破案，几乎毫无例外都是从细节之处找到的突破口。我上中学时就读过《聊斋志异》，结果基本没读出什么东西来。现在才明白，读古代笔记小说，一个重要方面就是要读细节，不信的话，后面文章里的类似例子多的是。

走火入魔

"守庚申"作为一种延年益寿的养生方术，谭晋玄练得挺不错，怎么就走火入魔了呢？表面看是因为邻居打扰才走火入魔，但这也不过是个诱因，根本上还是谭晋玄自身的问题。

练功时听到了耳语声，又出现了三寸小人，这时的谭晋玄"心窃异之"，从这个细节可知他对修行中所出现的功境是没有预料到的。也就是说，谭晋玄的修行其实并无师承，假如有师承的话，师父对修行里的功境会提前预告或加以指导，而从谭晋玄对功中景象的无所知，可推测他是照书自学，或者是与几位同修共参。所谓"驾校除名，自学成才"，出事也是正常的。

话说自学"守庚申"出事的案例也颇有一些。《清稗类钞》中还记载："闽人多喜守庚申，处女尤信之。咸丰时，福州城南李某有二妹二女……兼修庚申之术，刻意为之。不及一年，寝食锐减，形销骨立……二人皆投缳死。"①可见"坐庚申"在民间是比较流行的修行方法，一般并无师承，修习者往往加入自己的臆解，以至于常出问题。

谭晋玄走火入魔的直接原因是由邻居突然敲门引起，这要怪谭晋玄在静室布置方面做得不够，对练静功很忌讳功中受惊的原则也不甚重视，结果吃了大亏。修行人动不动就要"闭关"修炼，弟子或道友在外面守护着，任何外人不得打扰，可见静室的重要性。不过现在社会，人声鼎沸，不被打扰是不可能的，就算你闭门谢客在家静心练功，楼上锤子叮叮当当，外面娶媳妇、开张，突然一大串鞭炮啪啪啪，还不吓你一大跳？

静室这方面没有彻底解决的办法，只能尽量减少危险而已。例如打坐的时候，戴上墨镜比较容易入静；耳朵里塞上棉花，突如其来的声响也能削弱不少，虽说不能根本解决问题，至少算是上了一道保险吧！突然想到了一个词——闭目塞听。"闭目塞听"的本义，可能并不是我们现在理解的清政府"闭关锁国、闭目塞听"的意思，而是来源于佛道两教的静功修行方术，这恐怕是八九不离十的。

从"三尸神"到"三尸神"

从"三尸神"到"三尸神"，这个标题起得有点问题，这里涉及断句。"无鸡鸭也可，无鱼肉也可，青菜一碟足矣"，又可以断成"无鸡，鸭也可；无鱼，肉也可；青菜一碟足矣"。"三尸神"可以理解成三个尸神，也可以理解成一个叫"三尸"的神。由三个到一个，这其实就是"三尸神"的流变史。这个"三尸"，最早的原型是三条尸虫，后来慢慢演变成三个人的

---

① （清）徐珂：《清稗类钞》第34册《迷信类》，北京：中华书局，2003年，第4676页。

形象，再后来又演变成一个人的形象，想来它们也是与时俱进的。

《云笈七笺》卷十三记载："一者上虫居脑宫……二者中虫住明堂……三者下尸居腹胃"，三尸神本是三条虫子，后来就把这三条虫子拟人化，成为三个人的形象，"上尸彭琚，小名阿呵，在头上……中尸彭瓆，小名作子，好感五味，贪爱五色，在人心腹……下尸彭矫，小名季细，在人胃足，伐人下关，伤泄气海，发作百病"。但是到了《清稗类钞》里的"坐庚申"，"三彭"却又被整合成了一个人，概因三者的作用都是上天进谗言，损人禄命，三人形象演变成一个人的形象也在情理之中。可见，三尸的形象随着人们思想的变化也不断变化，到了明清，三尸神已经演化为一个人的形象。换言之，三尸形象其实并非客观存在，而是由人的理解所赋予，所谓唯心所现。不同时期的人"坐庚申"时，所见到的三尸神形象并不相同，相同时期的人所见则比较类似，这可能类似于荣格所说的"神话原型"吧！说来惭愧，我也不知道什么是神话原型，就是觉得用在这里很对劲，很拉风。

有心的读者已经明白了，三尸神其实暗指人的三类欲望。"三尸神"一居人头中，令人多思欲，好车马，好财宝，这其实是指脑子里的价值欲念，对吧？一居人腹，令人好饮食，这其实是指脾胃所统的食欲，对不？一居人足，令人好色，这其实是指人的色欲，对不？仔细想一下，我们所有的欲念，是不是就可分为价值欲、食欲、色欲三种类型？

上尸耗神，中尸耗气，下尸耗精，在道教看来，"三尸神"能够激发人的欲念而散人"精气神"，促人早死。古人把人的三大类欲望对养生的戕害，形象地引申为"三尸神"能进恶言以夺人禄命。"守庚申"以"斩三尸"的目的，是清净身心，弱化欲念，保人禄命，使人延生。这就是"守庚申"方术的创制原理。

"上天言好事"的灶王爷

民俗传说里，上天给天帝打小报告的可不止"三尸神"一个，除了上天说坏话的"三尸神"，还有上天言好事的"灶王爷"。有人认为两者之间

有密切联系，甚至可能是同一个来源，这倒是很有可能的。

　　胡适说"大胆假设，小心求证"，我们这里大胆假设一下，看能不能说得通。道教认为"三尸神"是恶神，上天打人的小报告，所以要"守庚申"制止它。道教的这种说法广泛流布民间，必然会发生变异。为什么呢？道士们或多或少有点文化，能够理解"三尸神"的说法，但民间乡野大众没啥文化啊，让他们理解三尸神的说法就有难度。何况"守庚申"还要以干支历推算，穷苦人家里哪有干支历啊！再加上"守庚申"还要晚上不睡觉，不睡觉明天怎么干活？这么说来，"三尸虫"文化真是有点曲高和寡了，下层平民难以接受。

　　那道士们就得把它改造得通俗点，就说有个神灵经常上天说咱的坏话，不想让他说？那好办，弄块胶把他的嘴粘住就可以了……但是且慢，群众还有点贪心，光不让他说坏话可不够，如果能给咱说句好话就更好了，怎么办？用糖胶粘他的嘴，这样他上天时自然就甜言蜜语地说好话了。什么？每个人身上都有这个打报告的神，我们一家十二口子，就有十二个神了，哪有那么多胶糖，拜托精简一下嘛，找一个神当代表就行了。找谁呢？对，咱家就一个厨房一口锅一个灶王爷，那就你了。什么？还要六十天一次，一年三百六十五天就是六次，还得选庚申日，天知道什么是庚申日，太麻烦了，改成一年一次，放在寒冬腊月二十三就行了，这时候也没啥活计，闲着也是闲着……没有文化真可怕，"三尸神"就这么被广大没文化的群众改造成"灶王爷"信仰了。

　　上述为假说，并无确切证据，但貌似也说得通。在没有文化的民众当中，一种文化要想立住脚跟，一定要通俗再通俗，还得自我宣扬好处多多，让每个人都能够轻易理解，乐于接受。不信的话，看一下宣称念一句佛号就能修佛，就能往生净土的佛教净土宗在中国的大行其道，就一目了然了。

亦真亦假的"幻视"

虽说"守庚申"确有其事，但要说从耳朵眼里真能钻出个三寸的实体小人来，我也是不信的。个人意见是，这里的三寸小人，其实并非实体，而是来自于"幻视"。

心理学里的"幻视"是指"没有视觉刺激时出现视觉形象的体验，幻视多发生于有意识障碍时……临床常见的有两种，一种是原始的不成形的视幻觉……另一种为成形的人物场景"。[①] 幻视也常伴有幻听与幻触等。也就是说，幻视、幻听等是临床上常见的现象，眼前出现一些神奇的视觉形象毫不奇怪。不信可以去精神病院调查下，看那里的精神病人是不是整日生活在幻视、幻听、幻触当中。《耳中人》里记载的"守庚申"功境中，出现三寸小人以及小人耳语的事迹，从心理学角度看，是并不奇怪的。

谭晋玄练习"守庚申"之前就已经确知三尸神为恶神，潜意识里又把三尸神当成一个人。幻由心生、唯心所现，他所见的三寸狞恶小人正是潜意识中所幻想出来的三尸神。按照催眠理论，练功入静以后，原来活跃的理性思维变得微弱，形象思维受到激发，从而产生幻象，这与梦境的产生很类似，说白了就是一种主动而非被动的自我催眠。进入"功态"以后，谭晋玄的潜意识中一直不断强化暗示"三尸神"的形象，就会催动形象思维根据潜意识里的理解而产生（幻化）出三尸神的形象（三寸小人），并且这个形象代表着谭晋玄潜意识里对三尸神的理解。

虽说是幻视，但个人对道教的"守庚申"丝毫无不恭敬之意。道家的"守庚申"功法是由人主动地去产生幻象，精神病例中的幻象则是被动产生。前者仍然受到理性的统摄，而后者不受理性统摄。前者只要理性仍在统摄，虽然会产生一些幻象，但仍然会产生良性的心理暗示进而能够改善生理状

---

① 李凤鸣主编《中华眼科学》（第二版）下，北京：人民卫生出版社，2005年，第3011页。

况;后者所产生的幻象,因为失去了理性的统摄,对人只能是有害无益。"守庚申"作为传统文化中的一种修身养性的方术,至今仍然有研究与继承的价值。

庚申崇拜

谭晋玄的功法是"守庚申",目的是"斩三尸"。三寸小人就是"三尸神",耳中钻出小人的功景是有其原型的幻视,故《耳中人》所记载的事件,八九不离十是真实的,真相就是如此。

但是真相远未大白,有个问题还未能解释,就是六十甲子日里,为什么单单要选"庚申日"三尸神出来打小报告,而不是其他的日子?要解答这个问题,则非我所能了。首先,你得精通古代干支历法,历法又来自古代天文,还得切实了解天人同构的原理。我敢说,能完满解答这个问题的人,就是得道高人无疑了。

咱不是高人,不过常人有常人的活法,这里就谈一下传统文化里的庚申崇拜吧!道教文化里把庚申日视为一个非常特别的日子,这个特别,是指庚申日跟生死修行有着密切的关系。

庚申日跟修行密切相关,庚申日的修行往往事半功倍。道教文化里有"帝流浆"的说法。清代的袁枚也是个神神道道的文人,他的《续子不语》里说:"凡草木成妖,必须受月华精气,但非庚申夜月华不可。因庚申夜月华,其中有帝流浆,其形如无数橄榄,万道金丝,累累贯串垂下。人间草木受其精气即能成妖,狐狸鬼魅食之能显神通。以草木有性无命,流浆有性,可以补命;狐狸鬼魅本自有命,故食之大有益也。"[①] 庚申夜的月华中有帝流浆,古人讲性命双修,帝流浆偏于含"性",于有性无命的草木、本自有命的鬼狐,都有助益。事实上道教修行往往讲究择时择方,以求事半功倍,取得最佳的修行效果。

---

① (明)袁枚:《续子不语》朱纯校,长沙:岳麓书社,1986年,第58页。

庚申日还是平凡物品成妖的好机会。冯梦龙的《情史》里就记载了庚申日与平凡物品成妖的密切关系。说是有个会道术的老头，逮到一个怪物：

"'供状人牛天锡，字邦本，系多年牛骨，在城隍庙后苑。某年庚申日，某人踢伤脚趾，以血拭邦本身上，因而变幻形成，不合扰害某家小姐云云。妻红砖儿，妹绣鞋儿，见在某处，得相见，死不复恨。'乃停火作法，召将搜捕，得两女子于屋栋上，别以瓮覆之，齐呼牛骨，相与叙泣。翁问二物：'何以作妖？何为与天锡连亲？'答曰：'某等一是赵千户家刺梅花下古砖，以庚申日，其小女采花伤手，滴血吾身，因而得气。一是王郎中妻绣鞋，庚申日沾月水，弃于小院，亦得变化，与牛郎本假合妻妹，实非一体，法师能恕我三人，当远迹市城，永不敢更近人世矣。'翁大笑，竟发火炙杀之。哀声震瓮，良久寂然。启其封，一有牛骨长尺许，女鞋、古砖皆焦灼云。"①话说这老头也太狠了点。

怕读者不明白，作者还在后面解释说："庚申日是水生之日，天一生水，水生万物。生生之数，在于庚申，沾人生气，遂能为怪。"但是我读过解释后，更糊涂了。不过正是因为庚申日的特殊性，道教每每选择庚申日合药或祭炼。但恐怕也多是知其然而不知其所以然。庚申乃至六十甲子的真相，就是皇冠上的那颗明珠，等待后人去摘取。

---

① （明）冯梦龙：《情史》，长沙：岳麓书社，2003年，第509页。

第二篇 《瞳人语》：存神养生术

瞳仁里的小人

长安书生方栋，为人风流好色，不守礼节。在街上碰到个美女，就拔不动腿了，这伙计还常常尾随人家一段行程。临近清明节这一天，方栋在街上看到一辆小车，旁边有个骑马的漂亮丫鬟在服侍，车子里坐着一位妆容艳丽、姿色绝美的二八佳人。为睹美色，方栋尾随着车子走了很长一段路，车里人发现了很不高兴，丫鬟冲着方栋叱责："这是芙蓉城七郎的媳妇回娘家，又不是乡下妹子，你瞅啥？"说完就抓起一把路上的车辙土，朝着方栋扬了过来。

方栋的眼睛被尘土迷住，揉了好一会才睁开眼，刚才跟随的车马早已不见踪影，方栋心里很是惊疑。回家后，就觉得眼睛不太爽利，找人看时，发现眼睛上慢慢生起一层翳膜，有点类似于现在所说的白内障，尤其右边的眼睛上，厚厚的一层翳膜，四处求医也治不好，慢慢地就失明了。

方栋非常懊悔，听人说诵《光明经》能够解除厄运，于是请了一卷经书，让明眼人教自己念诵。刚刚开始念诵的时候还常常烦躁，后来就慢慢变得心静。因为失明了也没事可干，每天早晚只是趺坐诵经不断，一年之后，脑子里曾经的种种乱七八糟的杂念基本都清除了。

这天他正在诵经，突然听到左边眼睛里有人说话："黑漆漆的，闷死个人咧！"右边的眼睛里有人回应说："咱们一块出去逛逛吧，也算出口闷气。"然后方栋就觉得鼻腔里痒得难受，好像有什么东西从里面钻出去一样，过了一阵又回来了，仍然从鼻孔里钻回到眼睛里去，又听到对话说："很长时间不照看花园了，花园里的珍珠兰都枯死了"。闻听此言方栋更加奇怪，赶紧让妻子去看下花园，果然如此。夫妻两个都感到奇怪，妻子就一直守在方栋身边照看，看到有两个小人从方栋的鼻孔眼里钻出来，出门玩去了，过了不久仍然又从鼻孔钻回方栋的眼睛里。就这么着两三天，这两个小人又商量，说是整天从鼻孔眼里往外钻，麻烦得很，不如自己开条路吧，于是两个小人很快把左眼上的翳膜给破开了，重见光明，但是右眼没能破开，左眼就变成了双瞳，也就是说两个瞳人合住在一块了。方栋的右眼虽然一直没能恢复，但是视力比那些双目正常的人，还是要敏锐很多。方栋自己也像变了个人似的，从此之后以德行高洁受乡人赞誉。

这个故事有点类似于前面的《耳中人》，但是显然不是"守庚申"，瞳仁里钻出小人之事也似乎太过荒诞，但是整个故事，里面大有说道。

"辙土"的药性

方栋的一亲芳泽惹恼了美人，被丫鬟用辙土扬了一脸，回家以后睛上生翳，很快就失明了。我们多有被沙土迷过眼的经历，虽说感觉不爽，不过要说会导致失明也太玄乎了点，以致不少人读到这里，就确定这个故事是编造的了。但是且慢，按照中医的理论，"辙土"还真具有致人失明的效力。

"辙土"，顾名思义，就是以前的土路上，马车压过的车辙痕迹里面的土，非常坚实。按照《本草纲目》记载，"辙土"也算是一味中药，辙土又名为"车辇土"，主治恶疮出汁等病症。除了被当作中药使用，"辙土"还曾用在"咒禁"方面，在《太平广记》中曾有记载：唐宝历年间，长乐里门口有个人想要引人注意，就当众以刀刺自己的胳臂，对自己下手当然不会很重，只是破了点皮。不幸的是，被一个碰巧路过的白衣人不知做了什么手脚，这人胳臂上的伤口一下子血流如注，止都止不住。没法子，这人找到这个白衣人哀求，白衣人指点他说，你手搓车辙沟里的土，做一个祷告，敷在伤口上就好了，试之果然良验。①

为什么"车辙土"在中医和咒禁里能有如此的神奇功效？我们先看中医典籍里记载的辙土的功用，主要是针对恶疮出汗，还有出血不止之类的病症。由此可以推导出，使用者取的是辙土对溢出物的"阻塞"作用。土主壅塞，能够起到阻止的作用，所以说"水来土掩"，而车辙土的阻止作用更大。何以见得？被车碾压过的土变得更加坚实，推理起来，壅塞阻止作用更强，中医和咒禁就是取辙土这种强烈的"阻塞"性质。

这么一来，丫鬟扬"辙土"使方栋失明的方术原理也就水落石出。俗话说，眼睛是心灵的窗户，是神机之所在，也就是所谓的"眼神"。丫鬟不用普通的土，而偏偏选择了"辙土"这种阻塞性很强的药物，撒到方栋眼睛里，就容易形成睛中之翳，蒙蔽其人的眼神，这正是象形取意，也是被很多现代医学专家所痛斥的"医者意也"。当然，咒禁远没有这么简单，还需要配合步罡、掐诀、画符、药物等多种手段，以便提升咒禁的效果。

现代城市里多是柏油路或水泥路，很难再找到车辙土了，所以此法在施用上就不太方便，倘没练过大力金刚指，公路上是抠不下来土的。按理说，压路机压过的土尚可一试，打夯机下的土也还算凑合，不过这些速成品的效果要大打折扣了。

正是因为有了"辙土"这个细节，我对这个故事的作者产生了一些想法，假如这个故事是胡编的，那么编故事的人不太可能会精细到"辙土"这样的专业层面。既然的确深入到了"辙土"的专业层面，则本故事虽属虚构，但是作者无疑是方术方面的行家，其基于隐秘流传的咒禁方术，而构思了这一情节。

芙蓉城七郎子的新媳妇估计来头不小，随身丫鬟的本领都那么了得，随手一把辙土就能让方栋失明，算方栋倒霉，着了小丫鬟的辙土咒诅之道了。

---

① （宋）李昉等编《太平广记》6，北京：中华书局，1986年，第2282页。

容嬷嬷的诅咒

那就顺便谈下诅咒术。说到诅咒术,大家最容易想到的就是《还珠格格》里的容嬷嬷了。作为一个老嬷嬷,眼神花来手哆嗦,兴趣爱好并不多,拿起钢针使劲地戳。容嬷嬷和皇后在布娃娃上刻上当事人的生辰八字,并扎满了针,来陷害紫薇。这个扎针法就是民间巫术里常用的"扎草人"。

扎草人曾经在民间很盛行,后来科技昌明,慢慢就不大为人所知了。扎草人的操作很简单,先做一个小的草人,上面写上仇人的名字,拿针扎就可以了,同时还可以配上一些诅咒的话。据说有的人为了加强效果,还要在草人身上写上仇人的生辰八字,把搜集来的仇人的指甲、头发等信息物也塞进草人里去。至于效果嘛,估计往往让人失望。

民间的扎草人上不得台面,但是道教里也有类似的法术。《封神演义》里有姚天君行此类法术对付姜子牙的情节,具体操作过程如下:"姚天君让过众人,随入落魂阵内,筑一土台;设一香案,台上扎一草人,草人身上写姜尚的名字;草人头上点叁盏灯,足下点七盏灯,上叁盏名为催魂灯,下点七盏名为促魄灯,姚天君披发仗剑,步罡念咒,于台前发符用印,于空中一日拜叁次;连拜了叁四日,就把子牙拜得颠叁倒四,坐卧不安。"①这个法子着实厉害,幸得神仙搭救,姜子牙才躲过一劫。除了姚天君,陆压也擅长这一手,用"钉头七箭术"夺了赵公明的性命。同一种扎草人的巫术,普通人容嬷嬷用得,修道士姚天君、陆压也用得,果真是老少咸宜、雅俗共赏!

南方的广东、香港地区还有"打小人"的习俗流传。这里所谓的小人,不一定就是坏人,而是指自己的仇人。有的是针对具体的某人而打,有的则是泛泛地打所有妨碍自己的小人。据说香港湾仔鹅颈桥桥底就是集中打小人之地,还有不少人专门以此为业,很多善男信女花钱去打小人,但是

---

① (明)许仲琳:《封神演义》,南宁:接力出版社,2015年,第131页。

一般也只是求得个心理安慰而已。

　　法师们认为，要具体操作打小人巫术，要求其实还是挺高的，首先操作者要有比较强的定力，也就是心灵的专注力，没有足够强的念力，要想收效估计是很难。单是这一点就秒杀了大多数的打小人行为。假如你请专业人士给你打小人，他跟你的仇人又无恩怨，如何会真心给你打小人，念力又如何足够大？就算念力真的足够了，打小人是对别人的一种杀伤行为，无效还好说，要是有效的话，打小人打太多了应该也会反遭报应。所以这些事情，当作民俗了解下就算了，认真就不对了。

　　前文也提过，道教方术里有许多法子来增强法术的效果，例如步罡、画符、掐诀、念咒、用药，《瞳人语》里的辙土就属于用药的范畴。

人体自愈力

　　方栋着了小丫鬟的诅咒，慢慢失明，在此过程中他四处求医问药，然而效果不佳，最终还是靠自己的修行恢复了视力。这表明了"自愈力"的重要，也给很多把健康仅仅寄托在药物上的朋友提了个醒。

　　"自愈力"就是人体自我恢复健康的能力。我们多以为疾病是医院治好的，这可真是拜错了庙，咱不是说医院不好，而是说，在疾病康复里医生的确是起到很大的作用，但是医生的作用，说白了就是采用一定手段，协助调动我们自身的自愈力来战胜疾病，恢复健康。换言之，主导的力量，是我们自身拥有的自愈力。

　　不太好理解？举个简单的例子。你得了病毒性感冒，感觉很难受，医生给你开了点清热解毒药，吃药后，症状减轻了，很快康复了。大家都觉得这完全是药物的作用，其实不是那么简单。流感病毒入侵人体，不断繁殖，这个时候身体固有的免疫力就被激发起来，去杀灭流感病毒。但是这个杀灭病毒的过程是一种免疫反应，强烈的免疫反应能够造成一系列的症状（如鼻塞、流黄涕等），如果免疫反应进行得再剧烈一些，可能就会有生命危险。"非典"为什么那么厉害？就是因为免疫反应进行得太激烈了，据说非典患者往往不是死于非典本身，而是死于免疫反应所引起的并发症。这个时候怎么办？医生给你开的清热解毒药，在某种程度上可以看作是免疫抑制剂，也有促进机体加速处理免疫产物的功能，能够让免疫反应平稳地进行，让免疫系统慢慢把病毒清除，表现在外就是症状减轻，健康恢复。那到底是谁最终把病毒清除了？应该不是免疫抑制剂吧！英雄其实是幕后的免疫力，也就是自愈力。医学、药物很重要，我们离不开，但医学、药物是对人体自身自愈力的一种引导，一种协助（中医尤其秉持这种思维），而不是拿来包打天下的。我想，这种医学思维更合理一些。动不动就杀死、动不动就切除的思路是有缺陷的，永远都不要小看自愈力。那么，我们的身体里有什么样的自愈力呢？在此之前，需要先了解一下万物有灵的"泛神论"。

万物有灵的"泛神论"

泛神论是原始的有神论思想。泛神论可以理解为多神论，其中的一个核心观点是万物有灵，也就是说万物都有神，土地有土地神，山有山神，河有河神，时辰有值时神，五脏有五脏神，六腑有六腑神，日月星辰各有其神，总之你有我有全都有啊！

原始的"泛神论"跟后起的"一神论"有着明显的区别，乃至彼此对峙。现在诸如"基督教""伊斯兰教"都是"一神论"的代表，所谓"一神论"，就是说天地之间只有一个神的存在，或者只有一个神是至高无上的，即便还存在其他神，也不过是邪门歪道。基督教只有一个上帝，顶多再加上其在人间的一个代言人耶稣。上帝与耶稣就是至高无上的。伊斯兰教信仰唯一神——真主安拉及其在人间的代言人穆罕默德。泛神论则不同，有很多很多的神，这些神里面，很难说谁的位置最高。古希腊神话里的诸神，虽说宙斯是他们的首领，但是诸神彼此之间还是相对平等的，即便宙斯这样的最高权威，有时候拿其他神也没办法，这就是典型的多神论体系。再以中国道教的神系为例。是"三清"大，还是玉皇大帝大？是伏羲大，还是女娲大？是盘古大，还是鸿钧大？这些貌似都不好讲，所以道教的神系信仰，并没有唯一神，最高神也不好确认，总体上属于多神论、泛神论，属于一种更接近于原始状态的宗教。

在上古、中古社会，各个部落组成联盟，推举部落联盟首领，各个部落在很大程度上各自为政，每个部落都有自己的图腾、领袖、最高神，这就是后世诸侯的源头，表现在宗教上也就是泛神论。随着社会的发展，出现了集权的需要，就要不断地削弱诸侯的权力，从而强化中央的权力，这种倾向表现在宗教上就是一神独尊，否认或者限制其他神。显然，宗教是由"泛神论"向"一神论"演化的，"泛神论"更加原始一些，也更加丰富多彩，而"一神论"则更加适应政治大一统的需要。

上清派"存神"方术

中国道教把"泛神论"扩展到人的身体，认为我们的身体也是由诸多神灵驻扎的场所。人体里的神可多了，五脏里每个脏器都有神驻扎其中，所以古人有时候调侃，说吃饭不叫吃饭，叫祭一下五脏神（庙），真是脱离了低级趣味！还有六腑神、发神、齿神、眼神等等，总之很多很多，这么多的神，是不是很嘈杂？倒也不是，就像天上的星星，看上去很乱，实际上不也按照一定的规则运行！其实从人体内部来讲，神是什么？神就是某种功能。神安守其位的时候，这种功能就是正常的；神不能安守其位时，功能就不正常。"上清派"存神方术的养生原理，就建立在此之上。

几乎每个人都或多或少地有某神不守其位的现象，所谓"魂不守舍"就是这个意思，即魂魄不安分，外出游荡了。表现在身体上，就是身体的相关机能不行了，一般不是器质性病变，而是功能性病变。《瞳人语》里的方栋整天盯着美女看，导致眼神不守舍。老子说，"五色使人目盲"，眼神不守舍，时间久了自然眼神涣散，眼神涣散意味着眼睛的自愈力衰弱。"正气内存，邪不可干。"眼神涣散就是正气消散，外邪就容易乘虚而入，所以方栋被人稍微用点手段，眼睛就失明了。堡垒的攻破，要外因和内因的里应外合才行，信然！

"存神"的练法大致是"存思体内某处有某神"，用存想法促使各神各安其位，也可以配合呼唤神名。"存神法"里对五脏神样子的描述是"神长二尺五寸，随五行五藏服饰"。例如肝脏属木，五色为绿，那么就存想肝神身高两尺半，穿着青色衣服，戴个绿帽子，长着个大长脸，身材修长（因金圆、土方、木长、水曲、火尖），整日在肝值班，久而久之，肝神归其位，岿然不动，这就叫神安其位，肝脏的功能就达到最佳，自愈力也达到最强。

　　方栋失明以后得到高人的点拨，整日念诵《光明经》，就类似于上清派的"存神"了。存神一年以后，万缘俱净，这个俱净的效果懂得佛道静坐的朋友应该明白，（眼）神归其所，于是出现了奇怪的现象——从双眼里钻出来两个小人。这两个小人其实就是眼神（瞳神），你整天想着有这个神，这个神就出现了。这里有两个要素，一个是要有眼睛这个客观基础，另一个是要意识里存想有神驻扎在眼部，也就是客观物质与主观意识的融合。两个小人的出现，意味着眼神由外出涣散到已安其舍，随之而来的就是自愈力的完全恢复了。两个小人回到自己的舍宇后，看见屋子里黑咕隆咚，对主管光明的眼神来讲，当然不可忍受。于是，两个小人商量着把眼翳凿开，因为右边的眼翳太厚实在凿不开，便专心开凿左眼翳，终于凿开了，两人同住一室（左眼），是为双瞳。

忏悔灭罪金光明经

　　方栋通过持诵"金光明经"而忏悔，其实质为"经忏"。"经忏"是宗教里常见的修行方法。基督徒"做忏悔"的习惯众所周知，佛道两教也对忏悔相当重视。"忏悔"的作用有多种说法，按佛教、道教的说法，人修行时会有各类冤亲债主前来阻挠破坏，使得修行不顺，这时候进行真心忏悔，能在很大程度上清除修行障碍，此外忏悔还有清净身心的良好作用等。佛道两教认为，因过往罪孽所引发的现实中各种不顺，可以通过真心忏悔得以摆脱。他们还针对忏悔编写出一些专门的佛经或道经，信徒可以通过持诵这些经书进行忏悔，据说效果更著。例如，佛教中有《七佛灭罪真言》

等，道教中则有《玉皇宥罪宝忏》等。

佛教史上有两部"光明经"，一部是《大方广宝总持光明经》，另一部是《金光明最胜王经》。其中《金光明最胜王经》内容涉及方方面面，有"《梦见金鼓忏悔品第四》……演说种种利益并忏悔法……《灭业障品第五》……通过行忏悔法而灭除所造业障之事"。①《瞳人语》里说的《光明经》是用来忏悔的，想来应该就是这个《金光明最胜王经》了。方栋的目的只是忏悔灭罪，当然无须全篇持诵，只需要有针对性地着重持诵第四、第五两品经卷即可。

那么，忏悔所用的"光明经"怎么会跟看上去八竿子打不着的上清派的"存神"发生了联系，乃至可以被看成是一回事呢？这里得这么理解："持诵光明经"与"存神"方术有着异曲同工之处。"光明经"当然不是说能给盲人带来光明，但方栋这里的诵经是取意，取"光明"这个名字，再加上内心认定持诵"光明经"可忏悔灭罪使自己重见光明的信念，对持诵者就能产生强烈的复明暗示，意念会不由自主地持久集中在双目，并产生相应的复明意象，这从本质上讲，跟"存神"的原理并无二致。所以方栋的诵光明经，完全暗合了"存神"，虽说方栋并未学过"存神"方术。

古时念经，有一个歇后语，叫作"小和尚念经，有口无心"。有口无心现在是贬义词，但在古代却未必，"有口无心"正是念经的真正方法。念经（也包括念诵佛号）的时候，很多持诵人都不知道经咒本文的意思，方栋念《光明经》应该也是不求甚解，甚至念的可能是梵文版本也说不定，但只要有"光明"这个暗示就可以了，这样念诵到了境界自会与光明相应，跟经文内容反而关系不大了。

再比方说佛教徒念诵六字大明咒：唵嘛呢叭咪吽——他们也不懂得这六字真言到底是什么意思（现在市面上对这六个字的解释基本上比较牵强）。那念诵这些不晓得何意的六字真言是不是就没效果了呢？非也，除了念诵可以使人静心之外，念诵者如果意识里知道这是观世音菩萨的心咒，念到一定的程度，就可能产生与观世音菩萨相应的感觉，这其实也是暗示的作用。

所以方栋念诵"光明经"，关键并不在经文内容，而是意义暗示，正如看领导批文一样，不可拘泥于字面，关键是领会精神。

---

① 沙武田：《吐蕃统治时期敦煌石窟研究》，北京：中国社会科学出版社，2013年，第398页。

"旋螺"与画符

方栋持诵"光明经",暗合了上清派的"存神"方术,激发了身体的"自愈力",视力得到恢复,甚至更加锐利,本来算是大团圆的结局了,但终究还是美中不足——方栋并没有彻底康复,他的右眼并没有复明。

《瞳人语》里说:右应曰"我壁子厚,大不易";又说"但右目旋螺如故。"因为右眼的翳障太厚,并且还有"旋螺",太不容易凿开,所以右眼终究没能复明。虽说后来方栋的左眼变成"重瞳",被引为方栋成圣的佳话,却仍不能掩盖方栋"存神"方术所激发的自愈力,拿右眼的翳障无可奈何,无法彻底清除这一事实。这就告诉我们,自愈力也并不是万能的,虽然确实能起到很大作用,但是如果问题太过棘手,自愈力也是无能为力,而这里的棘手问题,就是右眼上的"旋螺"。

这个"旋螺"是怎么回事?它跟右眼的翳障太厚又有什么关系?答案即"旋螺"是画符里聚气的一种手段,能增强符箓的力量。正是因为方栋的右眼被小丫鬟遥空画了"旋螺",聚气太厚重,导致右眼的翳障太厚,连"存神"方术激发出的强大自愈力,都无法将其清除。

我们翻看《道藏》或一些符箓手抄本,里面画的符,往往就有螺旋形图案。螺旋被视为有聚气的作用,何以见得呢?举个直观的例子,台风的巨大威力很大程度上来自"螺旋",没有"螺旋",台风就永远不能成气候,有了螺旋,不起眼的一股股微风就能慢慢凝聚成可怕的台风。银河系也是一个围绕核心运转的螺旋体,中国的河图、佛教的万字符,也类似于螺旋。古人从自然现象中认定螺旋有聚气之用,并将其应用于画符上,以求聚气而提升符箓效果。中医针灸里也有对螺旋的运用,其原则是进针之后以左旋为补,右旋为泄,也是取螺旋为用。

按照符箓的这种说法,《瞳人语》里的丫鬟在对方栋画符诅咒时,可能对其右眼画了螺旋,以增强施术的功效。果然,后来方栋仅仅左眼恢复了视力,右眼仍然失明如故。

"重瞳"的真相

这里的"双瞳"(两瞳人合居一室)也值得说道。双瞳意指一只眼睛有两个瞳孔,又被称为"重瞳"。在中国古代文化里,往往把"重瞳"加以神化,认为只有非凡之人才会有重瞳。据史书记载,仓颉、虞舜、重耳、项羽、吕光、高洋、鱼俱罗、李煜,这些颇有建树的人物,都有"重瞳"。看到这里,我们可能要对也是"重瞳"的方栋肃然起敬了,想来通过修行,他已经升格为圣人了。但是且慢,按照现代医学的观点,"重瞳"指的是一种瞳孔粘连的症状,这是病,得治,跟圣人其实没有丝毫联系。

那到底"重瞳"是圣人的标志,抑或仅仅是一种瞳孔粘连的病变呢?我倾向于后者,理由如下:其一,现代医学发现的"重瞳"案例不在少数,想来历史上也有不少,这么多"重瞳"当中,也只出了那么几位杰出的人才,可见"重瞳"跟圣人的关系其实并不密切。其二,方栋的"重瞳",其实可以看成是白内障康复不彻底。现代医学认为,重瞳是瞳孔发生了粘连畸变,从 O 形变成 ∞ 形,但并不影响光束透入,不影响视力。这往往是早期白内障的表现。这就跟方栋的情况有点类似,方栋的整只左眼被翳障遮住了,翳障是 O 形,后来自愈力被激发起来,开始清除翳障,但是清除得不彻底,还留有部分残留,残留的翳障使得整个瞳孔看起来呈 ∞ 形,是为双瞳。这么一解释就完美了,方栋左眼的翳障清除得不彻底,以致成为"重瞳"。

说到这里,又禁不住插上一句,跟"辙土"一样,旋螺(画符)、重瞳这样的微小细节,胡编的小说家又岂能虚构得出?因此,《瞳人语》的故事必然是由某位方术行家杜撰而成。

右眼的旋螺如故,左眼恢复不彻底而成为重瞳,告诉我们同一个道理:自愈力并不是万能的,无法包打天下。方栋要想彻底康复,除了诵经存神,激发自愈力之外,还得开动脑筋,想点别的办法才行。

藉众术以共长生

方栋的双眼最终没有能够完全恢复，这算是一个小小的遗憾。但这并不意味着就没有办法了，方栋之所以没想出办法来，是因为他只会"诵经存神"一法，又未曾专门留意方术、眼界不开的缘故。其实如果他知道右眼旋螺的画符奥秘，那就相当于辩证正确，剩下的事情也就好办了，找个符箓派的道士跟他说明，试着治下，彻底地解除诅咒，双目完全恢复的可能性是相当大的。一想到此，就不禁为方栋惋惜，见多识广，还是颇有点好处的。方栋听闻"念诵光明经"的法子，借以恢复了视力；倘若再听闻"画符用螺旋"的说法，就能彻彻底底康复。可见，多了解一些东西，往往能在不经意间给人以回报。

这样看来，凭借两种方术的叠加，基本可以让方栋的双眼完全康复，一是"诵光明经"的存神方术，二是用符箓派的法子解除螺旋。只采用其中一种方法的话，效果都不会达到最佳。这给我们最大的启示就是"藉众术以共长生"。

"藉众术以共长生"是葛洪在《抱朴子》里的观点，原文是："若未得其至要之大者，则其小者不可不广知也，盖藉众术之共成长生也。"[1] 魏晋南北朝时期的道教人士，意识到单纯依靠某种方术，要修行成功的难度是很大的，所以他们重视众术的价值。上清派宗师陶弘景就曾编撰了《养性延命录》等书，以记录众术。

小时候看过一部武侠剧，对于其中一个细节至今印象深刻。说的是一个使刀的武林高手被困在山洞里，洞口被石头堵住了，该武林高手用自己削铁如泥的宝刀挖了半天都没挖开，不禁哀叹道："这么一柄价值连城的宝刀，这个时候还不如不值几文的一柄锄头。"武林高手都知道宝刀的可贵，殊不知在特定环境下，锄头才是最宝贵的。所以看似不究竟的小术不可小觑，真正用得上的时候，某些小术的作用真的是无可替代。

---

[1] （东晋）葛洪：《抱朴子》，王玉芬主编，呼和浩特：远方出版社，2006年，第38页。

木桶效应

后世有很多修行人排斥众术，认为是旁门外道，佛家据说有八万四千旁门，道家据说有三千六百旁门。正统人士往往认为，这些旁门外道离大道甚远，学佛修道者应当远离。但是这话得分两头说，一方面旁门小术的确非究竟之法，另一方面这些旁门小术在一定情况下也是蛮有用的，有助于扶助究竟之法。譬如一个病歪歪的人，不去求治病的急切小术，反去求遥远的金丹大道，真是舍近求远！《论语》记载子夏的话说："虽小道，必有可观者焉。"所以，旁门小术也不可轻视。后世有人写一些文章批判旁门小术，诸如《旁门小术录》之类，这些文章我读得是津津有味，目的却不是为了批判，而是从中了解一些旁门小术的线索，真是枉费了作者一片苦心。泰山虽高，不弃拳石，湖海虽大，不捐细流，倒不是说咱胸怀有多博大，而是说懂一点众术，的确有实实在在的好处。

如果理解成"木桶原理"的话，众术可以看成是箍成木桶的各块木板。木桶由多块木板箍成，而木桶的容量，取决于最短的那块木板的长度，其他的木板即便再长，都要受制于最短的那块木板，所以每一块木板都不能忽视，尤其是要强化最短的那块木板。推广到人身上，就是要强化自身最薄弱的方面。最究竟的大道是木桶的箍，旁门众术就是构成木桶的木板，二者相辅相成，何来对立之说？

瞽者善听，聋者善视

不过方栋可能并不在意双目是否能够完全康复，并且他的左眼视力恢复之后，甚至变得比常人更加锐利，这也算是意外所得吧！但其实也并非偶然，而是在情理当中。

为何方栋的独眼反而比两只眼更锐利？《阴符经》里有八个字的解释："瞽者善听，聋者善视。"意思是说，瞎子的听力都很敏锐，而聋子的视力则相当发达。这种现象我们都知道，只是没有切身体验而已。

看过一则新闻，说的是一个普通农民双目失明，30多年一直生活在黑暗中。正是因为双目失明，听力就变得相当敏锐，甚至能够靠听力与摸索来修理自行车，还能靠听力骑着自行车出行。该盲人到邻居家串门，因他双目失明，所以邻居放钱时并不避他，结果这人靠敏锐的听觉，分辨出邻居放钱的位置，后来仍然是靠敏锐的听力把钱给偷走了。该盲人倒也没修行过，却有如此敏锐的听力，真是让人大跌眼镜。类似的例子还多着呢！

方栋的独眼为什么视力较之双目正常者更加敏锐？说出来跟这个盲人类似。盲人因为看不到光亮，几乎所有的意念会自然而然地放在听觉或触觉的感官上，用进废退，久而久之，大脑的听觉区域与触觉区域异常发达，两者也变得相当敏锐。方栋只有左眼复明，所以几乎所有视觉方面的注意力只能放在左眼上，用进废退，左眼就变得相当锐利。这就是《阴符经》里"瞽者善听，聋者善视"的修行原理，百姓日用而不知罢了。

把视野放开一些，香港是如何成为全球第三大金融中心的？很简单，新中国成立后相当长一段时间内，几乎与资本主义国家没有直接的经贸往来，但是双方都和香港保持了密切的经贸往来，这就使得香港成为中外贸易的中转口岸，几乎整个大陆的进出口都要走香港这个中转站。香港的中转贸易繁荣了三四十年，有这么得天独厚的条件，这个地方想不发达也不行啊！身体的道理、国家的道理，是一致的，所以道教又有"身国同构"的说法。

超越世俗欲望

方栋后来在行为上"益自检束"，盛德为乡人所传颂。一个本来好色、不遵礼节的人，改造得如此之好，正可谓浪子回头。究竟是什么力量让方栋超越了世俗的欲望？

食色，性也。此外，钱也是个好东西。每个世俗人都有世俗的欲望，每个人又都是自私的，这是与生俱来的本性，因此就引发了种种严重问题。所以有史以来，对人性的这种自私、世俗欲望，很多人一直想努力加以剿除。"存天理灭人欲"之类的努力暂且不提，就说几十年前思想改造时提出的一个口号，叫作"狠斗'私'字一闪念"，意思是脑子里一出现自私的念头，就要狠狠地批斗，狠狠地做自我批评。这种方法是把"世俗欲望"当成了敌人，必欲除之而后快。但是显然，这种努力失败了。要想消除世俗欲望，消除自己的本性，简直比登天还难。后来改革开放，废除了吃大锅饭，转而实行家庭联产承包责任制，其实就是被迫承认人的私心，并利用人的私心来发展经济。现如今的时代，食、色、金钱等欲望的追求，简直已经是天经地义了，拜金盛行，享乐盛行，很少再有人去想如何对付这等世俗欲望了，恐怕大家都觉得世俗欲望是消除不了的吧！

但是未必然，我们无法消除世俗欲望，但却可以超越，方栋的转邪为正就给我们指出了这样一条路。和尚、道士的生活，在外人看来是清苦又无聊的，花花世界如此大的诱惑，何以一些出家人仍然不愿涉足红尘？原因只有一个，就是他们在修行中所获得的乐趣，要大于满足世俗欲望所获得的乐趣。换言之，他们找到了让自己更愉快的事情，相比之下世俗欲望自然就淡了。倘若一个人说自己跟私欲做殊死搏斗，最终战胜了私欲因而道德深厚，那我是很怀疑的；倘若一个人承认自己也有私欲，但是因为有更感兴趣的事情而弱化了私欲，那我是信服的。作为本性的私欲不能战胜，但却能够超越。方栋由一个世俗好色之徒，转变为以盛德著称的好人，这种转变，倒不是因为吃了亏被吓怕了，也谈不上道德高深，只是因为经过长期的诵经修行，达到了"万缘俱净"的境界，这种境界如此美妙，以至于蝇营狗苟的那些世俗欲望，已经不能再使其动心了。

第三篇　《画壁》：大千世界枕中记

壁画里的世界

　　江西的孟龙潭，还有朱孝廉，两人一块去一座寺庙游览。寺庙里供奉着志公和尚的像，还住着一个老和尚。老和尚很热情地领着两人四处游览，来到大殿里，墙上的壁画栩栩如生，其中有一位垂髫的散花仙女，漂亮极了。朱孝廉被壁画里的仙女吸引，目不转睛地盯着看，以至于目眩神摇，突然之间就感觉如驾云雾，进入到了壁画里的世界。入画后，他受到垂髫仙女的引诱，两人同居厮守在一起。

　　过了几天突然听到门外有人来，朱孝廉和仙女偷眼看时，是天庭执法的一个金甲使者，说是要来检查有没有下界的人混进来，然后就开始四处搜查。仙女吓得面如土色，赶快躲开了，留下朱孝廉一个人藏在床底下，好在没被搜到，但是也难受得够呛，也不知道藏了多久……

　　再说壁画外面的大殿里，孟龙潭正在游览，转身却不见了朱孝廉，就问老和尚。老和尚弹了弹墙壁，喊道："朱檀越赶快回来！"正藏在床底苦不堪言的朱孝廉听到喊声，就从壁画里飘身而下，站在那里呆若木鸡。好不容易回过神来，朱孝廉回头再看壁画，壁画里的垂髫少女已经变成螺髻翘然的少妇装扮。老和尚仿佛深知就里，开导朱孝廉说："幻由心生啊！"朱孝廉与孟龙潭大受惊吓，赶紧告别离开了。

南柯一梦

《画壁》这个故事太过离奇，一个大活人怎么可能进入"壁画"的世界里去？但是在中国古代笔记小说里，类似的故事并非个案，例如《南柯太守传》的记录：

游侠之士淳于棼，家门口有一株大古槐。这天，淳于棼跟朋友们在槐树下唠嗑豪饮，喝得酩酊大醉，两个朋友把他扶回家里休息。刚刚躺下，突然两个紫衣使者前来拜访，说是奉大槐安国国王之命来邀请淳于棼。淳于棼就跟着两位使者，出门登车往大槐安国而去。来到大槐安国，拜见国王，国王赏识淳于棼，招淳于棼做了驸马，又拜其为南柯郡的太守，从此之后淳于棼有了享用不尽的荣华富贵。淳于棼做南柯郡太守二十多年，甚有政绩，颇受宠任。后来邻国檀萝国的军队入侵，淳于棼带兵迎敌失利，不久公主病死，淳于棼护丧回到都城，又受到国王的猜忌。淳于棼变得闷闷不乐，国王于是让他回老家以调适一下心情。淳于棼刚一入家门，就矍然梦醒，睁眼一看，扶他进来的两个朋友还在，西边的太阳尚未落下。淳于棼赶紧跟两个朋友出去寻找，看到门口大槐树下有个蚂蚁洞穴，积土呈现出城郭台殿之状，跟梦里所见一一相符，才明白原来梦里来到蚂蚁窝里逍遥了几十年，所有的荣华富贵，不过是南柯一梦，于是深感人生之虚幻，遂弃绝酒色，栖心道门。

枕中记

还有一个类似的典故叫《枕中记》。唐朝开成七年的时候，有个人叫卢英，在邯郸城的一个小旅店里，遇到了一个自称姓吕的道士，两人攀谈起来。卢生抱怨说，自己都一大把年纪了，还是一无所有，没钱没名声没地位没老婆，曾经建功立业、衣锦还乡的雄心壮志，都已打了水漂，难道这辈子果真要一事无成？吕道人笑了，从包里拿出个枕头递给卢生说："枕着我这个枕头睡吧，保你能够荣华富贵！"

这时，旅馆老板正开始蒸小米饭，卢生也累了，就枕着枕头睡了。过了几天，卢生回到家里，又一晃几个月过去了，卢生交了桃花运，竟然娶到清河的崔氏之女为妻。崔氏之女容貌秀丽，最重要的是陪嫁相当丰厚，卢生高兴得合不拢嘴，想来真的是翻身了。这还没完，很快科考成绩下来，卢生中了进士，此后在官场上飞黄腾达，从官舍人累迁到节度使，因为军功卓著，擢升为宰相。他当宰相十多年，其五个孩子都是大官，孙儿辈也有十多人，他的亲家都是天下的名门望族，卢生亦得享高寿，至八十而死。死了之后，他就醒了，睁眼一看，旅馆老板蒸上的小米饭还没熟呢！卢生很是纳闷，问："难道刚才在做梦吗？是梦的话怎么又那么真实呢？"吕道士笑了："人生一世，草木一秋，正是如此啊！"卢生怅然良久，若有所思，给吕道人磕头拜谢，后来入山求道去了也未可知。这就是成语"黄粱一梦"的由来。

类似的故事其实还有不少，除了"南柯一梦""黄粱一梦""画壁"之外，《聊斋志异》里还有《续黄粱》一文，以及民间传说中的"汉钟离点拨吕洞宾""吕洞宾点拨白牡丹"等。这些个故事情节大致类似，就像个开源软件，人人都能拿来用，也不知道是谁抄的谁。

生发"向道之心"

上面几个类似的故事，其主旨都一样，就是引人产生向道之心。多数的修道者，并非生来向道，很多是由于特殊的机缘而生发向道之心，从此潜心修炼。下面把几种情况简单地列举一下：

第一种情况是遭遇了生死大事，从而产生向道之心。这方面最典型的例子是佛祖释迦牟尼。释迦牟尼本是迦毗罗卫国的王子，国家虽说不大，但是一生享受荣华富贵还是没问题的。释迦牟尼从小在蜜罐里长大，据说都没出过宫门，长大后释迦牟尼娶妻生子，所有人都认为他会顺理成章地继承王位，但是一次出行改变了释迦牟尼的命运。在出行当中，释迦牟尼看到了民间老百姓的生老病死之残酷，非常震惊，就问身边的大臣："我贵为王子，也会有生老病死吗？"大臣回道："任何人都会生老病死的，即便贵为国王也不例外！"生老病死的事实让释迦牟尼大受震撼，陡然而生向道之心，以求解决生老病死的大事。于是，他放弃了王位，寻师修行去了。

第二种情况是因命运不顺而生求道之心。历史上很多著名道士，他们入道的原因是身有疾病，典型的如古代的干吉、陶弘景、陆修静、孙思邈，近代的陈撄宁等，不胜枚举……他们因饱受疾病的折磨，而转向求道。更有很多是因命运多舛而求道，可知"命运不顺"往往是走向求道之路的机缘。传统命理学里有句话颇耐人寻味："有病方为贵，无伤不是奇，格中若去病，财禄喜相随"。意思是说，怎样判断一个人的命运好坏？如果人一生中顺顺利利，没有什么坎坷，反而不是什么好命，这样的人一生往往是碌碌无为。倒是那些命中遭遇灾难的人，方有可能成大器，是以孟子说"天将降大任于斯人也，必先苦其心志，劳其筋骨，饿其体肤"。但是要成大器也不是仅遭遇灾难就可以了，世上倒霉的人太多了，怎么可能个个都走出困境获得成功！还得是命里能够通过一定手段，把这些灾难处理掉的人才能够真正地建功立业。道理虽说如此，但其中困难太多了。求道以求生，对很多身患疾病、遭遇不幸的人来说，是走出逆境的唯一选择。

第三种情况就类似于本文所说的"黄粱一梦""南柯一梦"了。淳于棼、卢生他们本来未见向道之心，如果不是碰上高人点拨，估计要在红尘里摸爬滚打一辈子。正是因为有了"一梦"的机缘，他们猛然领悟到荣华富贵、功名利禄不过如过眼烟云一般，油然而生发向道之心。这种感触我们可能都曾有过，一直以来孜孜以求功名利禄，猛然发现到头来都是黄土一抔，到底有什么意思啊！所以每个人的心里，其实都有着向道的种子，就看有没有机缘发芽生根了。

蒲松龄也看出了《画壁》里老和尚想要拉朱孝廉入伙的猫腻，感叹说："菩萨点化愚蒙，千幻并作，皆人心所自动耳。老婆心切，惜不闻其言下大悟，披发入山也。"颇为朱孝廉没有借此大彻大悟惋惜。总之，《画壁》里的老和尚取"拿来主义"，也想玩"黄粱一梦"这一套来点化朱孝廉，可惜失败了。

末法时代

吕翁用"黄粱一梦"开导了卢生,老和尚用"画壁"一法开导朱孝廉却失败了。难道说吕翁的道行就比老和尚高?这倒未必,真正的原因是末法时代,人心变了,悟性变了。

"末法时代"是佛教的说法。佛教认为,佛法的传播共分为三个时期,正法时期五百年,像法时期五百年,末法时期一千年。这里的五百年、一千年是个大约数,不一定准确,但大致意思已经表达清楚了。据说正法时代因为离释迦牟尼年代比较近,这一时期所传的佛法是正规的、最接近佛祖所传的佛法(个人意见,这一时期对应小乘佛法);像法时代离释迦牟尼的年代有了一定距离,这时的佛法已不是真正意义上的原始佛法,但毕竟离真正的佛法不远,所以还是像模像样的佛法(个人意见,这一时期对应大乘佛法);末法时代离真正的佛法已经很远了,嘴上口口声声是佛,其实多是舍本逐末,远离乃至背离佛法,所以称作末法时代。

卢生所处的唐朝,应该还算是像法时代吧,那时的人虽然也有功名利禄的欲望,但总体来说心灵还是比较淳朴,离正法时代不是太远,悟性还比较好,因此一见世事如幻,马上就能大彻大悟。而到了朱孝廉的年代,社会早已进入末法时代。末法时代里,人的后天思维特别发达,脑子里装着太多功名利禄,太多小九九,整个脑子众声喧哗。在这种状态下,开悟的能力就远远不足了,所以一遇到世事如幻,不再如卢生、淳于棼一般大彻大悟,反而是惊心于被迷幻,庆幸于能逃脱,脑子里光去考虑这些思辨问题了,所谓患得患失,哪里还有精力去彻悟!所以朱孝廉没有恍然大悟,并非老和尚的道行不够,实在是处于末法时代,人心变了,再使用以前那种"黄粱一梦"的法门,已经不合时宜了。

《画壁》里的催眠

其实提到"黄粱一梦""南柯一梦"的典故,读者应该早已意识到《画壁》故事实际上就是一次引人向道的"催眠"。这也并非空穴来风,还是有所根据的。对催眠术有所了解的朋友,能够看出《画壁》里老和尚使用的催眠手法正是"单调催眠法"。电视剧里常有催眠师把怀表放在被施术者面前摆来摆去,当事人很快进入催眠状态的场景。这里用的其实就是"单调催眠法"。《画壁》里朱孝廉看壁画,紧盯着里面的美女,在这种单调的刺激之下,再加上老和尚的催眠诱导,很快就能进入催眠状态。当然催眠手法里还有一些秘密,咱们稍后再说,当务之急是先解释下什么是催眠。

催眠跟睡眠有着本质区别,甚至可以说是两码事,但是不管你怎么强调,总有人要把二者混淆,真是让人没脾气了。当然,这也不能怪误解者,之所以总有人把催眠与睡眠混为一谈,最根本的还是"催眠"这个名字的误导。催眠,不就是催促睡眠吗?况且看电视上的一些催眠术表演,被催眠者不都在那里睡着了?要怪只能怪"催眠"这个名词起得不合适,但我们暂时也想不出更好的名词取代之。下面谈下我理解的"催眠"的真实含义。

按照现代心理学的观点,人的大脑分成多个功能模块,每个功能模块专管一项工作。譬如理性模块主管理性思维,运动模块主管身体动作,快乐模块主管快乐感觉,痛苦模块主管痛苦感觉,语言模块主管语言功能,不过东西方的语言模块在大脑里的位置也不相同……这就是大脑的功能模块说。

大脑功能模块说是不是有道理呢?我们可能都有过这种体验,你骑车去某个地方,在路上什么也没想,突然发现自己已经到达目的地了,感觉好神奇的样子。这种现象怎么解释?其实骑车行为并非由大脑的理性思维模块主管,而是由运动模块主管,各个功能模块可以各自为政,所以骑车的时候,运动模块起作用就可以了,思维模块不需要介入,或者只需要偶尔配合一下,这样使得你到达终点后,感觉整个的行程一片空白,怀疑自己是不是骑车的时候睡着了……

有个笑话说的也是这个原理：有一百多条腿的蜈蚣，在街上大摇大摆地走着。蚂蚁看不惯了，就想戏弄蜈蚣一下，于是就走上前去对蜈蚣说："蜈蚣大哥，小弟请教你个问题，你在往前迈左边第一条腿的时候，你右边的第三十条腿是往前迈，还是往后蹬呢？"蜈蚣干瞪着眼想了一会儿，结果就不会走路了。聪明的朋友马上就能领悟了，蜈蚣走路的时候用的是主管运动的神经模块，在思考问题的时候则是运用了理性思维模块，等蜈蚣用理性模块去思考并指导走路时，自然是外行指导内行，肯定就不会走了。这个笑话非常有助于我们更好地理解成语"邯郸学步"。

啰唆了这么多，其实就是想说"人脑由多个功能模块组成，各个模块能够相对独立运作"这个理论。

理解了上述理论，催眠也就容易理解了。所谓催眠，就是弱化大脑里的理性思维模块，同时激活其他功能模块的行为。所以催眠绝不是睡眠，在睡眠过程中，大脑中大多数的功能模块被抑制或被弱化了，而催眠则仅仅弱化了理性思维模块，其他的功能模块都可以通过诱导，而处于活跃运作状态之中。由此反观朱孝廉在"画壁"世界里的诸多表现，就知道他显然是被催眠了。

幻由心生

当被催眠者长时间地接触某种单调刺激（如《壁画》里的某个人物，或怀表的来回晃动）时，过于单调的刺激不需要大脑思考太多，这时理性思维就会很快弱化下来，从而进入似乎无意识的状态。理性思维的弱化意味着朱孝廉已基本进入催眠状态。这时需要老和尚稍微那么诱导一下，他就能"进入"壁画里的神奇世界。

但是进入"壁画"以后会发生怎样的故事，就并非老和尚所能全权决定的了。可以肯定的是，不同的人进入"壁画"，会发生不同的事情，究竟会发生怎样的事情，取决于心里的最敏感点。

朱孝廉在催眠状态下进入"壁画"后，主要发生了两件事情：一是和仙女的缠绵，一是被天上的执法者金甲使者追捕。而这两个事件，实际上正是朱孝廉内心潜意识的投射。按精神分析学说来解释，朱孝廉潜意识里非常好色，也很想放纵，这是其潜意识的敏感点之一；另外，身为孝廉，当为道德表率，所以朱孝廉又怕放纵声色会遭到道德规范的惩罚，这是潜意识里的第二个敏感点。在催眠状态下，大脑中的理性模块暂时休息，山中无老虎，猴子称大王，剩下比较活跃的敏感点就是那个要放纵一下的想法，还有怕因放纵而被惩罚的想法，这两个活跃起来的敏感点就会自动构思演出一场戏剧，整个故事的情节就是先放纵一番，然后再因被追捕而恐慌懊悔。

《画壁》里所展现的一切，其实就是内心潜意识的投射，所以佛教说"唯心所现"，而老和尚将其归结为"幻由心生，贫道何能解"。身为老僧却自称"贫道"，端的是挂羊头卖狗肉，但老和尚的道行很高却是没有疑问的。

催眠的神奇

催眠是很神奇的，甚至神奇到我们想不到。到底有多神奇，推荐看下一些催眠秀的节目就会略知一二。我看过湖南卫视"好奇大调查"里关于催眠术的一期节目，这里借花献佛，把里面催眠所展示的神奇现象简单介绍一下。

神奇之一是"瞬间催眠"。这是对我们常识的一个颠覆。多数人一般觉得就算催眠很厉害，但至少也得花几分钟的时间才能成功催眠。不过事实呢？"好奇大调查"节目里，有两三次瞬间催眠的展示，在短短几秒钟内，催眠师就引导被催眠者进入了催眠状态。如果确实不是当事人有意配合，那还真是不可思议。破解瞬间催眠的真相，可以反复看"瞬间催眠"的视频，思索其中的施术原理，只要想通了，无须亲身去验证，你就知道"瞬间催眠"的真假了。事实上，"瞬间催眠"是真实存在的。那它又是基于什么原理呢？这就如魔术的秘密一样，催眠师是不会明说的，只能自己去破解，成功破解出来后的那种成就感，也是很不错的！

神奇之二是洋葱吃出苹果味。节目里，被催眠者进入催眠状态后，催眠师递给被催眠者一个洋葱，但是很无耻地告诉他这是苹果，让他好好享受美味，结果被催眠者吃起洋葱来津津有味，跟吃苹果没什么两样。这还不算完，催眠师又给了被催眠者一个苹果，但是告诉他这是洋葱，被催眠者只咬了一口，辣得眼泪都出来了……倘若这时候催眠师给当事人一幅画，并略作引导，估计又是一个"画壁"的故事了。

神奇之三是催眠师让被催眠者说出自己的银行密码，居然真的成功了。看到这里观众们真是倒吸一口凉气啊！不过催眠师很快就解释说，大家也不要人心惶惶，让被催眠者说出密码，那是有条件的。在这个例子里，被催眠者对催眠师比较信任，又是在公众场合表演，因而无须警惕，所以顺利透露了银行密码，如果换成其他人，恐怕就无法成功了。又换了一个跟催眠师不熟的人来试验，果然怎么都问不出银行密码来，所以观众可以安心了。不过，我倒觉得这个展示的潜台词是：那些看了节目后想利用催眠来犯罪的人，不要指望能把催眠用来犯罪，那是不可能的！

神奇之四是人体变钢板。进入催眠状态后，催眠师告知当事人他是一块钢板，非常坚硬，然后将被催眠者悬空放在两个椅子中间，并让上百斤重的人踩上去（此处友情提示，不要模仿）。即便女主持人那么柔弱的身躯，在催眠状态下竟然也能承受上百斤的重压，真的如钢板一块……这简直就是武功高手啊！你还别说，有的武功真就是这么练的。

金钟罩　铁布衫

武术里的硬功能够抗重力击打，甚至能够刀枪不入。我们在电视、在街头可能都看到过，这种功夫被形象地称为"金钟罩"或"铁布衫"，意指身体如金钟罩无懈可击，或如穿了防弹衣一般不惧攻击。《聊斋志异》里有一篇《铁布衫》记载道："沙回子……曾在仇公子彭三家，悬木于空，遣两健仆极力撑去，猛返之，沙裸腹受木，砰然一声，木去远矣。"从中可见铁布衫的神奇之一斑，但是这种武术硬功夫到底怎么练成的呢？下面这个故事可供参考。

纪晓岚的《阅微草堂笔记》里记载：郑成功占据台湾的时候，有个广东的异僧前来投奔，该和尚擅长金钟罩铁布衫，能够袒臂端坐任别人用刀砍而无损，大刀就如砍在铁石上一般，可谓神人。只是这个和尚性格骄蹇，得罪了郑成功，郑成功就想杀之，但又惧怕和尚的铁布衫太厉害，怕杀不掉，就找了手下大将刘国轩商量。刘国轩见多识广，很快想出一计。他请和尚赴宴，并选了娈童倡女姣丽善淫者十多人，给和尚表演了一种不健康的舞蹈，也就是脱衣舞。开始的时候和尚还能谈笑自若，似无所见，过了一会却突然闭上眼睛。刘国轩看准机会，手起刀落，就把和尚砍死了，和尚的铁布衫功夫竟然没有奏效。对此，刘国轩解释道：和尚的铁布衫，靠的是练气自固。心定而气聚，心动则气散。和尚定性超群，睹美色之初，能够不为所动，所以敢放眼去看脱衣舞，等他突然闭目不看的时候，我就知道他心已动，心动则气散，气散之时铁布衫功夫就没有啦，此时不动手，更待何时？[①]

金钟罩、铁布衫，本质上其实就是把身体催眠成铁板，不同的是，硬气功不是被动催眠，而是一种主动的自我催眠，练功者在催眠状态下，暗示自己硬如铁板，再配合上排打训练，确实能成就抗重力击打的功夫。不过，倘如上面的和尚一样，心动气散了，效果就要大打折扣了。推而广之，气功又何尝不是一种催眠？

矛盾的"催眠逻辑"

假如说《画壁》是一个催眠事件的话，大部分内容都能讲得通，但是也有那么几处矛盾的细节，看似不太好解释。

例如刚开始的时候，朱孝廉看到"壁画"里的仙女是垂髫少女，等到

[①] （清）纪昀：《阅微草堂笔记》，周杰、高振友、余夫、王放点校，长春：吉林文史出版社，1997年，第123页。

从"壁画"里出来再回头看时，画里的少女却变成了少妇的打扮；另外，孟龙潭找不到朱孝廉时，看到"壁画"里有朱孝廉的像，过了一会儿朱孝廉从壁画里飘然而下后，壁画里朱孝廉的画像就不见了。我们都知道催眠是一种心理效应，很难作用于外在的客观物质，那么，这里客观存在的画像又怎么会发生变化？倘若真是如此，那岂不是违背了唯物主义，证明了意识可以决定物质？

这里可以有多种解释，一种解释就是转述故事的时候，免不了添油加醋，所以上述细节可能是转述过程中的虚构与再创作。这个解释虽然也能说得通，但也着实让人失望，未免有点太小儿科。

其实，这里涉及"催眠"里的一个术语——"催眠逻辑"。催眠逻辑的大致意思是，被催眠的人可以同时相信互不相容的观点或知觉……假如让被催眠者对椅子做负性想象（即想象椅子已不在原处），那么要他们睁着眼睛在室内行走时，他们仍然会控制自己不碰到椅子，却坚持说自己看不到椅子。也就是说，在催眠状态下的逻辑，常常是自相矛盾的，当事人能躲开椅子，但偏偏说自己看不到椅子，这不是睁眼说瞎话吗？

其实还真不是说瞎话。对这种自相矛盾的"催眠逻辑"，我们可以给出完美解释：在正常的非催眠状态下，我们的眼睛看到椅子，并把椅子的信息传递给视觉分区，视觉分区又把椅子信息传递给理性思维分区，理性思维分区把信息传递给运动分区，运动分区则指挥当事人行走时避开椅子。在整个的流程中，椅子的信息已经传达给了理性思维功能分区，所以当事人能够意识到椅子的存在，认为自己看到了椅子。但在催眠状态下，这种传导路径发生了改变，不再途经理性思维分区，而是呈现为：眼睛把椅子信息传递给视觉分区，视觉分区把信息直接传递到运动分区，运动分区直接指挥当事人避开椅子。整个过程并未把椅子信息传递给理性思维分区，所以当事人并不能意识到椅子的存在，但在已经接到信息的大脑运动分区的处理下，当事人仍然能够避开椅子。可见"催眠逻辑"不过是对分区的传导过程做了一次小小的改动，表面上不可思议的现象，其实就这么简单。

现在回过头来看《画壁》里的上述疑点就能够释然了。并不是壁画有了什么变化，而是在催眠状态下，眼睛真实看到的跟思维里所意识到的，不一定是一回事，所以在朱孝廉的眼里，少女会发生装扮上的变化，而在孟龙潭的眼里,壁画上会出现朱孝廉的画像,这似乎也透露出,非但朱孝廉,就连孟龙潭也被催眠了。要同时催眠两个人,并不是那么容易,所以《画壁》里的老和尚可能还采用了一些作弊的催眠手段。

"游仙枕"的奥秘

所谓作弊,就是提升催眠效果的一些道具。不过咱先不说老和尚,先说一下"黄粱一梦"那类故事里常采用的一种催眠道具——"游仙枕"。五代时期的《开元天宝遗事》里有关于"游仙枕"的记载:"龟兹国进奉枕一枚,其色如玛瑙,温温如玉,制作甚朴素。枕之寝,则十洲、三岛、四海、五湖尽在梦中所见,帝因立名为游仙枕。"枕着这个游仙枕,在梦里就能游历四方,如果能够推广开来,旅游部门该吐血了……

"黄粱一梦"里吕翁塞给卢生的枕头,其实就是"游仙枕"。《枕中记》里说:"其枕青瓷,而窍其两端",这里"窍其两端"的细节乃是关键,好好的枕头,为啥非要钻上两个眼儿呢?无独有偶,小说《三遂平妖传》里也有关于"游仙枕"的记载:胡永儿……取出一个白土做就光光滑滑的小方枕儿,递与陈学究道:"……此乃九天游仙枕,悦人魂梦,枕之百病俱除……"书童没啥事,到铺上去睡觉,见枕儿方便,就用着它。也是这小厮凤世有缘,好个九天游仙枕,多少王侯贵戚,目不曾见,耳不曾闻,倒是他试法受用。正是:黄粱犹未熟,一梦到华胥。

那个枕头的样子是"一边枕墙上,泥金涂写九天游仙枕五字。那一边画成两扇门儿,上面横个牌额写仙界二字。"作者冯梦龙感叹说:"游仙枕上游仙梦,绝胜华胥太古天。此枕有谁相赠我,一生情愿只酣眠。"[1]可惜了这么好的枕头,被几个小厮与不识货的学究打碎了。而这个枕头上画着的两扇门,应该是对《枕中记》里"窍其两端"的改写。

在枕头两侧钻上两个眼儿,其中猫腻究竟何在呢?说到底就是为了增

---

[1] 参见马松源编《冯梦龙全书》,北京:中国戏剧出版社,2000年,第174页。

强催眠效果。按我的理解，枕头里面会涂抹有促人催眠的一些药汁，类似于现在的乙醚，药物汁液不断挥发，通过枕头两端的小孔缓慢释放，就能够产生催眠的效果。但是古代没有乙醚类药物，那用什么呢？其实有类似作用的中药古人早已发现了，例如茉莉根。中医认为，茉莉根有一定的催眠及麻醉作用，并且将其应用到医疗或巫术实践当中，例如《阅微草堂笔记》里有记载："尔之入冥，茉莉根也。"意思是说，你这个方士（巫师）能够自己或带人到阴间去游历，不过是利用了茉莉根的催眠作用而已。这么看来，"游仙枕"是一种促进催眠效果的道具无疑了。

再回到《画壁》里的老和尚这里。老和尚待在寺庙很久了，在庙里做了一些手脚也说不定。寺庙所供奉的有志公和尚像，而志公和尚在历史上就是以灵异著称的，想来老和尚也是善使这一手。他完全可以预先在大殿里放置一些有催眠效应的药物香料，在这种环境下，孟龙潭和朱孝廉就更容易进入催眠状态，催眠成功的可能性就大大增加了。

藏密梦修术

催眠法不仅用来引人入道，也用来练功。前面提到金钟罩、铁布衫就是一例，而绝大多数的气功本质上讲都可被看成是某种程度的催眠。《催眠术汇编》一书里，就提到了催眠能够开发所谓的"特异功能"，包括成梯成桥实验、变成柔软如棉实验、严冬觉热暑天觉冷实验、透视实验、千里眼实验、读心术实验等等。而另一本《秘藏超能催眠术》所列举的催眠能开发的特异功能就更多了，诸如透视催眠术、金刚不坏身、他心通秘法、人格变换术、分身术、力大千斤法、钢筋铁骨术等。这里面可能有部分内容夸张，但至少还有那么一部分是真实的，例如成梯成桥、人格变换、严冬觉热等，都是催眠中能够做到的，对催眠师来说，已经见怪不怪了。这两本书其实可算是催眠学说对于气功、巫术研究的一种介入。

不过要说把催眠练功发挥到淋漓尽致的，当属佛教藏密里的梦修法了。对心理方面的探究，一直是佛教的长项。气功大潮时期有本《藏密梦观成就法》的书，就透露了佛教藏密里很多修梦的功法，诸如本尊观照法、天目观光法、培元法、观梦法、变梦法、天眼通、息灾法、增益法、敬爱法、降伏法等，有没有效果不清楚，但由此可见，通过梦与催眠来修行，早就古已有之。

适合现代人的睡功

在睡眠中就可以练功健身，这无疑给忙碌的现代人带来了福音。现代科技带来的极大方便，非但没有让人休闲，反而让人更折腾了，使得现代人整天处于忙碌当中。以前没有现在这么发达的交通工具，出门、出差的任务也就少，大家都乐得在家清闲；现在交通发达了，出远门成为常态，人们反倒不得清闲了。再如倘若没有电脑，写书还得靠手写，排版也麻烦，那我恐怕也就打消写本书的念头，现在也不用埋头敲字了……

整天为些琐事忙得焦头烂额的现代人，想要拿出大段的时间来练功，根本就是奢望。不过办法是想出来的，睡功是一种很好的、节省时间的法子。现代人即便再忙，至少也能保证每天的睡眠时间，按每天 8 小时的睡眠量计算，一生中有三分之一的时间是在睡眠中度过，如果能把这段时间拿来练功，应该是足够了。

二十世纪八九十年代气功大潮的时候，"睡功"比较流行，现在看来，那时的所谓"睡功"，往往是停留在气功的层面，目的是要开发出一些潜在的所谓特异功能，因而在睡眠过程中，大脑往往在继续做功，睡眠的质量可能就无法保证，养生效果也未必好。

真正健康有效的睡功，应该能让大脑得到充分的休息，而大脑充分休息的一个标志就是无梦。《庄子》里说的"至人无梦"指的正是这个状态。按这一标准来衡量，睡觉时练的气功追求有梦，以便在梦中练功，开发人的潜在能力，这样的养生效果显然大打折扣了。要说比较好的睡功，恐怕就是道教陈抟老祖的睡功了。陈抟睡功的具体练法我也不知道，但应该是无梦的，而不是在睡梦里导引来导引去地造作。

普通人睡眠时，大脑并不是完全休息的，还有一半的大脑在工作，所以经常有梦，无法高效地休息。练睡功要开发特异功能的人，因为睡眠时有意识要有梦，这时大脑就更要工作，更无法彻底休息。细细想想，睡觉为啥非要做梦？把自己搞那么累干吗？而庄子所说的"至人无梦"的睡功，其练法很简单，就是在睡觉的时候练"庄子听息法"，可能很快就入睡，也可能很久不能入睡，但都不要管，练下去就行。通过听息法的练习，人在入睡的时候，大脑里除了极少数区域必须工作以外，大部分区域是能够得到充分休息的。第二天一觉醒来，真可谓神清气爽，此乃养生的一大良方，以致古人有诗云："花竹幽窗午梦长，此中与世暂相忘。华山处士如容见，不觅仙方觅睡方。"[1]

---

[1] （清）褚人获辑撰《坚瓠集》，上海：上海古籍出版社，2012年，第291页。

第四篇 《咬鬼》：见鬼的真相

咬鬼

沈麟生讲给蒲松龄一个恐怖故事：有个老头，夏天大白天的在家里睡觉，正睡得迷迷糊糊，忽然看到一个女人掀开门帘走了进来，往里屋去了。奇怪的是，这个女人穿一身白色丧服，要说是邻居过来找老太婆拉呱，也不能穿这身不吉利的衣服到人家里来啊！正狐疑着，女人又从里屋出来了，老头仔细看，这女的挺年轻，三十来岁，面色黄肿，紧锁着个眉头，神情可畏，怎么看怎么不舒服。该女子在那里徘徊，慢慢地靠近了老头的床铺。老头装作睡着了，偷眼观看女子的一举一动。又过了一会儿，该女子爬到床上来，趴到老头的身上……

她是要耍流氓吗？应该不是。这个女人压在老头身上，老头只觉得如百斤沉重，心里倒是很明白，但是想伸手，手动弹不得；想伸脚，脚也动弹不得；想呼救，也发不出声音来。到底是怎么了？该女子开始用嘴嗅起老头的脸来，上上下下嗅了个遍。老头感觉女子的嘴冷如冰，寒气透骨。怎么办？老头急中生智，她不是嗅我的脸吗，我就找机会咬住她的腮……过了一会儿，女子果然嗅到了老头的脸颊，她的腮帮子正好贴着老头的嘴，机不可失，老头趁机使劲咬下去，齿没于肉！女子疼得大叫起来，拼命要挣脱，而老头咬得更加用力，感觉满嘴都是湿水，都渗流到了枕头上。

双方正在僵持，突然听到门外有脚步声，这是有人来了，老头赶紧大呼有鬼救命，这么一张口，刚才的女子已趁机飘忽遁去，不见了踪影。这时，老太婆跑进来了，什么都没看到，数落老头子是不是做噩梦了啊！老头把刚才发生的事详细讲了一遍，并信誓旦旦地说枕头上还有血证呢！一起看时，枕头上确实浸湿了，就如被屋漏之水所浸泡，腥臭异常。老头一看自己竟然咬过这些脏东西，禁不住大吐了一场，接连好几天都觉得嘴里臭烘烘的。

鬼压床

《咬鬼》的内容荒诞不经，是一个典型的恐怖鬼故事，但假如我说《咬鬼》讲的完全是真事，你信不？

确实，仔细考证起来，"咬鬼"故事在很大程度上是真实不虚的。现代医学理论已经可以给"咬鬼"故事以比较合理的解释。实际上，"咬鬼"就是一起非常典型的"睡眠瘫痪症"（也就是中医所说的"梦魇"，民间俗称的"鬼压床"）事件的真实记录，故事里的各种细节充分证实了这一点。

老头所遭遇的情况表现为："如百钧重。心虽了了，而举其手，手如缚；举其足，足如痿；急欲号救，而苦不能声。"而这几点，正好是"睡眠瘫痪症"的典型症状。

睡眠瘫痪症，"通常于入睡或觉醒过程中，突然发现肢体、躯干及头部麻痹，不能睁眼、讲话或呼救。呼吸存在，但常觉窒息感。意识清楚，感到恐怖。"[1]《咬鬼》里所记载的"如千钧重"对应着上文的"觉窒息感"；"心虽了了"对应着"意识清楚"；"举其手，手如缚；举其足，足如痿；急欲号救，而苦不能声"对应着"肢体、躯干及头部麻痹，不能睁眼、讲话或呼救"。这种完全对应，说明"咬鬼"故事所记载的，很可能正是一起典型的"睡眠瘫痪症"事件。

---

[1] 慈书平等主编《睡眠与睡眠疾病》，北京：军事医学科学出版社，2005年，第444页。

现代医学已经明确"睡眠瘫痪症"的发生机理："睡眠瘫痪多发生在刚入睡或者将醒未醒时，这时正是人们进入熟睡，开始做梦的睡眠期（REM期）。在 REM 期，人的肌肉系统除了呼吸肌及眼肌外，都处于极低张力状态，这时候若意识清醒过来，但肢体的肌肉张力仍没有回复，便造成不听意识指挥的情形。"[1] 其中"睡眠瘫痪多发生在刚入睡或者将醒未醒时"的说法，跟老头"夏月昼寝，朦胧间见……"的细节相吻合，因为"朦胧间"指的正是刚入睡或将醒未醒时，这个细节上的暗合可作为"咬鬼"所记为"睡眠瘫痪症"的支持证据之一。

"睡眠瘫痪症"的发生非常普遍，很多人都亲身经历过。"45%~50%的正常人群一生中至少会有一次发作，但反复发作的患者非常少见，发作性睡病中 17%~40% 有睡眠瘫痪"[2]，所以老头在睡觉时发生"睡眠瘫痪"，也不是什么稀奇事儿。

幻视幻听与幻触

但是，且慢，老头亲眼看到的、亲口咬到的女鬼又该怎么解释？其实这也简单，不过是"睡眠瘫痪症"里所伴生的幻象（幻视、幻听、幻触）。

现代医学明确认定"睡眠瘫痪症"可能会伴生某些恐怖的幻觉。"睡眠麻痹常与入睡前幻觉同时发生，使得恐惧的感觉体验得到强化……可出现生动的、经常是不愉快的感觉体验，包括视觉、触觉、运动或听觉的现象。可表现为梦样的经历。或者描述这些幻觉比一般的梦更可怕，因为这种梦境是从真实的（醒着的）环境中而来，区分现实状态与梦境十分困难。"[3]《咬鬼》里，老翁所看到的咬到的"女鬼"，正是"睡眠瘫痪症"中所伴生的幻视、幻听与幻触。

---

[1] 邓伟吾主编《专家解读打呼噜与睡眠》，上海：上海科学技术文献出版社，2005 年，第 82 页。
[2] 沈晓明主编《儿童睡眠与睡眠障碍》，北京：人民卫生出版社，2002 年，第 175 页。
[3] 胡佩诚主编《临床心理学》，北京：北京大学医学出版社，2009 年，第 105 页。

因为"睡眠瘫痪症"常伴生着恐怖的幻觉，所以中医把"睡眠瘫痪症"称作"梦魇"。《说文解字》里说："魇，梦惊也。"《字苑》里说魇为"眠内不祥也""梦魇是以睡眠中噩梦惊扰，梦境离奇，或有如重物压身，引起突然惊觉，恐惧不安为主要临床表现的病症，又有魇、鬼魇、卒魇、恶梦、噩梦等名称"。可见，"魇"字本身就包含了睡眠中产生恐怖幻觉的意思。

古人在"梦魇"中，经常会出现所谓的"见鬼"幻象，所以民间形象地称梦魇为"鬼压床"。由于古人的鬼神观念浓厚，日有所思，夜有所梦，在梦魇时当然会表现出来。"我国的传统中历来就有很深的鬼怪文化，古人将人类对未知事物的恐惧解释为鬼，现代人是通过小时候听的故事、书本和电影等各种传媒了解鬼……因此在梦魇的时候会害怕，然后就产生了鬼的幻觉。"[①]并且，很多时候"梦魇时产生的幻觉极为真实，通常自己醒来时都无法辨别梦魇中一些幻觉事件的真实性"。可见，老翁描述自己"见鬼"的经历应该也不是撒谎，很可能他自己也信以为真了。"咬鬼"里所描述的"女鬼"，应当正是"鬼压床"中所伴生的幻象。

鬼压床的诱因

如果上面的解释还是不充分，别着急，还有其他的证据。咱们继续看老头做梦的诱因，及此诱因为何会诱发这样的梦魇。

西医理论认为"睡眠瘫痪症"的诱因主要有过分疲劳、压力过大、长期焦虑、受到惊吓、体质虚弱、睡姿不正确（如睡觉的时候手压在胸口上）等。中医则把"梦魇"辨证分为惊恐伤神、心肝血虚、痰血内阻、痰火扰神四类，这些分类跟西医所指的诱因有很多是重合的，例如受到惊吓可以导致"惊恐伤神"，过分疲劳、体质虚弱可辨证为"心肝血虚"，长期焦虑可辨证为"痰火内扰"……

那《咬鬼》里梦魇的诱因又是什么？其实细节已经透露给我们了："相

---

① 陈铮：《探秘梦魇现象的原因及生理意义》，《首都医药》，2007年第12期，第46页。

与检视，如屋漏之水流浃枕席。伏而嗅之，腥臭异常。翁乃大吐。过数日，口中尚有余臭云。"这段记录，其实已经暗示了老翁梦魇的诱因，就是枕席上的腥臭污水。这里有一个细节要注意，文章里直接说"如屋漏之水流浃枕席"，用了这么肯定的语气，加上老头、老太年纪不小了，还能不认识屋漏之水吗？由此可以确定，"咬鬼"之后，流满枕席的臭水正是屋漏之水，只是老头遇鬼的感觉实在太过真实，所以老头自己也不敢肯定这是屋漏之水而已。

虽说"腥臭污水"看似并不在中西医所述"鬼压床"的多种诱因里，但在精神分析学说看来，人在阴暗潮湿的环境中入睡，就会引发睡眠不适，并且在梦境中以特定的意象表现出来，所以心理学里出现了一种专门学说对人做的梦进行分析阐释。看来，不止中国有《周公解梦》啊！

梦的解析

外界刺激引发梦境中的幻象，这种观点在"精神分析学说"创始人弗洛伊德的著作《梦的解析》里有详细阐释："我们说梦是睡眠被打扰的结果。如果不是睡眠受到打扰，我们是不会做梦的……隐约听到的每一个声音都可以引起相应的梦意象。一声响雷可以把我们送到激战的战场……夜间睡衣脱落，我们可能梦到赤身裸体在行走或落入水中……还有一例是他穿了一件未干透的睡衣睡觉，结果梦见他被人从河里捞上来。"[1] 这么说吧，梦里的一切景象，都可以用现实生活中所受的刺激加以解释。

下面，我们就拿弗洛伊德的释梦方法，试着解释下老头的"梦魇"内容，看能否对得上号。夏天里，老头大白天的在屋子里睡觉，因为下雨（夏天多雨），导致了屋漏（主人公年纪挺大，他所住的屋子应该有年头了，就比较容易漏水）；漏下来的雨水，经由屋顶的腐草，变得又脏又臭，然后滴漏到床上的枕席上。雨水是冰凉的，这些又冷又脏的污水，浸湿了枕席，

---

[1] ［奥地利］弗洛伊德：《释梦》，长春：长春出版社，2004年，第32~33页。

让老头睡得很不舒服，但是因为睡得沉而醒不过来，于是就开始做梦，表现在梦里就是看到一个白布裹首、缞服麻裙的凶衣女人（按中医理论，白色、凶衣性寒，与冰冷的雨水性质类似）。因为潮湿引发了不适，睡眠中的老头就会本能地挪动，以求躲开污水，表现在梦魇里就是凶衣女人并不是直接过来找老头，而是"往内室去"。但是躲避只能是暂时的，污水越来越多，后来终于躲不开了，表现在梦魇中就是凶衣女人逡巡了良久之后还是过来找老头了，她"年可三十余（对应的是刚下的雨水），颜色黄肿（对应的是水肿样），眉头蹙蹙然，神情可畏（对应的是雨水冰冷刺骨及其污浊可厌）""逡巡不去，渐逼近榻（对应着床枕上污水的缓慢增多）"，最后终于发展成了"鬼压床"，况且"喙冷如冰，气寒透骨"，更是与冰冷的雨水相对应。这么一来，现实与梦境确实做到了完美印证，老头发生"梦魇"的诱因，正是污浊的屋漏之水。

打开突破口

如果还是不服气"咬鬼"就是"睡眠瘫痪"（鬼压床）的话，这里再提供一个细节，作为一锤定音的最后证据。那就是老头是如何摆脱"鬼压床"的。

不过，首先还是看看现代医学提供的建议。"睡眠瘫痪"在医学上有相应的防治方法。一般认为，合理安排作息时间，保证充足休息，调整饮食习惯，避免情绪激动与过分紧张，可以消除鬼压床，稍严重者也可以进行适当的心理治疗。在西药里可以选择部分中枢神经兴奋剂、抗抑郁剂药物进行治疗。不过这都是对常发睡眠瘫痪的预防与治疗，对大多数人来说，例如《咬鬼》篇的老头，他们的睡眠瘫痪（梦魇）多是偶发的，所以上述办法并不适用。

那么老头是如何摆脱"鬼压床"的呢？原文说："翁窘急中思得计：待嗅至颐颊，当即因而啮之……乘势力龁其颧，齿没于肉。女负痛身离，且挣且啼。翁龁益力"，靠的正是这个"咬"字，老头终于从"鬼压床"里摆脱了出来。

"咬"摆脱鬼压床的效果，有来自医学原理的支撑。"睡眠瘫痪"的发生机理是人的意识部分清醒，但肌肉因张力尚未恢复而暂时不听从意识指挥，所以手足无法动弹。这个时候，只需要在肌肉上打开一个突破口，鬼压床就能解除。所以有的西医建议，发生睡眠瘫痪的时候不必刻意追求手脚的大幅度运动，而应该退而求其次，从运动一个小指头开始，这样就能够较轻松地摆脱"睡眠瘫痪"。为什么呢？手脚的大幅度运动是很多大块肌肉运动的协调配合，只要其中一块肌肉尚未恢复，那手脚就难以动作。而运动一个小指头牵扯到的肌肉非常少，因此更容易打开突破口，进而摆脱睡眠瘫痪的状态。

中医里也有类似的说法。有位中医提供了一个病案："每次出现时不必慌张，而是全身放松，放松之后意念集中到颈部，然后尝试把脖子活动一下，就会发现这时全身都能活动了。此人运用这个方法非常有效。"[①] 这个扭脖子的方法跟西医讲的运动小指头的办法，可谓异曲同工，都是从小的方面打开突破口，进而摆脱睡眠瘫痪。

对比一下老头的"力龁其颧"，我们会发现，"力龁其颧"正是通过小范围的肌肉运动而打开突破口，进而恢复整个身体的运动协调能力，同样能够很快摆脱"鬼压床"。

事到如今，真相已然大白，《咬鬼》并不是真的"见鬼"，而是一次"鬼压床"事件的真实记录。老头手脚无法动弹的状况完全符合"睡眠瘫痪"的症状；老翁所见的恐怖场景正是"睡眠瘫痪"中常伴生的幻象；老翁所遭遇的景象完全可以用精神分析里的"释梦"理论进行解释；老翁摆脱梦魇的方法"力龁其颧"也完全合乎医学原理，这些细节都绝非小说家所能虚构。由此推知，《咬鬼》篇所载事件为"睡眠瘫痪症"确凿无疑，其真实性也确凿无疑。

---

① 王正凯：《睡眠瘫痪的中医治疗》，《河南中医》，2007年第4期，第82页。

欺软怕硬

真相大白了，不过还是意犹未尽，关于对付"鬼压床"的法子还值得一说。要说通过从小处入手打开突破口来摆脱"鬼压床"，有效的确是有效，但是也不过是应急之用，怎么样根除鬼压床才是王道，在这方面，上面的法子显然是无能为力的，这就需要一些其他的法子。

例如这个"硬碰硬"的法子，经过多人试用还是蛮有效的。民间传说"鬼怕恶人，鬼怕屠户"之类，也正是这个意思。软的怕硬的，硬的怕横的，横的怕不要命的。民间认为，"欺软怕硬"的原则不但在阳间，在阴界也是大行其道的。既然是被"鬼"压身，那说明你还不够横，所以就得横起来。很多脾气大的人，一碰到"鬼压床"，马上火冒三丈，心里大喝一声"滚"（虽说嘴里出不了声），或者以最恶毒刻薄的语言来咒骂压床之"鬼"，总之什么难听就骂什么，千万不要骂些无关痛痒的话，比方说"你好坏啊"之类。一通恶骂之后，摆脱"鬼压床"的效果往往不凡。

这个办法我也曾试过。我上学的时候曾有那么一段时间午睡常遭遇"鬼压床"（可能是午时一阴生的缘故），身体动弹不得，非常不爽。刚开始的时候没有经验，就是试着努力挣脱，要过很长时间才能够缓过劲来，继续睡继续被压，真是无可奈何。再后来，有一次压着压着就发怒了，开始在心里破口大骂，并且意念掐住鬼的脖子要跟它拼个鱼死网破，结果很快就恢复过来。欺软怕硬，看来凶恶的"鬼"也不过这么回事啊！

有的朋友拘泥于应该骂什么，其实是胶柱鼓瑟，这些都是外在形式而已，关键要从心底生发起那种强大的杀气，与其拼命的杀心，有了这股杀气，"鬼"当然会望风而逃。《咬鬼》里的老头横下心来"啮其颧"，其同时也是杀气生发的典型表现，结果"鬼"真的就跑了。民俗文化里，说在枕头底下放刀可以辟邪，应该也是这个思路，乃是告诉妖邪自己不是好惹的，别来找事之意。

六字大明咒

还有人建议,"鬼压床"的时候要念六字大明咒、阿弥陀佛圣号,或者其他所信仰神灵的名讳,相应的神灵就会前来把压床的"鬼"驱走。

这个办法还真不好说有没有用,对有的人可能有用,对另一些人却是毫无用处。这里面的关键,其实就是信念的问题。如果一个人有着坚定的信念,例如他对六字大明咒是极为信任的,那么他念咒时的心灵状态就是安定而专注的,这时候念咒,是全身心在念,因而能够调集起全身心的力量来驱除鬼压床,效果自然是好;但对更多的人来讲,对咒语或神灵是缺乏坚定信念的,只是听人推荐要念咒,那么他在念咒的时候就无法做到全身心地念,而是边念心里边打鼓:"唵嘛呢叭咪吽……这个咒有用吗?观音菩萨的咒语,当然有用了……要是没用怎么办?别想那么多,心诚则灵……万一心诚也不灵呢?"你看,不停地肯定又否定,这么个念法,不可能调动起全身心的能量,有用那才怪呢!

所以,念某个咒语或者佛号,只是外在的形式或辅助,真正的关键不在于神灵,而在于心定而专注,一个人定力强大了,所谓的"鬼"就拿你没办法了。

以定静祛魔

《阅微草堂笔记》里有个故事讲的就是"定力"。戴某曾租赁了一座荒僻宅落,久无人居,周围的人都说那里闹鬼,戴某则厉声回应:"有鬼又如何,我不怕!"当天晚上就住进去了。

到了晚上,房间里果然有恶鬼现形,其阴惨之气砭人肌骨。恶鬼对着戴某怒目而视,呵斥说:"你当真不怕鬼?"戴某相当强硬,回答:"当然不怕！"恶鬼就翻白眼、吐舌头、扮鬼脸、挖鼻孔，表演出种种凶恶的怪相给戴某看，然后又问："你还不怕吗？"戴某一如既往地嘴硬："不怕！"

恶鬼的脸色就稍微温和了一些，好言劝慰："我也不是非得把你赶离，就是看不惯你说话太狂妄而已。这么着吧，咱们双方各退一步，你说一个'怕'字，我保证以后再也不来骚扰你，如何？"现在轮到戴某怒火中烧了："不怕就是不怕，干吗假惺惺地说'怕'，我就不说，爱咋咋！"任恶鬼苦口婆心，晓之以理，动之以情，戴某都懒得搭理。最终，恶鬼一声叹息："我在这宅里住了三十多年，别人都是一看到我就吓得腿软，就从来没见过你这么强项不服的，尔这种不开窍的蠢货，本鬼不屑跟你住一起！"说完，就消失了，不复再来。

后来这事传出去，有人劝戴某："怕鬼是人之常情，并不是什么丢脸的事。你姑且跟它说一声'怕'，就可以息事宁人了。要是激怒了恶鬼，怕是以后会来找麻烦啊！"戴某回答："道力深者，以定静祛魔，吾道力不深，只知道在气势上绝对不能输。你气势强盛，鬼就拿你没办法；要是稍微迁就，气势就弱了，一气馁则鬼就能乘虚而入了。所以不是我不说'怕'字，而是实在不能说'怕'啊！"①

戴某虽然自言道力不深、定静不够，不过听他能说出这番言语来，显见其定静的功力已经相当深厚了。

扶正祛邪

以腾腾杀气逼退"鬼压床"，以"定静"祛魔，效果是好的，但是对当事人的要求比较高，这对部分人来讲可能不太好操作。更大的问题在于，这不是从病根上解决问题，而根治"鬼压床"的最好办法，乃是培植自身的正气，扶正以祛邪。

中医里讲"正气内存，邪不可干"，正气、阳气充足了，阴邪自然就

---

① （清）纪昀：《阅微草堂笔记》，北京：北京燕山出版社，2007年，第419页。

不敢靠近。"鬼压床"按中医的说法，是身体虚弱、阴邪太盛所致，对治的方法当然就是有意识地去扶助阳气了。扶助阳气的方法有很多，简单列举如下：

碰到有"鬼压床"或梦魇的人，我一般建议他把被褥拿出去晒一晒、枕席晒一晒、床铺晒一晒，把自己也晒一晒，总之是全面地晒一下。床铺最好摆在房间的阳面，白天要能见着阳光，也不能太潮湿，要把阴邪的环境消除，效果相当不错。"鬼压床"其实就像霉菌，需要依附于阴暗潮湿的环境存在，环境改变了，"鬼压床"也就不复存在了。

中医认为艾草为纯阳之性，可以扶阳祛阴，由此发展出艾灸这种养生祛病的好办法。艾灸尤其适用于阴寒之症，《扁鹊心书》里甚至专以艾灸治诸病。风湿、类风湿、强制脊柱炎、颈椎病、鬼压床、免疫力低下等诸多阴寒过盛的病症，都可以灸法作保健之用，常常可收到意想不到的效果。用艾灸来对付鬼压床也相当有效，阳光普照，阴霾自消。艾灸不但可以扶植阳气，在阴暗潮湿的房间里点上那么一两只灸条，也可驱除屋子里的阴气，当然要注意防火哦！

服中药是更有效的办法。"鬼压床"者往往阳虚、气虚，这时候吃一些补阳、补气的中成药或汤剂，诸如十全大补丸之类的，能够振奋阳气，提升体质，很快"鬼压床"就会无影无踪了。

有的"鬼压床"情况比较严重，单凭一种办法可能没法奏效，这时可以考虑一下多管齐下，多种手段都采用，既晒太阳，又艾灸，再加上服中药，枕头下放桃枝，感觉不过瘾，把一整棵桃树都放床底下，总之把"十大酷刑"都用上，就不信它还能负隅顽抗下去。

有鬼无鬼的交锋

"鬼压床"只是民间用语，学名则是"睡眠瘫痪症"，那么，这里面应该是没有鬼了。"鬼"到底存在不存在？在科技昌明的当代，多数人是不信的，少数人仍然是相信的，有鬼无鬼的交锋，也一直在延续着。

记得小时候学过一篇《鲁迅踢鬼》的课文，说鲁迅在家乡教书的时候，晚上回家要经过一片坟地。这天很晚了，鲁迅又经过这片坟地，无意中往坟地里一瞧，看见一个白色的影子。鲁迅学过医，当然不相信有鬼，所以仍然大胆地往前走。只见那个白影子一会儿消失了，又出现了，一会儿高，一会儿低，一会儿大，一会儿小……乖乖，这不是传说中的鬼是什么！鲁迅还是往前走，想看看到底是怎么回事。等他走到那个白影子旁边，影子又缩小了，在一个坟堆旁边蹲了下去。鲁迅正好穿着硬底皮鞋，就朝着那个白影子使劲踢了一脚，白影子"哎哟"一声惨叫起来。仔细一看，原来是个盗墓的。这个故事当然是倾向于宣扬无鬼。

另一个故事则倾向于宣传有鬼。《阅微草堂笔记》里记载：及孺爱、张文甫两人，都是私塾先生。他俩曾一块到野外去散步，来到一处荒凉地方，天色也晚了，张文甫有点害怕就想回去，说："墟墓间多有鬼，不可久留，咱们赶紧回去吧。"话刚说完，那边走过来一个拄着拐杖的老人，老人给两人作揖说："世上怎么会有鬼呢？你们都是儒弟子，怎么能去信佛教那些鬼神妖妄之言！"于是就跟两人阐发起程朱二气屈伸、天下无鬼的道理，三人相谈甚欢。正谈得欢畅时，那边来了几辆大车，正在侃侃而谈的老人急忙振衣站起说："两位抱歉啊，其实我乃泉下之人，待在这里寂寞很久了。如果不持无鬼论，你俩哪里肯跟我聊天呢，现在告诉你们实情，请不要介意啊！"说完就不见了，这里识字人不多，只有董空如先生的墓在附近，可能这就是董先生的鬼魂吧！①

那到底有没有鬼呢？我们来看纪晓岚的逻辑有无道理："有讲学者论无鬼，众难之曰：'今方酷暑，能往墟墓中独宿纳凉一夜乎？'是翁毅然竟往，果无所见，归益自得，曰：'朱文公岂欺我哉。'余曰：'重赉千里，路不逢盗，未可云路无盗也；纵猎终日，野不遇兽，未可云野无兽也。以一地无鬼，遂断天下皆无鬼；以一夜无鬼，遂断万古皆无鬼，举一废百矣。'"按照纪晓岚这个说法，从逻辑思辨的角度来讲，无解……

---

① （清）纪昀：《阅微草堂笔记》，北京：北京燕山出版社，2007年，第7页。

二气之良能

张载说:"鬼神者,二气之良能也。"我喜欢这个说法。有没有鬼得看你对于鬼的概念。在我看来,鬼神乃是能够引发某事的某种功能而已。比方说夏日雷电大作,肯定是有某个功能使得雷电得以产生,古人没有弄清这个功能的背后真相,暂时先把这个功能加以人格化,定义为"雷神",似乎也无不可。古人不清楚"鬼压床"的现代医学机理,但是肯定有个功能导致了"鬼压床",那暂且把这个功能加以人格化地命名为"鬼",又有何不可?古人以自己的思维方式描述世界,他们的话是说给同时代的人听的,现代的人就容易听不懂,乃至嗤之以鼻。只有把鬼神视作某种功能,而不是随便地肯定或否定,才能够真正明白古人要表达的意思,从而契入心印。

真正的迷信

我给人讲《咬鬼》的故事,讲完后一般都要问一句:你认为这个故事是真的假的?多数人的答案都一致——假的。问为什么?因为唯物主义认为鬼是不存在的,《咬鬼》是讲"鬼"的故事,当然就是假的。我就把《咬鬼》实为"睡眠瘫痪症"(鬼压床)的证据详细讲解一番,借此证明"咬鬼"故事的真实性确凿无疑。

讲完以后,听众也首肯了,我就再追问一句:"你相信唯物主义,并且因此认为'咬鬼'是假的,但实际情况是'咬鬼'是真实的,并且也不违背唯物主义。那问题就来了,你信仰唯物主义的这种行为,算不算是迷信?"长时间的哑然……

在这个例子里,唯物主义没有错,信仰唯物主义也没错,"咬鬼"是真的也没有错，那错的又是谁呢？弄清这个问题，就得搞清楚什么才是真正的迷信。

我上中学的时候，政治课学得还算不错，掌握了一点政治经济学的皮毛知识，知道生产资料的重要性、资本主义的金融危机等。外出路过一家单位，看到门匾上写着"生产资料公司"，就认为这个公司肯定大有发展前途；看电视看到美国股市下跌，就认为资本主义又要金融危机了，生产过剩的资本家又要倾倒牛奶了……事实证明，这些预测简直是错得离谱。

即便在今天看来，生产资料的理论没有错，金融危机的理论也没有错，相信这些理论也没错，那么错的到底是谁？

错的不是知识，错的是态度。信仰某种理论，然后就觉得天下已经没有难题了，所有的相关问题都已迎刃而解了，大家都可以洗洗睡了。秉持这种信仰，就算所信仰的知识再正确，仍然不是科学，仍然只是一种迷信。

"迷信于科学"，我对此深有体会。信仰或者不信仰什么，都不足以判断这个人的迷信与否。真正的迷信，其实是一种思维模式，认为某种理论已经能够把一切都解决了，剩下的只是时间和力气的问题。牛顿的物理学体系确立之后，科学界有种倾向，认为物理领域的所有问题都已经根本解决了，剩下的只是更加精细更加准确的问题。事实已经证明，事实也将继续证明，这才是真正的迷信。

第五篇 《捉狐》：黄鼠狼的气功

捉狐

孙翁，跟蒲松龄是八竿子刚能打着的亲戚，胆子很大是他的突出个性。这天孙翁正在睡觉，突然觉得有个东西爬到床上来，接着就感觉身子飘摇如驾云雾。孙翁平时对神神道道的东西知之甚多，这时头脑也很清醒，就想是不是被狐狸给魇住了？偷眼看时，只见有只跟猫一般大小的动物，是黄色的皮毛，碧绿色的嘴，小心翼翼地，唯恐惊醒了孙翁，正从孙翁的脚板往上爬。

爬到孙翁的脚上，孙翁的脚就痿软，爬到大腿上，大腿也痿软。孙翁不动声色地等着，等这小东西爬到自己的肚子上时，突然按住它，掐住其脖子。被抓的这个小东西，一边尖叫一边挣扎。孙翁赶紧让老婆拿绳子来拴住小东西的肚子，免得它跑掉。

拴好之后，孙翁就得意起来，冲着小东西笑："都说你善于变化，现在我把你拴起来，有什么本事你就使吧！"话还没说完，小东西的肚子突然缩下去，细得跟管子一样，差点就从绳套里脱身出来。孙翁吓了一大跳，赶紧使劲用手再掐住，小东西的肚子却又突然鼓起来，跟碗一样粗，坚实得很，用手很难掐过来。孙翁的力气稍微松懈一下，小东西的肚子又缩回去，如是者三。孙翁看这样下去不是办法，干脆杀掉得了，赶紧指点老婆去拿刀，等回头一看，小东西早就从绳套里逃掉，无影无踪了。

错认黄鼬成狐狸

孙翁以及蒲松龄老先生，都以为这个小东西是狐狸，所以题名为《捉狐》，实则未必然。从种种蛛丝马迹来看，这是一只如假包换的黄鼬（黄鼠狼），有这么几个证据：

第一，从体型的大小上来看，小动物的体型更接近于黄鼬。原文里说此物有如猫大，而成年猫的体型大概是二三十厘米长，成年狐狸的体型则至少为五十厘米长，再加上硕大的尾巴，狐狸的身板简直抵得上农村常见的一条土狗，这么大的身板，想来并不是孙翁一下子所能降服的。而成年黄鼠狼的体长大约三十厘米，比狐狸要小一些，与猫更为接近，孙翁也比较容易能够降服。所以孙翁逮到的小东西，是黄鼠狼的可能性更大一些。有朋友可能会问：如果是幼年狐狸（体型较小）呢？这个基本可以排除，想来幼年的小狐狸，暂时还没这个胆子，也没有那么大的本领。

其二，从动物的生活习性来看，孙翁遭遇黄鼬的可能性似乎更大一些。人常说狡猾的狐狸，狐狸是以聪明取胜。传说狐狸看见猎人设置的陷阱后，能够在陷阱的周围做上记号，以作警示。狐狸捕猎蜷缩成一团的刺猬时，还会把刺猬拖到水里呛之。如此高智商的狐狸，当然晓得人类的可怕，对于人类一般都会避而远之，居住场所往往选择在墟墓、洞穴当中，尽量远离人烟。黄鼠狼则不然，它们吃老鼠、蛇，而住宅里老鼠颇多。据说黄鼠狼还偷鸡吃，那就更得亲近人烟了。我小时候，常常听说柴火垛可能藏着黄鼠狼，也说明黄鼠狼离人烟比较近，所以是有胆子也有机会招惹居家之人的，可见是黄鼠狼的可能性更大一些。

当然，上述只是猜测，更为有力的证据则是这个小东西，据说擅长一种能伸能缩的气功。

黄鼠狼的气功

黄鼠狼的气功跟人类练的气功很不一样。我所说的"气功"里的"气",并非实有,而是对一种性质、功能的描述。黄鼠狼的"气功"则是实实在在的"气",也就是空气。黄鼠狼主要的食物是蛇和老鼠,但它的个头太小,跟蛇相比占不了太大便宜,这就需要有自己的拿手绝活。民间传说,很多人见过黄鼠狼跟蛇搏斗,先是故意挑逗蛇把自己缠起来,这时黄鼠狼会在肚子里鼓足空气,让身体粗壮如碗,等到蛇严丝合缝地把它缠起来后,黄鼠狼又会吐出肚子里的空气,身材就瞬间苗条了很多,能够轻易从蛇的缠绕之下脱身,然后继续鼓起一肚子气让蛇缠,再吐气脱身。如此三番五次之后,蛇就会累得有气无力,黄鼠狼趁此机会发动对蛇的最后一击。[①] 不过现实当中黄鼠狼是不是真有这个本领,咱就不得而知了。如果有确切的证据,那么《捉狐》的故事应该就是完全真实的了。

《捉狐》篇里记载小动物的肚子忽粗如碗、忽细如管,跟民间传说里黄鼠狼的"气功"恰好吻合,但我们并未听说过狐狸有类似的"气功"。综上所述,基本可以判断《捉狐》里的动物,更可能是黄鼠狼,而非狐狸。

黄鼬传说种种

黄鼠狼是种很有意思的动物,关于它的民间传说也有很多,列举在此,权作消遣。

据说黄鼠狼的生化武器很是厉害。这个生化武器,指的是黄鼠狼肛门两侧有一对豆型的臭腺,当受到天敌追击而摆脱不掉时,臭腺就会释放出

---

① 向昌明:《黄鼠狼斗蛇》,《科学天地》,1982年第6期,第59页。

浓烈的异味。这股臭味来得正是时候,后面追赶来的天敌正累得呼哧呼哧大口喘气,正好就把这些臭气照单全收,结果自然是被熏得翻白眼。民间传说,黄鼠狼在捕猎刺猬的时候,也常用此法。

民间还传说黄鼠狼喜欢骑马出行,但这里的马并不是真正的马,而是兔子。据说夜深人静的山沟里,曾有人见过黄鼠狼骑在兔子身上,拽着兔子的两只长耳你追我赶地任意驱驰,煞是可笑。摄影师也曾在英国拍到黄鼠狼骑在啄木鸟背上的照片,当然这并不是黄鼠狼调皮,而是其正在捕猎该鸟儿罢了。

关于黄鼠狼的一些传说难辨真假,但至少在人们心里,这是一种很聪明、很特别的动物。所以民间又有黄鼠狼成精的故事。北方民间所说的"五大仙"都是动物成精,胡(狐狸)、黄(黄鼠狼)、白(刺猬,也有说兔子的)、柳(蛇)、灰(老鼠),这"五仙"作为"保家仙",在北方受供奉颇广。

不过据说黄鼠狼成的精,档次也并不是很高。《子不语》里说:狐仙请李半仙赴宴,两边侍立捧盘馔者,都是大个的黄鼠狼,像人一样站立着,但是穿着纸做的衣服,名字叫作"黄小将",只有主人狐仙才着布衣,李半仙很奇怪,问黄鼠狼穿纸衣是怎么回事。答案是:那些黄小将福报太薄,只配穿纸衣,穿绸则病,穿缎即死。这么说来,黄仙还是挺可怜的。[①]

黄皮子附体

不过最神奇的,还是民间关于黄鼠狼附体、控制人心智的传说。农村长大的,大多听过"黄鼠狼附体"的传闻,实际上也有很多人亲眼见过。一般都是此人本来正常,但突然之间自称是黄鼠狼,开始在那里胡言乱语,要鸡吃什么的。人以黄鼠狼口吻说话的现象,在现实中是真实存在的,在农村尤为多见。不过到底是不是真的被黄鼠狼附体,则另当别论。

有种说法是黄鼠狼的脑电波很强,因此能够控制虚弱之人的脑电波,

---

① (清)袁枚:《子不语》,申孟、甘林点校,上海:上海古籍出版社,1998年,第611页。

从而产生附体现象。但这也不过是个假说，并无科学印证。也有人说被黄鼠狼附体以后，人的身上会出现一块疙瘩肉，只要找到了这块疙瘩肉并用力拧住，黄鼠狼就跑不掉。此时四周搜寻，就会在不远的地方找到一只黄鼠狼在那里手舞足蹈，把它赶跑，被附体的人也就随之清醒了。不过，以上都是一些道听途说的民间传言，似乎也当不得真。

癔症

现代医学把"黄鼠狼附体"现象归为"癔症"的一种。可以说，所有异于常态的"歇斯底里"症状都可以归入癔症范畴。农村当中常见的被黄鼠狼附体的现象，都可被认定为癔症。王小波曾亲眼见过所谓的"附体"，只是这里附体的不是黄鼠狼，而是狐狸："当年我在农村插队，见到村里有位妇女撒癔症，自称狐仙附了体……假设我信有狐仙附了我的体，那我是信了一件不可信的事，所以叫撒了癔症……在学大寨的年代里，农村的生活既艰苦，又乏味；妇女的生活比男人还要艰苦。假如认定自己不是个女人，而是只狐狸，也许会愉快一些。我对撒癔症的妇女很同情……"[①] 癔症的发病有其规律可循，患者往往具有较强烈的受暗示性，往往感情用事，并且思维封闭，性格比较内向。癔症可能呈现为多种临床症状，包括生理症状和心理症状，但其引发源头，往往是受到了某种心理暗示。

个人以为癔症的产生模式是：在外界的心理暗示下，大脑当中原本正常的自我定位意识被弱化，而潜藏已久的定位意识被强化激发。也就是说，患者暂时遮蔽了正常的自我定位，而激活了非常态的自我定位。本来知道自己是个人，但一受到某种暗示，就以为自己是黄鼠狼了，于是言行举止都表现得跟黄鼠狼同步了。

以某学校食物中毒个案引发的流行性癔症为例分析一下，就会对上面的解释一目了然。有一个学生发生了食物中毒，这本来是个案，从逻辑上

---

① 王小波：《思维的乐趣》，北京：中国人民大学出版社，2005年，第192页。

来讲，食物中毒的个案肯定不能代表集体食物中毒，但是也不可否认，食物中毒的个案又昭示着集体食物中毒的可能性。这种可能性势必会引发周围学生对自己是否也中毒的担忧。

在这么多学生里面，肯定会有个别比较容易受暗示的学生，他们在强烈的担忧下，弱化了自己原本正常的自我定位，而把自己跟食物中毒的同学紧密联系起来，开始把自己定位为食物中毒者。在这种新的定位意识控制下，就算当事人没有中毒，仍然会表现出食物中毒的症状。一旦在人群中开了这个头，那就难以控制了，其他人也会跟着给自己定位为食物中毒，这样就产生了大范围的食物中毒症状，究其根源，实为一种流行性癔症。

气功里的自发功

提到"癔症"，不由得就想到了"气功"。现在"气功"的名声很不好，一个重要的原因就是，很多气功让人放弃了自我意识而随波逐流。

气功里的"组场"就有放弃自我意识的明显特点。二十世纪八九十年代的气功大潮，不知道吸引了多少人投身进来。那个时候的气功仿佛并不是个人锻炼的事情，而是大众群体的事业，所以追求人数越多越好。"组场"也是特别看重人数的多少。"组场"说白了也简单，就是很多练功者在一个场地，或者练气功，或者听气功大师的带功报告。在群体场合下，人群特别容易出现一些特殊反应，与会者或哭喊吵闹、或手舞足蹈、或一言不发、或念念有词，总之，相当多的参与者都能进入一种如痴如醉、恍恍惚惚的状态。参与者把这种特殊状态拿出来说事，表明受益匪浅，证明气功大师功力高深云云。我在网上还看过不少集体（组场）练功的图片，不少练功者如痴如醉地在地上打滚……这种看上去神奇的现象，说白了就是一种由集体催眠术所引发的癔症。

引发癔症也要有些技巧，例如"组场"当中的一些手法。有的气功大师会事先在场地的各个位置安排上自己人，当气功报告开始之后，这些线人就装模作样地进入状态，开始手舞足蹈，大动特动起来。周围的群众本

来就有想进入"功境"的潜意识，再受到这些先行者带头行为的暗示，自我意识就会被弱化，集体意识被强化，也就随着别人而大动特动，乃至进入"功态"，整个会场就进入了癫狂状态。参与者则以是否癫狂来评价"组场"的成功与否，评价气功师的功力（其实跟功力无关），这种评判标准更催动了对癫狂状态的追求。

"组场"是一种针对集体的催眠行为，气功里还有一种个人催眠的行为，叫"自发功"。所谓自发功就是说练功时突然无意识地动了起来，有的是小动，有的是手舞足蹈的大动。动起来的练功者往往洋洋自得，宣扬自己练功收到了什么成效。这么传来传去，推波助澜，就出现了专门追求自发功的功法。假如说此前气功里的自发现象还是在练功过程中偶尔出现，只是一个伴生的话，那么这种新的功法目的性很明确，就是直接追求自发功。人在平常状态下为何不会出现自发功？因为这时的自我意识强大，足以控制身体，要自发功，就得先得把自我意识弱化，把对身体的控制权交出来。一个人主动把对身体的控制权交出来的话，那外在的内在的刺激都可以轻易影响此人的行为，脑子里的一切变得没有核心统摄，很容易就会精神错乱……

无为而无不为

自发功看似"无为而无不为"那般高大上，实则是一种误解，很多人都有这种误解。《道德经》里老子是说过"无为而无不为"，但这是有前提的，前提就是要保证有主心骨，一个人的主心骨都丢了，就必然被外界的暗示所操纵而陷入癔症。自发功也不是不可以试，但是主心骨千万不能丢，这就是原则问题。

每个人都有主心骨，但强弱的差别很大。人的主心骨就类似于地球的自转轴，有了自转轴，就可以无为而无不为了。地球论个头要比木星小得多，但因其有主心骨，能自发地有规律地自转，同样成为真正意义上的大行星，而那些在太阳系里游荡的小行星，因其形状不规则，没法形成自转轴，缺乏主心骨，就算个头再大，也只能如没头苍蝇一般。

第六篇　《王六郎》：土地公的心机

水鬼助渔

淄川北郭有个许生，以打鱼为生。"北郭"这个地名中国人很熟悉，一般在县城四周，多有东关、西关、南关、北关的地名，这里的"北郭"，指的当是淄川城的"北关"。孝妇河由南往北，从淄川城西流过，那么这个北关的许生，应该就是在淄川城北的孝妇河段上打鱼了。那地方我也经常路过，几百年过去了，河还是那条河，水却不是当年的水了。

许生有个让人感觉神经兮兮的习惯，他夜里到河上打鱼的时候，总是要带上一壶酒，边喝酒边打鱼。这还不奇怪，关键是他不但自己喝酒，还把酒倒在地上，祈祷说："河里的溺死鬼，也来喝一盅吧！"这样数年如一日，早就习以为常了。奇怪的是，别人在同一条河里打鱼，往往是两手空空，许生打鱼却是每次都能满载而归。

这一天，许生又在河边喝酒，过来了一个少年人在旁边转来转去，很馋虫的样子。许生好客，就邀请少年人一起喝，他俩就喝了个不亦乐乎。但当天晚上许生打了一晚上渔，结果却一无所获，心里当然很失落了。一起喝酒的少年站起身来，说："别着急，我给你赶鱼去。"说完飘然而去，过了一会儿鱼群果然就来了，许生一下子收获颇丰，欣喜异常。少年自称王六郎，约定以后每天晚上两人一起喝酒，喝完酒少年就为许生驱赶鱼群，

如此这般。

半年后的一天，少年人突然很悲伤地跟许生说了实话："实不相瞒，我是河里的溺死鬼，这么多年你打鱼之前祭奠溺死鬼，请我喝酒，我现身后又跟我成了好酒友，我感念你的深情厚谊，每天晚上为你驱赶鱼群，现在我要走了，跟你说实话道个别，从此之后永别了……"

溺死鬼找替身

那为什么要突然离开呢？王六郎说他被迫待在这里的业报已满，明天就会有人来替代他，他终于可以投生人间重获人身了。那谁来替代呢？明天午时，会有一个女子渡河而亡，那就是王六郎的替代者了。

许生闻言之初也惊讶了一番，但因为跟王六郎已经熟络，所以很快就安之若素，当下二位挥泪告别。第二天中午，许生早早等在河边，看是不是真的有人来河里寻死。果然很快来了一个抱小孩的妇女，不小心失足掉进河里，小孩被抛上了岸，女子在河里挣扎沉浮了一番，居然没有被淹死，最后又爬上岸来。看来，王六郎又得在河里多待几年了。

当天晚上王六郎又来了，跟许生解释说："这次她本来可以替代我的，但是我想到小孩失去了母亲怕是也活不下去，实在是不忍心，就放弃了这次机会，下次不知要等到啥时候了……"许生唏嘘赞叹了良久，两人每夜又相聚饮酒打鱼如初。

邬镇土地爷

又过了一阵，王六郎喜滋滋地来跟许生告别："上次替代之事，因我动了恻隐之心，放弃了机会，这事让上天知道了，就下了一纸命令，让我去招远县邬镇当土地爷，明天就要赴任了，今天过来跟你道别，你要是把我当朋友的话，别忘了去邬镇看我！不用担心人神之隔，你到了自然就能见到我。"千叮咛万嘱咐之后，二位又一次挥手作别。

回到家里，许生马上整治行装，说是要去招远的邬镇看土地爷王六郎，家人都以路远为由相劝阻，但许生听不进去，一意孤行还是出发了。终于到了招远地界，一打听还真有邬镇这个地方，并且也真有个土地祠。当地人听许生问起邬镇土地，就问许生是不是淄川来的，还说："前几天土地爷给我们这里的很多人都托了梦，说淄川的一个许姓朋友会来看他，交代我们要好好照顾你，我们企盼了很久了……"

许生也是非常惊讶，马上到土地祠去祭拜土地爷（王六郎），并且在神像面前酹酒烧纸，正在祭拜的时候，看到有一股风从神像后座跑出来，旋转不停，好长时间才散掉。想来应该是土地爷出来享用祭祀了。

到了晚上，王六郎给许生托了梦："感谢老友千里迢迢来看我，可惜我只是个小小的土地，没法出来以真身见你，真是近在咫尺如隔河山啊！我已交代了本地人给你一些馈赠，等你回去时，我也会去送别。"

许生在邬镇住了好几天，当地人都来赠送贵重的礼物，到了临走的时候，众人又都来送别，同时有一股羊角风一直跟着许生走了十多里地。许生当然知道这是王六郎，送君千里终有一别，许生叮嘱王六郎身为当地土地应该为民造福。

回到淄川，邬镇人赠送给许生不少贵重财物，许生家境宽裕了很多，从此不用再打鱼。其实自从王六郎走了，估计就再难打着鱼了。后来遇见有招远人路过，许生问起邬镇土地的情况，都说那边的土地非常灵验。但也有人说，土地爷王六郎的所在，并不是招远邬镇，而是章丘的石坑庄，可能是传讹之误吧！我查过好久，没查到招远有邬镇这个地方，在章丘也没查到石坑庄，很是疑惑，不知有无知情者可告知一二。

略读与精读

读书分为两类，精读与略读。有的书略读就够了，这就是诸葛亮所说的览其大略，但是像《聊斋志异》这样的经典，不精读的话，就没什么意

思了。说到"王六郎"的情节,其实也简单:许生酹酒祭奠河鬼,河鬼帮许生打鱼,双方结下深厚友谊,后来河鬼因一念恻隐放弃了转生机会,因此感动上天,被授予邬镇土地之职,许生与王六郎由此别离,后来许生千里迢迢地赶赴邬镇拜祭王六郎,遇到了不少神迹……这就是略读的结果,也叫概括故事大意。看简介是没意思的,阅读文学作品应该把自己代入故事里,借由许生与王六郎展开一段新奇的生活,感悟其间人情世态,这是审美的读法,也是文学的魅力所在。但是还有一种读法,那就是研究性的读法。《王六郎》里面,可供研究的细节太多了,但是往往被视若无睹地忽略了。要看出《王六郎》的闪光点,就得精读,多问几个为什么。古人说"百姓日用而不知",说的也是这个道理,好多人每天追逐神奇而不可得,其实周围的一切日常琐事哪一点不是神奇?神奇就在日常百事里。有的朋友纳闷,从聊斋故事中怎么能够发现那么多有意思的事?其实也简单,每个人,只要静下心来,认真地、细细地去捕捉,就会发现原来处处有宝贝。

我们就看一下《王六郎》里有什么值得言说与探讨的地方。

其一,许生为何要给河鬼祭酒?谁教他的?原理何在?其二,无形之鬼,如何驱使有形之鱼?其三,虚无之鬼如王六郎者,如何得以显形?其四,溺死鬼为何必须要找到替身才能转生?其五,一念恻隐,做了善事,果真能上达天庭吗?其六,王六郎被封为邬镇土地,那么"封神"到底是怎么回事?其七,王六郎为鬼时能与许生相见,升级为土地爷了反而无法与许生相见,这又是怎么回事?其八,纸钱等祭祀物品到底有没有用?其九,鬼神跟旋风(羊角风)有什么关系?其十,土地祠真的能够很灵验吗?等等。

上述十多个问题中的每一个,现在来看都是未解之谜,都可以做出一番探索。而这十多个问题,又与鬼神文化密不可分,正好借《王六郎》做一次鬼神文化的串讲,虽说鬼神是不存在的,但不可否认鬼神文化却是真实存在的。读者大可以把《王六郎》当成"假语村言",但这样就可能错过一个精彩而神奇的方术世界。抛开《王六郎》的真实性不谈,里面的许多细节都是基于方术文化背景的。

施食祈福

许生每天晚上打鱼，总忘不了以酒酹地，让河里的溺死鬼享用。这个粗看起来也没什么出奇之处，但是鸡蛋里挑骨头，总能挑出点奇怪的地方。其一是许生为什么非要选在晚上打鱼？白天打鱼看得见，晚上打鱼一抹黑，看不着鱼也就罢了，一个不小心还容易落水。当然打鱼我是外行，不知各位朋友能不能给出夜间打鱼的解释。其二，许生打鱼的时候为何要以酒酹地来祭祀？这个习惯来自何方，是许生自己的心性使然，是有高人传授，还是家族传统？我们不得而知。

这个祭祀，其实是祈福方术的一种，在宗教里被称为"施食"，许生长期坚持"施食"，必然是有原因的。何谓"施食"呢？顾名思义就是施舍食物给孤魂野鬼吃，施食又名"焰口"或者"瑜伽"，施食的对象主要是饿鬼亡魂。按照佛教道教的说法，天地之间有许多的孤魂野鬼在四处飘荡，当然这些孤魂野鬼也未必就是人死后所化，动物植物死后可能也变成孤魂野鬼，所以数量众多，乃至以亿万记。这些孤魂野鬼四处游荡，倒是逍遥自在，但很难受的地方在于太饿，没吃的，因此常处饥饿煎熬当中。"施食"就是向这些孤魂野鬼施舍食物，解除他们的饥饿之苦。施食在佛教道教那里还有具体的仪轨，《聊斋志异》里的《鬼哭》讲的也是施食，不过咱们这里只谈许生的"施食"。

从细节上来看，许生的"施食"层次已远高于市面流传的施食方法，主要表现在：其一，许生在晚上而非白天施食，因古人认为白天阳气盛，鬼不敢出，许生选在晚上施食，当然是深知其中内情；其二，许生选择"施酒"而非"施食"，因古人认为不同神鬼各有所好，要求神鬼之助，就得投其所好，所以许生的"施酒"具有明确的针对性（嗜酒之鬼）；其三，许生明确表述施酒对象为河中溺鬼，这表明许生并非如市面流行的给阴间众生施食，而是专门针对河里的溺鬼，这种专一性就有点接近宗教文化里的"修护法"方术了；其四，许生施食完毕后就去打鱼，这一细节已明白提示，其施食目的就是为了让被施食者帮自己打鱼，因而也难怪"他人渔，迄无所获，而许独满筐"。通过这些细节提示的文化真相，我们发现许生其实相当精明这一隐藏事实，这与其表面上的傻乎乎相去甚远。许生"施食"的原因之一是慈悲心，不忍看到众生挨饿嘴馋，施食以行善，但是还有一个目的不可否认，那就是"施食求福"。要说施食怎么能求福，那就得先从"鬼使神差"这个词说起。

使鬼差神

什么是"鬼使神差"呢？现代词典解释为："好像有鬼神在支使着一样，不自觉地做了原先没想到要做的事。"古人的解释跟现代人基本相同，但是立场更坚定，也就是说古人认为，正是鬼神推动着我们去做一些莫名其妙的事。

假设某天早上，你因故出门往某方走，捡到一百块钱。如果当天早上睡懒觉，如果没事情不必出门，如果出门坐的车，如果在自己之前就有人路过看到钱，如果失主根本没丢钱，如果其他……只要有一丁点的变化，你就捡不到这一百块钱。是什么让这么多的机缘巧合指向你捡到钱这个结果？这就是鬼使神差。每个人都有无数次这种"鬼使神差"的经历，我们也将其当成巧合，但是到底是谁促成了这些巧合？巧合的背后，是不是有鬼神推动着我们去做某些事？

古人认为鬼神无形，难以直接作用于物质，但能够影响人的精神，精神又指导身体，身体作用于物质，于是一切都得以展开。

如果相信人的很多行为是"鬼使神差"，那么"施食祈福"的原理就好理解了。"施食祈福"不是鬼使神差，而是更进了一步——"使鬼差神"。我们施食对于恶鬼有恩惠，鬼性单纯，不像人类当中太多的忘恩负义，心怀感激，自然知恩必报。主动给鬼施以恩惠，就由被动的"鬼使神差"变成了主动的"使鬼差神"，受到恩惠的鬼神会在暗中相助，推动施食者不由自主地做出某些事，从而达到某种结果。这就是"施食"的原理。说到这里，我们再看道经典籍里办事时呼六甲秘祝，出行时呼值日神名之类的记载，可有些许感悟？

施食是普通人"使鬼差神"的办法，而道行高深的，就不用那般费事，宗教里说道士禹步作法、掐诀念咒，就可直接召役鬼神前来服务，所以我们在《西游记》里常看到类似的描述："行者闻言，捻诀念声咒语，叫那护法诸天、六丁六甲、五方揭谛、四值功曹、一十八位护驾伽蓝、当坊土地、本境山神……"孙悟空能够直接役使各方神灵来帮忙，也正是凭借道法通神以"使鬼差神"。

气固而形显

王六郎起初暗地里给许生驱鬼，后来才显形与许生相见，这里也隐藏着奥秘。古人认为，鬼是一股无形之气，故很难显形，王六郎之所以能够显形，也是由很多条件促成的，当然这都是宗教说法，在此也只是姑妄言之。

首先王六郎是在青壮年时期的溺死之鬼，按照纪晓岚的说法，"人有不伏其死者，所以既死，而此气不散，为妖为怪"，壮年气盛，加上不伏其死，是以其气厚重，能够常年不散。这是其一。

再就是许生的常年祭祀，并且是直接针对溺死鬼的祭祀，这种祭祀更加坚固其气。鬼神非常重视祭祀，倒也未必是在乎那点香火美食，更重要的是人的意识中有他们的形象，这样能够坚固其气，使其不至于快速散亡。

再有一个就是"因名赋气"，王六郎也是蛮精明，他跟许生第一次见面，直接就报上"王六郎"的名字来，让许生此后能够每日呼之，这在修行上叫作"因名赋气"，同样也能坚固其气。

如果只是因为那点酒，王六郎对许生也不至于如此感激。正因为在王六郎坚固自身之气的过程中，许生起到了非常关键的作用，所以王六郎视许生为知己，双方相互帮助，形成了良好的互补双赢关系。

其气厚重了，王六郎方能得以显形。从这个理论来讲，能够显形之鬼，

相当于阳世间的身强力壮，人高马大，可不是好惹的主。这个跟蜃景的出现实际是一个道理，如果条件允许，咱们另撰一篇《山市》再论。

鬼寻替身

王六郎在河里沉沦久矣，但是一直没法转生，概因溺死鬼都要找替身才能投胎转世。民间传说认为，溺死鬼、缢死鬼、堕死鬼、车祸鬼等，都要找到替身方能脱离鬼趣，重新投胎。

至于横死之鬼为何需替身方能投生，《阅微草堂笔记》借一个自缢鬼之口说：

"上帝好生，不欲人自戕其命。如忠臣尽节，烈妇完贞，是虽横夭，与正命无异，不必待替；其情迫势穷，更无求生之路者，悯其事非得已，亦付轮转。仍核计生平，依善恶受报，亦不必待替；倘有一线可生，或小忿不忍，或借以累人，逞其戾气，率尔投缳，则大拂天地生物之心，故必使待替以示罚。所以幽囚沉滞，动至百年也……问：'不有诱人相替者乎？'鬼曰：'吾不忍也。凡人就缢……思是楚毒，见缢者方阻之速返，肯相诱乎？'聂曰：'师存是念，自必生天。'鬼曰：'是不敢望。惟一意念佛，冀忏悔耳。'俄天欲曙，问之不言，谛视亦无所见。后聂每上墓，必携饮食纸钱祭之，辄有旋风绕左右。"①

这里提到，凡自杀之鬼，因其不爱惜生命而自残，上天为惩罚之，规定其必须找到替代才能重新投生。但是随之又有了个问题：很多溺死鬼、堕死鬼、车祸鬼并非自杀，何以也要找寻替身？这里古人又有另外的解释：非正常死亡的，天地不收，无法上天，也无法入地府，只好在人间游荡，那什么时候是个头呢？找到替身为止。

但是找替身也有例外，像上文里的鬼，最终也没有找替身，而是通过念佛忏悔，最终得以脱离鬼趣，重获新生。包括《王六郎》，王六郎的摆脱，

---

① （清）纪昀：《阅微草堂笔记》，北京：中国戏剧出版社，2000年，第63页。

最终也没有经由替代这种方式。这就给我们一个启示，鬼找替身未必就是唯一的路，其实还是上级领导一句话的事……

举头三尺有神灵

下面再说第五个问题，为什么鬼的一念恻隐能够上达天庭，难道真的有"举头三尺有神灵"这回事？

"举头三尺有神灵"从逻辑上看貌似讲不通。神是何等人物，岂会自降身份到整天蹲在你的头上监视你的一举一动？纵使真有个神愿意接受监视你的任务，老虎也有打盹的时候，神也做不到时时事事皆了然于心吧？他又不是监控摄像头，能够保证二十四小时不眨眼。

不过还有一种解释是"泛神论"，也就是身边的一切存在都是神。所以说到中国的"神"大家就要注意了，其实神就是一种"职务"，负责某种工作，而并非指具体的某个人。

明确了"泛神论"其实指的是职位，就明白一块土地有土地神、山有山神、河有河神、宅子有宅神、灶有灶神、床有床神、井有井神、门有门神……神是古人把某种职位的人格化。进入现代社会，是不是会有沙发神、电脑神、手机神？反正"汽车神"肯定是存在的，君不见过年之后，司机在路口祭祀车神、路神的奇异景观，看来神灵也是与时俱进的。

既然"泛神论"说处处都是"神"，那么"举头三尺有神灵"的说法也就可能说得通了。并非有某个神在专门负责监视着你，而是有众多的神都在那里起监督作用，当你动了这样一个念头，并非每一个神能感应到，而是与之相应的神才能感应到。假如你杀鸡吃肉了，灶神就能感应记录你的行为，因为这是他的本职工作，所以记录起来驾轻就熟，这就是"专业"。而门神、井神、沙发神则毫不知情，这时只管打酱油。你每有某种行动或想法，都会被负责相关事务的"神"所感应，这就是"举头三尺有神灵"的泛神论解释。

据说"神"感应到每个行为之后并不仅仅记录，他会安排与其对应的一种现象出现在你的生活中，降临到你的身上，这就是古人所说的"因果"了。"菩萨畏因不畏果"，古人的"报应"之说就是这个原理，但恐怕也都是些美好的愿望罢了。

封神的秘密

王六郎一念恻隐，他的宅心仁厚上达天庭，所以被天帝封为招远县邬镇的土地爷，是为"封神"。"封神"是极具特色并且影响力甚大的一种传统文化。

"封神"，顾名思义，就是赐予某人（鬼）神职，让其承担神的相应职责。谁能够被"封神"呢？古人说："聪明正直，死而为神。"只有聪明正直的，换言之，脑子要好，还要品质过硬的，死后才有资格被"封神"。

"封神"的原理，乃是通感原理，被封神的人（鬼），其品质习性与其被封神的职位有所类似，其气相通，由此而"封神"。为何"聪明正直，死而为神"？因为那些判断人间之事的神职，最首要的是聪明故能分辨是非，正直故能处理公平，而这个人的习性是聪明又正直，自然就会被选任某种神职。

自古以来封神文化不绝如缕，而人心不古的当代，闹出好多封神的趣闻。例如在"文革"前后，民间有的人尊崇毛主席为神，认为其能够驱邪，之所以如此，当然是因为牛鬼蛇神都怕毛主席之故，所以认为家里挂毛主席像就能辟邪。现在南方个别地区甚至还有把毛主席当财神的现象，其思路也简单，人民币上的头像不是毛主席吗？要是不尊重毛主席，那就是跟自己的钱包过不去。

再如"门神"。门没有被发明之前肯定没有门神，有门之后，较早被封为门神的是神荼、郁垒，因《山海经》里说神荼、郁垒把守着鬼门，专门处分作恶之鬼。根据通感原理，他们被封为门神当之无愧。后来钟馗被封为门神，也是同理。再后来秦琼、尉迟恭又成了门神，估计是由于民间话本的流传，极大地宣扬了秦琼、尉迟恭这护驾二将的形象。老百姓文化低，不知道什么神荼、郁垒，不知道钟馗是何方神圣，但是秦琼、尉迟恭是有印象的，知道这二位是保护唐太宗的，自然而然地就把秦琼和尉迟恭封为门神，而神荼、郁垒乃至钟馗老先生，就"被下岗"了。

关公封神史

封神文化中最典型的案例是对关羽的封神。关羽在三国时期的地位远没有后世那么高，他只能算是三国时期的一员猛将，其他方面乏善可陈，但是后来发生的事情谁都没想到。

先是关公被佛教封为护法神。据说隋朝时候，天台的智者大师梦到了关公，关公自荐"吾当为力建一刹供护佛法"，于是从此之后关公成为佛教的护法神。这个封神顺理成章，关公身为勇猛武将，当护法自然是专业对口。但是关公被佛教收去，道教当然不乐意了，于是道教也开始拉拢起关公来。

那是在宋徽宗政和年间，关帝老家解州的盐池不出盐了。盐业作为古代的垄断行业，是政府财政收入的一笔大头。宋徽宗咨询当时的正一道天师张继先该怎么办，张天师答："这是蚩尤神为祟，不过陛下尽管放心，我马上会同关羽关圣爷去剪除蚩尤！"果然没过多久，解州的盐池恢复如初，宋徽宗大悦，在张继先天师的怂恿下，册封关羽为"崇宁真君"。于是，关羽又被道教从佛教手里夺回来了。

想来关羽也颇乐意，毕竟在佛教那里，关羽就是个护法神，说难听点就是看家护院的保镖，地位比较低下，这回跳槽到道教，几乎是一步登天了。皇帝的话就是奉天承运，自从徽宗皇帝的金口玉言之后，关公的地位就开始有升无降。明朝时，关羽荣膺了关圣帝君、武圣人（与文圣人孔子平起平坐）、三界伏魔大帝等荣誉称号，成为城乡争相祭拜的最重要的神灵之一。明清时候有"县县有文庙，村村有武庙"之说，据统计，清朝时期全国各地的关帝庙，计有三十万座。《聊斋志异》的首篇《考城隍》，去阴间考试的宋公，在阴间除了关圣帝君，其他谁都不认识，由此可见关圣帝君的封神文化流布之广泛。

关公在民间又被当作武财神，这也跟关公留给世人的印象有关：其一，关公在世时的功名利禄，都是靠武力拼杀得来的，所以从事武的行业的人想发财，自然要拜关公，至于文科生则不必。其二，关公红脸，红象征着生意红红火火，是以很多酒店也以红脸关公为武财神，这很典型地印证了中国人封神行为中的"通感"思维。

神与仙之辨

提到"封神"，我们第一个想到的还是《封神演义》，正是这本书广泛流传，才让"封神"的概念深入人心。《封神演义》一书实为修道之人所作，里面隐喻了很多道教修行的秘密，值得深究。《封神演义》里的封神也是依据各位候选者的特色而定，诸如善于播撒瘟疫的几位殷将，后来就被封为东方行瘟使者周信、南方行瘟使者李奇、西方行瘟使者朱天麟、北方行瘟使者杨文辉、劝善大师陈庚和瘟道士李平；姜子牙的媳妇马氏因不识好歹，是以被封为扫帚星……

读者对《封神演义》往往会有个疑惑：后来被封神的，除了少数是周朝方面的将领死后被封神外，其他大多数被封神的，乃是殷方的将领，这么一来天上的权柄岂不是被殷将把持了？那可怎么得了，姜子牙是不是傻啊！

要解答这个问题，只需明白神与仙的区别就可以了。"神仙"二字我们常常挂在嘴上，但二者还是有很大区别。简单地说，"神"是专门承担某项职责的，相当于天上的公务员；"仙"则多是由人修道而成，并没有专门的职务，整日优哉游哉的那种。

这么一来，就清楚了，神相当于天上的公务员，仙相当于天上的贵族。神得整天值班，仙却可以游手好闲，神为天庭服务，仙却可以指示神为自己服务。神和仙，孰高孰低就一目了然了。殷朝的将领多数被封神了，周朝的将领多数要成仙了，你说姜子牙傻不傻呢？

有得也有失

王六郎由溺死鬼转而封神，当然是高升了，这是件大好事，值得庆贺，但是升官了也未必就事事如意，得失相随。王六郎高升成为土地爷，却多了很多义务，也丢掉了不少权利，例如显形的权利。

许生探望王六郎的时候，土地爷王六郎却无法显形相见，他托梦解释说："远劳顾问，喜泪交并。但任微职，不便会面。咫尺河山，甚怆于怀……"看来，这个土地爷也不是那么滋润，虽然有了事业编，但是没有了当鬼时的逍遥自在。

可见，事业编对职员的行为限制，还是蛮严格的。土地爷是一个职位，而非某个人，这个职位有一定的外貌要求，在我们印象中多是慈祥老者的形象，而王六郎年纪轻轻，乃是一翩翩公子哥，这就决定了他不得以真面目示人。你身在事业编，享受事业单位的好处，就得遵守事业单位的外貌要求，而不可随心所欲地示现真身，所以成神后的限制还真麻烦。本文末谈到观世音菩萨的形象时，也会进一步涉及这个问题。

约定俗成的力量

许生去看望土地爷王六郎，除了敬酒之外，还焚烧纸钱。上坟烧纸，我们都不陌生，并且现代社会早就不局限于仅仅烧纸了，烧纸房子、纸轿车、纸手机乃至纸小蜜……当然也有很多人对上坟烧纸持否定意见，烧那么几张纸，就能成为阴间的货币，这不糊弄鬼吗？其实这里有个约定俗成的原则。

有这么一则笑话，也是关于上坟祭祀的。在道场上，看到法师在烧纸，有个旁观者笑喷了："这么几张纸，在阴间就能当货币用来买东西？骗子！"

法师则不慌不忙地走上前来，拿一张百元大钞，对旁观者说："你拿这么一张纸，就能到超市换好吃好玩的，你难道不是骗子吗？"旁观者竟然无言以对了。

这里的关键是约定俗成，纸币本身其实没有什么价值，但因为约定俗成，就被赋予了价值；黄金倒是价值很高，但你拿着黄金去买东西，怕是买不到，为何？因为没有约定俗成。当所有的人，或者是绝大多数人，都视烧的纸钱为流通货币的时候，那就是约定俗成了，这种本身没有价值的东西，也就被赋予了价值。

如果从有神论的角度来说，上坟祭祖的时候，还是以烧纸钱为正轨，当然注意山林防火也是必要的。至于送花什么的，因为难以约定俗成，所以推理起来，即便真有鬼神的话，恐怕并无效力。

旋转的万字符

《王六郎》里还有个细节："祝毕，焚钱纸。俄见风起座后，旋转移时，始散……送出村，歘有羊角风起，随行十余里。许再拜……风盘旋久之，乃去。村人亦嗟讶而返。"这里的旋风（羊角风）也非空穴来风，而是别有趣味。

古人认为，鬼神能驾旋风而行。在古代笔记小说里，说到鬼神往往并不以人的形象示人，而是经常表现为一股旋风。例如这里的土地爷王六郎，也是没有现身，而是以旋风（羊角风）的样态出现。前面所列的《阅微草堂笔记》故事，也记录了"后聂每上墓，必携饮食纸钱祭之，辄有旋风绕左右"。

鬼神为什么要表现为一股旋风呢？这个问题先别忙着回答，还是先考虑下这个问题，世界上威力最大的是什么风？毫无疑问是台风。台风为什么有那么大威力？因为它有气旋。实际上，一旦形成了气旋，各种力量就能够不断累积，最终形成巨大的台风。古人认为，气旋这个东西，是一个不耗能量，并且能够积聚能量的东西，所以非常重视之。

如果觉得太抽象，还是想想陀螺吧！让陀螺长期站立的最好办法，当然是让它旋转起来，因为旋转就是最节省能量的状态。

古人认为，鬼神乃是一股气，这股气因为缺乏形体的保护，很怕天长日久后消散，如果拥有了气旋，那么就能避免消散的命运了。是以鬼神常表现为旋风。当然更好的办法是获得形体，所以古人认为，鬼有凭附形体的倾向。

明白了这个道理，一些百思不得其解的民俗学原理就能够一目了然了。比方说逢年过节时人们常到十字路口烧纸的民俗，为何选在十字路口呢？因为十字路口车来人往，形成的十字恰似一个气旋，古人认为这里正是鬼神喜欢汇聚的地方，选择在十字路口烧纸，送达的概率当然要高很多。

再如中医针灸里的针法，秉承着左旋为补右旋为泄的原则，符咒术里力图以螺旋来聚形或散形，都是此理。再看上古的河图，可不就是一个聚形之图！如果觉得还不够直观,再看下佛教里代表吉祥如意的"万字符"(佛经中又写作"卍")，不也是一个旋转的螺旋符号？

重大的细节硬伤

接下来到了《王六郎》里最核心、最出彩的地方。我们还是秉承精读细读的原则继续往下看，就会发现有处细节有点不太对劲。

王六郎远赴邹镇任土地爷，临走之前交代许生："倘不忘故交，当一往探，勿惮修阻。"再三叮咛而去。当然，这个还看不出什么不对劲，不对劲的是许生接下来的行为，许生跟王六郎甫一分手，马上就回家置办行装，即日就出发去探望刚刚分手的王六郎。

这就是问题所在了，按说好朋友相别，日久思念之时前去探望也在情理之中，但这许生跟王六郎头天刚一分别，隔天就千里迢迢地跑到招远去探望，连一天的离别都受不了，是不是有点太猴急了？应该说，这是不合情理的。再联系后文，许生告辞王六郎从招远回乡后，好多年没去探望王六郎也没怎么思念，前面是一天的离别都等不及，后面是好多年的离别都

没问题，这前后的差别怎么会这么大呢？

从小说叙事来讲，这个讲不通的细节是作者叙事中的一个无法回避的"硬伤"，但是换个角度来看，却正是这个故事的最闪光之处。

众愿成神

明明是细节硬伤，怎么突然化腐朽为神奇，变成了闪光之处呢？要解开其中的奥秘，先得了解"众愿成神"的道理才行。

"众愿成神"（或者"神乃众愿"），是说众人的愿力是维系神灵之力的一个重要支撑。古人认为，神灵离不开老百姓，神灵迫切需要百姓祭拜，需要众人的香火，这样才能增强自身神力，并且更加灵验，没有老百姓的崇信与香火，神灵就难有作为。

这么说还是有点抽象，我们举《秋灯丛话》里的"妖由人兴"里的两个例子以作说明。

例一：予乡有赴都贸易者，至某村外，见一小儿尸，戏溺其口曰："稚子若有知，试尝乃公咸淡味。"自是其村每夜闻有呼咸淡公者，村人怪异，循声踪迹，得儿尸，若自口出，疑为神，遂建庙其上，匾额曰"咸淡公"。治病求福，多有效验。转相告语，祈请无虚日。历数年，某归过其村，闻而笑曰："枯骨乌能灵？我一时戏语耳。"告之故，遂无验。[①]

例二：又，乡人某途行，风雨骤至，顾田畔有废石臼，蹲其内，张盖避焉。雨毕而行，村众赴田间，见雨后沟浍皆盈，独石臼无涓滴，以为神异，争建庙祀之，祈祷颇灵，香烛相属于道。一日，值祭赛期，乡人避雨者复过是村，询以故，众告之，乡人曰："此我张盖以避臼内也，岂区区顽石，果能为神耶。"越日，庙毁于火。[②]

这两个例子里，本来平淡无奇的东西为何忽然具备神通？由于一场偶然事件，众人都以为它是神，然后它就真正成神并且非常灵验了。等到后

[①] （清）王椷：《秋灯丛话》，济南：黄河出版社，1990年，第55~56页。
[②] （清）王椷：《秋灯丛话》，济南：黄河出版社，1990年，第56页。

来真相大白，众人都不认为它是神了，它就不灵验了。

可见古人认为，信众和神灵的关系是水能载舟，亦能覆舟的关系，没有了众人的崇信，香火的支持，神就难有大的能量，这就是"众愿成神"的真义。

土地爷的心机

明白了神灵离不开香火的道理，就能看破土地爷王六郎的心机了。我们再回到许生着急出行拜谒王六郎这一细节硬伤上来，其缘由也就容易理解了。

事实的真相是：王六郎临走的时候再三嘱咐许生，分别后务必要立即启程去招远拜祭他（从原文中王六郎"再三叮咛，而去"，就能看出一点端倪）。为何要叮嘱许生马上启程呢？下面就是答案：

土地爷王六郎，同样需要香火供奉。但是他初来乍到邬镇，崇信者并不多，香火也不旺盛，所以尽快争取旺盛的香火就是王六郎的首要任务。

只有百姓真心崇奉，才会有旺盛的香火，那么土地爷王六郎若想要香火，就必须迅速树立起自身的威信。那怎么树立威信呢？对神灵来讲，最好最有效的手段无疑是展示神迹。

于是，王六郎早在赴任邬镇土地之前，早已计划借助好友许生来为自己树立威信。所以临别之时，王六郎郑重而反复地叮咛许生，要许生一定要即刻启程往邬镇去看望自己（从原文王六郎对许生的叮咛可以看出，是王六郎迫切要求许生去探望，而不是许生迫切想要去招远探望，换言之，是王六郎求着许生去看望自己）。

许生这边交代好之后，王六郎到了邬镇土地公祠，马上给当地的群众托梦，说淄川的好友许生很快会来看自己。接到托梦的邬镇群众，对这个梦当然是将信将疑，会静观其变，要是许生不来的话，托梦不验，土地爷王六郎就要混不下去了。

好在许生争气，几天之后就千里迢迢赶来，完全印证了土地爷的托梦

内容，老百姓因此为土地爷的"神迹"所折服，他们真心地崇信土地爷，不但土地庙的香火一下子鼎盛起来，就连土地爷的朋友许生，老百姓也是争相送其馈赠，用意当然是讨好土地爷了，许生由此发家。

许生去土地庙祭拜以及回家时，土地爷不失时机地以"羊角风"的形式现身，其真正目的，恐怕不只是与许生见面，而是要在众目睽睽之下继续展示神迹，以进一步加强百姓的信服度。

百姓的真心信奉自然给王六郎带来大量的香火供奉，享受香火滋润的土地爷也借此而神力倍增，神力倍增的土地爷才能以灵验著称，所以王六郎在成为邬镇土地之初，并未以灵验著称，直到其威望完全树立起来，香火鼎盛之后，邬镇的土地爷才开始以灵验著称了。

这么一来，许生那么猴急去祭拜王六郎的原因也就真相大白了，说到底这是一次策划炒作。王六郎早有预谋，他要借助许生树立土地爷的威信，所以临别时反复叮嘱许生马上动身前来祭拜，最终这次炒作策划大获成功，堪称经典，比起现在裸奔露肉之类的炒作强太多了。从这次策划里，王六郎收获了香火，许生由此发家，而邬镇老百姓也拥有了灵验著称的土地爷的保佑。

当然，王六郎的策划也不能算阴谋，虽说耍了一些手段，但也可以理解。想当年文学史上挑起文言、白话之争的"双簧信"事件，不也正是采用类似的手段？王六郎用了一些手段为自己、为许生、为当地百姓谋取福利（神灵强大方能庇佑一方），彼此相生，形成了良性循环，岂不妙哉？

观音形象的变迁

可见"众愿成神"的厉害，纵使是高高在上的神灵，也脱离不了老百姓的拥戴，老百姓怎么看待这个神灵，这个神灵就会怎么样，水能载舟亦能覆舟，就是这么个道理，绝非虚言。

所以从某种程度上讲，老百姓认为神灵怎么样，这个神灵就得怎么样，不信的话可以去参看一下"大慈大悲救苦救难观世音菩萨"的形象。观音菩萨在中国可谓无人不知无人不晓，但是这么一个女身菩萨，在魏晋南北朝时期却是"男身"。后来为什么转男为女了呢？这个还是跟"通感"有点关系。观世音菩萨以慈悲著称，因慈悲之心而发愿救苦救难，万没想到在老百姓的心目中，还是女性的慈悲心比较强，要说声粗力大的大老爷们慈悲就有点不伦不类了，所以老百姓宁愿认为慈悲观世音菩萨是女身，就这么着给观世音菩萨换了性别。无论观世音菩萨多么神通广大，多么不乐意，也必须得按照老百姓的愿力来，入乡随俗，所以后世历史中，观世音菩萨就由男身慢慢转变成了女身。

　　说到这里，回过头再看"王六郎"，也就明白了为何王六郎当上土地爷后，不能再以其本来面目示人的原因。"众愿成神"，老百姓认为土地爷应该是个仙风道骨的老头子，你就必须得表现出个老头样，如果非要显身为个小青年，老百姓就不认，那可就混不下去了……

第七篇 《偷桃》：白莲教之通天绳

上天偷桃

蒲松龄年轻时，去济南参加考试，正碰上春节。按照当时习俗，春节前一天，各行商贾会请戏班子敲锣打鼓去衙门做文艺表演，类似于现在的春节晚会，名为"演春"。蒲松龄就跟朋友一块在人群里看热闹。当天游人很多，堂上坐着几个官员，也不知是什么官，人语嘈杂之下，走上来变戏法的父子二人。变戏法的问堂上的官员想看什么戏法，堂上的官员也是故意难为人，让变戏法的变个桃子出来。

变戏法的术人面有难色，嘟囔道："长官也真是的，寒冬腊月，让我去哪里找桃子啊？这个时节人间是没有桃子的，除非天上王母娘娘的园子里四季如春，可能有桃子也说不定，不如上去偷个桃吧！"说完，变戏法的就从筐子里拿出根绳子，往天上抛去，绳子竟然就挂在了天上，越来越高，都伸到云彩里去了。变戏法的就跟儿子说："你顺着这根绳子爬到天上去偷个桃子下来吧，成功的话，长官必有赏赐，用这些钱给你娶个漂亮媳妇！"孩子就按照父亲的指令，顺着绳子往上爬，慢慢爬到了云霄，看不见了。一会儿从天上掉下个桃子来，变戏法的非常高兴，捧着桃子献给堂上的长官，大家相互传看，也不知道桃子的真假。

起死回生

正在这时,悬在天地间的绳子突然掉了下来,随后又掉下来小孩的脑袋、身子、胳膊、腿什么的。变戏法的大惊失色,收拾小孩的尸体装进筐子,痛哭流涕道:"我父子二人相依为命,今天给各位老爷上天去偷桃,小儿不幸让天将给抓住杀死,让老汉我以后怎么过啊?希望堂上的各位长官发发慈悲,出点钱帮助我安葬小儿,大恩大德,我感激不尽!"

这么一来,堂上的各位官员脸上挂不住了,要不是他们要桃子,也不至于发生如此惨剧,心里有愧,所以都慷慨解囊,拿出钱来赏赐给变戏法的,周围的人也纷纷解囊,很快汇集了一大笔钱。变戏法的把所有的钱收进褡裢,缠在腰里,脸上堆起了笑容,敲了敲身边的筐子喊道:"八八儿,还不赶快出来谢各位长官恩典,在里边干嘛呢?"接着就看到一个蓬头垢面的小童从筐子里钻出来跪倒磕头谢恩,不是变戏法人的儿子是谁?

因为这个戏法太神奇了,所以蒲松龄年长之后仍然记得很清楚。后来听人说白莲教擅长这类戏法,可能变戏法的就是白莲教的人吧!

古书里的绳技

整个故事情节分成两部分,第一是上天偷桃,第二是死而复生,实在是太不可思议了。本来这个故事并不可信,可蒲松龄老先生愣说是自己亲眼所见,由不得你不信,那就得仔细思量一下了。

在古书当中,也不乏类似借绳登天的记载。例如《渊鉴类涵》里说,唐玄宗四处搜罗奇人异士,进行表演,供自己娱乐。监狱里有一个囚犯,毛遂自荐说自己会绳技,于是在长官的准许下,在一个露天广场里,这个囚犯把百尺围绳朝天上抛去,绳子竟然挂在了天上,另一头就像有人拽着一样。于是，囚犯就顺着绳子腾身而上，扬长而去消失得无影踪，让他给跑掉了，这可要比《越狱》厉害多了。

明人王同轨的《耳谈》里，也有"河洛人幻术"一条；冯梦龙的《古今谭概》里的"方朔偷桃法"也都有类似记录；17世纪的日本人也曾记录了这套绳技魔术，名之为"支那绳技"，但是背后的操作秘密却未见透露，估计是没学到吧！可见这个戏术，在历史上还是多次出现的，到了清朝，又让蒲松龄亲眼看到了。

印度通天绳

上述绳技又有一个更直观的名字叫作"通天绳"。王亭之先生在《方术纪异》里认为"通天绳"并非本土的产物："中国的绳技，其实亦由西域传入，前文提过的天竺国人舍利，不但是魔术祖师，而且还是绳技的祖师爷。"

王亭之先生还举出实例：

"不只如此，就在四十年代，王亭之有一位表叔在印度经商，据他说，还见过印度魔术师在表演类似'天宫偷桃'的魔术，不过不是偷王母的蟠桃，而是偷大梵天王（即是香港人称的'四面佛'）的芒果。同样是叫一个小孩子爬绳上天去偷，芒果跌落来之后，同样是跌下断手断脚，十足十《聊斋》故事的翻版。王亭之当时听说，恨不得立刻去印度一次，不是取经，是看魔术。"[①]

由此看来，"偷桃"故事应该具有很大的真实性了。不过耳听为虚，眼见为实，现实当中到底有没有这种"通天绳"的证据？竟然还真有，在网上搜索"通天绳"，能找到好几个相关的视频，打开看一下，多是印度人的当众表演，同时也就确认这种戏法的真实存在了。

其中的一个网络视频是这样，一术人领着一个小孩，把一捆胳膊粗的绳子盘绕起来放在筐子里，然后吹起笛子，筐子里的绳子就伸出头，慢慢地直着往上伸长，伸到很高的地方，停下了。然后术人就让小孩顺着竖直

---

① 王亭之：《方术纪异》上，台北：远景出版公司，1998年，第72页。

的绳子往上爬，可见绳子的牢固程度，小孩爬了一段就下来了。术人就使了个手法，竖直僵硬的绳子突然就软了下来，落在地上。看过视频的人，无不啧啧称奇。

软绳变硬

这个戏法里的关键，当然不是变戏法的有多高的法力，而是那条"通天绳"道具。幸运的是，现在我们也能够比较轻易地找到乃至购买到类似的道具，这就是魔术表演里经常使用的"印度绳"。打开某宝网站，输入印度绳、软绳变硬等关键词，琳琅满目的通天绳道具就展示在我们面前。不要急着买，从里边选带表演视频的那种先饱一下眼福，再购买也不迟，这样你就可以亲自体验通天绳的神奇，一条只需十块钱，但是不包邮哦！别忘了多买一条，买回来之后，可以暴力拆解，看看里边的门道究竟何在。

当然这种绳子仍嫌简陋，远远不能达到印度人表演的那种震撼性效果。别的不说，这么细这么短的绳子，怎么爬上去？印度人表演的通天绳魔术里所用的绳子道具，其制作难度当然要远远大于魔术市场上比比皆是的印度绳道具了。首先要把绳子做得很长，还要有足够的粗度，这样才能够承受人的重量。视频里所用的通天绳，说是普通的绳子，却有胳膊般粗细，比我们平常拔河所用的绳子只怕有过之而无不及，之所以要这么粗，当然还是为了能够承担足够的重量，即便这样，视频里爬绳子的毫无例外的都是小孩，可知通天绳还是承受不住大老爷们的重量。

障眼法

不过《偷桃》里还有几个地方渺然不可解。原文说："出绳一团约数十丈，理其端，望空中掷去；绳即悬立空际，若有物以挂之。未几愈掷愈高，渺入云中，手中绳亦尽……子乃持索，盘旋而上，手移足随，如蛛趁丝，渐入云霄，不可复见。"

数十丈的绳子，别说到天上，就连普通的山顶都够不着啊！更离奇的是，绳子和人竟然一起伸入云霄之中，真的高过云彩了，委实不可思议。纵使真有通天绳道具在手，现实中也是难以完成这么高难度表演的，但是别着急，魔术里还有一个手段——障眼法。

"绳技"这种用绳子表演的杂技，离我们其实并不遥远。现代武侠片里，江湖大侠们满天飞来飞去，次一点的也能在竹子上跳来跳去，这种神奇效果的背后当然是绳技在做支撑了。拍摄时的吊绳会清晰可见，剪辑时则PS掉。倘若拍摄的绳子伪装得很好，比如涂上周边的背景色，那就像亲眼见到"天外飞仙"了。而这种背景色，就是"障眼法"的一种。

王亭之先生就论述过魔术里的障眼法：

下茅山的法师一样抛绳，但却不是沿绳而上，而是有神将沿绳而下，在距地面七八丈处示现真身，这时，照例有云雾兴起。然而这很容易解释，天神下降，怎能不兴云作雾耶？……兴云作雾，是古代戏法中的重要手段。如今的俗语说："大把戏不离一张毡，小把戏不离一把扇"，毡与扇的功能，盖亦等于云雾而已。看起来，则云雾自然而且好看，更且绝无漏洞，其境界高出于毡与扇者远矣。[①]

如此说来，《偷桃》里所记录的云雾，也就不是真正的天上云雾，而是人造的云雾了。古人不知采用什么手法造云雾，但是云雾现代人无疑是会造的。电视剧《西游记》里的天宫，云雾缭绕宛如仙境，现代舞台上也往往雾气缭绕，其实就是在舞台上放置干冰，干冰瞬间升华的过程中产生了白雾，在漫天的雾气当中表演魔术当然不容易被看破。

不过问题还远不是制造云雾那么简单，众目睽睽之下，那绳子可是伸得很高，云雾也是很高，这个能做到的可能性就很小了，那怎么办呢？

对此金庸先生有一种解释：

这种绳技据说在印度尚有人会，言者凿凿。但英国人统治印度期间，曾出重赏征求，却也无人应征。笔者曾向印度朋友Sam Sekon先生请教此事。

[①] 王亭之：《方术纪异》上，台北：远景出版公司，1998年，第72页。

他肯定地说："印度有人会这技术。这是群众催眠术，是一门十分危险的魔术。如果观众之中有人精神力量极强，不受催眠，施术者自己往往会有生命危险。"①

这么说来，可能里面就包含有部分的催眠成分，这里的催眠，当然不是明目张胆的催眠，而是通过一些药物或其他方面的作用，产生类似催眠的效果，让人感觉绳子、云雾高高在上。即便这样，倘若遇到定力强，不容易被催眠的人，也是很容易被看穿的，但要说被看穿后会有生命危险，这就很难理解了。

起死回生术

有的记载里也提到过此类戏法的危险性，在《三遂平妖传》里就有杜七圣表演戏法时遇到危险的一段：

杜七圣乃是江湖术数，表演戏法为生。他所拿手的戏法是起死回生术，给一个孩子续头的时候，怎么续都不行。杜七圣知道肯定是有人来斗法搞破坏了，按照前面的说法，应该是有人没有被催眠，于是就演出一场"杜七圣怒斩蛋子僧"的故事。不过最后的结果皆大欢喜，杜七圣碰上了好师父，被斩的蛋子和尚也没死，小孩也复活了，但当时的情况还是相当危险的。

杜七圣表演的是起死回生的法术，《偷桃》里边也有这么一段"起死回生"的记载，那就不是法术，而是魔术界比较常见的"大变活人"戏法。已经被肢解的尸体能够起死回生，这当然是不可能的。既然这是个戏法，那么里面的小孩肯定是没死，只是用了个障眼法，让观众以为小孩死了。因为假如小孩是真的被肢解了，肯定要大量流血，满地都是，即便术人的法术高强能够让身体复原长合在一起，那些失掉的血可是覆水难收的，被救回来的小孩还是要失血而死，吃再多"四物汤"也没用。所以这里天上掉下来的肢块，肯定不是真的，只是一些逼真的人体道具罢了，至于那个

---

① 金庸：《侠客行（评点本）》下，北京：文化艺术出版社，1998年，第778页。

孩子，应该早顺着绳子跑掉了，然后再趁大家不注意的时候，偷偷钻回到筐子里去。或者干脆就找对双胞胎，一个在筐子里等着，另一个去表演登天偷桃，等到术人敲筐子的时候，藏在里边的那个就钻出来，磕头作揖，表演就算成功了。

蒲松龄老先生听说这是"白莲教"流传下来的术法，这倒有可能是真的。白莲教历史上就以一些奇奇怪怪的幻术闻名，《聊斋志异》里还有关于白莲教法术的几篇神奇故事，据说"下茅山派"也有类似的法术，希望有一天能够有幸亲睹。

第八篇 《种梨》：江湖戏术

瞬间种梨

集市上有个人推着一车梨在卖，梨香馥郁，价钱当然也很贵。这时候过来一个衣衫褴褛的道士，在车子前面停下来，想讨一个梨吃。卖梨人偏不给，道士一定要，卖梨人破口大骂，双方就僵持起来。旁观者都觉得卖梨人太吝啬，劝卖梨人给个梨把道士打发了算了，但卖梨人执意不肯。

有个围观者实在看不下去，就拿出几文钱买了一个梨，送给道士。道士接过梨来，说出一番风凉话："我乃出家之人，不懂得什么叫作吝啬，不像某些人。我有很多梨子，现在就请大家一起来享用。"周围的人轰然而笑。有人揶揄道士说："你连一个梨都买不起，还要请我们吃梨，快醒醒吧！"

道士竟然当真了，正色道："我并不是没有梨，只是需要个梨核当种子而已！你们就等着瞧好吧！"说完就把刚才别人送的梨子大口吃掉，只剩下个梨核在手里。道士从肩膀上解下一柄铁铲，就开始在地上挖坑，说是要种梨给大家吃，这么一来，看热闹的更多了，把道士围得水泄不通。

道士挖好坑，就把梨核种了进去，然后填上土。下面该浇水了，道士真是语不惊人死不休，告诉大家："我种的这个梨，需要用热水浇灌才好，哪位好心人给提壶开水来？"大伙要看道士的热闹，于是就有人去路边店里提了壶滚烫的开水过来递给道士。道士把开水浇到刚才种梨核的地方。

众目攒视之下,奇怪的事情发生了。刚才种梨的地方,冒出了一个小芽,慢慢地长大,长成了一棵小树,枝叶扶苏。突然之间开花了,很快又结出了果实,满树都是梨子,芳香馥郁。

法术搬运

道士把树上的梨子摘下来分给围观的众人吃,很快就分完了。然后道士就开始用铁铲砍树,叮叮当当砍了好一阵才砍断,道士把砍断的梨树扛在肩上,从容而去了,留下围观的众人啧啧称奇。

话说刚才那个卖梨的,也爱看热闹,看见道士表演种梨,也钻到围观的人群里去看,因为太过专注,把卖梨的事给忘了。等道士走了后,才回过神来,回到车子前继续卖梨,一看不得了了,自己的一车梨怎么空空如也了呢?他马上领悟到,原来刚才道士所分的梨,正是自己车里的梨子。他又检查了一下,发现有一个车把像是新被凿断的样子。卖梨人恼怒异常,赶紧去追赶道士,转过一道墙,看见自己的车子被砍断的车把就在墙根下,才意识到刚才道士所种的梨树正是车把幻化而成。而作法的道士早已不知去向,无从追觅了。大街上的人目睹了这一切,个个拍手称快,耻笑卖梨人太小气,结果吃了大亏。

《种梨》篇记载的故事,情节简单,但是过于荒诞,笃信神仙的古人可能相信是真的,而现代人就不信了。因为这里边有两个不可能:一个是道士的"瞬间种梨"不可能,另一个是被众人团团围住的道士,如何能把卖梨人的梨"搬运"到所种的梨树上,这也是不可能的。这两个不可能,已经可以否定《种梨》故事的真实性了,但真是这样吗?

无独有偶

小小的梨核种在地里，在众目睽睽之下迅速发芽、长大、生叶、开花、结果。这种神奇就算是现代科技也做不到，更何况是在古代。不过有意思的是，除了《种梨》，古书里其实不乏类似《种梨》的记载。《搜神记》里说：

吴时有徐光者，尝行术于市里：从人乞瓜，其主勿与，便从所瓣，杖地种之；俄而瓜生，蔓延，生花，成实；乃取食之，因赐观者。鬻者反视所处卖，皆亡耗矣。①

向卖瓜人讨瓜，与卖瓜人争吵，瞬间种瓜结瓜，分众而食，卖瓜者的瓜不见踪影，整个过程跟《种梨》几乎完全一致，不同的地方只是《搜神记》里为"种瓜"，《种梨》为"种梨"；《搜神记》里没有开水浇瓜，《种梨》里则有开水浇梨；《搜神记》里没有说徐光拖走秧蔓，卖瓜者车把被砍情节，而《种梨》却多了道士砍树并扛走，卖梨者车把被砍断的情节。但这些细节的不同，无法掩盖它们在整体上的一致。所以很多人认为《种梨》是在《搜神记》所载徐光事迹的基础上加工改写而成，是"蒲松龄把种瓜的情节改为种梨，用来批判那些吝啬鬼"。

无独有偶，民间传说当中八仙之一的韩湘子，也有类似的"种梨"法术。不同的是，韩湘子种的是"莲花"，又称"火中生莲"。据说整个过程如下：

韩湘子拿出一粒莲子，交给众人检验真假，然后把莲子投入火盆之内，就开始步罡作法，果然从火盆里就慢慢长出一朵莲花。完事之后，韩湘子马上把莲花、莲茎摘走，踏歌而去："一壶藏世界，三尺斩妖邪，解造逡巡酒，能开顷刻花。"②

所谓"能开顷刻花"就是在瞬间种莲开花，跟《种梨》篇所记录的事情非常类似。

---

① （晋）干宝：《搜神记》，贵阳：贵州人民出版社，1991年，第29页。
② 郭正谊：《魔术与神功》，北京：科学普及出版社，1997年，第28页。

高彩戏术

王亭之先生的《方术纪异》里给我们揭开了韩湘子"能开顷刻花"的秘密：

它的原理，无非是很精致的手工艺——将莲子一粒小心剖开，将中心挖空，只剩薄薄的一层肉，小心莲子衣不可损毁。然后用通草做成小荷花一朵，染上颜色，再连上通草做的荷梗。又用极细铜丝盘曲成型，即盘曲成弹簧的样子，穿入荷梗之内。铜丝弹簧的另一端则连上一个小小的铅弹丸，制作妥当，将它们一起藏在空心莲子之内，再小心用白桃胶将之黏合。这样的一粒莲子，便是神仙的道具了。当莲子投入火盆中时，火炭中的炭将胶烧化，莲子绽口，那铜丝弹簧便将通草荷花弹出，这时，韩湘子急急将花拿走，既免火烧，又省得给人看破，再作歌而去，便更显得有若神仙般潇洒，真"仙术"也。①

这种戏法实际是古代"高彩"戏法之一种。所谓"高彩"，就是把所要展示的道具压缩放置在一个非常狭小的空壳里面，在表演的时候将其扯开，道具就可以由小变大，由矮变高，让人惊叹不已，这种戏术被称作"高彩"。例如怎样变出一座高塔呢？我们可以事先把纸糊或绸缎做成的一层层的宝塔，压扁折叠在一起，待到表演时，在遮掩之下，把塔顶往上扯，就能够把折叠的塔完全扯开，这样一座高塔就变出来了。更简陋的变法，如过节时街头卖的气球，其实也可以看作是一种"高彩"，干瘪的橡胶皮，打足气之后就摇身一变成为庞然大物。这也算是"高彩"。

不过对古人来说，要把看似体积庞大的形体，压缩在一个极其狭小的空间内，并不容易，这是一种非常非常精巧的工艺，目前是否尚有传承，不得而知。需要提醒的是，王亭之说的用莲子做高彩道具实际上未必可行。毕竟莲子还是容积太小，无法容纳如此众多的机关。其实只要掌握了魔术

---

① 王亭之：《方术纪异》上，台北：远景出版公司，1998年，第57页。

手法里的置换法，就不必在体积狭小的莲子上做手脚，完全可以用体积比莲子大很多倍的其他容器做道具，只要在魔术表演的时候把众人已经验证过的莲子（梨核）偷偷置换成较大体积的道具即可。

"瞬间种梨"的真相

这么一来，《种梨》篇里道士"瞬间种梨"的真相也就呼之欲出了。说白了乃是古代的戏法，具体的操作过程是：

道士准备高彩道具，事先藏在身上。种（真的）梨核的时候，在衣袖遮掩之下（古人衣袖多比较宽大），把真梨核置换成高彩道具，这一点普通魔术师都能够轻易做到。

等到把高彩道具种到土里以后，高彩道具的外壳开裂，道具里的弹簧就会自动弹出，向上伸长，弹簧表面已经装饰了酷似植物表皮的覆盖物，随着弹簧伸长，附着在弹簧上的树皮、树叶、花朵、梨子也相继展开，看上去真的就像是瞬间开花并结果了。

当然上面还只是推测，而能够证明这个推测，断定"种梨"就是戏法的关键点，在于"滚汤浇水"的细节。韩湘子"火中种莲"的表演里，把高彩道具投入火盆，而《种梨》里的道士，则是用滚烫的开水浇灌高彩道具。看似不同，究其原理却是一致，高彩道具是用胶黏起来的，胶受热后融化，高彩道具就绽裂开，里面的弹簧就弹出来了。根据这个细节可以确定，"火中生莲"与"种梨"属于同类戏法。

种梨的场景我们可能无缘亲见，但是可以从电影里窥见一斑。爱德华·诺顿主演的电影《魔术师》里，就有一次瞬间种橘的魔术表演，非常形象地展现了橘种从种下到抽芽、长高、长枝、长叶、开花、结果、摘下橘子交给观众验证的全部过程，可与"种梨"相对照。当然，电影里的场景是虚拟出来的，真实的"种梨"表演场面肯定没有电影中那么逼真，这就需要道士在表演时加入一些遮掩、弥补的手段。首先，道士要守在"树坑"旁边，保证围观者跟树坑有相当的距离，并且随时阻止可能出现的愣

头青冲过来检验梨树的真伪;同时,道士还得选择合适的时间与天气条件,如可以选在傍晚或者阴天时进行表演,此时人的视力受削弱,相对来说戏法就不太容易被看出破绽。

"偷梨"双簧戏

但是案情远未真相大白。即便"高彩戏法"能够完美地解释"瞬间种梨"的奇迹,但是还有几个问题无法解释。其一,"梨树"上的梨可是真的啊,很多观众大快朵颐都验证过,这个怎么解释?其二,被观众团团围在当中的道士,又怎么能把卖梨人的一整车梨,"搬运"到自己刚刚种出的"梨树"上?其三,道士又怎么能把人群外面的车把给砍断?如果这三个疑点解决不了,就不足以服人,前面的所有解释也就白搭。

我们先来解释树上的"真梨"是怎么回事。道士种出的树上结了梨子,既然前面说"瞬间种梨"是高彩,那么树上的梨子肯定就是假的,而只是外形逼真的道具,应该是纸糊的梨。把这些纸做的梨分给观众吃,当然就露馅了。不怕,道士还是采用魔术里的置换手法,他在摘树上的假梨之前,袖子里早已藏好很多真梨,在宽大袖口的遮掩下,每摘一个假梨,就顺手攒成纸团扔袖子里,然后从袖子里摸出个真梨来替代,再交给观众大饱口福,如此再摘再换再送,就是这么回事。

再来破解怎么把人群外面车子上的梨给变没了。既然道士身上早就准备了梨子,所以他分给观众的梨肯定不是车上的梨。但被团团围在人群里的道士又怎么能把人群外的一车梨给变没了?这是一个技术难题。这个难题恐怕只有一个答案,那就是双簧,道士跟卖梨人是一伙的。这是他们合演的双簧。

卖梨人跟道士是同伙,趁着大家都在看道士的热闹,心无旁骛的时候,卖梨人偷偷把自己车上的梨藏起来。但是满满的一整车梨藏哪里?怎么藏?当然不好藏,但其实车上盛梨的筐子,里面是空的,只是在筐子上面担一层木板,木板上再放满一些梨,乍看上去就像是一整筐梨,实则只有上面几个梨掩人耳目而已。就这么几个梨子，当然能够很轻松藏在身上，藏完梨，就可以挤进人群继续看热闹去了。

至于车把怎么砍断的，那就更容易解释了。早在表演以前，车把就已经被砍断了，但是用502胶水暂时黏上，看上去像是完好的。想来，也不可能会有人无聊到事先去检查车把吧！卖梨人趁观众不注意，把事先砍断又黏上的车把掰下来扔到墙角里，事后再装做在那里找到，以此造成道士所种的梨树乃是幻化自砍断的车把的假象。

无法虚构的细节

真相倒是大白了，但是读《种梨》的时候，能够发现其中真相的读者又有几人？包括我自己，要不是读过王亭之《方术纪异》里关于高彩的记录，怕也想不到从魔术的角度来揭秘"种梨"。

但现在回头来看，即便没有"高彩"的背景知识，也该发现其中的猫腻才对。因为道士的行为，早已留下了不少破绽，虽说极其细微，但对心思细密者来说，足以引发怀疑了。下面几处细节，大家可以仔细想一下有什么不对劲的地方，顺便测一下自己有没有侦探的潜质。

细节一，原文记载，道士在种梨之初，"掬梨大啖，且尽，把核于手，解肩上镵，坎地深数寸，纳之而覆以土。"这里有什么破绽吗？在现实中或者影视剧里，我们都见过道士的形象，他们的形象虽说各色各样，但你见过有肩膀上扛把铁锹的道士吗？退一步讲，就算偶尔真有个扛着铁锹的道士，下面铁锹马上就能派上用场，用来挖土种梨，这就巧合到匪夷所思了。所以道士"解肩上镵"的这个细节，充分证明了种梨之事绝对不是偶发，而是道士早就有备而来。

细节二，原文记载"道士乃即树头摘赐观者，顷刻向尽"，"顷刻散尽"说明分的梨子不多，也即树上的梨子跟一整车梨子的数目远远对不上，而人群外那一整车的梨都不见了，这岂不又是一个疑点？

细节三，道士分完梨以后，又用铁锹把梨树砍到，然后扛走了。这个细节你难道不觉得奇怪吗？道士这么做是不是有点多此一举，假如种出来的是真梨树，那么将其留在原处也无所谓；假如种的梨树是车把幻化，时间长了自然就会变回车把，又何必要费力砍倒并扛走梨树？扛走了也就罢了，又把梨树扔墙根那儿让其变回车把。对于道士这种多此一举的行为，只有一个解释，道士绝对不敢把"梨树"留在原地，要是留下的话，好奇的观众当然要上前来查看个水落石出，这么一来也就露馅了。所以道士就必须把梨树扛走，但是这种多此一举的行为又可能引起怀疑，所以道士制造了梨树被扛走扔掉后变回车把的假象，断了围观者深究下去的线索。

事到如今已经真相大白，道士的"瞬间种梨"可解释为"高彩戏法"；道士的"搬运术"以及"砍断车把"的法术，其实是道士跟卖梨人合作表演的"双簧"。《种梨》故事的大致情节可以虚构，但里边的诸多微小细节，则基本不可能是虚构的。例如道士的"解肩上镵"，已经透露出道士是有备而来；道士索要开水浇灌，目的是让高彩道具外壳绽裂；道士砍断梨树并扛走，目的是让旁观者不再深究。这些都是魔术里的操作手法，无须虚构，也不太可能虚构。由此推知，《种梨》所记录的这一事件，是完全真实可信的！

口技行医

但是还有个问题没有解决。在这个事件里，道士跟卖梨人可是一无所获啊，还白白搭上了不少梨，外加一个车把，更让人心疼的是那煞费力气做出来的高彩道具。他们为何要下大本钱去做这种费力不讨好的事？

浪漫主义的说法是，道士跟卖梨人是旧社会的活雷锋，他们想通过这事教育围观的市民，做人当乐善好施，凡事不应吝啬。现代主义的说法则是，他们深切感受到价值的虚无与存在的荒谬，换言之，他俩就是神经病。恕我愚钝，不知道后现代主义会做出何种解释。但这些解释，都可以被现实主义的解释所秒杀。

咱们先来看《聊斋志异》里记载的这个"口技行医"的故事：

村里来了一女子，年纪二十四五，是行医卖药的，但是有去看病的，女子却说自己不会开方，得等到晚上向神仙讨要方子。

到了晚上，女子借了一间房子进去请神了。好奇的村民们环绕门窗，侧耳倾听。夜深之时，突然听到屋子里掀帘子的声音。屋内的女子问："九姑来了？"另一女子回答："来啦！"接着好像一个丫鬟也嚷："我也来啦！"三个人就在那里拉起闲呱来，喋喋不休。一会儿又听到帘子掀动的声音，听里边的人说是六姑到了。大家就开始嚷嚷："春梅抱小公子来了吗？"一个女子回答："小拗哥子不听话，呜之不睡，一定要跟我来。身如百钧重，累煞个人！"然后屋子里就是各种各样的声音，女子的殷勤声、九姑的问讯声、六姑的寒暄声、二婢的慰劳声、小儿的喜笑声、猫子的叫声、各道温凉声、移坐声、唤添坐声，一齐嘈杂，参差并作，喧繁满室，闹了有一顿饭的工夫才安静下来。

然后就听到里边女子开始问药方了，一个病，九姑以为得加人参，六姑以为得加黄芪，四姑以为得加白术……定下药方来后，又听到九姑唤笔砚，听到折纸戢戢然，拔笔掷帽丁丁然，磨墨隆隆然，投笔触几，震笔作响，撮药包裹苏苏然等声音。然后，女子推开帘子从屋里走出，给屋外等着的人药物和处方，转身又进了屋。这时就听到屋子里三姑作别的声音，三婢作别的声音，小儿哑哑声，猫儿喵喵声，又一时并起。九姑的声音清越，六姑的声音缓苍，四姑的声音娇婉，三婢的声音也是各有特色，听之了了可辨。

围在屋子周围的人群轰动了，心说这可遇到真神仙了，开的方药效果肯定不错！但是吃了药后大失所望，并不是特别有效……

蒲松龄先生解释说：这其实就是口技，女子是用口技来装神弄鬼，以此来卖药，大家以为真的是神仙，当然蜂拥而至来买药了。虽说是个骗子，但她的口技也算相当厉害了。

扬名立万

有了上面"口技"的例子,道士跟卖梨人大费周章表演"种梨"法术的目的,也就透露得八九不离十了,说到底还是为了骗钱。但是原文里他们也没有骗到钱啊,这就是他们放长线钓大鱼的长远规划了。

大庭广众之下,有那么多的人,亲眼得见了道士"种梨"的高妙法术。很短时间内,这事肯定会风传整个城镇,大家都在说本地来了个神仙,而且有那么多亲眼所见的证人,可信度上是没问题的。这么一来,本地的某些达官贵人肯定就会动了心思。这些达官贵人,金钱满仓,但还是有些东西难买到,一个是加官晋爵,一个是长生不死。这下好了,本地来了个货真价实的神仙,这可是秦始皇都没碰到的事啊!这么神通广大的神仙,还不赶快去拜访!只要能请动他施个法,加官晋爵、长生不老、点石成金,总能够实现那么一样两样吧!可以推想,这些达官贵人肯定赶快派人去探寻道士下落了。

道士当然也不会就这么一走了之,他也没闲着,肯定会不失时机地现身,装作不小心让达官贵人给找到了,下面发生的事情就顺理成章了。道士要给达官贵人做法,但是先期要有巨大投资,等到筹集完银两后,道士把这些投资笑纳入囊中突然失踪了,这次可是真的跑掉了……

胡海牙先生讲过这么一件真事:

陈老师(陈撄宁)在上海有一个女学生叫薄冰如,知道这个"剑仙"老师会炼金术,就同他父亲一道拜师学炼金术。到这个"剑仙"老师家一看,他家很有钱,房子装修得富丽堂皇,屋里放着许多装贵重物品的皮箱。"剑仙"老师说,他家的钱都来自于炼金术。接着,他让想学炼金术的学生都出金子做本金,让他上山炼金,并说谁出的金子多,最后分的金子就多,谁出的金子少,分的也就少。金子收齐后,由薄冰如和他父亲带着金子陪"剑仙"老师上山炼金,刚走到半山腰,陡然出来一伙劫道的绑匪,把炼金用的金子全都抢走了,把这位"剑仙"老师也给绑走了,从此杳无音信。最终,炼金的事也就不了了之了。薄冰如把这件事告诉了陈老师,陈老师说你们碰到了一个大江湖。①

所以死盯着钱的骗子,即便能骗到钱,依然是不入流的。真正的大骗子会走曲线骗钱的路线,先自我包装,扬名立万,成为众人眼中的救世主,这以后就不愁没人来主动送钱,这钱送得还心甘情愿。扬名立万,横财自来,再回头看看现代人为什么绞尽了脑汁要成名,也就释然了。

---

① 胡海牙口述、晏龙清武国忠整理《剑仙揭秘》,《武当杂志》,2004年第8期,第41页。

第九篇 《画皮》上：画皮之不净观

女鬼画皮

  山西太原有个王姓公子，有天晚上走夜路，看到一美貌少女抱着包袱在路上艰难行进，王生上去问询，少女回答说："实不相瞒，我被父母卖到富贵人家当小妾，整天受大老婆的詈骂殴打，实在受不了就跑出来，现在真是走投无路了！"王生看少女美貌，心生爱悦，就领少女回到自己家，把少女藏匿在书斋里，不让外人知道，两人就同居在一起。

  过了几天王生出门，在路上遇到一道士，道士瞅了瞅王生，问："公子身上邪气萦绕，恐怕是遇到了什么不祥之物，不知最近可有什么奇遇？"王生当然矢口否认，道士只好走掉了，边走还边叹气："死到临头了还执迷不悟，可叹可叹啊！"王生心里发毛，也有点怀疑自己金屋藏娇的那个美女，但转念一想，这么漂亮的姑娘，怎么可能是妖怪呢？道士估计是想吓唬我，骗点驱鬼的法事费用。

  回到了家，大门推不开，从里面闩上了，王生心里就犯了嘀咕，这在家偷偷摸摸干什么呢？他就从墙头翻了进去，到了屋门口，屋门也是紧闩着，王生的疑心更重，把窗户纸稍稍捅破一个洞，偷窥一下里面的情况。

  这一看可把王生吓了个半死，屋子里有个面目狰狞的恶鬼，正把一张人皮铺在床上，手里拿着彩笔在人皮上描绘，画完之后拿起人皮披在身上，瞬间就变成了那个曾经让自己神魂颠倒的美少女。

王生之死

王生这才明白摊上事了，摊上大事了，赶紧去找刚才碰到的道士，找到后跪下来一个劲地恳求救命。道士回答："这个鬼东西也挺可怜的，一直找不到替身，我也姑且放她一马，赶走她就算了。"就把自己的拂尘交给王生，并交代："这把拂尘挂在卧室门口，鬼就不敢接近了，她知趣的话自然会走掉。"

王生回家后赶紧把拂尘挂在卧室门口，躲在被窝里战战兢兢地等着。到了晚上的时候，美女（恶鬼）过来了，看到王生寝室门口挂着拂尘，又怕又恨，等了好大一阵，似乎终于下定决心，将拂尘一把扯碎，径直进入王生寝室，登床上榻，撕扯开王生的胸膛，掏其心，扬长而去。

话说王生也是有妻室的，王妻姓陈，看到王生被恶鬼掏心而死，号啕大哭。王生的弟弟王二郎赶紧去找道士告知此事。道士闻听大怒，马上来到王家，四处勘验一番，发现恶鬼并未逃远，正藏在南院，于是仗剑作法，击杀了恶鬼，恶鬼被收入葫芦里，剩下那张画皮，大家围上来观看，眉目手足备具，的确是栩栩如生，观者无不唏嘘。

浓痰救命

王生之妻陈氏见道士法力高强，赶紧跪下来求道士让王生起死回生，道士自认没这个能力，但是推荐给陈氏说："街上有个疯子，常在粪土里躺着，你去找他吧，只有他有这个起死回生的能力了，但他这个人喜欢羞辱别人，不管怎么羞辱，你千万都得忍着！"

陈氏赶紧去街上找疯子，倒是很好找，远远就看见疯子在街上唱歌，鼻涕三尺长，走近了，身上的味道臭不可闻。陈氏就跪下哀求疯子救活王生。观者如堵之下，疯子勃然大怒，拿木棍殴打陈氏，又嫌打人太累，于是大声咳嗽了一番，咳出满满的一大把浓痰，递到陈氏面前让她吃下，陈氏虽然是十万个不乐意，但是救丈夫心切，还是强忍着恶心把一口浓痰都吞下去，那个口感，众位看官可以自己想一下……

这口痰实在是太黏稠了，勉强到了胸膈间实在是咽不下去了，陈氏一个劲地在那干呕，疯子却嬉笑着不知跑到哪去了。陈氏心里感觉这个五味杂陈啊，又是羞惭、又是恶心、又是悲痛、又是气愤，只能回到家里，看到王生的尸体横陈，忍不住地抱着尸体号啕大哭。哭着哭着，突然觉得想呕吐，停留在胸膈间的那口痰被吐了出来，跳到王生裂开的胸口里去，仔细一看，竟然变成了人心在怦怦跳动。陈氏喜形于色，赶紧把王生裂开的胸腔包扎起来，把王生放到床上盖好被褥，王生的尸体这时也有了点温乎气，到了半夜又有了鼻息，天明的时候竟然又活过来了，说是仿佛做了一场梦。调养将息了一段时间，王生又活蹦乱跳了。

"画皮"的影视剧改编

《聊斋志异》里的《画皮》可谓脍炙人口，一方面它在《聊斋志异》里的位置很高，还有一方面就是它曾多次被改编成影视剧，使得大众对"画皮"之名耳熟能详，但随之而来的问题就是"画皮"故事的原貌也被大大篡改，以至于失真了。

1965年的电影《画皮》是以王老者给蒲松龄讲故事的方式展开情节，内容与原著差不多。后来几经改编，到了1993年的电影《画皮之阴阳法王》，情节已经发生了很大变动，王生还是那个好色的王生，陈氏却变得有点吃醋，更大的变化则是女鬼实际上也是被阴阳法王控制的，是迫不得已而害人，道士的对手变成了大魔头阴阳法王，至于"浓痰救命"的事件已被删除得一干二净。到了2005年的电视剧《画皮》，王生变成负面角色，而女鬼却是被侮辱与被损害的复仇者形象。再到2008年由陈坤、赵薇、周迅主演的电影《画皮》，各形象都发生了很大变化，王生是完美男人，王妻贤惠无匹，狐仙看重感情，驱妖师认真负责……对《画皮》的改编，由早期的相对忠实于原著，逐渐开始自由发挥，最后跟原著的情节已经大相径庭，唯美的倾向也在不断加强。

对《画皮》进行改编当然是编剧的自由，《聊斋志异》里的《画皮》也由此具备了更高的知名度。但不能忽视的是，我们往往把影视里的"画皮"等同于《聊斋志异》里的《画皮》，正如我们把电视剧里的《西游记》等同于吴承恩的《西游记》一样，但二者之间，已有了很大的差别，一些深层的秘密，只能隐藏在原著里，在影视剧里是找不到的，所以还是让我们回到原著来细细品味。

"画皮"与易容术

说到"画皮"，非常接近于武侠小说里说的江湖上的"易容术"。恶鬼披上一副人皮，宛然美人一个，这可算是"易容术"的极致了。那么，"画皮"是不是"易容术"呢？

最简单的易容术我们都熟悉，劫匪抢劫时，会弄条丝袜套在头上，以防被人认出，这就是最简单的易容术了。正如那句名言：女人用丝袜征服男人，男人用丝袜征服银行。诚哉斯言！但这种易容术太过简单，不谈也罢。

高层次的易容术是川剧里的拿手绝活——"变脸"。王亭之在《方术纪异》里给川剧里的"变脸"绝活起了底，而"变脸"也可以看成是古代的"易容术"，在此摘录原文如下：

王亭之多年前访问过一个川剧团，大家谈得来，他们便肯在后台表演一手，原来是戴着层层面具，面具用猪尿胞做，取其薄而且有弹性。演员如果戴七张猪尿胞面具，那就可以变八个面（一张是本面）。然则何以又称为"点彩"呢？因为一定要靠手指头助力，然后才能恰好挣脱一层面具。

如若不然，很可能要变红脸却变成金脸，那就跟剧情不配合了。①

神奇的川剧"变脸"原来是这个样子。先在薄薄的薄膜上画上脸谱，一层层地贴在脸上，然后一层层地揭下来，就可以变化出若干张脸谱。原理听起来倒简单，只是"画功"还有"揭功"确实需要真功夫。假如这层膜上画的是戏剧脸谱，那就是在演戏；倘若画着人的面目五官贴在脸上，当然就是易容术了。所以川剧的"变脸"可能是从江湖上的易容术大师那里引进的绝活。前一阵，网上还有卖"人皮面具"的，戴上之后的确非常逼真，因为影响社会安定，后来就被禁了，其实这也正是"易容术"。既然"画皮"跟"易容术"颇有点类似，那么"画皮"是不是就是来自"易容术"的原型呢？很可惜，不是！一方面是不容易操作，在脸上易容还能说得过去，要是全身都易，那就难了。退一步讲，就算可以全身易容，跟王生亲密接触而不被识破那也是不可能的。更何况"易容术"的本体是人，而不是鬼，鬼可以自由幻化，无法也没有必要去依赖易容术。但是上述这么多理由，其实并不重要，对于"画皮"故事，我们这里有更合理的解释，这才是最重要的。

"画皮"类的佛教故事

古代文献里类似"画皮"的故事很多，共同的情节是"恶鬼经由画皮变身为美人"。朱一玄先生在《聊斋志异资料汇编》中列出六则古代故事作为"画皮"的本事来源。例如西晋时有个翻译过来的佛经故事《罗刹》记载：某男人的媳妇长得端庄秀美，但实际是个食人血肉的恶鬼，每到了晚上趁着丈夫睡着，就偷偷来到坟冢里，脱衣及诸宝饰，口出长牙，头上焰烧，眼赤如火，甚为可畏。前近死人，手捆其肉，口齿食之……另有笔记小说《钟繇》《邬涛》等与此类似。

此类故事，模式也是大致雷同，多为一绝色美女，原来却是妖魔鬼怪

---

① 王亭之：《方术纪异》上，台北：远景出版公司，1998年，第51页。

装扮而成，并且与男主人公发生情感纠葛，最终结果或是妖魔鬼怪害死男主人公，或是妖魔鬼怪被制服。且此类故事的主旨基本一致：所谓的绝色美女，其实都是披着美丽画皮的索命鬼，男性则因沉迷于美色而陷自身于危险之中。"画皮"类故事显然包含着鲜明的禁欲观念。

二八佳人斩凡夫

东西方宗教往往视色欲为罪恶，视美色为促死之道。佛家讲"漏尽通"，说的是人之所以走向衰老死亡，主要是因为生命不断地泄露，从哪里漏呢？"眼耳鼻舌身意"就是人身上的六个窟窿，就从这六识来漏，你看了、听了、闻了、尝了、触了、想了，都要消耗生命力的，消耗完了人也就完了。"漏尽通"就是把这些泄漏点全都堵上，不使其泄露，这样就可以长生了。人身有这么多窟窿，最大的窟窿是哪一个呢？当然是"色"了，色欲窟窿最大，最耗元气，漏得最厉害，且最难控制。所以佛家讲"漏尽通"，讲究不漏，在很大程度上是针对"色欲"而来。道教同样也把色欲当成洪水猛兽。所谓"色"字头上一把刀，吕洞宾形容说："二八佳人体似酥，腰间仗剑斩愚夫。虽然不见人头落，暗里教君骨髓枯。"

所以佛教里的显教，中国的和尚，在戒律上都不允许结婚，道教里的全真教也不许结婚，禁止结婚当然只是外在，其背后指向则是禁绝色欲，以求不漏长生。

禁欲难

俗话说，"酒是穿肠毒药，色是刮骨钢刀；财是下山猛虎，气是惹祸根苗"。酒只要不开头就不会上瘾，财与气毕竟还是后天的东西，很多人也都能看得开，唯独"色"这个东西，是人之不可抗拒的本能。就连孔圣人也承认"食色，性也""吾未闻好德如好色者"，足见酒色财气这四关当中，唯独色欲最难过。有多少追求"不漏"的仁人志士，栽倒在"色"上。修行者往往陷入了这样一个怪圈，经过一段时间的修行，身体转好了，性欲却也随之旺盛起来，然后就忍不住犯戒，如是往复……色欲这个东西，基本上非意志力所能克制，即便勉强克制住了，也要耗费大量心力，终究不是理想的办法。针对修行中的"色欲"难关，佛教发展出了一些对治的方便法门，"不净观"就是其中法简效宏的一种。

不净观

"不净观"是佛教用来对治色欲的一种方术。"不净观"对治色欲，是把令人心动的美色与令人厌恶恐惧的事物紧密联系在一起，从而使当事人对所喜爱的东西产生厌恶感。

"不净观"的修行方法也简单，世上流传着多种"不净观"的修持方法，止欲的效果都很显著。在当代，修行者练习"不净观"时，常常观看美女在X光下的骨架图片，提示自己美人的外表再漂亮，其实质也都不过白骨一具，而白骨又是令人厌恶或恐惧的，当把美人的本质视为白骨的惯性形成之时，色欲自然就不再发生，这就是"不净观"对治色欲的原理。

其实明白了"不净观"的原理，完全可以自己设计方法。想象能力强的人，完全可以观想美女站在面前，在其光鲜靓丽的外表下面，是肥腻的脂肪、纤维遍布的肌肉、纵横交错的血管、九曲十八弯的肠子、白森森的骨骼，总之就是将其想象成尸体解剖的样子，只要想象得足够逼真，色欲肯定无踪影……假如观想能力比较弱，可在面前挂一幅美女图，但这幅美女图要经过处理，半边图像是美女，半边图像是医学解剖图，就这么盯着图像看，长时间之后就形成这样的思维惯性——美女的外表虽魅，本质却跟解剖图所示并无二致。以后一旦再见到美女，马上不由自主地联想到解剖图，一下子就欲望全无了……

厌恶疗法

"不净观"方术的原理其实就是心理学上的"厌恶疗法"。厌恶疗法的定义是:"将欲戒除的目标行为(或症状)与某种不愉快的或惩罚性的刺激结合起来,通过厌恶性条件作用,而达到戒除或至少是减少目标行为的目的。"

如果嫌这个定义太过抽象而难于理解,我们就举几个简单直观的例子:怎么让嗜酒者戒酒?一个好办法是让嗜酒者先别饮酒,先来点让人恶心呕吐的药物,趁着他正在恶心的时候,再给他强行灌酒,这样嗜酒者以后再喝酒时,就会条件反射般进入恶心状态,顿时酒欲全无……这个方法我有过切身体会,小时候有一次吃了某种食物后大吐一场,以后好几年对这种食物都提不起食欲来。

民间其实早就把"厌恶疗法"运用得驾轻就熟。比方说小孩断奶哭闹的话,大人就在奶嘴抹上黄连,小孩吃过这种苦奶,就再不会吵着要吃奶了。再比方说,现在到了吃饭的点,这人一整天没吃饭了,饥肠辘辘,这时把一大盘山珍海味摆在他面前,他能不垂涎三尺?那怎么能让他一下子食欲全无呢?好办,吐一口痰进去,看看还有食欲不?"不净观"对治色欲,用的也正是这个"厌恶疗法"的原理。

白骨精

跟"不净观"同出一脉的是"白骨观"。何谓"白骨观"?练法跟不净观很类似,观想美丽外表的下面,是一具白骨而已。毕竟白骨在我们看来,也是毫无美艳可言,所以"白骨观"跟"不净观",在原理上是并无二致的。

我们都知道"白骨观",这得感谢《西游记》的启蒙。《西游记》第

二十七回"尸魔三戏唐三藏，圣僧恨逐美猴王"里，记录的乃是"孙悟空三打白骨精"的故事。这妖怪名为"白骨夫人"，先后三次变化戏弄唐僧。第一次变成绝色佳人，第二次变成慈祥老妇，第三次变成龙钟老翁。变为佳人取其美色，变为慈祥老妇取其亲切，变为老翁取其庄严。无论美色、亲切、庄严，这些表象背后的本质，都是白骨一具。白骨精饶是千般变化，在孙悟空的火眼金睛下却都是找打，少女、老妇、老翁，人均挨了一棒，终于被打出原形，"却是一堆粉骷髅在那里……他是个潜灵作怪的僵尸，在此迷人败本，被我打杀，他就现了本相。他那脊梁上有一行字，叫作白骨夫人"。

　　三打白骨精的故事，寓意在于，外表一副美丽的画皮，内里却是白骨森森，这跟"不净观"说的外表是美丽画皮，内里却污秽不堪完全一致。当然也有不同之处，那就是效果大小的不同。"不净观"的效果比"白骨观"要霸道很多。网上有很多"不净观"和"白骨观"的图片，"白骨观"尚可承受，"不净观"的恶心程度则让人抓狂，这也为后文的"跋求摩河惨剧"埋下了一个伏笔。

《红楼梦》的"风月宝鉴"

　　《红楼梦》里的"风月宝鉴"也是不净观的隐喻。贾瑞垂涎于王熙凤的美貌，以致相思成疾。病重之时，来了一个跛足道人，交给贾瑞一面镜子，交代说："这物出自太虚幻境空灵殿上，警幻仙子所制，专治邪思妄动之症，有济世保生之功。所以带它到世上，单与那些聪明杰俊，风雅王孙等看照。千万不可照正面，只照他的背面，要紧，要紧！三日后吾来收取，管叫你好了。"

　　这面镜子又唤作"风月宝鉴"，两面都可照人，不过所示却大有不同。就说照凤姐吧，镜子正面显示为绝色美女，背面则显示为红粉骷髅。跛足道人的意思很明白，就是告诉贾瑞，凤姐表面再漂亮，本质也不过是骷髅一具，还是趁早死了垂涎凤姐美色的心吧！该道人治疗贾瑞心病的思路，显然正是"不净观"(白骨观)。

哪料到贾瑞善于化腐朽为神奇,弃精华而取其糟粕,他不看能够照出本质的镜子背面,却只盯着照出表象的镜子正面,反而更加沉迷于凤姐的美色,终因纵欲而死。大家埋怨宝镜,宝镜却也委屈:谁叫他瞧正面了?他自己以假为真,为何怪我?

"不净观"对治相思成疾

上面的例子里,"风月宝鉴"对治相思成疾失败了,但其实"不净观"的效果是相当厉害的。《阅微草堂笔记》里有以"不净观"对治相思成疾的一则记录:

有书生嬖一娈童,相爱如夫妇,童病将殁,凄恋万状,气已绝,犹手把书生腕,擘之乃开。后梦寐见之,灯月下见之,渐至白昼亦见之。相去恒七八尺,问之不语,呼之不前,即之则却退。缘是惘惘成心疾,符箓劾治无验。其父姑令借榻丛林,冀鬼不敢入佛地。至则见如故。

一老僧曰:"种种魔障,皆起于心。果此童耶?是心所招;非此童耶?是心所幻。但空尔心,一切俱灭矣。"又一老僧曰:"师对下等人说上等法,渠无定力,心安得空?正如但说病证,不疏药物耳。"

因语生曰:"邪念纠结,如草生根,当如物在孔中,出之以楔,楔满孔则物自出。尔当思惟此童殁后,其身渐至僵冷,渐至洪胀,渐至臭秽,渐至腐溃,渐至尸虫蠕动,渐至脏腑碎裂。血肉狼藉,作种种色。其面目渐至变貌,渐至变色,渐至变相如罗刹,则恐怖之念生矣。再思惟此童如在,日长一日,渐至壮伟,无复媚态,渐至鬖鬖有须,渐至修髯如戟,渐至面苍黧,渐至发斑白,渐至两鬓如雪,渐至头童齿豁,渐至伛偻劳嗽,涕泪涎沫,秽不可近,则厌弃之念生矣。再思惟此童先死,故我念彼,倘我先死,彼貌姣好,定有人诱,利饵势胁,彼未必守贞如寡女。一旦引去荐彼枕席,我在生时,对我种种淫语,种种淫态,俱回向是人,恣其娱乐。从前种种昵爱,如浮云散灭,都无余滓,则愤恚之念生矣。再思惟此童如在,或恃宠跋扈，使我不堪，偶相触忤，反面诟谇；或我财不赡，不餍所求，顿生异心，形色索漠，或彼见富贵，弃我他往，与我相遇如陌路人，则怨恨之念生矣。以是诸念起伏，生灭于心中，则心无余闲。心无余闲，则一切爱根欲根无处容著，一切魔障不祛自退矣。"

生于所教，数日或见或不见，又数日竟灭迹。病起往访，则寺中无是二僧。①

这个例子里，佛教的正统修行方式——观空，对治色欲的效果并不好，反倒是"不净观"这种偏门左道的收效极佳，所以又有僧人把不净观（白骨观）与安般法并称为佛教修行的两大甘露法门，足见"不净观"在佛教的地位。

"画皮"隐喻"不净观"

《画皮》里，王生对夜奔的美女本来钟爱有加，后来为什么一下子欲望全无？可不是谁把王生说服的，谁都没这么大的本事，而是王生亲眼看到自己所喜爱的美女本质竟然是令人恐惧的恶鬼，这时即便恶鬼再度披上美丽的画皮，因为已经确知其是恶鬼，所以仍然提不起丁点欲望。

这也正暗合"不净观"的原理。《画皮》里所谓的美人，本质是披着一层画皮的恶鬼。在"不净观"里，所谓的天姿国色，也只是华丽皮囊，皮囊之下，是血肉筋腱白骨等"不净物"。美色的本质都是"不净"，可见"画皮"与"不净观"相当吻合。并且，《画皮》里的王生，看破美人的本质是披着画皮的恶鬼之后，在恐惧之下远离了"美色"，正对应着"不净观"对治色欲的显著效果。可以推知，"画皮"可能是对佛教"不净观"的隐喻。如果还不十分确定的话，那接下来的"王生之死"以及"浓痰救命"事件，就更进一步印证了这个推论。

---

① （清）纪昀：《阅微草堂笔记》，周杰、高振友、余夫、王放点校，长春：吉林文史出版社，1997年，第53页。

王生死得蹊跷

看破了"画皮"背后的恶鬼真相并远离之,王生应该算是逃过了一劫。按佛道的说法,既然色欲是人不能长生的罪魁祸首,而王生又看破了美女的本质原来是恶鬼,那么按理来说,已经认清真相并远离美色的王生应该能够长命百岁了。"画皮"故事到此也就应该圆满结束了。

但是故事却远没有结束,王生因躲避恶鬼(美色)而触怒了恶鬼,很快就被恶鬼所杀,挖心而去。

道士好意帮王生勘破恶鬼画皮的本质,结果反而断送了王生的性命。换言之,假如没有勘破恶鬼画皮的真相,王生至少还能多活几年,而正是因为勘破了"恶鬼画皮"的真相,反而导致了王生速死,真是让人唏嘘感叹。

所以王生勘破真相反而速死,你不觉得很蹊跷吗?不过难者不会,会者不难,这里的王生速死,其实又是一个隐喻,隐喻着"不净观"方术的副作用。这就涉及佛教史上的另一个真实事件——"跋求摩河惨剧"。

跋求摩河惨剧

佛教早期经典《杂阿含经》里,记载着佛教史上重要而真实的"跋求摩河惨剧":

一时,佛住金刚聚落,跋求摩河侧萨罗梨林中。尔时,世尊为诸比丘说不净观,赞叹不净观……时诸比丘修不净观已,极厌患身,或以刀自杀,或服毒药,或绳自绞,投岩自杀,或令余比丘杀。

有异比丘,极生厌患恶露不净,至鹿林梵志子所,语鹿林梵志子言:"贤首!汝能杀我者,衣、钵属汝"。时鹿林梵志子,即杀彼比丘,持刀至跋求摩河边洗刀……于是手执利刀,循诸房舍,诸经行处,别房、禅房,见诸比丘,作如是言:"何等沙门持戒有德,未度者我能令度,未脱者令脱,未稣息者令得稣息,未涅槃令得涅槃。"

时有诸比丘厌患身者,皆出房舍,语鹿林梵志子言:"我未得度,汝当度我!我未得脱,汝当脱我!我未得稣息,汝当令我得稣息!我未得涅槃,汝当令我得涅槃!"时鹿林梵志子,即以利刀杀彼比丘,次第乃至杀六十人。

尔时……阿难白佛言:"世尊为诸比丘说修不净观,赞叹不净观,诸比丘修不净观已,极厌患身,广说乃至杀六十比丘。世尊!以是因缘故,令诸比丘转少、转减、转尽。唯愿世尊,更说余法……"

佛告阿难:"是故我今次第说……安那般那念住。"……佛告阿难:"若比丘依止聚落,如前广说,乃至如灭出息念而学"。佛说此经已,尊者阿难闻佛所说,欢喜奉行。①

"不净观"副作用

这里把"跋求摩河惨剧"大致解释一下:

世尊释迦牟尼起初传授给众弟子的修行方法是"不净观"方术。但是在修习一段时间之后,不少弟子开始感觉肉身不净而对自己的肉身产生极度厌恶,顿生自杀离世之意,有服毒的,有上吊的,有投崖的……其中最典型的是鹿林梵志子,他在六十多名修行"不净观"而厌世的僧徒主动要求下,杀死了他们。这就是佛教史上著名的"跋求摩河惨案"。

释迦牟尼得知此事后很是震惊,从此禁止弟子修习"不净观",转而教给弟子安全性更高的"安那般那"方术,方才阻止了自杀态势的进一步发展。"安那般那法"(安般法)从此之后成为后世佛教的主要修行方法。

当老师的,水平有高有低,讲课有好有坏,这都正常。但要说能够把学生给教死,并且一下子就教死六十多个,真可谓前不见古人后不见来者了。从这点上讲,释迦牟尼当真是史上最差老师了。当然这肯定不是释迦

---

① 中国佛教文化研究所点校《杂阿含经(中)》,北京:宗教文化出版社,1999年,第656页。

牟尼的本意，主要还是因为"不净观"的副作用坏了事。

虽说"不净观"对治色欲的效果宏大，但是药性过猛，则过犹不及，因而副作用也会很大。"不净观"本来是佛教对治色欲的一种方术，虽然效果显著，却可能伴生严重的不良反应，也即对肉身的厌恶并进而产生厌世情绪而致自杀。通过"不净观"修习，确实可以把美色看成是臭皮囊而做到禁绝美色，并且有的佛教徒进一步把"不净观"运用到断除"身见"（对我之肉身的迷恋与执着）上来，也取得了显著效果。但是因为"不净观"把人的"肉身"看成是臭皮囊，看成不净秽物，所以练习"不净观"过度，很容易对于自己肉身产生厌恶。"不净观"方术的立意本来是禁绝美色，做到不漏乃至长生，结果很多弟子反而因修习"不净观"而自杀早亡，这就是"不净观"的巨大副作用。

这么一来王生看破美色真相反而速死的谜底也就揭晓了。王生看破美色（恶鬼画皮）隐喻的是"不净观"，效果的确是杠杠的。但是"不净观"的副作用也如影随形，最终导致了王生速死。不是美女杀死了王生，而是美女被看破为恶鬼之后杀死了王生。换言之，靓丽的皮囊没有杀死王生，而是丑陋的皮囊杀死了王生。这就跟"跋求摩河惨剧"完全对应起来，王生之速死，也就能说通了。

"画皮"隐喻了不净观，"王生之死"隐喻着"不净观"的副作用，到此为止，"不净观"及其副作用已经说完了。但是接下来又有个让人费解的地方出现了——王生的复活，为何仰赖的却是那一口令人恶心的浓痰？这就涉及下一篇所论的"秽迹法"了。

第十篇 《画皮》下：画皮之秽迹法

浓痰救命

王生之死隐喻不净观的副作用，所以王生之死能说通了。但接下来王生复活的事件里又有了一个说不通的地方。我们事先怎么也想不到，最终救活王生的，不是什么大还丹小还丹之类的灵丹妙药，反而是乞丐吐出来的一口腥臭浓痰。这口令人恶心的浓痰，后来变成一颗搏动不止的心脏跳入王生胸腔，王生得以复活。

你要说什么给王生服用了仙丹啊，给王生输入了五百年的功力啊，王妻的行为感动了上天啊，然后王生得以复活，大家也还能欣然接受，但要说一口浓痰救活了王生，作者可不就是在瞎掰了。

但正是浓痰这种污秽之物变成心脏从而救命这个情节里面大有奥秘，其隐喻的是佛教的另一种修行方术——秽迹（金刚）法。

释迦牟尼在世时，并没有找到纠正"不净观"副作用的办法，无奈之下只好禁止不净观，而以"安般法"取代"不净观"传授给弟子，这么做固然避免了不净观的副作用，避免了弟子厌世自杀现象，但是色欲问题，并没有得到根本解决。

释迦牟尼去世后，后世弟子面对色欲无能为力的时候，因为没有了释迦牟尼的约束，他们又开始重拾"不净观"以对治色欲。但是"不净观"

何等霸道，又导致了一批修习者厌世自杀，为了对治"不净观"导致厌世自杀的副作用，佛教又发展出了一种新的方术，这种方术就是佛教里鼎鼎有名的"秽迹金刚法"。

"秽迹金刚"传说

何谓"秽迹金刚法"呢？据佛经《秽迹金刚说神通大满陀罗尼法术灵要门》记载：

如是我闻……尔时如来临入涅槃。是时有无量百千万众天龙八部人非人等。啼泣向佛四面哽咽悲恼而住……唯有螺髻梵王，将诸天女……共相娱乐，闻如来入般涅槃而不来觐省。时诸大众为言："今日如来临般涅槃，是彼梵王何不来耶？其王必有我慢之心。而不来至此。我等徒众驱使小咒仙。往彼令取。"作是语已策百千众咒仙，到于彼处。乃见种种不净而为城堑。其仙见已。各犯咒而死……乃至七日无人取得。大众见是事倍复悲哀……

……是时如来愍诸大众。即以大遍知神力。随左心化出不坏金刚。即于众中从座而起。白大众言："我有大神咒能取彼梵王！"作是语已，即于大众之中显大神通，变此三千大千世界六返震动。天宫龙宫诸鬼神宫皆悉崩摧。即自腾身至梵王所。以指指之。其彼丑秽物变为大地。尔时金刚至彼报言。汝大愚痴我如来欲入涅槃。汝何不去。即以金刚不坏之力。微以指之。梵王发心至如来所……①

大致翻译一下：释迦牟尼佛去世以后，各地群众都很悲痛，无数信徒前来吊唁，悲泣不止。唯独螺髻梵王，非但不来吊唁，还跟诸天女寻欢作乐。这惹恼了释迦牟尼的信众，他们派遣一些神通广大的信徒前去收服螺髻梵王。这些信徒气势汹汹地杀到螺髻梵王的宫殿外围，却傻眼而踌躇不敢前进了。为什么呢？只见螺髻梵王的住所外围，堆满了种种污秽不堪的不净物，那些洁身自好的修行者哪能受得了此些污秽？个个"犯咒而死"，

---

① 《碛砂大藏经》整理委员会整理《碛砂大藏》，北京：线装书局，2005年，第558页。

换言之，就是恶心死了。就这么着，这么多信徒，七天七夜都无法撼动螺髻梵王一根汗毛。看来释迦牟尼去世之后，世上已经无人能够制住螺髻梵王了，众佛教徒非常悲哀。这时已经灭度的佛陀，大发慈悲，以左心化现出一尊"除秽金刚"（又名"不坏金刚"）。除秽金刚赶往螺髻梵王的住处，用手轻轻一指，宫殿外围所有的丑秽污物立即化为尘土，螺髻梵王因丧失了污物的保护而被抓获伏法，诸佛徒皆大欢喜。

火观不净

上面"秽迹金刚"的记录里大有门道，其中隐藏了"秽迹金刚法"的原理与练法。"秽迹法"是如何练习呢？网络上有篇叫《神游》的玄幻小说，作者徐公子胜治，其中有这么一段写得很有意思：

我心中不解，但还是按张先生的话老老实实地走了过去。还没等我走近，那团黑乎乎的东西就"嗡"的一声如一片黑云飞起，天哪！都是绿头苍蝇！再看地上，是一具动物尸体，具体是什么动物已经高度腐烂不可辨认，成团的蛆虫在白森森的骨骼和流着腐水的烂肉间拱来拱去。这情景恶心无比，我的胃一阵发紧，一股酸水忍不住地冒了出来，十分想呕吐……我虽然强忍着没有吐出来，但是睁着眼睛神经都快崩溃了。过了十分钟，也许是十个小时，反正我觉得时间很漫长……张先生扶住我："时间到了，看清了吗？你都印在脑海里了吗？"我没有说话，脸色发白地点了点头。

张先生又接着说道："接下来的场景你还要瞪大眼睛看好了，一点也不能错过，要集中注意力印在脑海中。"说着话张先生划着一根火柴，丢在了那具腐尸上。就听见"砰"的一声，火苗立刻蹿起来老高，就像这具腐尸浸透了燃油一样。烈烈的火焰在燃烧，满空飞舞的苍蝇也像着了魔一样都向这火焰中扑去，随即烧焦掉落。这把火异常猛烈，没有烟，火焰也纯净得几乎没有任何杂质。时间不大，熊熊火光已经熄灭，地上只留了一层薄薄的纯白色灰烬。一阵风吹来，灰烬随风而起飘散而去，露出了已经干燥的河滩，什么都没有留下。说来也怪，我五脏六腑那种恶心难受的感觉也随着这把火烧掉了大半，胃里的酸水总算不再折腾。

这时候我才想起今天已经是十二月二号，虽然芜城地处江南比较湿，可是野外哪来这么多苍蝇？会不会是张先生捣的鬼……张先生说道："刚才你眼中所见，就是我要教你的心法，要诀在于一个'观'字，它的名称叫作'不净观'！……"火观不净，具体的功法是金刚坐入定，观想坐在如山的柴堆之上，周身污浊不净，腐恶不堪。随着心念深入，渐觉不可忍受。到无可忍受的极致时，观想座下火焰燃起，焚烧一切不净化为飞灰。飞灰散去，本相重现红色光明。这光明如炬，破一切秽暗。①

"秽迹法门"

玄幻小说里有一种类型叫修真小说。既然说到修真，里面就不可避免会掺杂一些修行方术。我有一段时间挺迷玄幻小说，但很快也就淡了，到现在连看一眼的兴趣都没有，毕竟玄幻小说里面所涉及的修行，水分还是太大了。

不过小说《神游》里倒是有些干货，上面这一段涉及的方术被称为"火观不净"，这是一个合体，乃是"不净观"与"秽迹法"的融合。里边包含的"不净观"内容容易理解，动物的腐尸，观想周身腐恶不堪，可不正是"不净观"的修法？

我们再从中提炼"秽迹法"的修法：观想所有腐败不堪的污物，燃起了熊熊大火，很快烧化成一片灰烬，空空如也。此前的腐臭污秽，也随之烟消云散，修者不再有厌恶、恶心的感觉，一切都空了……

"秽迹法"的原理相当简单，怎样能够彻底而迅速地消除令人恶心的腐败污物？最佳的方法当然是垃圾焚烧。熊熊烈火之后，再污秽的东西也都化为灰烬，归于尘土，灰烬当然不让人恶心，于是所有的厌恶感，也随之消失了。

---

① 徐公子胜治：《神游》，北京：中国华侨出版社，2012年，第55页。

修习"不净观"一段时间后，很容易觉得身体肮脏不堪，从而产生对自己肉身的厌恶，进而导致厌世自杀。这时如果通过"秽迹法"的观想，想象把污秽不堪的肉体，一把火烧成清净灰烬，也就消除了对肉身的厌恶，甚至有助于修习者领悟到"空境"。

秽迹传说的所指

我们再回到"秽迹金刚"传说中，与"秽迹法"的修行方法相互印证一下。

在传说中，释迦牟尼去世之后，才有了螺髻梵王的横行。这其实对应着现实里释迦牟尼在世的时候，因为未找到解决不净观副作用的方法，所以禁止弟子修习"不净观"，但其离世后无法继续约束弟子，所以又有弟子重拾"不净观"，不净观的副作用又出现了。

在传说中，"螺髻梵王"宫殿周围堆满了肮脏不堪的污秽，这对应着现实中修行"不净观"之后，修行者会感觉自己的肉身肮脏不堪。"众仙犯咒而死"对应的则是很多人因修"不净观"导致的副作用厌弃肉身而死。

释迦牟尼离世后化现为"秽迹金刚"，对应的现实是释迦牟尼的后世弟子创制了"秽迹法"。"秽迹金刚"拿手一指的动作，对应的乃是纵火，因为要让宫殿外围的所有污秽在短时间内化为乌有，也只有熊熊大火才能做到，大火之后，一切污物化为灰烬，归于尘土，所以现清净大地。

可知"秽迹金刚"传说里已经全面包含了"秽迹法"的来源与练法。

螺髻梵王的秘密

下面，我们来揭开"秽迹金刚"之外的另一个重要人物——螺髻梵王——的秘密。"螺髻梵王"到底是谁？为什么要称他为"螺髻梵王"？

有的佛教徒说，螺髻梵王是大有来头的，是某某天王化身，后来也得成正果云云。但这些都是误解，螺髻梵王的真相，说穿了其实也简单。

何为"螺髻"呢？"螺髻"意指梵王的发型，如海螺一样旋转向上，这个发型的确够个性。那螺髻梵王为何要设计这么个发型？这就要从螺髻梵王的代言说起。在传说中，"螺髻梵王"住所周围堆满了臭秽污物，可见"螺髻梵王"正是"不净""污秽"的象征。那如果要列举"不净"的东西，各位第一个想到是什么呢？恭喜你猜中了，就是大便！这是最直观的污物了。

秘密也就藏在这里，大便是什么形状？正是宝塔形、海螺形！所以这里的"螺髻"，乃是大便的形象化说法。"螺髻梵王"名字里的"螺髻"，其实就是大便之形，并借此代表世间一切污秽之物。那么"螺髻梵王"的真名，按理应当称为"便便梵王"。但这个称呼毕竟很是不雅，所以后人取其象形，美其名曰"螺髻梵王"，毕竟烦恼即菩提，观不净也是入道之一途，对其使用尊称，也在情理之中。

金刚杵的原型

我们再来探讨"秽迹金刚"的法器为何多示现为"金刚杵"。法器当然相当重要，从神灵的法器那里，可以推知其修行法门。观世音菩萨绝不会无来由地托个净水瓶，"秽迹金刚"的"金刚杵"也必然是大有玄机。

在密教里，"秽迹金刚"又被称为"火头金刚"。藏密"秽迹金刚"流传下来的画像，周身往往被熊熊火焰所包围。由法器可以推知神灵的修行法门，既然已知秽迹金刚的修行法门是熊熊烈火，那么秽迹金刚的法器金刚杵也就必然与火有着密切关联。

是怎么关联的呢？金刚杵跟火好像怎么都扯不上联系。别急，我们先回忆一下古人的火具。古人取火比不得现代人方便，取火最常用的是火石、火镰、火筒等，取火之后要以蜡烛、灯具、火把等工具来保持燃烧。这里的火把挺有意思，一根长棍，顶端隆起，浸上油脂，就可以长时间燃烧，能够提供充足的光亮，不单走夜路的时候用得着，放火的时候也可用。这么一来，答案就浮出水面了。再回头来看金刚杵，也是一根长棍，棍头隆起，虽有不同形状，但总体上来讲，这外形，这气质，不跟火把如出一辙吗？

所以金刚杵，其实就是古代火把的变体。秽迹金刚法里需要观想熊熊的烈火燃尽污秽之物。这熊熊烈火从何而来，不正是以火把点燃的吗？

至于后来由简陋的火把演化成精致的金刚杵，那就很容易理解了。秽迹金刚的早期形象应该就是拿着火把当法器的，要是那个年代有打火机，其法器可能就是打火机了。但是堂堂金刚手里，不论拿火把还是打火机，确实都有点不上档次，后人为了表示对祖师的尊重，就把火把 PS 了，加以美颜，演变成我们现在所能看到的精美而庄严的金刚杵。

"秽迹法"的扩展

"秽迹法"刚开始的时候极为简单，"火观不净"四个字就可以概括了。但是这一法门后来不断发展壮大，吸收了各种外来营养，成为佛教的一条重要法脉。

"秽迹金刚"的原型，推测起来最有可能就是历史上"秽迹法"的发明者，也就是秽迹法脉的祖师爷，这位祖师后来被封为"秽迹金刚"的神职，接受供奉，从此形成了"秽迹金刚"的佛教法脉。

"秽迹金刚"法脉在历史上影响甚大，流布也广。据佛教经文记载，崇奉"秽迹金刚"可收获多种利益，诸如去染除秽、降服情欲、方便修学、聪明智慧、得大福德、降魔鬼病、延寿消灾、治瘟疫病等等，算起来有那么好几十种，每种利益都足以让人垂涎……

其实，很多利益都是宗教徒后来所附会上的，秽迹法最核心的利益，乃是降服情欲（因秽迹法是在"不净观"的基础上产生的）、去染除秽（烧尽一切污秽），二者是其本意，是其源头，是其开端，是其核心。

当然，也不能说不会有其他的利益，秽迹法脉在发展过程中，必然会不断扩充新的内容进去，所以慢慢变得"多能"起来，号称能够处理多种问题。但是要明白，这些其他利益，不是核心或源头，只是附属而已。

"秽迹法"的内容扩展在佛教发展史上并非个例。佛经当中说皈依某菩萨、某金刚的利益，往往做了夸大或扩展。就以地藏王菩萨为例，经载：

若有众生，见地藏形像，及闻此经，乃至读诵。香花、饮食、衣服、珍宝、布施供养，赞叹瞻礼。得二十八种利益。一者、天龙护念。二者、善果日增。三者、集圣上因。四者、菩提不退。五者、衣食丰足。六者、疾疫不临。七者、离水火灾。八者、无盗贼厄。九者、人见钦敬。十者、鬼神助持。十一者、女转男身。十二者、为王臣女。十三者，端正相好。十四者、多生天上。十五者、或为帝王。十六者、宿智命通。十七者、有求皆从。十八者、眷属欢乐。十九者、诸横消灭。二十者、业道永除。二十一者、去处尽通。二十二者、夜梦安乐。二十三者、先亡离苦。二十四者、宿福受生。二十五者、诸圣赞叹。二十六者、聪明利根。二十七者、饶慈愍心。二十八者、毕竟成佛。①

供奉地藏王菩萨居然能有这么多利益，以至于给人一种感觉，以后看佛经里讲述此菩萨、金刚功德利益的时候，根本不必问有什么利益，只问没有什么利益就可以了。但其实号称的这么多利益当中，只有那么一两项是地藏王菩萨的本职所属（地藏王主管阴界，所主事务当然与亡灵有关）。某神灵法脉所号称的利益扩展了，内容充实了，目的是以能够解决更多问题为引诱，来吸引更多信众，这是好处，不好的地方是其本源往往被遮蔽了。

秽迹法力来源

道教有一种说法："驱邪捉怪用天蓬力士，祛除疾病用秽迹金刚。"这里把大名鼎鼎的天蓬力士与秽迹金刚相并列，认为二者都是非常厉害的神灵。

灵验的神将必然有深厚的法力，那么"秽迹金刚"的法力来源在哪里？这个问题又可以分为两个小问题：其一，秽迹金刚的法力性质是什么。其二，

---

① 陈兵：《常诵佛经十种》，北京：华文出版社，2013年，第296页。

这种性质的法力来自何方。对这两个问题的阐解，有助于对宗教里颇显混乱的方术文化加以厘清。

首先来谈"秽迹金刚"法力的性质。这个倒简单，秽迹金刚的修行法门就是以熊熊烈火燃尽污秽，故其法力的五行性质毫无疑问当属"火"。既然属火，那么它就适合做某些事情，而不适合做另外一些事情。因此佛教、道教的召役神将，其实跟中医一样，也要辨证，没有包治百病的中药，同样也没有包办百事的神将。

其次来谈"秽迹金刚"的火性法力来源。既然"秽迹金刚"法力属火，那怎么去加强这个"火"的力量呢？这里有一个案例，可能有助于对此问题的理解。道教里有一个护法唤作马灵官（马元帅），诸位如果对马元帅不熟悉的话，提到"马王爷有三只眼"您就明白了，马元帅正是这个马王爷。

马元帅作为道教的护法，却跟佛教的"秽迹金刚"牵扯上了关系。在《道法会元》中，马元帅的法术体系里有着基于秽迹金刚的咒语。这么一来就引出道教徒与佛教徒之间的纷争：到底是佛教的秽迹金刚偷了道教的法呢，还是道教的马元帅偷了佛教秽迹金刚的法呢？

其实谁偷谁根本不是问题，也不重要，重要的是为什么偷这个而不偷那个。既然是偷了，必然是对眼的才偷，不对眼的何必大费周章。何谓对眼？其实就是其气相通，"秽迹金刚"是火之气，那么推理开来，马元帅应该也是火之气。

事实也正是如此，马元帅在道教神祇里，最善以火斩妖除怪。其实马这个姓也颇有意思，十二生肖里午为马，马属火。马元帅又被认为是二十八星宿中的室日马化身，这里的日（太阳）属火，马又是属火，所以毫无疑义，马元帅就是不折不扣的火神。大海不择溪流，故能成其深。马元帅的道法体系里，正好缺少个咒语，怎么办？正好佛教传过来的秽迹金刚法里有咒语，并且也是属火的，那好吧，直接拿来用就可以了。同样的，秽迹金刚法里，缺少个指诀、符箓什么的，一看道教里有，而且也是属火的，谁说不可以拿来用？就这么着，道教的道法里，往往掺杂了佛教的咒语、真言等内容，佛教的法术里却也常见掺杂有道教的一些内容。

秽迹金刚的法力来源正是如此，不一定是他本身具足的，但必定是与其相通并且来源广泛的。例如秽迹金刚，自身就有火的属性，当然也可以吸取其他火的力量，而在中国哲学体系里，夏天属火，南方属火，太阳属火，午时属火，红色属火，呵字属火，苦味属火，星日马属火，马灵官属火……这些尽可以成为秽迹金刚的火力来源，也是宗教修行中追求某种性质法力的一个样板。

"浓痰救命"与"秽迹法"

讲完了秽迹法，再回到"浓痰救王生复活"的情节上来，就会发现这一情节，与"秽迹金刚法"完全对应，在此罗列如下：

其一，不净秽物。"画皮"里王生复活的关键是浓痰这种"不净秽物"，而秽迹金刚传说里要解决的关键问题也是"不净秽物"，这是第一个对应。

其二，心脏。《画皮》里浓痰化为搏动不止的心脏，而在"秽迹金刚"传说里，秽迹金刚乃是世尊的心脏所化，这是第二个对应。

其三，火焰。东方哲学里心脏被看作"火焰"的象征，王生由此复活，佛祖心脏所化的秽迹金刚要清除不净污秽，依靠的也是熊熊火焰，这是第三个对应。

其四，由不净到清净。《画皮》里不净的浓痰化为干净的心脏，秽迹金刚传说里面不净的污秽在熊熊烈火之中化为清净尘土，都是由不净到清净，这是第四个对应。

基于上述四个对应可以推定，"浓痰救王生复活"的事件，隐喻的正是佛教的"秽迹法"。

巧合多了就是必然

现在已可以回头捋一捋《画皮》故事的来龙去脉。

第一，王生看破了美丽画皮下的恶鬼本质，从而对美女（恶鬼）的欲

望全失。这个情节与佛教用以禁欲的"不净观"吻合,所以"恶鬼画皮",很可能是隐喻的"不净观"。而接下来的王生之死,进一步确证了这一推论。

第二,王生看破了美女实为恶鬼画皮的真相并远离之,反而导致速死。这个情节与"不净观"的不良反应(跋求摩河惨剧)对应,所以王生之死,很可能是隐喻不净观的副作用。而接下来的浓痰救命,又进一步确证了这一推论。

第三,污秽的浓痰变成心脏,跳入王生胸腔,王生由是复活。如前文所述,这个情节与秽迹金刚法吻合。所以浓痰救命情节,隐喻的很可能正是对治不净观副作用的"秽迹法"。

现在真相已经呼之欲出了。"巧合"多了就意味着不是巧合,倘若基于严格的逻辑推定:"厉鬼画皮变身美女"与"不净观"方术的吻合还有可能是巧合的话,那么与此同时存在的"王生之速死"与"不净观"副作用的吻合就使得巧合的可能性大大降低,而再加上"浓痰救命"事件与"秽迹法"方术的吻合(此一吻合内部又存在着诸多小的吻合),则"巧合"的可能性完全可以排除了。

王生先是沉迷美色,然后通过"不净观"修行看破了美色的本质不净;不料因修习"不净观"导致了厌弃肉身而早亡的副作用;最终通过"秽迹法"消除了厌弃肉身的情绪而重获新生。这就是《画皮》故事里深深隐藏的真实所指!

历次佛难

但还有一个遗留问题未能解决。为何《画皮》的作者不直截了当地表述"不净观"与"秽迹法",反而要大费周折地编造这个故事去隐喻这两种佛教方术?真实的原因当然已无法考证,在此,我们只是给出一些最可能的情形。

第一种可能,中国佛教、道教的方术传承中,有通过故事来隐喻修行的传统。前面所阐述的秽迹金刚经文自不待言,再如《西游记》也被看成是对内丹修炼的隐喻(详情可参看清代道士刘一明的《西游原旨》)。其实《封神演义》《绿野仙踪》《八仙全传》里也隐喻了很多修行方面的方术，值得细细研读。

佛道两教比较注重弟子悟性，从故事里悟出方术也是对悟性的锻炼与开发，可能正是因为这个原因，作者编造了《画皮》故事作为对"不净观"与"秽迹法"的隐喻，让徒弟们自己参去。

第二种可能，"不净观"与"秽迹法"，尤其是后者，属于佛教支流"密宗"的内容(证据是《秽迹金刚说神通大满陀罗尼法术灵要门》在《大藏经》中被归入"密教部")。而"密宗"在明代曾被禁，不可公开传教，只能隐秘流传。

不但以怪异著称的密宗被禁，即便是正统佛教的命运也是屡经坎坷。古代由皇帝主导了多次"灭佛"运动，规模比较大的就有四次，例如"会昌法难"，乃是唐武宗在位时期所推行的灭佛活动。经过灭佛运动，原本在社会上颇有影响力的佛教势力受到了极大削弱。

佛教支流密宗的命运似乎更加不堪。明成祖时期，明令禁止密宗传播，其在内地的传承几乎殆尽，据说日本的东密就是密宗在大陆待不下去，所以跑到日本去发展了。密宗残留在大陆的最后一点有生力量也被迫转入地下活动。"秽迹法"作为密宗方术，当然不敢公开传播，传习者只得用隐喻的方法把"秽迹法"编成《画皮》故事，留待后人发掘。《画皮》的开首就是"太原王生"，想来故事的编者可能是住在山西的老王吧！他编故事的时候可能也想不到，这么多年过去了，《画皮》的真实意旨在历史的长河当中，逐渐湮没了……

第十一篇 《䶉石》上：道教服食养生

吃石头的道士

新城，就是现在的山东省淄博市桓台县。新城王太翁的家里，有个养马的仆人，也姓王。王姓仆人小的时候就跑到山东青岛崂山去学道。要说山东的道教圣地也并不很多，全国知名的也就崂山和泰山两处，其中又以崂山有道士常驻，所以古时候山东人学道，常要跑到崂山去。王姓仆人学了一段时间道后，胃口变了，不再吃煮熟的食物，只摘松子吃，还吃一种白色的石头，天长日久，身上长出了寸长的白色长毛。

后来王姓仆人思念老母，就回桓台探望，并长住了下来。人讲究个人乡随俗，王道士不吃熟食，在人际交往中肯定多有不便，于是慢慢恢复了吃熟食。饶是如此，他还保留着吃石头的习惯。怎么吃呢？据说是先把石头朝着太阳照一下，就能看出石头的酸甜苦辣咸五味来。这还不奇怪，奇怪的是他的牙口，据人说他吃起石头来，就像吃芋头一样轻松。

母亲去世后，王道士重新回到崂山，到蒲松龄记载这事的时候，已经有十七八年了吧！

《池北偶谈》里的王嘉禄

蒲松龄的记录毕竟还是转述，要是由当事人来记录的话，那可信性就更高一筹了。文中的王太翁家，乃是桓台著名的世家，出了好多高官名人，王钦文太翁的儿子王渔洋（王士禛）更是清初文坛领袖，王渔洋的笔记小说《池北偶谈》里，当然也不会错过记载就发生在自己眼皮底下的这件奇事。

《池北偶谈》里的"啖石"条记载：

仙人煮石，世但传其语耳。予家佣人王嘉禄者，少居劳山中，独坐数年，遂绝烟火，惟啖石为饭，渴即饮溪涧中水，遍身毛生寸许，后以母老归家，渐火食，毛遂脱落。然时时以石为饭，每取一石，映日视之，即知其味甘咸辛苦。以巨桶盛水挂齿上，盘旋如风。后母终，不知所往。[1]

这段记载跟蒲松龄所记的《齕石》内容基本差不多，当然也有几处细微的不同。其一，王渔洋文中有"仙人煮石"，这四个字很关键，蒲松龄的文章则未记载此事；其二，王文载道士名王嘉禄，蒲文则记为圉人王姓；其三，王文载道士在崂山独坐数年，蒲文未记此事；其四，王文未载食松子事，蒲文则记录了其食松子的事迹；其五，王文载火食后毛才脱落，蒲文未载此事；其六，王文载王道士以巨桶挂齿的异事，蒲文则未记此事；其七，王文载王嘉禄后不知所终，蒲文则记载其复入崂山继续修道。当然，这些细微的不同之处，丝毫不能掩盖王渔洋与蒲松龄文中所记是同一人的事实。

---

[1] （清）王士禛：《池北偶谈》，文益人校点，北京：华文出版社，2013年，第398页。

风水轮流转

蒲松龄听闻"龁石"之事，很可能是通过直接阅读王渔洋的《池北偶谈》所得，然后凭记忆收录在《聊斋志异》里。当然，也有可能是蒲松龄曾与王渔洋有交往，王渔洋给蒲松龄口述过此事；或者是蒲松龄听邑人闲谈时谈起王道士"龁石"的奇事并记在《聊斋志异》里。王渔洋家在新城，即现淄博市桓台县，与蒲松龄的家乡淄博市淄川区、蒲松龄设馆的淄博市周村区西铺村近在咫尺，所以《龁石》的内容与《池北偶谈》大同小异。毕竟王道士是王渔洋家的仆人，所以王渔洋记载的"啖石"，应该要比《聊斋志异》里的"龁石"更接近真相。

下面就要谈到蒲松龄和王渔洋的交往。本来这些家长里短也不必谈，但是其中"风水轮流转"的现象着实让人唏嘘。蒲松龄先生不擅应试教育，一直考不上科举，家里穷困潦倒，只得从老家淄川的蒲家庄跑到周村的毕际有家里去设馆教学谋生，也就是当家教了。要说毕际有家也是周村地区的大户，毕际有和王士禛颇有来往，王士禛经常来串个门，教书先生蒲松龄就此和王士禛结识了。

默默无闻的蒲松龄渴望文坛权威赏识，就把自己的《聊斋志异》交给王士禛加以评点，当然是想借文坛领袖的大名给自己作品张目。王士禛读过《聊斋志异》后，在其上题词说："姑妄言之姑听之，豆棚瓜架雨如丝，料应厌作人间语，爱听秋坟鬼唱时。"这诗很有意境，可见王士禛能够成为当时的文坛领袖，也是有实力支撑的。

蒲松龄虽少负才名，但文风比较奇特，不能合于儒教的正统思想，所以报考清朝的公务员屡试不第。不但蒲松龄考不上，蒲松龄在毕际有家教出来的诸弟子也都没有考上。直到七十二岁高龄，淹沉了大半辈子的蒲松龄仍然不顾年事已高跑到青州去考试，主考官黄叔琳是王士禛的门生，看在蒲松龄与王士禛有一定交情的份上，再加上这时蒲松龄的《聊斋志异》已经有了一些名气，总算是给了蒲松龄个"岁贡生"的头衔，蒲松龄算是沾了王士禛的一点光。

谁想三十年河东,三十年河西,流年似水,几百年过去了,潦倒了一辈子的穷教书匠蒲松龄,名气竟然远远盖过了当时的全国文坛领袖王士禛呢!只要不是古代文学专业的,现在怕都不知道王士禛乃何方神圣,但一提到蒲松龄,老幼妇孺几乎人人皆知,难道真的是"风水轮流转"吗?

《太清宫志》里的王嘉禄

记载吃石头的王嘉禄事迹的,还有几篇文章。

"王嘉禄,新城人。少入崂山,遇道士授以五禽之术,久遂不食,或食松柏叶。一日思母归,复火食。母逝后,复入崂山。"这是《景印文渊阁四库全书》中所载王嘉禄事迹,其中加上了"遇道士授以五禽之戏"的细节,但其他细节则过于简略。

"王道士讳嘉禄,字无休,年二十许,面如重枣,挽双髻,披衲衣,蹬草履,负书囊,于元纪泰定三年丙寅,来崂本宫隐居数载。常游崂山头,遇道士授以五禽之术,久遂不食,但以石为饭,或以松柏叶,渴则饮涧水,久之遍身生毛,长寸许。一日思其母,归家复火食,毛尽脱落,食石如故。常囊石自随,映日食之,即辨其味。著齿无声,如米糕饵。后母死,复入崂山,遍游各处,有樵者遇之……遂求玄术,传僻谷之方,樵者回家,传授多人,皆寿活百余岁,后不知其所终。"①这是周宗颐所编崂山《太清宫志》里的内容,除加上"道士授以五禽之术"的细节外,还加上了"服松柏叶""囊石自随"等细节,描述也较为细致。

这些记载很有研究价值,其中记录了众多真实存在的方术:五禽戏、食松柏叶、龀石、辟谷、静坐、望气……中华文化的家底,很大一部分就保存在浩如烟海的古代典籍里。这些家底也还算厚实,折腾了这么多年,竟然还没败光。

---

① 高明见编著《东海崂山》,北京:宗教文化出版社,2007年,第236页。

不过《太清宫志》里记载道士王嘉禄在泰定三年到崂山本宫，由此可断定王嘉禄为元朝时人。但按照王渔洋《池北偶谈》的记载，道士王嘉禄实际应是明末清初人，上述记录是否错讹留待以后考证。道士王嘉禄在道教史上默默无闻，但《太清宫志》里对王嘉禄的记载却出乎意料的详细，甚至到了精确到年份的程度，这种详细程度远远超过了同在崂山而名声远比王嘉禄响亮的其他道教名人，这是一个疑点。这么详细的记录，说明所记载的人物与事件应该并不遥远。如果王嘉禄真的是元代人，他又并不出名，不太可能有如此详尽的事件细节流传下来，很可能年代记录有所错讹。所以王嘉禄为清朝人的可能性似乎更大。但真实情况究竟如何，仍需进一步考证。

吃石头的危险性

王嘉禄吃石头的记载看上去违背常识而荒诞不可靠，因为这里主要有几个显著的疑点需要回答：其一，吃石头会不会吃死？其二，吃石头有什么好处？其三，石头那么硬，人又怎么能咬得动？其四，王道士怎么会全身生毛？其五，人果真能辟谷不食？这几个疑点得不到解释，王嘉禄吃石头事件的真实性也就难以服众。好在上面几个问题，大多数都有据可凭。

咱们先看看吃石头能不能吃死。答案是：只要石头无毒，只要不是一日三餐的当饭吃，只要不是几年如一日地坚持吃，一般来说还真是死不了人的。说到吃土、石，最大名鼎鼎的就是吃观音土了。记得小时候的教科书上说，古代饥荒的年份，穷人们饿得实在受不了，万般无奈之下只得以观音土充饥。为什么选观音土呢？因为此土的口感比普通土要好很多，不那么牙碜。结果很多人就因为吃观音土吃死了。这在无形中给我们种下了一个暗示，土、石是吃不得的，人会吃死的。

但是吃土、石真有那么可怕吗？其实吃观音土固然吃死了不少人，但是也有不少人没有吃死。究其原因，观音土本身并没有毒性，吃了以后虽然无法消化，无法提供热量，但是能够暂时果腹，不至于太饥饿。吃完了后很快排出体外，一般不会出现大的身体问题。当然，绝不能吃太多，吃太多就会腹胀而死。

再如有些"异食癖"患者特别喜欢吃土、石，这种情况在新闻里常见。我们就随便搜索到了这么一条新闻，说的是阜新有一农妇，最爱吃家乡的一种"面石头"。据她说，石头比蛋糕还要香，而且抽烟或者吃蒜以后，必须得吃点石头，否则心慌难受。略懂点中医的从这个细节可能会发现一点奥秘。这个农妇的健康问题出在肺上，因大蒜入肺经，抽烟又伤肺，一旦吃蒜抽烟就不舒服，可不就是肺上有毛病！土石属土，土能生金，当补其母土，于是就有了嗜吃石头的奇怪举动。有"异食癖"的人实在是很多，除了口味比较重以外，其他方面跟正常人也没什么区别，基本上能够长期保持健康。可见，吃土、石的可怕多是部分不明真相的群众想象出来的。

魏晋流行"五石散"

假如说有些人吃土、石是因为异食癖，是不得已之举，那么"五石散"就是主动吃土、石的代表了。

"五石散"，相传由东汉时期的医圣张仲景收录在其医学著作《金匮要略》里，但实际上在西汉名医淳于意的传记里，就已经有了"五石"的记载。顾名思义，"五石散"由五种石头组成，乃是"石钟乳、紫石英、白石英、石硫黄、赤石脂"五种石头所制作成的散剂。关于"五石散"方剂的组成，虽有不同说法，但"五石散"是石头组成这一点却是毫无疑问的。

"五石散"方剂的药性偏热，中药学认为，石钟乳和白石英能够温肺肾；硫黄、紫石英俗称火中精，其性热可知；赤石脂有收敛作用，可治遗精以壮阳，这么多热药组合在一块，可知"五石散"的处方最早是针对寒冷类病症。

有病不治，常得中医。意思是说，医生的水平参差不齐，要辨证正确有相当难度，有病而又治疗错误，就会催人速死，还不如有病不治，那还

相当于找到一个中等医术的医生来治疗。所以,药物其实不是什么好东西,没病别去吃药自虐。

但这种本用来治病的"五石散",到了魏晋时期却成为名人雅士争相服用的仙药。这股服"五石散"的歪风,是从何晏刮起来的。何晏是中国历史上著名的美男子,所谓"行步顾影",自恋得不得了。据说他皮肤细腻洁白,就像搽了厚厚的白粉一样。魏明帝可能是出于妒忌,就请何晏吃麻辣烫,目的是让何晏出一身大汗,把脸上的粉都冲掉,以素颜示人,好让他出点丑。何晏果然出了一身大汗,但是皮肤仍然一如既往的洁白,足见这身好皮囊乃是原装。按照我的理解,天生丽质的小白脸,其实是面色恍白,体质一般都是阳虚气弱。此等靠美色吃饭的小白脸,却又有阳虚,这种情况下就会选择服用"壮阳药",于是何晏就引领了嗑药"五石散"的风潮。

中药的药性自然不是吹的,只要对证,效果的确杠杠的。"五石散"的热性相当强,古人以之发散风寒。阳虚之人吃"五石散"必然有一定的补益作用。阳虚的何晏吃了"五石散",果然效果卓然,何晏自述服药后的疗效:"服五石散,非唯治病,亦觉神明开朗。"这话的意思有两层,一是何晏自己身有疾病,因为服热性的"五石散"而症状消除,可推知何晏的疾病正是阳虚,真是谁用谁知道;二是不但病情好转了,而且精神方面也产生愉悦感,后人说"五石散"有类似摇头丸、致幻剂的性质,那何晏可以算是嗑药界的祖师爷了。

名扬天下的名士何晏肯定了"五石散"的良好作用,他的拥趸者当然趋之若鹜,也开始服用起"五石散"。何晏长期服用"五石散",还没等吃出严重问题,就因政变而被杀,"五石散"的危害也就被隐藏。据传后世曾有上百万人长期服食"五石散",由此丧命的也不在少数,但多数是因长期大量服用而致,这反而从另一个侧面说明吃石头也没有想象中那么可怕。

本草经之中药三品

《神农本草经》里把中药分为上中下三品，说是上品应天，中品应人，下品应地。这中药里面，就有很多是矿石类。按照"本草经"所说，组成五石散的那些石头，多属上品、中品，服之多可延年益寿。例如"白石英，味甘微温。主治消渴，阴痿不足，欬逆，胸膈间久寒。益气，除风湿痹。久服轻身、长年。生山谷……"其他钟乳石、紫石英等金石类中药，长期服食也多有延年、轻身的好处。

《神农本草经》是中药方面的最早经典，上古三坟之一。现在的中药学体系就是从《神农本草经》发展过来的，但是这本书却存在太多太多的疑点，以至于当代学中医的，往往看不懂《神农本草经》。这其中最令人困惑的地方就是，《神农本草经》里所记载的药性跟后世中药学里所说的药物功效，往往大相径庭，甚至相悖。

《神农本草经》把中药分为上中下三品，说是"上药一百二十种为君，主养命以应天，无毒，多服久服不伤人，欲轻身益气不老延年者，本《上经》"。这一下子问题就出来了，《神农本草经》的《上经》里说："水银，味辛寒。主疥瘙痂疡百秃，杀皮肤中虫虱，堕胎，除热。杀金银铜锡毒，熔化还复为丹。久服神仙不死。生平土。"这可要了命了，现代人谁不知道水银剧毒，打碎个水银计都得小心翼翼地处理，这本草经却把它列为上品，说是多服久服不伤人，甚至久服还能神仙不死。这种观点任谁看了，马上都会对中药学的体系产生怀疑了。再如丹参。现代中药学认为丹参的最主要功效是活血，但《神农本草经》里说："丹参，味苦微寒无毒。主心腹邪气，肠鸣幽幽如走水，寒热积聚；破症除瘕，止烦满，益气。一名却蝉草。生川谷。"关于活血的主要功效，那是只字未提。

这些个问题到底该如何解释呢？说实话，我也没法解释，但是这里可以提供某种思路以供参考。横看成岭侧成峰，对于同一个对象，站在不同的角度，不同的高度，看法是不一样的。身处多元世界的我们，对

此都有切身体会，在此就不多说了。那么，古中医神农的思维角度，跟我们现代中医的思维角度，当然也会存在很大不同。就以修行与中医里常常讲到"精气神"为例，面对一味中药，站在精的层次去理解，是一种看法；站在气的层次去理解，又是一种看法；站在神的层次去理解，还是一种看法。这三种看法有时候一致，也有很多时候是不一样的。步入近代以来，对物质世界的研究相当发达，所以现代中医学，当然是站在精（形）的层次去看问题，由此来确定中药的药效。而古中医的思维与现代人不同，或者从气，或者从神的层次上审视中药药性，其看法不同也就不足为怪了。

所以我们现在的中医，严格意义上讲已经不是古中医，单靠现在的中医，尽管在很多方面确实有优势，但要说能够与西医全面抗衡，恐怕还是有难度。中医需要把精气神三个层次的中医体系都捋顺，都弄清楚，否则的话，要谈中医复兴，难矣。

《云笈七签》里的"服云母"

再回到石头类的中药材上面。宋代道士张君房编纂的《云笈七签》，在"方药部二"里专门全面记载有道教"服云母"的内容："云母，味甘平，无毒。主身皮死肌，中寒热。如在车船上，除邪气，安五脏……生太山山谷、齐云山及琅琊北定山石间。二月采泽泻为之使，畏鱼甲反流水。案《仙经》，云母乃有八种：向日视之，色黄白多青者为云英，色青黄多赤名云珠，如冰露乍黄乍白名云沙，黄白晶晶名云液，皎然纯白明彻者名磷石，色青白多黑名云母，此六种并好，服而各有时月。其白晶晶、色暗暗，纯黑若有黑文，斑斑如铁者名云胆，色杂黑而强肌者名地涿，此二种并不可服。炼之有法，唯宜精细，不尔入肠大害，人令虚劳，为丸散用之，并正尔捣筛，殊为末。出琅琊，在彭城东北，青州亦有，今江东唯有庐山者为胜。以沙土养之，岁月生长。今炼之用矾石，则柔烂如粉极细。"[1] 这是道经里对服用矿石中药修道养生的记载，并且跟龀石有着不小的联系。

向日视之

《龀石》里记载的"向日视之，即知石之甘苦酸咸"，看起来不可理解，实际上《云笈七笺》里的这一段能够给出合理的解释："云母乃有八种：向日视之，色黄白多青者为云英，色青黄多赤名云珠……"原来，吃云母石的时候，还得先向日视之，看看是什么性质、什么味道。《云笈七笺》里还记载了服食云母能够增寿几千年云云。这么好的东西，堪比唐僧肉了，况且云母随处可拾，不用冒着被齐天大圣打死的危险，真是不吃白不吃。

对着太阳看，说明这种"石头"至少是部分透明的，而"云母"恰好是部分透明。王嘉禄吃石头，也是先对着太阳看，那么，他吃的石头当然也是半透明的了。这种吻合难道是巧合吗？我们当然会想到，王嘉禄吃的石头会不会正好是《云笈七笺》里的云母石呢？

东海地区的特产

《龀石》里所记载的修道之处"劳山"，与"云母"的产地"生太山山谷、齐云山及琅琊北定山石间"，在地域上基本吻合。云母作为《本草经》里的中药，并非各地皆有，据古中医书记载，只有太山（泰山）山谷、齐云山、琅琊北定山、青州等地有一些出产。虽然现在勘测发现云母的分布其实比较广泛，但是从中医的角度来讲，还是上述地域的云母更加地道。而产云母石的琅琊，正是现在青岛胶南，古时崂山归胶南所辖，因此有"琅琊崂山"

---

[1] （宋）张君房，《云笈七笺》，北京：华夏出版社，1996年，第464页。

一说,而崂山也恰好就是王嘉禄服食云母修道的地方。

而且崂山地区正是"服云母法"的发源地。唐代名医孙思邈记载道:服云母方"此非古法,近出东海卖盐女子"。古代所说的东海,恰指现在的山东、苏北沿海一带,又与崂山所处的位置暗合(古有"东海崂山"一说),可见"服云母法"最有可能是崂山沿海地区土生土长的服食方术。那么王嘉禄所吃的石头,就更有可能是"云母石"了。

龁石无须好牙口

还有一个关键问题要解决——"云母石"怎么吃?先不说煎炒烹炸,就只说"云母石"那么硬,你怎么才咬得动?王士禛记载此事的时候貌似也考虑过这个问题,所以在文末写道:王嘉禄的牙口很好,能够"以巨桶盛水挂齿上,盘旋如风",这情景怎么那么眼熟?我们在电视节目里经常看到"牙叼自行车"之类的硬气功绝技,应该与此类似。王士禛是想借此说明,道士王嘉禄的牙口特好,啃石头也不在话下。

但其实,石头并不是这么吃的。原文里记载王道士吃起石头来"著齿无声""如啖芋然",这个就不可理解。就算你王道士牙齿再坚硬,啃起坚硬的石头来,也肯定是咯嘣咯嘣地,而不可能像吃芋头,悄无声息地。所以王嘉禄吃石头,肯定不是直接啃的。

那到底怎么吃呢?举个例子:给你一根晒干熟透了的老玉米让你吃,你怎么吃?总不至于傻到拿过来直接嘎嘣嘎嘣啃吧,当然要先磨成玉米面再吃。所以做人不能太实在。给你一块云母石,你先把石头磨成面再吃,谁能说你这不是吃石头?

《云笈七签》里详细记载了云母石的炮制方法:"欲为粉者,便漉取令燥作熟,皮囊盛,急系口,手挼捼之。从旦至中,碎靡靡出,以绢筛过,余滓更挼捼,取尽止。若犹不细,以指捻看,尚见炅炅星文者,更于大木盆中,以少水溲如泥,研之良久,以水淘沐,细绢滤漉取余滓,更研淘取尽……亦可先研,以粗绢澄,令燥,乃用皮囊授,细绢筛之……捣,以绢囊于水中漉汁,澄干治之。凡如此,皆成粉,唯令极细如面,指捻无复光明,乃佳……候视软,出曝干,革囊,槌便成粉。"[1]可见,采到合适的云母石以后,先要煮熟,然后捣成极细的粉末,继而把粉末做成药丸,并非是直接拿过来啃。石粉做成药丸后,吃起来"著齿无声""如啖芋然"也就容易理解了。

而更可作为铁证的是,王士禛在开篇就点出了"仙人煮石"四个字,这可不就是云母石的炮制过程?文中所载的各处细节都与"服云母法"吻合,足证道人王嘉禄吃的是"云母石"。

其实无论王士禛,还是蒲松龄,他们都不懂"服云母"这种服食方术,但他们笔下所记的细节却与《云笈七签》里记载的"服云母法"完全吻合。这些细节当然不可能是他们虚构的,只能是如实记录,由此可知,王嘉禄龁石的事件属实。

服食养生术

"龁石"这种修道养生方法,在古代方术中被归入"服食术"。所谓服食,又称服饵,指服食丹药和草木类药物以求长生。我们所说的吃了仙丹长生不老,其实就是服食术的一类。

服食源于战国时期方士编造出来的服食仙药可得长生不死之说,道教承袭了方士的服食术,并且创制了大量服食方法,除了服食各种灵芝、茯苓、白术等草木药外,还吃五石散等矿物药,可谓吃遍天了。

"服食"能够养生,自然让人非常向往。你想,啥都不用干,每天只是吃,就能健康长寿,这可不是天下最美妙的事!但理想很丰满,现实很骨感,这是永恒的真理。你真正去服食的时候,就会发现服食真是太可怕了。原来服食不是让你吃那些色香味俱全的满汉全席,服食的药物非但比不上家常饭菜,而且相当难吃。吃草木类药物,茯苓、灵芝、黄精等,就算不太

---

[1] (宋)张君房,《云笈七签》,北京:华夏出版社,1996年,第464页。

难吃，至少也是没滋没味的，现代人要是整天吃这个，估计得发疯。但是比起服食矿石类药物的"齔石"来，这还算是好的。就那么块石头，别说你煮熟了磨碎了不好吃，就算加上油盐酱醋也难吃得很。人生苦短，服食就算能够多活几年，放弃那么多美食的乐趣，受那么多罪，估计现代人也没几个愿意的。所以指望服食养生的，一看到作为主食的药物，往往就断了服食的念想。

　　但其实也有不妨碍口福的服食方法，那就是药酒或者食补。所谓药酒，我们在中药店应该都见识过，一桶酒里，泡着蛇、人参、鹿茸等名贵中药。但是单纯泡某种药的药酒未必适合所有人，所以真正适合大众喝的，往往泡有多种中药，在各方面都能有所调节补益。武国忠先生在著作里介绍过胡海牙先生所用的周公百岁酒，这个方子是从陈撄宁先生那里传承来的，大致的制法也挺简单："黄芪12克、茯神12克、白术6克、熟地8克、当归8克、生地8克、党参6克、麦冬6克、茯苓6克、广陈皮6克、山萸肉6克、枸杞6克、川芎6克、防风6克、龟胶6克、五味子5克、羌活5克、肉桂4克，以上18味药外加红枣200克，冰糖200克，高粱酒4斤。"上述药物泡起来就可以了，当然是泡得久一点效果就更好了。

　　据说此方是融汇了八珍汤、十全大补汤、左归饮等古方的精华，其实说白了就是一个什锦配方，各个方面都有所补益，各个方面都调节一下，从而对身体构成了全面的调理，能够延年益寿也在情理之中，喜欢养生的人可以采用。

　　还有就是食补，这个就不如药酒了。我见过一个店面牌匾，上书滋补烩面，好奇之下进去品尝，原来就是烩面加上枸杞等为数不多的几味中药，枸杞可不就是滋补肝肾之阴的，所以称为滋补烩面也算实至名归。但是要凭这些个养生，还是改成药酒更靠谱些。

遍体生毛的野人

再看道士王嘉禄的"遍体生毛"。原始人仍然是浑身长毛,即使到了现在,也偶然会有一些毛孩出生,这在医学上被称为返祖现象。科学家尚未弄明白为什么人类皮肤上的毛会逐渐消失,据苔丝蒙德的《裸猿》一书所列举:人类体毛消失的原因有幼态延续说、防皮肤寄生虫说、卫生说、以火保暖说、社会倾向说、水生进化说等等多种可能。但个人认为,就王嘉禄来说,更大的可能则是"不火食"所致。因为见诸报端的被野兽所抚养的狼孩、狗孩等,在养成野兽生活习性的同时,往往还有多毛体征,而野兽正是"不火食"的。

道士王嘉禄的"遍体生毛"又与古书里记载的"野人"颇为吻合。"偓佺者,槐山采药父也。好食松实,形体生毛,长七寸……"[1] 此人正是因服食松实,野外生存,而导致遍体生毛,与道士王嘉禄的遍体生毛很是类似。再如"毛女者,字玉姜。在华阴山中,猎师世世见之。形体生毛,自言秦始皇宫人也,流亡入山避难,遇道士谷春,教食松叶,遂不饥寒"[2]。毛女的"形体生毛"也是由食松叶所致。"时兵荒累年,百姓存者百无一二;或久窜山谷,变为野人,举体生毛,能手格猛兽,攀獐鹿啖之"。[3] 类似的记载还有很多,不遑列举,可见普通人如果野居日久,生食加上不穿衣服,遍体生毛可能就成为普遍现象。王嘉禄"不火食"后遍体生毛的可信性还是比较大的。

---

[1] (晋)干宝:《搜神记》,上海:上海古籍出版社,1998年,第6页。
[2] 邱鹤亭:《列仙传今译神仙传今译》,北京:中国社会科学出版社,1996年,第97页。
[3] 夏于泉:《四库禁书精华·史部》,长春:吉林摄影出版社,2001年,第155页。

第十二篇 《齕石》下：辟谷与排毒养生

气功潮里的辟谷

王嘉禄事迹的奇特，除了吃石头外，还有辟谷方术。辟谷，顾名思义，就是远离五谷、不吃饭的意思。一提到不吃饭我们就想到绝食，乃是不想活了的意思，但是在古代，恰恰是想养生长寿的人才去辟谷。

辟谷不但在古人中流行，二十世纪八九十年代的气功大潮中，辟谷也是出尽了风头，出版了多种关于辟谷的书籍。其中让人印象比较深刻的是当时的某种功法，提出了一套治疗癌症的理论：肿瘤细胞疯狂地抢夺身体的养分，所以患者吃再多的营养，也都是在滋润肿瘤，因此肿瘤越来越大，以致控制不住。那怎么办呢？按照这种理论，既然肿瘤生性贪吃，那当然也最怕饿，最经不住饿，所以通过辟谷，把肿瘤活活饿死不就可以了吗？这个法子够狠的，好像也言之有理，至于具体的效果，那就不清楚了。

辟谷未必是神仙

近几年，辟谷又一下子火起来，为国人所熟知。这得归功于一本书的出版，现在提起这本书可能有点敏感，那就是《世上有没有神仙》。在这本书里，作者以亲历的口吻，详细记录了在重庆缙云山上辟谷近二十天的所见所闻所感。

《世上有没有神仙》在公众心目中营造了一个神仙般的人物——李道长。众所周知，此后发生的一些事情让李道长淡出江湖了，人们对他的评价也一下子从天上降到地下，真是堪比过山车。

关于这件事，我得说明一下自己的态度。在此也不是讨论谁真谁假，而是说这么一种现象，公众对某事物的评价，经常是一边倒，要么捧之上天，要么贬之入地。气功热的时候，那么多人狂热地信奉气功；气功受到管制的时候，又有那么多人对其嗤之以鼻。要是现实果真如此，要么真要么假，要么好要么坏，那生活就是判断题，那就容易多了，但现实却是真真假假、假假真真，似假似真，亦真亦假，这种无与伦比的复杂性，就导致了我们迷失于其中。

就以李道长为例，那个水下胎息的表演好像已经证明是假的了，但这是否代表他其余的一些所谓"神迹"是假的？事实还真的没那么简单，要做出判断，恐怕还得有相当的背景知识积累才行。比方说《世上有没有神仙》一书里记载的交流电点穴治病就并非空穴来风，而是来源于二十世纪九十年代社会上流传的一种电气功（在此提醒下千万不要模仿）；再比如，虽然批评意见满天飞，但对于李道长的辟谷，貌似很少有局内人提出质疑。

尽管辟谷看上去是那么惊世骇俗，但是在道教内部来讲，辟谷是一种并不高深的方术，算是比较普及了。现在社会上也设有不少辟谷养生班，感兴趣的朋友可以去了解一下，记者也可去一探真假。总之呢，能辟谷的人，离成仙还老远呢！

养生天敌之宿便

"辟谷"跟"龁石",一个是不吃,一个是吃,这一对矛盾,体现在同一个人王嘉禄身上,的确是让人抓狂。更重要的是,无论是不吃(辟谷),还是吃(服食),貌似对养生都有很大助益,这就让人疑惑了,到底是吃好,还是不吃好呢?

这个问题很好回答,吃有吃的好处,不吃有不吃的好处。吃的好处就是补益,你缺维生素、缺微量元素,只要吃就行了,这叫补充营养。那不吃的好处呢?解释这个,就得引入一个词——"宿便"。

成人的肠道长度为八米左右,这么长的一根管道,却只能盘曲在肚子那一块不大的空间内。更要命的是,成人的肠道面积有大约两百平方米,面积大有助于消化食物,但是这么大的面积,也得屈尊在腹腔这么一块容积有限的区域内,这样造成的直接结果就是,我们的肠道壁上有着无数或深或浅的褶皱。这些褶皱本身并没有什么,但是当食物渣滓或粪便经过肠道的时候,虽然大部分能够顺利通过,但是少部分必然会被这些褶皱所截留,从而积聚在褶皱里,久而久之就成了可怕的陈年宿便。

如果说得还不够形象,大家可以看一下自己指甲缝里的污泥。指甲缝特别容易藏污纳垢,所以要么不留长指甲,要么就得经常清理。而肠道褶皱的藏污纳垢能力,对比起指甲缝,就是大巫见小巫了。

仅仅藏污纳垢也就罢了,但问题是肠道是消化吸收的场所,里面积聚了太多的陈年宿便,先不说这些垃圾没有营养,更可怕的是,里面充满过多的毒素。

给肠子洗洗澡

因为肠道里存在宿便，商品社会就发展出了排出宿便、养生养颜的产品。有句广告词叫"快给你的肠子洗洗澡吧"，可见，这个理念是有道理的。若真的能把宿便排出大部分，那感觉肯定是相当清爽的。

什么是清爽的感觉呢？朋友们可以切身体会一下，先试着坚持不刷牙，而且每天吃大蒜，一周后刷一次牙，那种感觉就是清爽。可叹的是，我们都知道牙齿需要清爽，却忽视了还有更需要清爽的地方。

西医里也有给肠子洗澡的方法，叫作灌肠。据说西方不少人有灌肠养生的习惯，具体详情以咨询西医为准。但是灌肠这东西，毕竟有点霸道，所以又发展出了一些柔和的方法，诸多排毒养颜的保健品等。其实，这些药品多是一些能够致人缓泻的药物，有利于排出宿便，同时也加入了一些补益性的药物，以求不至于因腹泻过度而损害身体健康。有人问了，此类药品里有大黄、芒硝之类的猛药、峻药，那也能叫缓泻药吗？这个嘛，药的用量少一点，再增添一些顾护脾胃的药物，猛泻不就改成缓泻了吗？据说此类保健品卖得还挺火，至于效果以及对身体有无损害，那就见仁见智了。根据体质辨证用药也是应该的，其他在此也不必多谈。

"辟谷"的养生作用就在于排除宿便，其原理是：人体如果不进食，肠道里就空了，但肠道依然一如既往地蠕动，这就把肠道褶皱里的宿便挤压到肠道内，再由肠道排出体外，原理确实是挺简单的。这么一来，吃和不吃的矛盾就解决了。吃是为了补充营养，不吃是为了排除宿便，二者相辅相成，表面上矛盾，其实何矛盾之有？

辟谷的难题

比起灌肠、缓泻药来，辟谷没有前者那么霸道，也不需服用缓泻药，因此不至于打乱肠道内的正常环境，其优点很多。但是辟谷也有一个最薄弱、最惹人诟病的地方，那就是无论是从理论上还是从经验上来讲，辟谷好像是不可能的。

辟谷的最大问题就是能量。现代医学有种说法，人如果不吃饭，生命一般还能维持十二天。吃饭是头等大事，毕竟人的各种活动需要消耗很多能量，倘若没有及时摄入食物补充能量，生命当然无法维持。但辟谷却非要挑战这个理论，这岂不是拿鸡蛋碰石头？

不过话说回来，有个取巧的办法可以延长不吃饭的期限，那就是挂吊瓶打葡萄糖了。这不能算是吃饭吧，却可以直接通过静脉点滴来补充身体所需的能量。可见，不吃饭多少天内就会饿死这种想当然的话，还是不要说得太满。

"辟谷"的目的是排出宿便，手段是不吃饭，但是不吃饭就得解决补充能量的问题，要是打葡萄糖点滴的话，那也不能叫辟谷了。所以，辟谷要解决这个能量问题，只能是从两个方面入手——节流开源。节流就是尽量降低能量消耗，开源则是通过特殊手段获取身体运作所需的能量。从理论上讲，只要这两点能够实现，长时间"辟谷"就有可能实现。

冬眠也是辟谷

如何能够降低能量消耗？很简单，站着不如倒着，醒着不如睡着。自然界中就有长期不吃饭的例子，那就是动物冬眠。

狗熊、松鼠、蝙蝠、青蛙、蛇这些冬眠动物，可以睡上一整个冬天而无须进食。这不正是动物界的辟谷吗？动物在冬眠中能够长期不进食的医学解释是：第一点是在冬眠之前的金秋里，动物身体里已经储存了大量的脂肪以供给消耗；第二点则更重要，动物在冬眠过程中，新陈代谢降到最低，能量消耗降到最低。据说动物在冬眠过程中，能够减少身体百分之九十八的代谢消耗。这么一核算，平常维持一天活动所消耗的能量，就能够维持五十天的冬眠。不管人类的辟谷行为是不是从冬眠动物那里借鉴而来，可以肯定的是，辟谷的一个要素就要像冬眠一样，尽可能地减少能量消耗。

直接脑力消耗

现代医学认为，成年人每天至少要摄取一千五百卡的热量才能维持机体的正常运作，人体内的耗能大户是大脑，几乎相当于一个二十瓦的电灯泡。这么大的能量需求，需要通过每天摄取大量的食物来补充能量。所以想让马儿跑，又不让马儿吃草当然是行不通的。

人类的能量消耗大致分为两类，一类是体力消耗，二类则是脑力消耗。王士禛在文中说王嘉禄"独坐数年，遂绝烟火"，静坐就是减少能量消耗的诀窍。因为静坐规避了体力劳动，体力劳动的能量消耗自然降到最低。不过很多人能量消耗的大头却是"直接脑力消耗"以及"与脑力相关的消耗"。

什么叫作脑力消耗？普通人大脑的功率相当于一个20瓦的灯泡，这是直接的脑力消耗。不过这个功率可以通过静坐来尽可能地降低，静坐进入甚深境界之后，人的脑力消耗，相比于普通人要少很多。大脑同样在运转，何以消耗功率如此不同呢？现代脑科学发现，人类的脑是由众多功能模块组成，各个功能模块相对独立起作用。一般人大脑里的诸多模块，其实都在运作，不过像电脑程序一样，有的前台运行，我们能够意识到，有的后台运行，我们意识不到。这些后台运行的模块，基本上相当于弗洛伊德所说的潜意识。弗洛伊德认为人的意识分为显意识与潜意识，意识就像海中的冰山，海面以上的冰山（类似于显意识）只是整座冰山的一角，占冰山体积的八分之一，冰山的其余八分之七（相当于潜意识）都隐藏在海面以下。所以你看到一个人正在做一件事，其实他的脑子里最少在想着八件事（虽然他自己也没意识到）。这时他大脑所消耗的不是一件事的能量，而是八件事的能量。为什么有时候发呆什么都不做仍然觉得累？为什么有时候越睡越累？就是因为显意识虽然休息了，但潜意识仍然在后台运作，仍然消耗着大量的能量，所以越睡越累。明白了这个秘密，就知晓了大脑节能的原理，那就是想办法把大脑的能量消耗由以前的白炽灯改造成节能灯。

与脑力相关的消耗

上述所讲属于"直接脑力消耗"，那什么叫"与脑力相关的消耗"？举例说明，现在你想想山楂的样子和味道，嘴里马上分泌了口水，对不对？这就告诉我们，我们大脑的任何意识，虽然只是一种假想，但能够引发我们身体的某些相应反应。通俗点说：想象山楂的时候，你得消耗两份能量，第一份是想象行为本身所消耗的能量，第二份则是身体分泌口水所需要的能量，这第二份能量就是"与脑力相关的消耗"。

所以有些事情，我们觉得只是想想，只要没去做就没关系，其实只要你想了，你的身体就已经积极去做筹备了，单是这个筹备，就已经消耗了很多的能量。有的高僧修行，在禁色欲这一块里，严格到只是想一下异性也算犯色戒，就是这个道理。只要在脑子里想了，身体就会产生相应的生理反应，就会消耗一定的能量，当然就是犯戒。可见，佛教讲究的不漏境界，谈何容易，毕竟人身到处都是漏洞。

虚云和尚的辟谷

佛教界传闻虚云老和尚就曾多次辟谷不食。第一次是1901年，虚云和尚在终南山生火煮芋头时，不觉跏趺坐入定，这一入定就是二十一天，期间无从吃喝，等到出定，锅里的芋头都霉烂了。老和尚由此也名声大显。第二次是1907年，虚云老和尚正要给信徒讲经，不知不觉中又入定了，九天九夜没有吃饭，竟然也没饿扁。第三次是1951年的"镇反"运动中，虚云老和尚所在的广东省云门寺被数百干部与群众包围，许多弟子被抓去，虚云和尚也被群殴。事后，伤痕累累的老和尚干脆来了个入定，不吃不喝不闻不问，一直到第十一天出定，精神反而更见矍铄。

人体能量的消耗，一个重要途径就是七情六欲。虚云老和尚在入定状态下，七情六欲都关闭了，能量消耗降到最低，仅靠此前累积的能量即可，无须额外进食补充，所以能够长时间辟谷不食。不过，要达到虚云老和尚的定力，又谈何容易。

辟谷的类型

辟谷还只是一个统称，其实内部也有不同层次。第一种不吃不喝的辟谷，比如上面的虚云老和尚，不过虚云老和尚不是刻意辟谷，他的辟谷只是入定之后的副产品。第二种是小吃小喝的辟谷，这就需要服用辟谷丸。什么是辟谷丸呢？就是一种中药丸，每天一粒药丸，能够当一天饱。辟谷丸的配方道经上多有记载。纪晓岚的《阅微草堂笔记》里就揭露过一个多日不吃饭的道士的秘密——"尔之不食，辟谷丸也。"当然，辟谷丸更大的作用是用在拯救饥荒上。我们都知道糯米特别当饱，据说用糯米等少数不易消化的粮食做成辟谷丸，吃很少就能不饿，从而使穷人能够度过饥荒之年。《世上有没有神仙》一书里记录的辟谷可以归入小吃小喝一类，因为毕竟还能吃点水果，但是也很难得了。第三种是不吃只喝，这被看成是最纯正的辟谷，主要通过服气术实现。辟谷期间，不吃东西，只喝水。第四种"辟谷"就是大吃大喝了。据说20世纪80年代有"高人"曾经在地洞里表演辟谷多日，后来被人们发现原来地洞里有个暗道，"高人"的徒弟就由此暗道送饭送水，"高人"就在辟谷期间大快朵颐。

服气术

辟谷需要静心寡欲，目的就是为了尽可能减少身体能量的消耗。但这只是节流，并不能从根本上解决问题。"开源节流"里面，通过"开源"来摄取能量才是王道。如何摄取能量呢？古人多采用"服气"方术。

"服气"就是服用生气的意思。具体怎么回事，说起来也挺繁琐，咱就直接上服气的方法供大家品评。古人采用的服气方法看上去多种多样，究其实却大同小异。例如《太上老君养生诀》里就记载了两种服气的方法：

第一种，每旦面向东，展两手于膝上，徐徐按捺两节，口吐浊气，鼻引清气，所谓吐故纳新，是蹵气。良久，徐徐吐之，仍以手左右上下前后拓。取气之时，意想太和元气下入毛际，流于五脏四肢，皆受其润。如山之纳云，如地之受泽……

第二种，夜半后，日中前，气生可为之。余时，气死即不须调服……微微鼻引太阳气从鼻入，以意送此气通遍身体，即闭气至极，然后细细从口吐之。

好像有点繁琐，但其实整个服气的方法可以简化简化再简化，最后可以精简为两点：其一是选择阳时（从子时到午时适合服气，午时到子时不适合服气），其二是要意想（感觉）天地之间的生机勃勃之气进入身体，滋润五脏六腑，完毕。

气足不思食

为何服气能够补充能量而不饥饿？古人有一句话，精足不思欲，气足不思食，神足不思眠。看来，精气神里边，气对饥饿的作用最大，一旦气充足了，就不会再感到饿了。

比方我们常说气得不想吃饭，是不是一种气足不思食呢？当然，这个说法有些牵强。我们再举个不牵强的例子。在中药学看来大枣是补气的，所以如果吃几枚大枣的话，很可能就不太饿，相应地吃饭就少了。更霸道的是人参，尤其是真正的野山参，补气作用极强，所以古时在抢救重危病人的时候，往往是一味独参汤。原理就是但有一口气在，人就不会死，所以先用人参补气救过来再说。野山参因补气效果太强，稍微吃一小块就容易引起流鼻血，这么霸道的力量，高血压肯定就不推荐吃了。所以人参是不是好东西，包括一种药是不是好东西，不是看它多名贵，而是看是否对症。但是世间往往存在着太多误会，以至于出现了"人参杀人无过，大黄救人无功"的现象。很多人都觉得只要用好药、名贵药，只要是补益药，就算没效果也算是尽力了，可以得到原谅；要是用那些贱药、下等药，治好了也觉得被蔑视了，心里疙疙瘩瘩不舒服。这显然是违背了辨证施治的中医准则。

通晓服气术的人晓得人参、大枣补气，所以常常有意不吃补气药，因为你用人参、大枣了，就搞不清自己的不饿，到底是服气产生的效果呢，还是吃了人参、大枣的效果。

王嘉禄的课本

大家可能对道士王嘉禄的师承很感兴趣，这些稀奇古怪的东西，是从谁那里学来的呢？《太清宫志》里记载：王嘉禄遇道士授以五禽之术，久

遂不食。王嘉禄的师父应该是位高人，但是这里有个疑点，要说"五禽戏"能够辟谷（久遂不食），那是不可能的。"五禽戏"自古流传下来很多版本，天知道王嘉禄学的是哪个版本。但是术业有专攻，据我所知哪个五禽戏版本都没有辟谷的效果，那么"授以五禽之术，久遂不食"又是怎么回事？

咱还是先谈谈南北朝时期流传下来的《太上老君养生诀》。在《太上老君养生诀》里记载了五禽戏、六字诀、全真诀、服气术四类内容，开篇就是五禽戏，最后则是服气术。所以，我们就有了一个大胆猜想，王嘉禄的课本其实就是《太上老君养生诀》，他练习了里边的服气术从而能够辟谷，但是在跟人转述课本内容的时候，首先提到的却是"五禽戏"，如此，听闻者把五禽戏和服气术混淆了。所以后来《太清宫志》里给记载成"授以五禽之术，久遂不食"。

这个猜想经过我的前后权衡，感觉还是比较符合现实，或者在直觉上已经确定，王嘉禄的师父给（其实口述的可能性更大）王嘉禄的课本，就是《太上老君养生诀》。这本不起眼的著作乃是一本宝书，其中记载的"五禽戏"是华佗传下来的真正版本，"六字诀"是养生调养五脏的良好功法，"服气术"用于辟谷也不用说了，但"全真诀"我还没搞懂怎么回事，相信肯定也是好东西。在此推荐《太上老君养生诀》给朋友们一阅。

共振原理

所谓高深的服气，施行方式却这么简单。这么简单的方法，真的会产生辟谷的效果，其中的原理又何在？这个原理还真不好以科学表述，不过在此还是勉为其难地借用一个物理术语"共振"来阐释，但是只是一个比方，意会即可，较真就没意思了。

初中物理我们学过"共振"。所谓"共振"就是指两个震动频率相同的物体，其中一个发生振动时，另一个也会随之发生振动。"共振"是物质界的一种普遍现象，在科学实践中运用也很广泛，在此举几个例子，例如"共振"可以"隔山打牛"。史料记载，唐朝有一位僧人，房间里一件乐器经常莫名其妙地自鸣，搞得人心惶惶。有个主管音乐的官员前来检查时，发现寺里敲钟的时候，这件乐器也随之作响。官员于是在乐器上锉了几下，乐器就再也不自鸣了。究其原因，就是乐器与钟声的共振频率相同，钟响时就能引起乐器共振，把乐器锉几下，改变了乐器的固有振动频率，自然就无法共鸣了。

"共振"还可以以小博大，下面这个故事大家应该耳熟能详：有一群士兵迈着整齐的步伐通过一座大桥，结果桥就塌了。大桥不是豆腐渣，士兵体重也没有超载，真正原因是士兵迈步的频率恰好与大桥的共振频率相同以致产生了共振。就这样，一点微乎其微的力，产生了巨大的效力，这就是共振的力量。

"服气"跟物理学上的"共振"有点类似，可以相互类比。我们日常进食，把食物里的能量转化为自身的能量，依靠这些能量维持机体运作，同时严格遵循能量守恒，有多少能量就做多少功，这是我们普遍采用的一种能量获取方式。但除此之外，有没有另外一种方式能让身体做功呢？古人认为，完全可以另辟蹊径，靠"体外之气"与"体内之气"的共振，让身体工作。

当然，传统哲学里的"气"跟现代所说的空气肯定不是一回事。所以有人建议，传统哲学里最好不要用"气"这个字，而是换成"炁"比较合适一些。这点我很赞同。

我们把"炁"勉强比对为物理学里的"频率"。中医里所说的五脏六腑，其实是从"炁"的角度而不是从器官的角度进行分类。赤橙黄绿青蓝紫，光谱的不同频率对应着不同的颜色。中医所说的五脏当中，肝炁的性质是生发，心炁的性质是炎上，脾炁的性质是运化，肺炁的性质是收敛，肾炁的性质是闭藏。肝心脾肺肾，生长化收藏，这就是人体五脏运作的"光谱"。

非但人体内有生长化收藏的光谱，自然界也有生长化收藏的光谱：一年之内春生、夏长、长夏化、秋收、冬藏；一天之内晨生，晌午长，午后化，下午收，夜晚藏。体内体外的这种对应就是频率的一致，因此外在的特定频率能够引发体内的相应频率的振动。生之气能引发肝之气，长之气能引发心之气，如是这般说来，"服炁"就是让体外之炁引动体内之炁共振的一种方术。

道法精要之通感

"服炁"为何选择上午的时间服气？因从性质上来讲，这一时间段为生炁，为阳炁，下午的炁为死炁、肃杀之炁。避死延生是人的本能，所以要服食上午的生炁，即阳炁。

服炁过程中意想（感觉）天地间的生炁滋润五脏六腑，其实是用意念引发外炁与内炁之间发生共振。有的朋友可能纳闷，体外之炁跟体内之炁的性质即便类似，但分属不同的体系，不同体系之间能共振吗？这个就得参考下修辞学里的"通感"一词了。

"通感"是指不同感觉之间的相通。以"色调"为例，有暖色调和冷色调。那黄色是什么色调？蓝色又是什么色调？即便不了解色调常识的人也能脱口而出：黄色是暖色调，蓝色是冷色调。因为黄色给我们温暖的感觉，甚至一想就感到温暖；蓝色给我们清凉的感觉，一想就感到清凉。

下面就是问题的关键。颜色属于视觉领域，温度属于触觉领域，明明两个不同的体系，但是颜色就能让我们感觉冷暖，视觉能影响触觉，这就是"通感"。

明白了"通感"的原理，我们只要把"服炁"看成是自然界系统的生炁与人体内系统的机能之间发生的一种通感就可以了，事实上按照佛道的说法："人能常清静，天地悉皆归"。修行进入一定层次，就能够体会到与周围万物的感通，真到了感通的层次，辟谷也就相对容易理解了。但这也是他们的理论，至于是不是真的这样，就只能通过实践来检验了。

倾听万物的声音

有一名武师，少年时代，习惯在三更半夜的荒郊野外练拳。武师对于偷拳比较忌讳，所以武师练拳的时候都要一边练拳，一边随时注意周围的风吹草动，以防有人偷拳。就这么几年下来，先不说拳练得怎样，让人没想到的是在不知不觉中练成了一对好耳朵。这双耳朵到了一定境界，能够听到，或者不能算是听到，而是能够感应到大山、月亮、星星、大地的力量，能够感应到万物的力量，与之心心相印。达到了这个感应状态，跟他讲"万物有灵"的原始哲学，他就能轻易理解了；跟他讲"通感"，跟他讲辟谷服炁，他也能轻易理解了。万物有灵，感而遂通，就是这个意思。

观音法门

浙江普陀山据说是观世音菩萨的道场。普陀山临海的一面，有一个潮音洞，《西游记》里说观世音菩萨就住在潮音洞，这么看来观世音菩萨的住宅环境有点潮湿还有点吵闹啊。不过"潮音洞"确实与观世音菩萨关系甚大，尤其跟观世音的修行法门密不可分。据说观世音菩萨修行的时候，就是坐在潮音洞里静静地听潮水的声音，这就是其修行方法，就这么简单。这种修行法门被称为"观音法门"，观世音菩萨的名字由来，也不是说她姓观名世音，而正是来自于"观音法门"。

宗教里说观音法门修到大成境界后，听力极好，什么四级、六级听力都不在话下。观世音菩萨还能够感应到万物之音，任何风吹草动都逃不脱观世音的耳根，是以能够神通广大。在《西游记》里，观世音菩萨以能够静观密察的杰出才能被委以重任。

回过头来再看上面武师无意中练出的灵敏耳朵，究其实正是用的"观音法门"。"人能常清静，天地悉皆归"，进入这种状态之后，天地万物就是我们的朋友，体会到了万物有灵，才知道爱惜我们所在的生存环境，才能够跟天地万物心心相印，彼此倾听心音、彼此交流。至于比这还低一层次的"辟谷服气"，根本就不是问题了。

演绎篇

破异：探秘《聊斋志异》中的方术世界

第十三篇 《尸变》：永动机巫术

尸变的恐怖传说

　　山东省阳信县有个老头，是邑之蔡店人。《聊斋志异》里提到的"邑"按说应该是指淄川，但是这里的邑指的当是阳信县。不过，阳信县现在似乎没有蔡店这个地方，淄博市的临淄区倒是有个蔡店村，但貌似也不符合。不过这不是啥好事，所以故事的发生地也没什么好争的。老头他们父子在路边开了个旅店。有几个贩卖为业的车夫，乃是本店的常客。

　　这天傍晚，四个车夫又来投宿，不想旅馆已经客满，没地方可住了，总不能睡大街吧，四人坚决要求安排个房间。旅馆老板没法子，告诉车夫："儿媳妇刚死，尸体占着一个房间，你们要是不介意，就住那个房间如何？"（从这个细节基本能猜出客满的原因了，并非生意红火，而是儿媳妇死了，有不少人来料理丧事，结果房间就住满了）。话说这四个车夫都大老爷们，还怕死人尸体不成！他们也是劳累过度，进了房间，倒头便睡。

　　四个车夫中有一个比较胆小，翻来覆去地睡不着。正辗转反侧间，突然听到有奇怪的声音，偷眼看时，不得了了，尸体竟然爬起，走过来对身边的三个车夫伙伴吹气，这人吓得躲到被窝里，尸体吹了一会儿气，又回去躺下了。

　　此时不走，更待何时？剩下的这个车夫趁机拔腿就跑，尸体也爬起来在后面追，车夫大声呼救也没人搭理，大家睡得正熟呢！怎么办？城里人多，往城里跑吧，跑了好长时间，跑到一寺庙前，尸体已经逼得很近，怎么办呢？正好有一棵白杨树。车夫围着白杨树跟尸体玩起了转圈圈。双方僵持了很久，尸体突然猛地抱住树干不动了，车夫也给吓晕了过去。庙里的人发现了情况，赶紧报警，县令亲自来查看，看到尸体抱在树上，指甲都扎进了木头里。又到案发地旅馆里去查看，几个车夫都死了，尸体也不见了，主家正在呼天号地呢！幸存的那个车夫哭诉道："我们车夫四人一块出来，现在就我一个回去，让我怎么交代啊？"县令给写了封文疏说明情况，把他送回去了。

这实际上是民间传说的"诈尸"，但是"诈尸"听上去实在有点瘆人，还是用"尸变"比较容易接受。想来，世界各地应该都流传有类似的恐怖故事。

魂魄之说

《子不语》里的"南昌士人"也讲了类似的故事，说的是南昌县有一长一少两个读书人，友情甚笃。长者得急病死了，死后的某晚，却跑来少者那里告别，并托付给少者一些家事。少者本来很害怕，但是看已死的朋友跟常人无异，所以又挽留了朋友一会，一人一鬼坐在一起倾谈了许久。这一耽误就坏事了，突然之间，长者立而不行，两眼瞪视，貌渐丑败。少者就害怕了，赶快催促长者离开，但长者的尸体就是不走。少者吓坏了，赶快跑吧，那尸体也紧跟着。少者跑得越快，尸体跑得也越快，就这样一口气跑了好几里地，少者看跑不过人家，就找堵墙翻了过去，而尸体翻不过去，就垂首在墙外，口中涎沫与少者之面相滴涔涔也。这事也是等到第二天天亮的时候大家才知道，整个故事跟《尸变》所讲大同小异。

讲这个故事不是简单的重复，因为里面有出彩的地方，那就是文章末尾还给"尸变"（称为"移尸走影"）做了个解释："人之魂善而魄恶，人之魂灵而魄愚。其始来也，一灵不泯，魄附魂以行；其既去也，心事既毕，魂一散而魄滞。魂在，则其人也；魂去，则非其人也。世之移尸走影，皆魄为之，惟有道之人为能制魄。"①

貌似科学的说法

"尸变"是指亡人的尸体突然坐起乃至行走的现象，民间称作"诈尸"。此事令人纳闷之处在于，没有生命的尸体如何能够自己活动？所以很多人不信有此事，但也有人相信这种事，并且给出了或民间或科学的解释，罗列在此仅供思考。

说法之一：猫狗蹭过尸体产生的静电容易导致尸变，这是民间广为流传的说法。还有种说法认为"雷电之夜"最可能发生尸变，总之跟电有关，这一点"诈尸爱好者"不可不知。

什么原理呢？据说因为人的神经传导过程仰赖于生物电的传导。人既已亡，人体内的生物电也就不复存在，但是控制运动的神经系统通路却仍然完好无损，在这种情况下，如果有生物电的产生，神经系统的运作就又会暂时恢复正常了。猫狗微蹭尸体，产生微弱的静电，恰恰类似于生物电，就有可能在神经系统的通路中传播，引发肌肉的收缩，尸体就有可能做出某种动作。

说法之二：机械外力的介入产生尸变。据说尸体受到焚烧时，因为高温烈焰使得尸体的肌肉产生收缩，也会导致尸体的变动。

说法之三："不完全死亡"。不同时代，医学对死亡的判断标准有所不同。以前认为，呼吸停止、心跳停止、血压为零就是死亡了。但是后来又提出了"脑死亡"的标准，大意是说，没有脑电波了才能判断为死亡。脑死亡标准认为，一个生理功能的停止并不意味着身体其他生理功能的停止。呼吸、血压、心跳是人体的部分生理功能，即便这些生理功能没有了，并不等于其他生理功能，尤其是脑功能也没有了，因此"脑死亡"的标准科学

---

① （清）袁枚：《子不语》，申孟、甘林点校，上海：上海古籍出版社，1998页，第3页。

一些。

按照这种说法，《尸变》里的女一号可能心跳、呼吸停止了，但是脑功能仍然在活动，所以能够在残存的脑功能指引下活动。这个解释相对比较科学一些，但是仍然无法解释为什么会吹气，为什么会追着车夫跑。

总之，《尸变》一文的原型可能是有的，但要说完全真实就不太可能了。不过在民间，确实流传着一些类似的文化值得一提，例如湘西的赶尸。

湘西赶尸

现在湘西的赶尸文化这么出名，实际上是湘西当地发展旅游业的一种策略。以前不登大雅之堂的"赶尸""放蛊""落花洞女"以及各类巫术，摇身一变成为地域文化遗产，吸引着各地的游客源源而来。

赶尸是巫术之一种，也算是一种文化，以西南地区的湘西等地流传较广，这是跟当地的自然环境与文化习俗密切相关的。湘西人常外出经商或赶考，后来死在外面，古人又特别恋乡，死后务必要埋葬到故乡，这就需要把尸体运回去。但是湘西到处都是崇山峻岭，交通特别不方便，靠车拉肩扛根本就难以施展，于是就发展出了"赶尸"的职业。

传说赶尸的祖师爷是蚩尤。蚩尤当年与黄帝大战兵败，很多士兵横尸战场，蚩尤手下的巫师就发明出赶尸的巫术，做法之后让尸体自己站起来走回家乡以便埋葬。一般认为蚩尤是现今苗族的祖先，所以苗族聚居的湘西地区，赶尸文化就一直流传了下来。

赶尸职业在湘西曾存在过，这是没有疑义的，真正的问题在于，这个赶尸到底是不是真的尸体在行走？《走近科学》节目曾做过一次关于湘西赶尸的节目，对湘西地区的赶尸文化做了比较深入的展示，并通过一个案例剖析得出了结论：赶尸是假的，那是一种职业掩护。一些从事秘密职业的人，例如贩毒、特务等等，往往以赶尸作掩护。因为那个年代，人们对赶尸避之唯恐不及，都躲着走，这就为贩毒以及特务之类的秘密工作提供了较好的掩护。

民间法教

节目里说"赶尸"多来自于"河南教"。这个"河南教"不一定很准确，也有可能是"湖南"的讹音，毕竟湘西属于湖南。但不管叫哪个名字，我们可以确定的是，"赶尸"是一种民间法教的典型代表。何为民间法教？是指不是像道教、佛教那些受到国家承认乃至扶持的名门正派，而是只在民间流传，以某种法术为核心，具有部分宗教性质的民间组织。

光说理论太难懂，还是举个例子更直观。比方说我们都熟悉的"义和团"，其实正是一种民间法教。"义和团"并非原名，原名叫"义和拳"，而"义和拳"这个名字，其实表明了义和拳实际上来自于民间法教，这个法教的拿手好戏，就是"神拳"。何谓神拳？就是神打出来的拳，但是神仙哪有那么容易见到，所以不是神仙现身打拳，而是神仙附在当事人的身上打拳，这个人即使本来不会武术，这时也能像模像样地打出一套拳来。具体的过程大致是，义和拳大师兄召集会众，大伙一起举办一个法教仪式，烧纸磕头之后，喝下符水。整个过程的实质，在宗教上来讲，就是请神附身。你还别说，相当多的会众当场就能打出一套像模像样的拳来，还有人当场就获得了刀砍不伤（砍肚皮），枪刺不入（红缨枪）的硬功夫，很是令人震撼。现在遗留下来的民间法教里面，很多仍然流传有神拳的内容。至于神拳是不是真的，除了里面有些江湖把戏的骗术之外，也有一部分并不算作假，可以理解为一种催眠行为，在催眠状态下，人的确能够展示出一些看似匪夷所思的能力。这种能力当然是相当有限，所以当义和团众人喝下符水，信心满满地朝着八国联军炮火冲过去的时候，悲剧的结局早已注定，火枪的威力岂是红缨枪所能比拟。义和团刀枪不入的口号往往被后人当成农民愚昧的笑柄，而其背后民间法教的本质却往往被忽视了。当然义和团只是一个壮大了的个例，更多的民间法教则是潜藏在民间，默默无闻，只是作为一种近似于巫师的职业而存在，参与到民间的婚丧嫁娶等事务中来。

"赶尸"正是民间法教"河南教"所传承的一门技术，其中的难点就是如何让尸体行走。赶尸匠一般认为，尸体本身是无法行走的，推动尸体行走的是魂魄。所以赶尸匠必须通过一定的招魂手段，主要是通过符纸，来拘住死者的魂魄留在体内，也有说法是拘孤魂野鬼的魂魄附着在尸体上，这样不需要外力帮助，尸体自己就能够行走了。这就是赶尸的动力来源，这简直就是古版的永动机啊！

木牛流马

不过要说起永动机，鼎鼎有名的还得算诸葛亮的木牛流马。《三国演义》里记载，蜀军粮草运输不便，诸葛亮造木牛流马运输粮草。小说里描述木牛流马不需要人力驱动，能够自己行走，并且不需饮食，活脱脱的永动机。后来司马懿仿制了木牛流马，也能走动运粮，却料不到里面暗窍机关的用法，结果让诸葛亮设计抢去很多粮草，大赚了一票。很多人以此为小说家言，认为是罗贯中虚构，其实历史上木牛流马真有其事。陈寿的史书《三国志》当中明确记载着"亮复出祁山，以木牛运，粮尽退军，与魏将张郃交战，射杀郃。十二年春，亮悉大众由斜谷出，以流马运"。[①] 这就是关于木牛流马的真实记录，后人多以木牛流马为运输粮草的工具，但是从原文意思来看则未必然，诸葛亮出祁山，以木牛运，粮尽退兵。出兵又何必专门提运粮的事，而且文中也没有说木牛运粮，粮字属于下一句。所以"以木牛运""以流马运"指的到底是不是运粮，尚未可知。

不过普遍的说法都认为木牛流马是运粮之用的，那么咱也入乡随俗，设想一下木牛流马到底是怎么运粮的。有种观点认为木牛流马实际上是手推车，央视的《我爱发明》栏目也有这么几期节目做的是木牛流马专题，里面把木牛流马当成人力驱动的手推车或类似器械，再套上个牛马的外形。当事人的手艺也算高超，但是把木牛流马做成手推车，无疑让很多观众失望，毕竟大多数人心里还是希望真有那么一种神奇的永动机存在。

---

① （西晋）陈寿：《三国志》，北京：中国纺织出版社，2015年，第189页。

《三国演义》里说诸葛亮精通术数、道法，因此能够论天下大势，能够借东风，能够布八阵图，能够禳星延寿，想来造个木牛流马的永动机也是正常。历史上真实的诸葛亮也的确精通方术，例如他在《上先帝书》里自称："臣算太乙数，今年岁次癸巳，罡星在西方，太白临于雒城之分，主于将帅多凶少吉。"① 可知诸葛亮至少精通上古三式之一的太乙术。再如《三国演义》里描写的诸葛亮所布的八阵图在现实中也有遗迹，很可能来自太乙或遁甲。所以，说诸葛亮懂得方术是没疑义的。这样的方术高人，要造永动机木牛流马，看他能有什么门路。

丁养虚的永动机

这个门路想来跟八阵图可能有点关系，《夜雨秋灯录》里有这么一段记载："丁养虚先生，奇伟人也……精于奇门、禽遁之学。能以拳石筑小山，为桥梁亭榭。栽径寸松柏，郁郁茸茸，有天然之致。山巅悬瀑布一道，穿桥曲折泻落，承以磁盆，水流循环，昼夜不绝。有欲窃其机巧者，拔起观之不得，仍置盆内，水止不流。经先生拨弄，依然洋溢。殆按八门生死法耳。好事者愿重价购之，不肯售。问其故，曰：'入他手不过旬日，水法不灵矣。人必以我为欺，我不愿贻人口实也。'"② 清人丁养虚造出了水流不止的永动机，依据的原则就是八门生死法（八阵图跟八门法类似）。说是永动，实际上能量仍然是有其来源的，因八门生死法是奇门遁甲里的，所以这种来源就是奇门遁甲。奇门遁甲，尤其民间流传的法术奇门，据说能够驱使鬼神，所以按照有神论的说法，无论是运粮的木牛流马还是不停歇的人造瀑布，都是由召役的鬼神来推动的。这么一来，对于俗语里的"有钱能使鬼推磨"就可以有新的理解。

---

① （三国）诸葛亮：《诸葛亮全集》，北京：中华书局，1975年，第46页。
② （清）宣鼎：《夜雨秋灯录》，济南：齐鲁诗社，1986年，第247页。

奇门遁甲里的"鬼遁"

再从奇门遁甲回到"尸变"上来。奇门遁甲是上古三式之一,也是真实存在的一种术数,据说奇门遁甲是对时空状态的一种描述,而把握了当时当地的时空状态,就能让其为我所用,所谓天时地利尽在我手,天地都来一掌间。奇门遁甲非常重视各种因素的组合,也就是格局。诸如青龙返首、飞鸟跌穴、玉女守门之类格局,都各有针对性的用法。据说在修行或作法中最为灵验的几个时空格局是奇门九遁,包括"天遁、地遁、人遁、神遁、鬼遁、龙遁、虎遁、风遁"这九种格局。

九遁的名字顾名思义,就是对相关时空状态的一种格局描述。例如在神遁这个格局里,神仙容易下凡;在鬼遁这个格局里,鬼容易聚集。龙遁适合请龙神布雨,虎遁则易生虎狼之威。风遁呢,据说就是诸葛孔明借东风所用的格局。听说有的修行人,专门选择九遁的格局来练功,以便借助外力,相比于单靠自力的闷头苦修,有事半功倍的效果。这个还真不是空穴来风,《按摩与导引》杂志1991年第1期刊载了一篇文章——《奇门遁甲天人地遁法与择时练功初探》,说的是选择天遁、地遁、人遁的格局练功效果较好,这应是来自道教的传承。这种借力时空的做法可能被喜欢自力更生的人看不起,但是换个思路,我们看病吃药,就连吃饭,岂不都是借助的外力?这么一来也就释然了。

跟"尸变"有点联系的,当属"鬼遁"。《奇门遁甲秘笈全书》里讲:生门九地下临地盘丁奇等几种组合格局为鬼遁,鬼遁描述的是某种时空,这个时空特别容易有鬼魂的汇聚,正如有什么自然环境就有什么样生物存在于此,这就是所谓的同气相求。因为鬼遁容易聚集鬼魂,所以有人搞祭祀、给孤魂野鬼施食的时候,往往特意选择鬼遁格局,据说效果加倍。但是假如在不经意间引发了鬼遁,可能就会有灵异事件发生。以《尸变》中所载为例,用奇门遁甲可以这么解释:在蔡店宾馆里,这个时空正好是鬼遁格局,而不幸的是,旅馆主人在无意中也正好是在这个时空点放置了尸体,从而导致鬼魂附着在尸体上,引发尸变。不过这也未必,因为"鬼遁"虽然汇聚鬼魂,但是无论是九地、休门还是丁奇,都属吉,鬼遁格局也可算吉格,应该不会出现这种凶事,所以引发"尸变"的,可能是另外一种凶的组合。无论是湘西赶尸,还是尸变,这些看似永动机的事情,在有神论看来,应该都是鬼魂附体所为。但是一旦把解释牵扯到鬼,其可信度也就颇可怀疑,毕竟鬼魂只是一种文化,文化只是一种存在,文化的内容可能为真,但更可能是假的。

方舟子的"文化"

个人意见,"鬼"是一种文化。反伪斗士方舟子对中医、气功、风水等的否定态度可谓路人皆知。但是可能是怕太得罪人,方舟子的口吻也有所改变,例如他在谈到中医的时候说:"中医是一种文化的东西,但它的理论体系不是一个科学的体系,因为这是在人类有科学之前就已经形成的,就基本定型的体系。但是它是一种文化,是我们中国传统文化的一部分。我完全赞成你从文化的角度看待中医,来保护它,研究它,继承它。但是这个和从科学的角度看待它完全是两回事。"这个说法很巧妙,把中医称为文化,而否认其是科学。文化可真可假,你可以接受也可以不接收,而科学是真的,你不得不接受。方舟子的真实态度也就隐含其中。这番说法,证明方舟子头脑清晰,思维缜密,水平相当之高,恐非普通术士所能扳倒。

方舟子的很多观点留待商榷,但是他这种"文化说"用来描绘鬼神世界的话,倒是很合适的。鬼固然不存在,鬼文化的存在却是真真切切,不容否认的。作为一种真实存在的鬼文化,是如何发生的,有怎样的具体内容,是否构建起完整体系,又怎样影响到民族思维,都是极有价值的研究课题。所以,我们就把鬼当成一种文化来研究好了,而尸变、赶尸、木牛流马乃至奇门遁甲,都为鬼文化提供了营养,探讨起来饶有趣味。

第十四篇 《喷水》：凶宅传说

凶宅鬼事

　　山东莱阳的宋琬先生，清初著名词人，曾经任职部曹，在郊区租住了一座宅邸，坐落比较荒凉。这天晚上，两个丫鬟服侍宋母待在房间里，就听到外面有噗噗的喷水声，就是古代缝工喷水的那种声音。这里得插一句，古人熨烫衣服的时候，常在衣服上铺一块布，喷水弄湿，然后用烙铁熨烫，喷水的目的是防止烧坏衣服，喷水时的声音就是那种噗噗声。丫鬟从窗隙往外看，可不得了，但见一个白发老太，短身驼背，满院子里疾步而走，边走嘴里边噗噗喷水。宋母和两个丫鬟都凑到窗户边看，院子里的白发老太突然冲过来朝着她们喷水，窗纸都破裂了，宋母和两个丫鬟三人都倒在地上不省人事，直到天亮才被发现。宋母和一个丫鬟早已死亡，还剩下一个丫鬟心口稍微有点热乎气，经抢救终于苏醒了过来，然后把晚上发生的恐怖怪事原原本本叙述了一遍。宋琬先生也赶回来了，听说这件事，哀愤欲死。他根据丫鬟的描述，下令在院子里开挖，挖了三尺多，挖出一具白发尸体，面目肥肿如生。宋琬对这具尸体恨得要死，命人击打，尸体皮内溅出很多清水。

　　案情很清楚，宅子建造在坟地上面，坟地里埋着白发老太的尸体（老太生前可能是裁缝）。老太的鬼魂晚上出来作怪，害死了两人。宋琬根据幸存丫鬟的叙述推测可能是伏尸作怪，最终把尸体挖了出来毁掉。说到底，这就是一个关于鬼宅、凶宅的故事。

凶宅其实是真实存在的，民间流传着很多鬼屋、凶宅的说法，并且也确实有其宅。不过很多凶宅都可以给出科学解释，造成凶宅的原因有很多，咱们慢慢道来。

凶宅的科学解释

《走近科学》曾经做过一期关于鬼屋的节目，说的是广西岑溪有那么一所凶宅，每到晚上宅子里就会发出奇怪的声音，大家都以为房子闹鬼，房主人接连换了好几茬，都被宅子里晚上发出的怪声吓跑，于是关于这座凶宅的传言更加离奇，知道的人都敬而远之。最终，这座凶宅被以几万元的跳楼价卖给陈氏兄弟二人。两人买楼时也没四处打听一下情况，图的就是价格便宜，没想到刚住进去就被宅子里的夜半怪声着实吓了一跳，以后夜夜如此。这样下去也不是办法，他们干脆一不做二不休，顺着声音的来源找下去，这一找居然没费多大力气就真相大白了。原来是化粪池里有两条硕大的鲶鱼扭动发出怪声。那鲶鱼又从何而来？其实第一任房主喜欢吃鲶鱼，曾经把鲶鱼养在卫生间，结果弄丢了两条，估计是从下水道跑到化粪池去了，鲶鱼就在那里长大并发出怪声，使得一栋挺好的五层楼蒙上了鬼楼的阴影，房价大跌，历任房主都叫苦不迭。现在倒好，真相大白以后，房价已经飙升了好几倍。

也有的凶宅来自传言。某地的新楼被传说是凶宅，弄得没人敢住，后来真相大白，原来是因为住宅分配的矛盾，有人故意散布新房闹鬼的谣言作为报复，没想到一传十、十传百，真的把住宅楼传成了凶宅。

上面两个凶宅的例子，都是假凶宅，但也的确有真的"凶宅"存在。例如家庭装修如果用了有毒或有放射性的原料，并且通风不好，就可能导致入住者生病，这也可算是一种凶宅。有的宅子阴暗潮湿不见阳光，阳气弱身体差的人住进去就很容易做噩梦，这也可以算一种凶宅。还有个例子，说是有个宅子的住户，住在家里就头晕，离开则一切如常，后来发现原来当地有条奔流不息的地下河，宅子正好坐落在地下河的一个转弯处，因此导致了房主的头晕。这还是居住环境的问题。总之呢，即便真的是凶宅，一般也能够用科学或事实解释得通。

杯弓蛇影

有的凶宅的产生，可能是心理作用，也就是"杯弓蛇影"。杯弓蛇影的故事我们都熟悉，墙壁上挂的弓，倒映在茶水里，看上去像条蛇，喝茶人误以为自己喝下了毒水，相应地，身上也出现了中毒症状。知道真相后，症状马上消失了。这其实是一种心因性疾病。大家可能觉得"杯弓蛇影"的故事离我们很远，但其实就在我们身边常常发生。有的人被狗咬伤，倘若是不知道狂犬病的症状，倒还没什么反应，反倒是那些有点文化、了解狂犬病症状的人，很多都出现了相应的狂犬病症状，这些症状跟书上写的一致，于是更加疑神疑鬼，打了疫苗后到医院一检查没事，所有的症状马上消失了。在网络论坛上，也常看到有人怀疑自己得了艾滋病，并且列举的症状都是艾滋病初发的典型症状，就感觉天都要塌下来了，等到去医院一检查没事，那些所谓的症状也瞬时一扫而光。类似的还有被误诊癌症的，很快气息奄奄等等。所有的这些，都是心因性疾病，潜意识里疑神疑鬼，结果真的就会出现这种症状。

有很多见鬼事件实际是心理作用下产生的幻觉。以《喷水》为例，可能太夫人与两奴婢偶尔听说过宅下有坟，虽说表面上并不在意，但在潜意识里却埋下了恐怖的种子，受到一定的刺激引发就可能会爆发，表现为眼前出现见鬼的幻象。心里有鬼才会见鬼（这里是指潜意识，按照心理学的观点，你越是在表面上竭力否定鬼魂，那么在你的潜意识里越是把鬼当回事），心中无鬼何来鬼？所以，信基督的在幻觉中会见到耶稣而不会出现佛祖，信佛祖的在幻觉中见到如来而不会出现太上老君，"南人不梦驼，北人不梦象"，正是这个意思。潜意识里鬼神的观念深厚，就很容易疑神疑鬼，乃至见神见鬼。网上有些很普通的图片，其实本身并没什么特别之处，但如果在看图片之前，有人提醒你说这是个灵异图片，这时候你再看这个图片，就会有种毛骨悚然的感觉。

同气相求

见鬼现象往往还跟当事人的体质密切相关。身体虚弱、体质寒凉的人，更容易感应到阴寒之气，也就更容易见鬼。按中医的说法，万物有灵，这种灵用唯物的说法，其实就是气。神农氏就能感受万物之气，并且根据自己的感受总结出了《神农本草经》，所以记录的药性往往是寒热温凉，这就是对药物的气的感觉。药物有气，任何东西也都有气，尸体自然也有气，具备特有的性质。坟墓、尸体之类是阴冷之气，而太夫人与两奴婢为女性，本身就属阴，估计她们的阳气也不是很旺盛，加之又是三更半夜，心里又笃信有鬼，诸多条件叠加起来，自然容易感受到坟地的阴气。所谓同频共振，于是就见鬼了。

无端倒霉的时候，人们常说"见鬼了"。很多人对"见鬼了"的理解不够准确，觉得是鬼让自己倒霉，然而非也！要明确的是，不是"见鬼了"才倒霉，而是因为倒霉了，也就是常说的阳气衰了，相士所说的"印堂发黑了"，这才容易"见鬼"。《阅微草堂笔记》里有很多这样的例子。作者纪晓岚认为，其实见鬼本身并没有什么大的损害，关键是见鬼说明这个人阳气已经很弱了，走入了运势的低谷，事件的后续发展往往果然如此。

阳宅风水的几条原则

风水学高深复杂，没有明师指导，未经长期学习实践，要想弄明白，恐怕是异想天开。但也有些最基本的，实用的风水民俗，比较容易掌握，

也有必要了解。

活人住的，叫作阳宅；死人住的，叫作阴宅。就说阳宅吧，阳宅风水有很多最基本的原则：倘若住宅无论是前后左右，只要正对着笔直而长的大路，就是犯了风水形煞里的直冲煞。直冲煞很不吉利，据说"房前屋后大路冲，家中定然损老翁，大路直冲不聚气，人丁日少财运败"。那怎么应对呢？民间的传统，在墙面立上一块"泰山石敢当"的石碑正对路冲就可以了。我家老宅子的西面正冲路，就在西墙上嵌着块"泰山石敢当"，好像打我记事起就有了。类似的还有住宅特别忌讳穿堂，也就是风能够从前面直着进来，然后直着从后面出去。尤其在楼房里（房地产商往往将这种易产生穿堂风的格局美其名曰南北通透），夏天的时候穿堂风那是相当的凉爽，很多人喜欢打开对着的门窗来制造穿堂风，实际上非常的不好。即便不从风水上看，只从养生上讲，古人说"避风如避箭"，倒也不是什么风都避，而是一避后背来风，二避出汗当风，三避穿堂风之类。风要曲折，方能有情吉祥，直线穿堂风则是无情之煞气。山东地区的平房住宅，往往在大门入口之内垒上一面影壁墙，就是让直线的来风变成曲折有情。这些就先不说了，单说跟《喷水》有关的阳宅风水原则，那就是宅子不要盖在坟墓上，这应该是最起码的风水常识了。宅下有坟，先别说吉利不吉利，单是想想就感觉不自在。不幸的是，《喷水》篇里宋琬租赁的宅子，正是这么一座建在坟墓上的凶宅。

阴宅忌讳阴湿

再说下阴宅。按照阴宅风水的说法，坟墓选址很重要，要求也很多。最起码应该尽量避免建在多水潮湿的地方，例如河岸边。河道经常会发生变化，即便现在远离河道，多年以后就未必然了。倘若过于多水潮湿，会导致棺木进水，尸体会遭到浸泡。泡澡固然是好，但不停地泡上几年就很不美妙了。民间传说，这个时候墓主会想法托梦给阳世的人，让他们给自己迁坟，改善一下住宿环境。那会托什么样的梦呢？梦里当面明说估计墓主是没这个道行，所以梦境中多会出现大水，这梦中的水当然不可能是那种秀美的青山绿水，而是负面的丑恶的形象。目的是暗示自己的阴宅进水，要求改善下居住环境。做梦的人，悟性高的可能能够猜到托梦的意思，蠢笨一点的就懵懵懂懂了。老夫人跟两个丫鬟看到的是老太在喷水的鬼魂形象，按照民间说法，鬼魂要表达的意思就是要把坟墓的水排出去。后来坟墓被挖开，尸体被挖出，尸体面部肥肿，应该正是浸水的结果，"令击之，骨肉皆烂，皮内尽清水"，更可为阴宅浸水的佐证。

本来这个梦应该托给家里的亲人，但如果坟上就是别人家的住宅，那就不一样了，墓主会优先托梦给坟上地面的人家，远亲不如近邻嘛！

这事很不幸地让老夫人以及两个丫鬟碰上了。毕竟是托梦，墓主未必有恶意，她们应该不至于是被喷水而死，因惊吓引起其他疾病而死的可能性倒是很大。当然这种阴宅风水的民间说法事涉虚妄，各位读者姑妄听之吧！

怎样确认凶宅

这里所说的凶宅跟《喷水》里的凶宅一样，单指宅院下面埋有尸体的凶宅。宅下有尸体在阳宅风水中相当忌讳。我去过一些刚开工的住宅小区工地，偶尔也看到零星的坟墓散落其间，不久以后上面就耸立起了高楼别墅，下面的坟墓也不知是否做过正规处理。如何判别宅下有无坟墓呢？这里只是列一下古人的几种方法，现实当中则未必实用。

第一种方法最为实在，直接请铲队开挖。《喷水》里用的就是这个法子，直观而有效，不消多说。不足的地方在于，房主得事先知道坟墓的大概地点所在，否则要把整个院落都掘地三尺岂不是要大费周章？坟墓在院子里也就罢了，要是在墙下面，难不成还把墙都扒了？

第二种方法是占卜，这个就有点玄。但是古人的确常用，例如古传三式之一"大六壬"里占家宅的篇章里有句口诀，叫作"支乘墓虎有伏尸"。稍微解释一下，六壬占卜家宅的时候，日支代表家宅，家宅上面有墓，墓上又有凶恶的白虎，那就可以得出宅下"有伏尸"的结论。至于这个说法是否可靠，那就天晓得了。其他六爻、奇门遁甲等貌似都有占卜家宅吉凶的方法。

　　第三种方法是用罗盘定位。很多人以为罗盘只是指南针，这个很片面，事实上罗盘不仅用来判别方向，还是磁场感应的工具。何为磁场感应？以现代建筑高楼大厦为例，因现代建筑内部有大量钢筋，再加上各种电器的使用，造成建筑内部的磁场与地磁场往往不完全一致，这就需要靠罗盘来判断室内磁场的真实状况了。据说地师的罗盘是有灵性的，遇到一些特殊的情况，会在指针上表现出来，以提醒自己的主人。我们在这里摘录欣赏一下古书中记载的罗盘奇针八法。奇针八法是指罗盘指针出现的八种情况，分别是搪针、兑针、欺针、抗针、沉针、逆针、侧针、正针。其中"沉针"释义为："沉者，没也。三次皆沉，下有坑尸、古器。"由此可以帮助有经验的风水师推断宅下伏尸有无以及所在。写到这里突发奇想，这不就类似于现代的探测仪吗？

　　第四种方法就跟修行相关了，据说可以靠体感或望气加以判断。体感非常神奇，体质敏感的人能够感受到极其微细的气的变化，这是真实存在的。例如类风湿患者，能提前几天预知到潮冷空气的来临，靠的就是体感，说白了其实就是医学上所说的过敏，对某种东西过于敏感。体感较强的人，能感受到伏尸坟墓的气息。很多体感强的人是天生如此体质，说到这里可能很多朋友要羡慕了，其实天生体感强一般不是什么好事，说明这个人很可能体质羸弱。不过也有一些体感强的人是修行而来的，修行而心静，心静而敏感，这是很好很健康的。至于望气呢？跟体感有点类似，只是体感靠的是触觉，望气靠的是视觉而已，也是需要训练得来，此处不多说了。

　　假如确定了宅院下面有不吉利的东西，下一步该怎么做？在此也只是列举古人的习俗，未必适用于现实。

宝塔镇河妖

第一种方法是请法师来镇压。何为镇压？举个直观的例子，《白蛇传》里和尚法海把白娘子扣押起来，但是不保险啊，所以在上面建一座雷峰塔，这就是镇压。《西游记》里，如来佛祖把孙悟空压在五行山下，压不住了，菩萨又在五行山上贴六字大明咒，这也是镇压。从字形上来讲，我们看"镇压"的这个"镇"字，字形本身是不是就很像一座塔？托塔李天王的宝塔，其实也就是个"镇"字，妖魔鬼怪，无所不镇。《林海雪原》里有一段黑话对白，座山雕问"天王盖地虎"，杨子荣答"宝塔镇河妖"。这果然是有来头的，应该正是山林土匪之间常用的黑话，艺术来源于生活，而不是作者的向壁虚构。

"镇"字的最早来源，连考证带推测，要追溯到历史上的大洪水时期。"镇"的来源可能就是神话传说里的"息壤"。所谓"息壤"，在古代神话传说里提到，洪水滔天，鲧偷了帝的息壤去阻塞洪水，触怒了帝，为帝所杀。后来大禹治水有功，帝赐玄圭于大禹，而这个玄圭，推测就是息壤的别名。大禹也用息壤（玄圭）治水，也就是把息壤（玄圭）置于海眼之上，以作镇压，防止水灾。唐代柳宗元有一篇《永州龙兴寺息壤记》，记录了永州龙兴寺息壤的神奇事迹，但是资料记录更为详尽的，当属荆州城外现在尚存的息壤遗址。清人王士禛的《香祖笔记》里有《息壤》篇记载说：江陵南门之外，有小瓦堂室一所，这就是传说中的息壤。据说大禹为了堵住洪水源头，把息壤放置于海眼当中，以塞其水脉。根据古籍记载，这处息壤古迹屡次受到开挖威胁，每次都会引发大的洪水灾害，所以荆州人对息壤非常敬重，真是很神奇啊！

息壤的形状，据记载就是玄圭的形状，类似于金字塔的外形，金字塔的外形又跟彝族的向天坟类似，其实中国人的坟的原型又何尝不是来自玄圭或金字塔。据我推测，玄圭这种金字塔的形状，是上古时期巫师观天象的观天台的形状，被视作有无穷的神力，这就是为什么在神话传说里，息

壤能够生生不息的缘故。大禹为了镇压洪水,把息壤(玄圭)埋置于各处海眼,后来又演变为在当地树立起权威的象征,这就是"镇压"的来源。同时再提个醒,现在我们所说的"乡镇"的"镇",实际上就是来自于这个典故,这个来源有没有觉得很离奇呢?

总之,宝塔(形状是变异了的玄圭)就是起到个镇压的作用。但是总不能有妖怪就建个宝塔镇压吧?盖个房子好费钱,没有准建证的话还容易被强拆,有没有省钱省力省心的办法呢?聪明的方士们就想出了用画符来替代宝塔的办法,很多符往往被设计成类似于宝塔的形状,以象形取意,价格便宜量又足。在玄幻小说里,尤其是跟风水有关的小说里,用法物或符咒"镇压"的情节很常见。《水浒传》的第一回,洪太尉误走妖魔,说的就是洪太尉把被镇压在井里的三十六天罡、七十二地煞放出来的事,后来这些天罡地煞变成了梁山好汉一百单八将。我曾在地摊上看见过讲符咒的《千镇百镇桃花镇》一书,具体内容也没有细看,猜测可能与"镇"法有一定联系。把妖气压下去不让其发作就是"镇"法的真意,而民间在处理凶宅的时候,常常请法师作法,以镇压宅里的妖气。

驱鬼用桃木剑

第二种方法是借助桃木来发散阴气。所谓发散,就是采用一定的手段,把阴寒之气散发出去。中医里有个治法叫作发汗,就是服用发散性的药物使腠理张开,让体内的寒气随汗水排出,风寒感冒就好了。例如这个偏方,说是风寒感冒后,泡上一包滚烫的超辣方便面,吃完后蒙在被子里睡一觉,出一身汗就好了。那为什么要发散呢?人受风寒之后,腠理本能地关闭,不让外界寒气进来,但是已经进来的寒气也出不去了啊!这个时候,服用热性又能开发腠理的药物,帮助体内热气驱除寒邪通过腠理排出,风寒感冒就好了。

鬼魂、伏尸之类也算是一种凝聚的寒气,当然也可以采用中医的发散治法,如果能够让这股阴寒之气发散出去,事情就好办了。在民间有种说法,在宅子里种桃树就能够使宅子里的阴寒之气得以发散。究其原理,其实是因为桃树本身是发散的属性，桃花在万物生发的春天开放，桃花桃枝最得天地发散之气，以致一提到桃花，就能给敏感的人一种发散的感觉。为什么要把恋爱叫交桃花运呢？就是因为男女之情这东西，本身就是欲望的一种发泄，是人气的发散。

桃枝的发散属性使其在驱鬼辟邪方面有着特殊用途。古人认为，鬼是一团聚集的阴气，但是这种聚合缺乏肉身的保护，因此又是相当松散的，最怕的就是发散了。桃枝作为发散之物，为鬼所最忌讳。所以法师都配备着桃木剑来驱鬼。以前我看到法师用桃木剑来驱鬼，曾觉得很好笑，心想法师也真是抠门啊，舍不得钱买把铁的吗？铁剑的杀伤力岂不是更大？殊不知铁剑属金，金乃收敛聚气之物，用之反而会徒增鬼势，看来凡事想当然是不对的啊！

关于鬼怕桃枝，有个"桃花愈狂"的案例可以细细品味一下。宋人笔记《鸡肋编》记载：范文正公"有一孙女，丧夫，亦病狂。尝闭于室中，窗外有大桃树，花适盛开，一夕断棂登木，食桃花几尽。明旦，人见其裸身坐于树杪，以梯下之，自是遂愈。再嫁洛人奉议郎任谓，以寿终"。[①] 如果我们明白了桃花之性，则其能治病愈狂的个中原理，也就不难推知。

中国人逢年过节，都要在门口插上桃枝，身上也要佩戴桃枝，所谓"千门万户曈曈日，总把新桃换旧符"，这种插桃枝的民俗，也正是来自于这个桃枝驱邪的原理。古人崇奉的门神神荼、郁垒，也跟桃树有着密切关系。《山海经》里记载："沧海之中，有度朔之山。上有大桃木，其屈蟠三千里，其枝间东北曰鬼门，万鬼所出入也。上有二神人，一曰神荼，一曰郁垒，主阅领万鬼。善害之鬼，执以苇索而以食虎。于是黄帝乃作礼以时驱之，立大桃人，门户画神荼、郁垒与虎，悬苇索以御凶魅。"[②] 神荼、郁垒的住所有一棵大桃树，他俩负责阅领万鬼，处分恶鬼，所以神荼、郁垒为民间所崇奉，成为历史相当久远的一对门神。

不过桃枝的用法也有讲究，据说东南方的桃枝，驱鬼效力最大。古籍当中往往有类似的记载："随病用汤吞下应邪炁，加煞鬼符，用东南方桃枝七寸，煎汤下。"取东南方桃枝，原理何在呢？按后天八卦的说法，东南

---

① （明）陶宗仪等编《说郛三种》（第一册），上海：上海古籍出版社，1988年，第124页。
② （晋）郭璞注：《山海经》，上海：上海古籍出版社，2015年，第436页。

为巽，巽者风也，热空气上升，冷空气来补充，这就是风，风尤其是春风，是有发散的性质。桃枝本身的发散属性，加上东南方的发散属性，取其合力，效果自然更为强大。这也算是古人的一种朴素思维吧，至于是否真的有效，就不得而知了。

驱鬼师之死

对于凶宅里的阴气，无论是符咒镇压，还是桃枝发散，或者有其道理，但是在民俗文化里，未必就是最好的方法。为什么呢？镇压是对妖邪之气的武力压制，桃树发散则是将其毁灭，总之都是杀伤性较强的做法，被杀伤者当然不会坐以待毙，所以杀伤性的做法，往往会起到反作用。这里有个"费长房为鬼所害"的典故可以细细品读一下。

费长房是道教史上鼎鼎有名的驱鬼法师，他惩治恶鬼的法力高强，足堪与钟馗相并列。但是这么一位法力高强的捉鬼法师，最终的结局却是"后失其符，为众鬼所杀"（《后汉书·费长房传》）。清末小说《八仙得道传》里面，把这个故事加以演义，说费长房因为对鬼的惩戒过于严厉，引起了众鬼的不满，众鬼设法偷走了费长房的符箓，无法器可依恃的费长房最终为鬼所杀，端的是让人唏嘘。

费长房这等驱鬼的绝顶高手，尚且最终栽倒在众鬼手下，更何况其他人等。做事不能太绝，穷寇莫追，就是这个道理，所以民间认为，对待凶宅之鬼，采用镇压或发散的杀伤性方法，或者会效果很好很快，但是无法保证不会留下后患。最好的办法，是把这些杀伤性的法子作为威慑。正如我们佩戴桃枝，目的并不是要置鬼于死地，而只是让鬼远离而已。在保持威慑的前提下，采用比较温和的法子，也就是给伏尸迁葬、拆迁。把尸体挖出，选择良辰吉日，重新埋葬在其他地方，如此既祛除了伏尸的影响，又能跟鬼处理好关系，实在是最合适稳妥的办法，现代的建筑工地处理坟墓的方法，也以此为最佳，和气生财，此之谓也，吐血推荐！

第十五篇 《山魈》《荞中怪》：山魈养成记

柳沟寺的山魈

孙太白说过这么个事：他的曾祖孙公曾在淄博市博山区茜草峪村的柳沟寺里读书。古时候不少读书人为求清静，常到山区寺庙里借宿读书，这并不为怪。这年忙完麦收之后，孙公又回到柳沟寺的住所，简单打扫了一下室内卫生，月色已满屋，该上床睡觉了。孙公翻来覆去地还没睡着，突然听到室外刮起一阵狂风，带动着山门豁然作响，然后风声就靠近了自己的居室，门被打开了，有脚步声慢慢逼近自己的卧室，卧室的门也打开了，从门口挤进来一个大鬼。

这个大鬼长得很可怕，个头几乎能触着房梁，面色如老瓜皮一般，目光闪闪有神，张巨口如盆，牙齿稀疏但是很长，声音哈喇哈喇的。孙公害怕极了，自思无可逃避，不如拼了，可能还有一线生机，于是从枕头底下抽出佩刀来（民间传说枕头下面放刀能辟邪，这倒未必有用，但是放把刀预防强盗是古时常有的事），冲着大鬼刺了过去，结果如中铁石。大鬼被激怒了，伸出爪子抓孙公，孙公使劲地往后缩，大鬼把孙公的被子抓过来撕扯烂，愤愤然地离开了，孙公也被扯到地上，连忙大声呼救。大家赶过来救助，没看到大鬼，四处搜寻时，发现被子夹在门缝，门上留有大鬼五指的痕迹，就如中了少林寺的大力金刚掌一般。孙公当然不敢再在这待下

去了，赶紧收拾细软回家，后来柳沟寺里也没再发生什么奇异的事情。茜草峪村在现淄博博山域城镇的大山脚下，离我这不到二十公里的路程，我也曾前去探访遗踪，但清时的柳沟寺早已毁掉，现在的寺庙是二十世纪九十年代在原址上重建的。

莜中怪

孙公的运气还算好的，总算能捡回一条命，长山县（今山东邹平东部）的安翁可就没那么幸运了。安翁算是个小地主，很喜欢干农活，秋天荞麦熟了，割倒在田边，因为怕有来偷粮食的，他就让佃户往场地里运，安翁自己睡在田边看场。刚刚要睡着，突然听到有踩荞麦的声音，抬头一看，乃是一个大鬼，身高过丈，赤色头发，胡须乱张，端的是非常可怕。看看要逼近了，安翁没法子，抓起枕头下的长矛，冲着大鬼刺了过去，大鬼被刺痛，嚎叫着跑掉了。安翁害怕大鬼再回来，赶紧回去找帮手，半路上碰到自家的佃户，跟他们说了刚才这事，大伙还不相信。

第二天，大伙一块在场地里晒麦子，突然听到空中传来奇怪的声音，安翁知道大鬼又要来了，就让大家准备好弓弩，严阵以待。一会儿，大鬼果然来了，好在大伙早有准备，朝大鬼射了几箭，大鬼害怕就跑掉了，此后两三天都不敢再来，大伙也就稍微放松了警惕。这一天，安翁正领着大伙堆麦秸垛，抬头一看不得了了，大鬼又来了，于是赶紧去找弓箭，趁这个间隙，大鬼已经冲到安翁身边，照着安翁的脑袋咬了一口，然后就跑掉了。大伙赶紧围过来救安翁，看到安翁的额头骨被咬掉了一块，已经昏迷不省人事了，把他抬回家去，不久就死了。后来大鬼再没出现过。

山魈、木客

　　这两个故事讲的都是"大鬼"的事迹。所谓的"大鬼"当然不是真正意义上的"鬼",就凭它们身高马大、力大无穷、白天也敢出来这几个特征,说它们是鬼,鬼才相信呢!这里的大鬼,其实是指某种身形庞大的山间精怪,民间称之为"山魈"。

　　晋代道士葛洪的《抱朴子》里记载:"山精形如小儿,独足向后,夜喜犯人,名曰魈。"这里是把山魈当作山里的精怪。在道教典籍里,山魈往往与木客并列,如《道法会元》的《东平张元帅专司考召法》里就记录有关于作法捉山魈、木客的法术。

　　顾名思义,山魈乃是山里的动物成精成怪,而木客则是山里的植物成精成怪。明白了这种说法,回头再看《西游记》里的各色妖怪也就释然了。唐僧师徒四人路上常碰到各种妖怪,什么熊山君熊精、灵虚子狼精、虎力大仙虎精、鹿力大仙鹿精、美丽的蜘蛛精等等,这些都是动物成精怪,可归为山魈一类。至于十八公、孤直公、凌空子、拂云叟,分别是松、竹、桧、柏成精;杏仙、赤身鬼、两个女童,分别是杏、枫、丹桂、蜡梅成精,自然属于木客一类无疑了。山中多野兽,多植物,天长日久有那么几个成精的似乎并不为怪,唐僧师徒一路上也是遭遇多处。

　　单说山魈,《山魈》《荞中怪》里的大鬼,长得跟人类似,如果让当事人描述还原一下,可能跟我们熟悉的大猩猩之类的灵长类动物类似。生物学家一般认为,古书里记载的山魈就是猕猴、猩猩、猿猴之类的灵长类动物。随着人烟逐渐稠密,这些灵长类动物对人类敬而远之,其活动地盘也逐渐缩小,一般人很少见到。如果这些动物偶尔闯入有人烟的场所,人们少见多怪,将其误认为是野人精怪也是正常的。猩猩、猿猴外形又与人有些类似,就很容易被当成文中所述的大鬼、山魈。

　　看到这里,读者可能就觉得索然无味了,山魈原来就是猿猴啊!的确可以这么说,但这里面也隐含着天机,文中所记的山魈,跟普通的猿猴又有所不同，在这种不同里，隐藏着修行的大秘密。

青出于蓝而胜于蓝。山魈虽说出自猿猴，层次上却要比猿猴高很多。其一，它身材更为高大；其二，它力大无匹；其三，它寿命更长；其四，它有相当的智力；其五，有些山魈得成正果（如《三遂平妖传》里的袁公）。

四类灵猴

《西游记》里有"真假美猴王"的一段故事，说的是取经路上突然冒出来一个假悟空，李逵李鬼斗得不可开交，唐僧分辨不出，就连观世音菩萨也分辨不出，最后无奈闹到如来佛祖处，如来佛祖就当场给大伙科普了关于猿猴的一些科学文化知识：

天下有四种灵猴混世，"第一是灵明石猴，通变化，识天时，知地利，移星换斗。第二是赤尻马猴，晓阴阳，会人事，善出入，避死延生。第三是通臂猿猴，拿日月，缩千山，辨休咎，乾坤摩弄。第四是六耳猕猴，善聆音，能察理，知前后，万物皆明。"[1]

佛祖还说，这四种灵猴，"不入于十类之种，不达阴阳两间之名"。"不入十类之种"，就是说不归属于已有的生物分类体系，就如鸡窝里飞出金凤凰，它已经不能再算灵长类了。"不达阴阳两间之名"，就是说它没户口，阴阳两界都管不着它，以佛教术语来说就是"了脱生死"了。

第一类灵明石猴，天性灵明，能够参悟最高佛理，孙悟空即是灵明石猴。因为秉性灵明，所以只有他才能真正"悟空"，是以为佛祖看重，授予衣钵，最终成佛。

第二类赤尻马猴，顾名思义就是红屁股猴。该马猴的优势是聪明伶俐，精通数术，能掐会算，故能趋吉避凶，避死延生。那么他的数术学问从何而来？当然是埋头苦读学来，至于他的师父是谁，就不清楚了。埋头攻读首先要能坐得住，屁股长时间与椅面亲近，上面的体毛就会慢慢脱落，从

---

[1] （明）吴承恩：《西游记》下，济南：山东人民出版社，2014年，第442页。

而露出了红色的屁股（赤尻）。不信的话，有个事情可作佐证，坐办公室的，看看自己的屁股蛋子，上面是否会有那么两块红呢？

第三类通臂猿猴则以身强力大、武功高强见长。《三遂平妖传》里的猿公就是通臂猿猴，武功那叫一个厉害。现在还有"白猿通臂拳"在市面上流传，也可作为佐证，只是很多内容已失其真。

第四类叫六耳猕猴。这里的"六耳"当然不是说长着"六个耳朵"，耳朵这玩意，就算长上一打又能如何？这里的"六耳"意指佛教所说的六识（眼耳鼻舌身意），六耳猕猴的六识发挥到了极致，因此"善聆音，能察理，知前后，万物皆明"，颇具神通，能跟孙悟空打个平手。六耳猕猴冒充孙悟空，就连神通广大的观音菩萨都无法分辨，何以故？"观音"尚需动用六识当中的"耳根"一识，"六耳猕猴"也是善用耳根之猕猴，能力虽远不及观音菩萨，但总体来说尚属于同一级别，观音菩萨又如何能够分辨得出？

下面就要揭晓大鬼的真实身份了。文中所记的大鬼，缺乏"悟空"的灵明，灵明石猴自然排除；大鬼看上去傻乎乎的，当然也不可能是赤尻马猴作怪；大鬼的脾气不好，莽撞又记仇，《荞中怪》里的大鬼还被弓弩射得狼狈而窜，当然也非耳聪目明的六耳猕猴。《山魈》《荞中怪》所记的大鬼主要还是靠"身长力大"，也就是武功高强取胜，则合条件的，就只能是"通臂猿猴"了。

下面才进入本文关键，我们来看这两个山魈（通臂猿猴）是怎样从普通猿猴一步步升级成高档山魈的。按说修行都需要一定手段，对人类来说，手段可以从老师那里学，也可以从书本上学，但那些愚昧不开窍的猿猴，又是怎样学到修行手段的？这里得先说点题外话。

返老还童的老人

四川电视台的《真情人生》栏目，做过一期《返老还童的秘密》的节目。这期节目蛮有意思，主人公是一位返老还童的老人。

在四川省的某个偏远山村，有一位八十多岁的老人，但在这个普通老人身上，发生了不普通的事情。电视台记者听到传言说这个老人返老还童了，好奇之下，就赶去采访。找到老爷子一看，他正在街上活蹦乱跳耍狮子，动作麻利、步伐轻快，俨然一个小伙子的身手，谁能相信这老爷子年已80多岁了。旁边的一些老人跟老爷子认识，都带着羡慕嫉妒恨的眼神围观，他们多是70岁左右，比老爷子还要小10多岁，但早已老态尽显，不住地要求老爷子传点能够返老还童的技术。而老爷子更是洋洋自得，在一群小老弟面前踢腿弯腰，又尽情表现了一番。

记者跟着老爷子来到他家。老爷子的表演欲望才刚被调动起来，他当场拿起胡豆、冰糖嚼了起来，咯嘣咯嘣地，看得人牙疼，但这对老爷子来说，根本不算个事。老爷子自豪地龇出一口整齐洁白的牙齿来，梆梆地敲着，让记者查看真伪。据他说，在七十多岁的时候，他的牙齿就都落光了，只能带上假牙，但后来没过几天，假牙被顶出来了，竟然换上了满口的新牙。这事情在医学上还真是闻所未闻，按现代医学的观点，人一生当中只有两口牙——乳牙和恒牙，要说老人长出一两颗牙齿还是有可能的，一般属于潜伏的恒牙，但像老爷子这样长出一口完整坚固的新牙，现代医学认为是不可能的。县医院的牙科医生也前来检查，承认长出满口新牙这个情况的确是很难解释。

老爷子的返老还童可并非仅仅长出一口新牙那么简单。记者采访过程中，老爷子在自家门前槛沿上跳上跳下，非常敏捷。这么个跳法，放别的老人身上，怕早就骨折了。老爷子当场穿针引线，眼神一如既往的好，老花眼与其无缘。他还自信地摘下帽子，白发里夹杂着青丝，显得煞是年轻。记者为了亲身验证，跟他比赛掰手腕，结果大致打了个平手。所有的这一切，都确凿证实了老爷子的确是返老还童了。

看到这里，你羡慕嫉妒恨不？老头没文化，但80多岁高龄还能活得如此健康潇洒，反倒是有文化的知识分子，浸淫在现代科学知识的海洋里，到了这个年纪，早已一身疾病、老态龙钟了。都说知识改变命运，科学带来健康，看来可能未必那么回事。每一个关注健康、害怕衰老的人都想知道，老爷子返老还童的秘密到底在哪里呢？

神秘山洞或其他

记者一再追问老爷子返老还童的秘法，到了傍晚，卖了好一阵关子的老爷子终究还是按捺不住。他收拾起铺盖，带着记者们开始了一趟神秘之旅。

走了十多分钟的山路，老爷子依然健步如飞，跟在后面的记者却已气喘吁吁。穿过一片恐怖阴森的坟地，又走了一段，终于到达被老爷子称为"蛮洞子"的目的地。老人给记者介绍，这个洞子，叫作"好地方"，热天进来凉快得不得了，冬天进来暖和得不得了，只要住下去就能长生不老，所以自己常来此处过夜。

记者四处探看了一下，这个洞子比较宽敞，外面环境很幽静，洞口上方长着三棵百年老榕树，洞子里面有个所谓的天然土床，类似于农村的土炕，长宽正好能躺下一个人，老爷子就躺在上面，优哉游哉地哼起了歌（小道消息，听说后来有人去拜访老爷子并想去神秘山洞看看，但是被村人告知没节目里说得那么神，具体内情不得而知了）。

难道这个神秘山洞就是老爷子返老还童的关键？深受现代科学浸染的记者当然不信邪。经过多方论证，他们最终得出结论：返老还童并不是因为什么神秘的山洞，而是一种身体机能转好的自然现象，因为老爷子的善良豁达，让他保持了良好的心态。老爷子几年前迷上了唱山歌舞狮子，从那以后每天都唱唱跳跳，身体得到了良好的锻炼，又从来不抽烟不喝酒，爱吃粗粮素食，所以白发转青丝，身体变硬朗就是一种自然现象。返璞归真的生活方式才是返老还童的秘密。那到底是不是这么回事呢？

法侣财地

道教修行讲究"法侣财地"。表面意思上看，法指方法，侣指道友，财指雄厚的经济基础，地则指风水宝地。"法侣财地"四者缺一不可。"返老还童的秘密"这个节目说的，其实就是"法侣财地"里的"地"。

"地"就是风水，风水宝地要求有吉祥之炁的汇聚，这种吉祥之炁被称为"生炁"。"生炁"当然不是小心眼的那个生气，而是指"生机之炁"。天光下临、地德上载，生机之炁乃天地冲合、氤氲之气，而终归是以大地为载体。但大地如此广阔，地势千变万化，这种"生炁"当然不可能平均分布，而是在很少的地点汇聚起来，风水师力图找到"生炁"汇聚点的行为，就被称为"寻龙点穴"。

道教修行非常注重环境，所以道教有三十六洞天、七十二福地之说，很多道士选择一些风水好的山川修行。神话小说里的神仙，往往都有自己的洞府，这个洞府也是经过千辛万苦方才找到，绝非随便某个地方就能安营扎寨。

良好的环境对健康能产生良性影响，据说因风水宝地有充足的"生炁"滋养，住在其间的人就会受益匪浅。据说有的道士在风水宝地修行辟谷，辟谷需要逐渐减轻进食量，而在风水宝地练习辟谷，减轻食量的时间就能大大缩短。这怎么解释？道教认为，辟谷并非什么都不吃，还是要纳"生炁"的，所以辟谷又叫"服炁"。中医里有"炁足不思食"之说，吃人参、吃大枣等补气的中药，就不容易饿，甚至导致流鼻血，就是这个道理。风水宝地能够提供充足的"生炁"，在很大程度上就能够替代"服炁"的作用。

道教认为，对普通人来说，风水宝地的"生炁"能够滋养身心、强健筋骨，时间久了自然能够延年益寿，乃至返老还童，这就是风水宝地的巨大作用，甚至为人参、灵芝、海参等滋补品所不能及也。这种说法的真假姑且不论，但确实导致了很多国人对风水的趋之若鹜。

福地

"返老还童的秘密"节目里,老爷子住的那个山洞可能大有蹊跷,很可能就是道教所说的风水宝地。这里有几个细节很有意思:

其一是山洞里的恒温。老爷子说这个山洞,冬天暖和得不得了,夏天凉快得不得了,这是老翁的错觉,其实山洞里只是保持恒温而已。假如这个恒温是20度,冬天从零下几度的洞外进到洞里来,当然感到特别暖和;夏天从三十几度的洞外进来洞里,自然感觉特别凉快。明白山洞不是冬暖夏凉而是保持恒温,这一点很重要。保持洞里的恒温有两种方法,一种方法是温度低的时候制热,温度高时制冷,另一种方法是不管它温度高低,就只往里注入某种温度的"生炁"。这个山洞又没有安装空调,所以其恒温就只能解释为,有一股充分而持久的气给其提供了恒温,使得洞内温度能够不受外界温度所左右。

其二是山洞里的所谓天然土炕。老爷子说洞里的床是"天然床",这说明他发现这个洞子时"天然床"就已经存在了。那到底是不是天然形成的土炕呢?这里需要注意的细节是,土炕方方正正,并且恰好能容一人躺卧,又恰好是在洞的最里面,天然形成这样土炕的概率能有多大呢?这个土炕是不是天然的,已经很清楚了。

非但土炕是人工所开,山洞可能也是人工开凿。这么假想一下,可能曾经有那么一位修行人,看中了这一块风水宝地,偷偷在这里开凿了一个山洞,山洞里再开凿出仅供一人坐卧的土炕,洞口种上三棵榕树以作遮掩,从此之后整日在洞中修行,享受着福地洞天的巨大助益。直到有一天不知什么缘故,修行者离开了,山洞也被遗弃了,又过了不知多少年后的一天,老爷子偶然发现了这个洞口,还在里面睡了一觉,醒来之后感觉神清气爽,于是就成为洞子里的常客,经常来沐浴福地风水的滋养。

张道长的八卦顶

已经百岁高龄的张至顺道长，道行高深，身体康健，爬山做活连小伙子们都望尘莫及，单凭这一点，就已成为很多人眼中的老神仙了。

张道长自幼修道，辗转拜过多位老师，学过多种方术，游历过很多地方，最后定居在终南山一个叫"八卦顶"的地方。张道长自述说："'破四旧'时逼我还俗，我不愿意，就躲进终南山帮药厂看仓库。没事的时候，我就四处找适合修道的地方。附近的山头跑遍了，才找到那个被当地村民称为'八卦顶'的地方。那地方怪石头很多，据说伏羲在那里摆过八卦阵。你说巧不巧？我以前爱给人算命，有个绰号就叫'八卦神仙'，这一切都是老君爷安排的。我决定在八卦顶盖座小庙自己修行。我拿了两把斧子、两把柴刀和一些粮食上去，开始建小茅屋，屋子没建好，粮食就吃光了，下雨时我就靠着石壁站着睡觉，饿了就吃松针。《神农本草经》里说松针是仙人粮，是道家服食辟谷长生成仙之仙药，百病皆愈……我在茅屋前后都种满了松树，每天都在松树下打坐静修，松树的清气对修行很有帮助。"[①]一年四季，较暖和的季节张道长就住到终南山"八卦顶"的小屋里修行，冬天大雪封山时生活很不方便，就到南方的海南岛修行。选择"八卦顶"如果只是为了清静，当然是没必要的，世界上清静的地方多着呢，张道长解释自己为什么选择八卦顶时用了一句话："终南山的气场可不是别的地方能比的。"而张道长爬遍了四周的山头，最终才定下"八卦顶"这块地，无疑是将军里选将军，优中选优了。

"八卦顶"的环境到底如何？老人家说："全国我走过很多地方，哪里都没有终南山八卦顶好，那才是最清净的世外桃源。山上的空气是从太空过来的，是香的，到了夏天我肯定要回去。我喜欢待在终南山里，简单，清净，不用一直和人说话。"张道长的"择地修行"，无疑正是道教修行中一以贯之的传统。

---

① 以上参考自网络文章。

葬生基

"择地修行"也不仅仅是修道者的专利,实际上民间也有类似民俗,叫作"葬生基"。民间的风水信仰较为广布,活人要住风水好的阳宅,死人也要葬到风水好的阴宅,但要说活人要葬到风水好的阴宅的民俗,可能还是有不少人不知道。

"葬生基"是指找到一块好风水的阴宅让活人使用。之所以如此,是因为好不容易找到一块风水宝地,等到死后才埋进去,人死万事皆休,对墓主人来说,除了前人栽树后人乘凉,又能有什么好处?所以民间就有了这个法子,让人在活着的时候就能够享受风水宝地的助益。活人当然不能住到墓里,那怎么办?好办,取个折中的办法,找个替身。一般来说,是把墓主人的八字、指甲等信息物,包起来择个吉日良辰,埋到事先找好的风水宝地里即可。民间传说,这样活人也能享受风水宝地的滋润了,会事业顺利、身体健康云云。

"葬生基"到底有没有效果尚不清楚,但是作为一种民俗风水文化,却有承认与研究的必要。

藏风聚气

如何找到风水宝地呢?一般的说法,风水宝地需要符合藏风聚气的标准。何谓藏风聚气?简单点说,这个地方最好后有靠山,左右有屏障,前面有水塘或水流。所谓后面有靠,左右有抱,前面有案,案前有朝。风水上,后有靠山代表着有后台,左右有屏障能保证炁不会被风吹散,前面有水能够保证炁的储存(所谓的乘风则散,界水而止)。

有一本书名为《中国风水应用学》,记得书皮封面上是群山环抱着一

座宅邸，当时也没往心里去，后来想到"藏风聚气"，就觉得封面里的选地应当也符合这个原则，回头找来书一看，果然如此。宅子的背面是山，左右都是山，前面有一条河流过，正是典型的藏风聚气风水格局（此图可能是清陵的地貌图）。

中国人的风水观念深厚，即便讲了这么多年唯物主义，很多地方搞建设的时候仍然要遵照民俗请来风水先生做指点，就连以传播科学文化为己任的一些高等学府，搞建设时也常请风水先生来看一下。这可以说是个公开的秘密，也不好归为迷信，就算是一种民俗吧！所谓"山主人丁水主财"，我们走进一所高校，尤其是一些新建的高校，往往会发现该校区山水皆备。山主人丁，有了山才能保证生源数量；水主财，有了水才能够有财务的宽裕。实在没有山的话也要堆起座假山应景，实在没有水的话也要挖个人工的水塘。高校尚且如此，何况其他部门，何况民间。据说某大学的建筑学院也开设了风水课程，这也挺好，既然禁止不了风水文化，不如大大方方地拿出来研究，风水固然不是科学，但作为一种民俗文化来讲还是较有研究价值的。

乱花迷人眼

但是要精通风水，成为合格的风水师，远不是一个"藏风聚气"所能囊括。事实上，外行人看风水觉得很简单，拿个罗盘转一转就能说出个吉凶，但如果真正进入到风水的世界里，反而会眼花缭乱，无所适从。因为风水的派别，实在是太多了，就算里边有真的，孰真孰假谁又能分清？

大致来讲，风水学说分为两个方向：一个是峦头（形势派）方向（主看外形的风水）；一个是理气（算法派）方向（主要计算历法时空的风水）。但这也是大致来分，大方向下面的小方向又不计其数。

例如峦头方向，又分为峦头派、形象派、形法派等。

再如理气方向，又分为八宅派、命理派、三合派、翻卦派、飞星派、五行派、玄空大卦派、八卦派、九星飞泊派、奇门派、阳宅三要派、廿四山头派、星宿派、金锁玉关派等。

即便在某个小方向的内部，说法也是各有不同，如玄空派里又分成了六小派，奇门分成了三家，这是要累死人的节奏啊！

上述这么多名目，单单看上去就眼花缭乱了，更遑论学下去，就算能学下去，又能保证你学的就正确吗？所以没有充足的思想准备，还是不要蹚这趟浑水为妙，风水哪是那么容易学的。

牛眠地

就没有一种简单易行的判定好风水的办法吗？四川大学博士生导师、教授詹石窗先生，有一篇回忆性的杂记，现介绍部分内容在此，供各位细细品味。

一个下午，詹石窗先生与几位博士生一起登上万石岩坐在山顶聊天。有学生指着一块凹陷地说："凹地上的几棵树特别茂盛，凹地中间有块石头，像是一头牛。"

同学们不经意的闲聊，引起了詹石窗先生的注意。他俯视凹地中间那牛形石，想起了小时候的事。儿时，父亲给詹石窗讲过一个故事：以前他们村有几户人家养了四头母水牛，有一头母牛生了小牛。秋收之后，主人们会把水牛放出，这些水牛每天早上沿着河边觅食，到傍晚时，四头母牛就会领着小牛回来。不过有一天到了傍晚，水牛还没有回来，主人就漫山遍野地去寻找，一直到天亮的时候，他们才在一块马蹄形的凹地中找到几头牛，看见四头母牛围成一个方形，牛头对准四方，而小牛就睡在正中间。

当时詹石窗不过八九岁，只是觉得这个故事稀奇好玩。他长大后读过一些关于风水的书后，就感觉到了父亲所讲故事的深意。詹先生曾经多次到其父讲的那个地方去考察。一次是夏天，在场时感觉有股凉风吹来，非常凉爽。另一次是冬天，这回在场时不再感觉凉爽，而是感到暖和。詹石窗先生苦思冥想之后，认为水牛是凭着体感直觉找到这块适合自己歇息的好地方的。这几头牛应该是偶然到了这一块让它们觉得特别舒服的地方，

所以"乐不思蜀"而逗留于此。

詹石窗的父亲认为那个地方叫"牛眠地"（"牛眠地"典故应该来自晋陶侃寻牛得牛眠风水宝地而葬父的历史记载，后来风水师常称风水宝地为牛眠地，《聊斋志异》的"堪舆"篇里，也用了"牛眠地"的称谓。）詹先生说："我不认为一个人的升官发财、子孙兴旺完全是由风水环境决定的，但选择一个好的居住环境，住在其中，眼界开阔，不感到压抑，这对于培养好的心情应该是有好处的。心情好了，头脑当然就会敏捷一些，思考也就可能周密一些，对于事业来说也会有所帮助。就这个角度来看，我们应该向善于运用本能去寻找栖息地的动物学习。"①

这段记录里有个细节耐人寻味，"我曾经多次到父亲讲的那个地方去考察。一次是夏天去的，当时觉得有一股凉风从南方吹来，特别清爽。另一次是冬天去的，这回感觉到的不是凉爽，而是暖和。"夏天凉爽，冬天暖和，这和"返老还童的秘密"里的夏天凉快、冬天暖和的蛮洞子岂不是相当吻合？

水牛哪里能够学会繁杂的风水学，但它们却依靠本能，凭着那份敏锐的感觉，找到一块很舒服的地方栖息，是为风水宝地的一种——"牛眠地"。所以偷懒的人就不要学什么风水了，感觉舒服就是好风水。

山魈的养成

上面扯了这么多看似跟山魈无关的内容，其实并非喧宾夺主，现在我们回到《山魈》《荞中怪》上来，看看山魈是怎么养成的。

一般来说，绝大多数的普通猿猴，在山林里生老病死，自生自灭，一辈子心智不开。但是偶尔会有那么一两只有福的，能够寻到那么一块风水宝地。猿猴没有老师，又没有人类聪明，怎能懂得繁杂的风水学？但是没关系，凭它的本能、感觉就行了。这只猿猴，偶尔到了一个地方休息，感

---

① 参考自詹石窗《"牛眠地"的风水文化》，《海峡导报》，2009年12月15日。

觉特别好，特别舒服，于是就在此长期住下来，营造了自己的洞天福地。在这里接受大地母亲的滋养，精力充满，身体强健，智力逐渐开化，能过生理寿数而不死，甚至能够返老还童（原文记载山魈"面似老瓜皮色……齿疏疏长三寸许"，似乎说明山魈已有很大年纪了），慢慢地就成了修行有成的山魈，天造地化，以至于是。当然这也只是民间风水师的说法。

第十六篇 《宅妖》：伏藏开启

宅妖

长山县的李公，是大司寇李化熙的侄子。李化熙在淄博地区可是鼎鼎有名，他身为清朝高官，告老还乡之后，慷慨解囊，他家几代人义务代缴淄博市周村地区的市税，人为地造就了一个免税区。各地商贾冲着免税的优厚条件源源而来，使得周村获得了"旱码头"的美誉，周村现存的"周村古商城"，很大程度上要拜李化熙所赐。

李化熙的侄子长山县的李公，他家的宅子里经常发生一些怪事。李公曾经看到院子里有个木凳，但并不是他家的，于是上去摸了一下，木凳竟然像肉一样软，四足移动，慢慢走进墙壁里去了。还曾看见墙壁上倚着一根白木棍，走过去摸了一下，木棍就倒在地上，又像蛇一样透迤进入墙壁里去了。

并非只有李公见过此等怪事。康熙十七年时，王俊升在李公家里教授私塾，夜晚在床上休息，忽然看见一三寸许小人，从外面盘旋而入，然后又从外面搬来两个小凳子，又过了一会儿，两个小人抬着一口小棺材进来，安置在小木凳上。接着来了一个女子领着几名丫鬟，披麻戴孝，在那里嘤嘤地哭泣，就像苍蝇嗡嗡一般。王俊升看了许久，毛骨悚然，大声呼救，别人赶过来看时，先前堂中的小人包括棺材凳子，已经无影无踪了。看来这所宅子还真有点邪门，不过对人基本无害，也不能说是凶宅。

鼠（妇）成妖

记录类似宅中"妖异"的笔记似乎为数不少，朱一玄先生的《<聊斋志异>资料汇编》里就列举了两例，其中干宝《搜神记》中的"鼠妇"篇记载：

"豫章有一家，婢在灶下，忽有人长数寸，来灶间壁，婢误以履践之，杀一人。须臾，遂有数百人，着衰麻服，持棺迎丧，凶仪皆备，出东门，入园中覆船下。就视之，皆是鼠妇。婢作汤灌杀，遂绝。"①

"鼠妇"并非老鼠，而是农村庭院角落里瓦石下常见的"潮虫子"，干宝所记的意思应该是"鼠妇"成妖了。

另有唐人戴孚《广异记》中的"毕杭"篇记载：

"天宝末，御史中丞毕杭为魏州刺史，陷于禄山贼中，寻欲谋归顺而未发。数日，于庭中忽见小人长五六寸，数百枚，游戏自若，家人击杀。明日，群小人皆白服而哭，载死者以丧车凶器，一如土人送丧之备，仍于庭中作冢。葬毕，遂入南墙穴中。甚惊异之，发其冢，得一死鼠。遂作热汤沃中，久而掘之，得死鼠数百枚。后十余日，杭以事不克，一门遇害。"②

这个例子里却并非"鼠妇"，而是"老鼠"了。只是动辄老鼠"数百枚"实属罕见，也有可能这里的"鼠"实为"鼠妇"之讹吧。但是不管怎么说，在古人看来，这都是鼠（妇）成妖了。

妖物原型

所谓"存在即合理"，不管这些妖物的出现是多么的奇怪，都是可以也应该去探究其原型的。

---

① （东晋）干宝：《搜神记》，长沙：岳麓书社，2015年，第176页。
② 朱一玄编《聊斋志异资料汇编》，郑州：中州古籍出版社，1985年，第12页。

上面的两个例子里，妖物的原型是"鼠妇"或"老鼠"，下面两个例子里的妖物原型，则更有意趣。清人《觚賸》中记载：

"王司理绳河公……仲辞以此楼多怪，不可居。王不之信，遂于其内置榻设几。夜分燃烛而坐，见东壁有四五寸小人，各执旌盖数事，列队前行，末后一人冠带肩舆，如州府官之出号者。王熟视良久，击案叱之。朴落一声，皆木偶也。聚而焚焉，怪遂绝。"①

"西华县黄湾寨李泰真家堂前，有竹一丛，不甚茂密。童戏其间，喧言竹根见三寸小人，往来跳跃。泰真怪而觇之，已没土内。随掘土，果得一人。眉目口鼻皆具，两手各分指形，足指拳如鸟爪，色极嫩白。康熙乙丑秋日医士陈子俊言。(《豫觚》)"②

这两个故事里也都揪出了"妖物"原型，看来真相还是要去探究才行，而《宅妖》篇里当事人所缺乏的，正是追根探底的可贵精神。换作是我，面对这么奇怪的事情肯定按捺不住，定当挖地三尺探个究竟，看看下面到底是什么情况。

此类故事里，按照部分古人的说法，一般会认为这是普通物件成精，并推论故事发生处的地气可能有所异常。

但咱这里不取此说，本文只是借他人之酒杯，浇自己之块垒，想借"宅妖"之事为引，阐述宗教里的"伏藏"文化，至于是否是"宅妖"的真实答案，恐怕也未必。

谜墙

实话实说，《宅妖》故事给出的线索太少，真相大白的难度实在太大，这里我们也只是给出几种可能性的猜测而已。

《走近科学》播出过一期叫《谜墙》的节目，说的是一所老宅的一堵墙，每当受潮的时候上面就会出现壁画，这种神秘现象闹得沸沸扬扬。有人就

---

① （清）钮锈：《明清笔记丛书》，上海：上海古籍出版社，1986年，第36页。
② （清）钮锈：《明清笔记丛书》，上海：上海古籍出版社，1986年，第100页。

分析这幅壁画在制作时用了非常高科技的颜料，就如《鹿鼎记》里的"四十二章经"一样，一定要在某种特殊环境下（比如火烤或者潮湿）才会显示出图像，观众于是油然而生对古人颜料工艺的赞叹。但是最后的真相让人啼笑皆非。据这栋古宅曾经的老住户说，他曾住在这座宅院里好多年，那时候的壁画是每天都可以看见的，并没有任何出奇之处。后来遇到"文革"破"四旧"，为了保护老祖宗留下来的壁画，这个住户就把壁画用石灰粉刷了一遍，从此再也看不见了，壁画由此得以保存。好多年过去了，这件事早已被人遗忘，但石灰下面的壁画依然存在啊，每当受潮的时候，石灰下面隐藏的壁画就会出现了。看来，神奇现象的背后，往往并没有那么神奇。

惊马槽

还有一个似乎更神奇的例子。云南省陆良县沙林风景区有处幽静的山谷，名为"惊马槽"。之所以如此得名，据说马匹路过这里的时候会惊厥恐惧。当然还不止这些，更奇怪的是每到电闪雷鸣、大雨倾盆的时候，这里会传出军士喊杀、刀兵撞击的神秘怪声。人们把这种情况称作是"阴兵过路"，当地也有人说这里曾是当年诸葛亮兴兵讨伐孟获的战场，而喊杀声与刀兵声就是当时战场情形的再现。

对此现象，有专家解释说，当地的岩石里富含大量的石英以及磁铁矿石，曾经有一次古代战争就发生在这里，那时恰值电闪雷鸣，战斗中的声音就在雷电的作用下被铭刻在磁铁矿石当中得以保存。世事如烟，一晃千百年过去了，每当类似的环境再现，被保存着的声音就会被引发而重新释放。按这个解释，整个"惊马槽"其实就是个天然形成的超大号录放机了。据传言，美国克莱姆斯学院的一名高级实验师在秘鲁安第斯东麓的玛奥山谷，在电闪雷鸣的夜晚也听到了多年前战争留下的声音，后来在此地找到了大量磁铁矿，这就揭开了岩石的录音之谜。

但是也有专家认为，"惊马槽"的声音不过是自然界的狂风在经过"惊马槽"的特殊地形时形成的天籁，这种天籁之音恰恰与战场厮杀声类似罢了。其论据是经过调查取证，本地岩石中的磁性物质含量较少，并不足以存储声音。更令人惋惜的是，自从惊马槽附近修了一条公路以后，这种怪声就很少再现了，一个好端端的景致，就这么被人为破坏了。

昔日重来

不管"惊马槽"之谜究竟如何，至少把"惊马槽"比作大号录音机的解释，给了我们一点启示，《宅妖》有没有可能是一种情景再现？

《宅妖》的情景当然远不是仅仅发声那么简单，真实无比的春凳与白木棍，摸上去还有质感，真实无比的小人在那里哭泣。这当然不太可能是天籁之音，也不是光线折射的说法所能解释。假如《宅妖》一文所载属实，是否可以解释为以往的生活场景在特定环境下被记录下来，遇到类似的环境重又再现出来呢？

可以这么设想，李公并非此宅的第一家住户，此前早就有人在此居住过。这所宅子有某种特殊性，前人居住在此的情景，在非常偶然的环境下，被记录了下来，再遇到类似的环境引发，这种景象又重新再现出来。这样也可以解释为什么会出现春凳、白木棍、小人哭泣等这些极其生活化的场景。

如果《宅妖》里所载是昔日重来的影像的话，李公触摸白木棍与春凳又有质感又怎么说得通？这个倒是可以用心理学当中的幻触来解释。有些东西虽然是影像，但是能带给人实实在在的触觉，这就是心理学上的"幻触"。催眠术里类似的幻触例子很多，例如催眠师在被催眠者的手臂放上一块冰，然后很无耻地告诉他，这是一块烧红的烙铁，结果被催眠者果真感到灼热，更有入戏者甚至出现烧伤的痕迹。所以《宅妖》的当事人看到奇怪景象的时候，大脑因极度兴奋可能已进入催眠状态，这时他去摸这个栩栩如生的影像时，产生幻触是很有可能的。

当然，这也只是一种推测，未必靠谱，要得到真正靠谱的说法，最好去实地勘测。遗憾的是，我们虽知李公家在长山，但是宅子应该早已不存在，也很难考证在李公之前此宅是否曾有人住。总之，虽然做了这么多推测，一切都还是未知。

圆光术

虽说关于《宅妖》的一切尚不确定，包括是不是情景重现我们也不确定，不过说到情景重现，咱可以捎带说一下民间法教里的"圆光术"。

什么是"圆光术"？举一个直观的例子：《白蛇传》中，法海要窥测白蛇的行踪，就在磬上施法，然后白娘子的一切活动就显现在了磬上，就如摄像头一般，的确是厉害。《八仙得道传》里的太上老君，也玩过这一手，虽说他是在手上显像，究其实质，跟法海在磬上显像其实并无二致。

这么一来，"圆光术"的定义就很清晰了，它就是一种显像之术，法师通过特定的施法，使所要看到的景象，显现在某种载体之上，方便法师查看探知。至于是显示在手上还是水中、墙上，那都是细枝末节了。圆光术的具体操作法，按民间法本上所说，一般分如下几步。

首先是通过设坛、符咒、指诀等手段召请神灵降临。不同的派别可能要召请不同的神灵，《圆光真传秘诀》一书里更是请了一个遍，其请神咒云："恭请伏魔大帝、日夜游神、日夜察司、灵官符官、青龙白虎朱雀玄武四星官、值日功曹、六丁六甲、岳渎真神、水仙城隍、山神桥神、家堂灶君、当方土地、心奎二仙、过往神祇，下临尘境，降驾来坛。"请这么多神，用意恐怕有二：一是广撒网多捕鱼，逮着谁算谁；二是要查看的事件可能头绪繁多，跟多个地方都有关联，所以要把各方的神祇都请到。

然后是禀报下降的神灵自己想要看的事儿，神灵根据施术人的祈请，把事件的全程或者关键点显像在墙壁、纸张、清水中。

下一步的关键是"看光童子"。至于为何需要"看光童子"，据说"圆光术"所显的像，大人是看不到的，即便施术者本人也难以看到，盖因成人心机太深，灵性已失。而十多岁的童子涉世未深，心灵纯净，所以只有他们才能看到圆光图像。"圆光童子"把所看到的影像描述给围观者，施术者或主家就根据这个描述来获知真相。

"圆光术"能见过去之事,可以回答各类咨询,因此迎合了很多人的需要,在民间很有市场。在古代,主家遗失了贵重物品或者走失人口,往往都要请"圆光术士"来帮着追查。

"圆光术"因为太过离奇,所以让人觉得不靠谱。不过管它是真是假,至少民间确实真实存有这样一种文化,那我们就把它当成一种民俗文化来看好了。

圆光术有迹可循

圆光术的历史可能相当久远,现在所知最早的关于圆光术的记载在《晋书》当中。这是晋代高僧佛图澄的神迹,他令一童子洁斋七日,取麻油合胭脂,躬自研于掌中,举手示童子,粲然有辉。童子惊曰:"有军马甚众,见一人长大白皙,以朱丝缚其肘。"澄曰:"此即曜也。"勒甚悦,遂赴洛距曜,生擒之。

历代笔记小说里也不乏关于圆光术的记载,读者往往多以为是虚构,纵使不是虚构,也多是江湖骗子的行径,总之,真相无从下手把握。但是近现代人也有"圆光术"的记载,调查起来的话就比较容易下手。近代张义尚先生有《圆光目击记》一文,详细记录了自己亲历的一次"圆光术"事件,有感兴趣的读者可以参看。

"圆光术"非但存在于记载中,现实中也是能找到的,现在我们仍能寻到藏族的"圆光艺人"。藏族的"圆光艺人"被认为是能从铜镜中看到佛像经文,并进行说唱的艺人。[①]

非但东方有"圆光术"的传统,其实西方吉卜赛女巫擅长的用水晶球查事本质上跟"圆光术"并无二致。据说女巫所查事情的形象能够清晰地在水晶球中显现,当然,这些只有女巫本人才能看到,至于其真实性也就

---

① 参见杨恩洪《民间诗神——格萨尔艺人研究》,北京:中国藏学出版社,1995年,第272页。

应当存疑了。

圆光这种方术，不管真假，重要的是它作为文化习俗的存在，给我们展示了古人的一种思想与信念，那就是凡发生的任何事情都不会消泯无踪迹，都会在某种载体中记录下来。对于这种说法，我觉得很有意思，逝者如斯夫，已经逝去的东西肯定就不会再来吗？

诸事问"土地"

"圆光术"里要查事需要请神，因为"神"把所有的一切事情都记录在心了。中国人请神时请得最频繁的是"土地爷"，土地爷算是道教神系里的基层神祇，城隍爷能够管一个城的范围，土地爷的势力范围往往只能是一个村落，大约相当于村支书，但神通却要比村支书大多了。土地爷的职位尽管低微，但是能够主管一地之祸福，所谓"县官不如现管"，所以古时候，民众可以不给玉皇大帝立庙，但土地爷的庙却是必须要立的。过年过节的时候，或者有什么事需要祈福的时候，都要到土地庙里给土地老爷烧香、上供，越是灵验的土地老爷，香火越是旺盛。也有人说，风水宝地的土地爷，形象也多衣着光鲜；穷山恶水的土地爷则是衣着破烂。种种说法虽然千奇百怪，但并非胡言乱语，都有自身逻辑在里面。

土地爷主管一方土地，所以对本地发生的事情能够了如指掌，因此"圆光术"要查事的时候，当然要请土地爷了。别说"圆光术士"，就连《西游记》里神通广大的孙悟空，还不是经常找土地老爷来打听事：

那行者打了一会，打出一伙穷神来，都披一片，挂一片，裩无裆，裤无口的，跪在山前叫："大圣，山神土地来见。"行者道："怎么就有许多山神土地？"众神叩头道："上告大圣，此山唤做六百里钻头号山。我等是十里一山神，十里一土地，共该三十名山神，三十名土地。昨日已此闻大圣来了……"[1]

---

[1] （明）吴承恩，《西游记》，柏文远、杨靖芹编，北京：中国文联出版社，2014年，第265页。

这里"十里一土地",可见土地爷势力范围其实也不大,"昨日已此闻大圣来了",可知土地爷对本地发生的事情,还是了如指掌的,见了大圣得叩头,可知土地爷的地位低微。

又如:"大圣携着八戒……找寻妖处……更不知清华庄在于何处……孙大圣寻觅不着,即捻诀,念一声'唵'字真言,拘出一个当坊土地,战兢兢近前跪下……行者道:'你休怕,我不打你。我问你:柳林坡有个清华庄在于何方?'……土地叩头道:'……大圣今来,只去那南岸九叉头一颗杨树根下,左转三转,右转三转,用两手齐扑树上,连叫三声开门,即现清华洞府。'"[①] 土地老爷对本地之事最为稔熟,诸事不问土地问谁呢?

对于土地爷,孙悟空是以强势压人,"圆光术士"则是祈请的姿态,不过孙悟空跟土地爷打听消息,"圆光术士"请土地爷示现本地之事,在本质上并无二致,他们不约而同都要求助于土地爷,是因为"当方土地"对本地发生的任何事情都一清二楚,并且可以把信息再现。

我们再回到《宅妖》里。李公的宅院为何能频现一些景象?有人这么推测,可能这个地方的前身曾经是土地神庙,或者在风水上有什么特异之处,以致土地老爷常常不经意地示现一些情景,曾经发生并被湮没的事情,又被重新开启了。不过这事涉迷信,并不可信。

儒家的"慎独"

因为土地老爷对当地之事了如指掌,所以人们要干什么秘密事时,总要神秘兮兮地说一句"天知地知你知我知",那个意思其实是说,无论是什么事情,瞒得了其他人还有可能,但是瞒不了天地。天地如实记录着你所做的一切,并根据记录来给人施以祸福。

这就引出了儒家修身的一个重要词语——"慎独"。慎独指在一人独处无人监督的时候,也不会放纵自己,而是依然严格遵守规范。"慎独"

[①] (明)吴承恩:《西游记》下,北京:人民文学出版社,2014年,第958页。

这个词很是切中要害，每个人在公开场合，大庭广众之下，往往都表现得谦谦君子或者正义凛然，但当一个人独处，别人都看不见的时候，是否还是这样呢？恐怕绝大多数人都过不了这一关，主要就是觉得没人知道自己独处时的作为。但是在"圆光术士"看来，举头三尺有神灵，天地一刻不停地监督着每个人的一言一行，当然也包括此人独处之时。如果有这种信仰的话，能不"慎独"乎？

在弗洛伊德的精神分析学说里，"超我""自我""本我"概念的提出也类似于"慎独"的说法。"超我"作为理性、良心、道德、责任感等，是一种社会属性，换言之是在公开层面上的，但当人摆脱了公开层面而独处之时，这种超我就退居二线，而在公开场合被隐藏的自私欲望（本我）就开始占据主导位置。弗洛伊德强调人的本能冲动才是意识主体，理性道德只是本能冲动的掩饰或协调，在弗洛伊德看来，人是不太可能做到"慎独"的。倘若弗洛伊德有"天知地知"的观点，那他所说的"本我"可就永无出头之日了。

书到今生读已迟

研究古代文化的学者，可能时常为一些宝贵文化的遗失而痛心。如果知道所有的一切，其实都在天地这个大硬盘里好好的保存着，估计会欣慰很多。先不提那些遥远的事，宗教里有这一种说法，每个人这辈子所触所学，其实跟前世记忆有关。这么说太啰唆了，还是古人概括得简洁而准确——"书到今生读已迟"。

这是南怀瑾讲的关于黄庭坚的一段公案。黄庭坚，江西修水人，北宋著名文人，其诗书画号称"三绝"，与苏轼并称"苏黄"。黄庭坚学识渊博，二十六岁就已成为芜湖知州。这天黄庭坚睡午觉的时候，做了一个梦。梦里他来到一个村庄，看见一个老婆婆站在门外的供案前，手持清香，口中呼喊某人姓名（实为祭祀），黄庭坚看见供桌上有一碗芹菜面，不由自主地端起来吃了。然后他就醒了，梦境是那么的清晰，咂摸一下，嘴里甚至还有芹菜面的余香。

黄庭坚颇为奇怪，就出门照着梦中记忆的路往前走，一路的景致竟然跟梦中所见一模一样，最后来到一户人家，主人正是梦中见到的那个老婆婆，黄庭坚就问老婆婆今天是否在门外请人吃面了。老婆婆回答："今天是我女儿的忌日，她生前特别喜欢吃芹菜面，所以每年这个时间，我都供奉一碗芹菜面，喊她来吃！"

黄庭坚就问："你女儿去世多久了？"老婆婆回答说："二十六年了！"巧得很，黄庭坚这时正好也是二十六岁。黄庭坚来了兴致，详细询问老婆婆女儿的事情。据老婆婆说，女儿非常喜欢读书，并且是信佛之人，非常孝顺。老婆婆指着屋里的大木箱告诉黄庭坚说，她女儿平生所看的书全都锁在里面，但是钥匙不知放哪里去了，所以这二十六年来一直没能打开。黄庭坚打一个激灵，突然记起了放钥匙的地方，果然就从那里找出了钥匙，打开木箱，在木箱里存着很多文稿。黄庭坚一看，他这二十年所写的文章，竟然都在这些文稿里，几乎是一字不差。黄庭坚这时候确认，老婆婆就是自己前生的母亲，于是将老婆婆接回，奉养终老。

黄庭坚是修水人，这个事迹据说记录在《修水县志》里，手头上没有此书也无法印证，也不太可能是真的。但这个故事已经成为广为人知的一则著名公案，人们将其概括为一句名言——"书到今生读已迟"。

所谓"功不唐捐"，前世读过的书，今生仍然能够受用，今生积累的知识，下辈子照样能够找回来，曾经有过的东西，也许是丢不了的。

开启伏藏

南怀瑾先生对"书到今生读已迟"很有体会，多次围绕这句名言讲读书的事。他说：

"悟了道的人，他的记忆力也特别高，不光是年轻的事想得起来，前一辈子读的书都知道。这个话，你们诸位听了，大概觉得很稀奇，的确有这么一回事。所以苏东坡有一首诗说：'书到今生读已迟'。要读书要早读，这一辈子的书是为来生读的。悟道的时候，过去千万生读的书都会搬出来，就是因为般若智慧都出来了……"①

"很多朋友都说我书读得多，什么都会搞。我常常告诉年轻同学，我是最懒、最不读书、最调皮的一个人。但是，为什么我懂得比你们多？我的书不是读来的。只要你懂了这个心地法门，那些没有看过的书，我只要拿来一翻，唔！我好像看过的，前后一翻，这本书就看过去了。尤其是古书，只要书名一看，似曾相识，翻两页一看，不错，我晓得啦！所以，这个心地法门，有如此大的妙用。只要你真能够放得下，万法俱在……不要说读一辈子，读万辈子，你试试看！"②

南怀瑾先生解释自己博学的原因，说这些知识不是这辈子读的，而是前世读的，这辈子只是开启自己累世的伏藏而已，乍听上去是有点吹牛，但现实中确实有不少类似于南先生的体验。

还有一种说法是"文章本天成，妙手偶得之"。所有的文章其实上天早就写好了，有缘之人自然会得到，但写出来的并不是我的东西，只是上天在借我之口述说而已。

上面两种说法虽然不同，却都承认一切东西都被好好地保存着，是为伏藏，但是要开启这些伏藏又谈何容易，需要因缘具足。

琅嬛宝藏

"伏藏"是佛教术语，在道教中也有类似说法。《琅嬛记》里记载：

张茂先博学强记，曾经游于洞宫，遇一人于途，问华曰："君读书几何？"华曰："华之未读者，则二十年内书盖有之也，若二十年外，则华固已尽读之矣。"其人论议超然，华颇内服，相与欢甚。因共至一处，大石中忽然有门，引华入数步，则别是天地，宫室嵯峨。引入一室中，陈书满架，其人曰："此历代史也。"又至一室，则曰："万国志也。"每室各有奇书，惟一室屋宇颇高，

---

① 南怀瑾：《金刚经说什么》，上海：复旦大学出版社，2006年，第9页。
② 南怀瑾：《习禅录影》，北京：中国世界语出版社，1996年，第17页。

封识甚严,有二犬守之。华问故,答曰:"此皆玉京紫微、金真七瑛、丹书紫字诸秘籍。"指二犬曰:"此龙也。"华历观诸室书,皆汉以前事,多所未闻者,如《三坟》《九丘》《梼杌》《春秋》亦皆在焉。华心乐之,欲赁住数十日,其人笑曰:"君痴矣。此岂可赁地耶?"即命小童送出,华问地名,对曰:"琅嬛福地也。"华甫出,门忽然自闭,华回视之,但见杂草藤萝绕石而生,石上苔藓亦合初无缝隙。抚石徘徊久之,望石下拜而去。华后著《博物志》多琅嬛中所得,帝使削去,可惜也。[①]

张华博闻,知道很多绝密的东西,要归功于他有幸一睹琅嬛宝地的风采。这个琅嬛福地很是蹊跷,像是老天爷办的一个图书馆,各类世间失传的珍贵典籍都搜罗了进去,人间都难得听闻,更别说能一饱眼福了。琅嬛福地的说法虽然不知真假,但知道后也好有个心理安慰,中华民族几千年来丢失了多少东西,要是真都好好地保存在某个地方,机缘时至应运出现,那就太好了!

这里还有个细节挺有意思,琅嬛福地里守卫"玉京紫微、金真七瑛、丹书紫字诸秘籍"的二犬,实为龙所化,而大乘佛教的始祖龙树菩萨,据说也是从龙宫那里饱览群籍终于悟道,不知这是不是巧合。

后来道教常把修真秘籍冠以"琅嬛"之名。《聊斋志异》中《娇娜》篇里提到:"一日大雪崩腾,寂无行旅。偶过其门,一少年出,丰采甚都。见(孔)生,趋与为礼,略致慰问,即屈降临。生爱悦之,慨然从入。屋宇都不甚广,处处悉悬锦幕,壁上多古人书画。案头书一册,签曰《琅嬛琐记》。翻阅一过,皆目所未睹。"

文中的少年乃是狐仙,他们家族的修行方术应该就记在这本《琅嬛琐记》里了。看到书名我都要流口水了,可恨孔生忒没见识,这么好的书也不拿来复印一本,当然也可能他早就要心眼暗地记下来了,只是不方便外说而已。

[①] (明)张岱:《琅嬛文集》,杭州:浙江古籍出版社,2013年,第41页。

上清派的经书来源

"上清派"是中国道教史上举足轻重的一个流派,据说其道法相当高深,但我刚开始的时候,对"上清派"的感觉总有点疙疙瘩瘩。主要原因就是道教史里提到,上清派的很多经典都是在"扶乩"中写出来的。例如据道教史所记,364年,杨羲举行扶乩仪式,自称是紫虚元君上真司命的南岳魏夫人从天而降,通过杨羲之手写出了《上清真经》三十一卷,作为上清派的经典。这在道教研究界里称作是"扶乩降笔"。"扶乩"是民间的一种通灵占卜习俗,巫师巫婆被神灵附了身,拿着笔杆,在簸箕的沙子里乱写乱画,据说这是神灵的意思,但宗教认为是鬼魂附体,所以认为其不登大雅之堂,宗教里多禁止信徒扶乩。扶乩跟我们平常所说的笔仙、碟仙从本质上讲是一样的,层次的确不高。如果"上清派"的经典真是出自巫婆神汉乃至普通人皆可为的"扶乩","上清派"的层次恐怕就乏善可陈了,也正因为这个原因,有一段时间我对"上清派"甚不感冒。

不过后来发现这里可能有大的误解,"上清派"的这种办法其实是通过某种仪式进行开启伏藏的一种方术,跟简单而低层次的鬼上身完全是两码事,虽然表面看可能有点类似的地方,但是差别绝对是天上地下。打个比方说吧,上天堂或者下地狱都是死亡,这是二者共同点,但二者绝对不一样的。不管有无鬼神,至少从理论上讲,"上清派"的方术绝不是要沟通鬼的世界,而是要沟通另一个不为人知的世界,从这个图书馆里取经回来,个人以为可能是开发人的潜意识。所以"上清派"的修法往往被看作是"神修法",其"存神"之法也是其来有自,有着深厚的理论与实践来源。据说"上清派"的修法不是人人能修的,其最基本的要求就是"诚敬",以"诚敬"沟通另一个世界,以求开启伏藏。

诚敬的钥匙

古文献记载里常有这样的事,很多人可能并没有明确的师承,而是偶然机会从某个石洞石函里得到某本书,然后在修道上登堂入室。

例如三国时期的左慈,据说在天柱山一个石洞里得到秘籍,最终修炼成仙。再如唐代李筌流传出来的《阴符经》,据记载也是"嵩山虎口岩得《黄帝阴符经》本经,素书朱漆轴,缄以玉匣,题云:'大魏真君元年七月七日上清道士寇谦之藏诸名山,用传同好。'"看来寇谦之早已预估到后世会有人应缘得到这本宝书。

这些事件里让人奇怪的是:那么多人经过那里没有发现宝书,凭什么左慈、李筌就能发现呢?人比人气死人,老天爷真是不公啊!其实这里有个缘分的问题,有的人天生就有缘分,但是如果缘分不够,还可以靠两个字来造缘——诚敬。

《三遂平妖传》里提到这样一个故事:

袁公无聊之际,猛然想起,自家掌管着许多秘书,未曾展玩,今日且偷看一会便怎地?一头说,一头便把双眼溜去……中间一个小小玉箧儿,面上横着无数封记……把双手去揭那箧盖时,却似一块生成全然不动……抖擞平生的精神,又去狠揭一下,那玉箧儿恰似重加钉钉,再用金镕,休想动得一毫。看官听说,若是寻常猢狲两番揭不起,未免焦躁,拿起手去捶,脚去踏,头去撞,都是有的;那袁公毕竟多年修道,火性已退的,如何肯造次。当下慌得他双手捧着玉箧,屈下两只老腿,叫道:"吾师九天玄女娘娘,保佑弟子道法有缘,揭开箧盖,永作护法,不敢为非。"连磕了三四个头,爬起来,把玉箧再揭,那箧盖随手而起,内有火焰般绣袱包裹。打开看时,三寸长,三寸厚,一本小小册儿,面上题着三个字,叫作如意册;里面细开着道家一百零八样变化之法,三十六大变,应着天罡之数,七十二小变,应着地煞之数,端的有移天换斗之奇方,役鬼驱神的妙用。

袁公心下大喜……①

　　袁公要偷窥玉函里的"如意册"，未曾想玉函的防盗性很强，根本打不开。袁公赶忙跪下来发了一通诚挚的誓言，玉函才能开启。虽说是小说家言，但是很有道理。一个人，如若缺乏诚敬，不敬天地，不敬祖师，不敬神明，天地、祖师、神明当然不会把"琅嬛福地"里的好东西展示给他看，这是最浅显的道理。因此对于很多修行者来说，诚敬就是开启伏藏最基本的功夫了。

---

① （明）罗贯中编著《三遂平妖传》，北京：中华书局，2004年，第5页。

第十七篇　《长清僧》：另一种长生

长清老僧

济南长清县有一老僧，道行高洁，七十多岁了，身体也还健康。这一天不小心摔倒了，其他僧人赶紧过来搀扶，扶起来一看，却已经圆寂了。

虽说是死了，但是老僧自己还不知道，这就跟电影《人鬼情未了》的片段有点类似。老僧死后的魂魄，自由飘荡，飘到了邻省河南。河南省这边正好有一年轻的富二代正带着十余名随从骑马打猎，不小心从马上掉下来摔死了。这时，老僧的魂魄正好飘荡到此，与富二代的尸体翕然而合，富二代竟然又站起身来复活了。睁开眼睛一看，吓了一跳："这是哪里啊？怎么到了这个地方？"众奴仆以为主人脑子摔坏了，赶紧带主人回家，一回到家门，呵！家里这叫一个气派！大老婆、小老婆，个个花枝招展地围上来问候。富二代（老僧）连口说："我是和尚啊，怎么会到了这里？"大家都以为富二代（老僧）失忆了，不住地提醒他。富二代（老僧）也逐渐明白了，不再辩解，只管闭目禅坐。到吃饭时，酒肉荤腥一律不沾，只吃素菜糙米。夜晚就寝也把娇妻美妾晾在一边，自己独个儿睡。

几天后，对情况熟悉了，富二代（老僧）打算回长清一趟以寻访旧地，家人阻拦不下，只好由他去了。到了长清，一切风物历历在目，富二代（老僧）无劳问路，直接就来到此前所在的寺庙。

进入寺庙，看到了自己往昔的弟子前来接待，就问各位弟子："记得你们这里有个老和尚，哪里去了？"弟子如实答道："师父已经圆寂。"在弟子的引导下，富二代（老僧）来到了老僧墓地，乃是三尺新坟，上面还没长草呢！感慨了一番后，富二代（老僧）打道回河南了。

回到河南住了几天，估计实在是住不惯了，富二代（老僧）偷偷从家里跑了出来，又来到了长清寺庙，直接就对寺里的和尚挑明："我就是你们的师父！"僧众当然都以为来了个精神病，相视而笑。富二代（老僧）就把自己还魂重生的过程原原本本讲了一遍，又把老僧的生平详细讲了一遍，完全吻合，僧众才相信了，仍然以富二代（老僧）为师，事之如往日。

没多久，河南那边的家人前来寻访，并送了很多贵重物品过来，富二代（老僧）只收了一件布袍，其余的都退了回去。蒲松龄有个朋友去过长清，听闻此事，前去拜访了富二代（老僧）。富二代（老僧）看上去沉默寡言，诚笃可靠，年纪不过三十来岁，但说起这七十年间发生的事情，如同亲历。

长生只是传说

古人说"生者寄也，死者归也"。意思是说，活着，不过是我们寄宿在这个身体上而已；死了，也不过是这个身体毁坏了，我们又回到了老家。佛教以身体为皮囊，这个皮囊只是我们暂时的栖身之所，坏掉是迟早的事，没必要太过珍惜。

虽说是暂时栖身之处，但是对于这身皮囊，好像就没几个人能够舍得，从达官贵人到平头百姓，每个人都想多驻世几年。英明神武的秦皇、汉武进入中老年，都开始迷信长生不老，拜托不少方士出海寻找能够长生不老的仙药，结果都是竹篮打水一场空，历史上又有多少人一直重蹈秦皇、汉武的覆辙，失败案例的多了，慢慢也就绝望了。

到了宋末元初，蒙古帝国的成吉思汗崛起，横扫亚欧大陆，成为大元朝的开创者。话说成吉思汗并非只识弯弓射大雕，其建国谋略也是非常了

得，知道可以马上打天下，但不可以马上治天下，于是想物色中原已成气候的道教全真教来协助自己在中原的统治。与此同时，成吉思汗的年纪大了，不免开始思考生老病死的问题，说到底他也想长生不老。出于这两个动机，成吉思汗盛情邀请道教全真教龙门派的掌教丘处机前来访问。丘处机到来之后，成吉思汗直截了当地问："听说道教有长生不老之说，丘道长，敢问你有没有长生不老之药啊？"丘处机倒也实在，回答："我们道教道士是有不少养生保健的方法，能够让人身体健康，多活个几年。至于长生不老之药，我是没有的，别说我没有，我也不相信这世上会有什么长生不老之人。"丘处机是个实在人，他承认，对于这身皮囊必然走向衰老，道教也是无能为力。成吉思汗听闻此话，自然颇感失望，但很快也就释然了，仍然尊丘处机为老师，并听从丘处机的建议，减轻杀戮。成吉思汗没有执着于追求长生不老，说明他对生老病死还算想得开，主要原因在于，蒙古的游牧文化里，较少有长生不老的传说，生老病死都是自然而然的事，所以成吉思汗对长生不老的兴趣，也只是一般的票友爱好。中原汉族的皇帝就不同了，道教里有那么多长生不老的神话，长期浸染在这些神话里，哪个君主能够抵御长生不老的诱惑呢？

以全真教为代表的道教修炼，这时已在相当程度上抛弃了对肉体长生的诉求。全真教号称圆融了儒释道三家思想，而儒、释两家都是不讲肉体长生的。确实道教全真教几位领袖的寿数，也不是特别高，开派祖师王重阳也不过活到60岁。对于很多修炼者来说，既然找不到办法长生驻世，那就只好退而求其次，身体不能长生，难道精神还不能长生吗？于是对"夺舍"的探究也就应运而生。

铁拐李夺舍记

在中国的神话里，夺舍的第一人，要数八仙之首的铁拐李了。铁拐李，原名李玄，本是个英俊潇洒、才华横溢的高帅富，他拜太上老君为师，从此就开始了漫漫修行路，终于得成正果，自己也要开宗立派了。

这天太上老君要带李玄去天上人间游历一番，长长见识。但是凡体难以上天入地，所以李玄就用了个魂魄离体的神游法术，身体留在那里，魂魄跟着太上老君去游历了。临出发前，李玄郑重叮嘱徒弟说："我的魂魄将要离开身体，跟着太上老君出去神游几日，这几天里，假如我的身体跟死人一样，你不要悲伤，也不要哭泣，在不幸的日子里，不要焦急，相信我，七天以内我肯定会回来的。这七天以内，你务必要照看好我的身体，可不能让狼给叼走了，那我的魂魄可就无家可归了。不过呢，要是满了七天我还回不来，那就再也回不来了，咱师徒也就缘尽了。万一真的这样，你就把我的尸体一把火烧掉，总之不能便宜了那群狼崽子。"如是叮咛完毕，李玄念动咒语，应声气绝，魂魄出体，追随老君神游去了。

李玄的徒弟谨遵师父指示，兢兢业业守候在李玄尸体的旁边。时间过得很快，转眼六天就过去了，等到第七天下午，徒弟心里就犯起了嘀咕：这都第七天了，师父怎么还不回来？师父做事谨慎，赴约一般都是提前到达，要说正好准点回来，那也不是师父的风格啊！

这边正嘀咕着，那边就跑来一个人，定睛一看，乃是隔壁的周小官。周小官一看见他，马上大呼小叫："出大事了，你娘突发重病，赶紧回去还能见一面，再晚了就来不及了。"徒弟一听，心里这个乱啊：师父要我一定要守满七天才行，可那边老娘病重正等着我呢，这可如何是好？周小官在一旁不住催促，徒弟就打起了小九九：天地君亲师，亲可是要排在师的前面啊，师父可以拜很多个，老娘可就这么一个。更何况这都下午了，时间马上就到，师父应该是回不来了，我还是赶紧回家，估计还来得及。要说这个徒弟人品还真不错，怕自己不在的时候狼来把师父的尸体吃了，百忙之中仍然抽出片刻时间，一把火将李玄的尸体烧了，然后风风火火地赶回家去了（这就是忙中出错了，你自己先回家，让周小官在这给看着不行吗？）。

花开两朵，各表一枝；弱水三千，先取一瓢。且说李玄的魂魄随太上老君的纯玩七日游，在天上地下四处游逛，参加的各种活动好不热闹，转眼间就到了第七天，偷眼看太上老君，仍然是兴致勃勃，李玄就只好耐着性子等，好不容易等到游历结束，李玄告别了老君急火火地往回赶，终于让他在第七天结束之前及时赶了回来，可以松一口气了。但是进了洞府一看，刚放下的心又提到嗓子眼，徒弟呢？我的身体呢？怎么都不见了啊？这下子可完啦！堂堂一代宗师，位列仙班，现在闹得连个身体都没有，无家可归了啊！第七日马上就要过去，魂魄出体不能超过七天，马上就要魂飞魄散了，这可如何是好？没法子，出去找找吧，李玄，确切地说，李玄的魂魄一边出了洞府四处寻找，一边抱怨：拜了个爱凑热闹的师父耽误时间也就罢了，还收了个这么不懂事的徒弟。真是喝口凉水也塞牙，放屁都砸脚后跟⋯⋯

剩下的时间眼看不多了，李玄正在焦急寻找，忽然眼前一亮，前面路边一具尸体，近前一看，却不是自己的尸身，而是刚刚死在路边的一个乞丐的尸体。李玄这时也没得挑三拣四了，好死不如赖活着，管不了那么多了，眼睛一闭，心一横，捏住鼻子，干脆就附到了乞丐的尸体上，"夺舍"就这么发生了。等安顿下来，李玄起来照河水一看，罢罢，这乞丐丑也就罢了，还瘸了一条腿，心里这个晦气⋯⋯

后来，太上老君也觉得很不好意思，安慰李玄说，这是命数难违啊！并且送给李玄两件宝物以作补偿——葫芦和铁拐，自此之后，李玄就称"铁拐李"了。

真实的铁拐李

不知道历史上是否真有李玄或铁拐李这个人，个人以为铁拐李可能是由多个形象所合成。据说铁拐李的原型可能是王玄甫。王玄甫是汉朝人士，修仙有成，后来成为北宗五祖，位列汉钟离、吕洞宾之前。但是王玄甫跟传说中的铁拐李形象差太远了，所以铁拐李的形象可能还吸取了东汉壶公的因素。传说中，壶公随身带一个葫芦样的酒壶，休息时就跳进壶里的大千世界，这可能就是铁拐李葫芦的来源。至于铁拐李的铁拐来源，可能是来自一个修道有成的残疾乞丐吧！总之，铁拐李的形象应该是多个人的形象融合起来的。

即便铁拐李真有其人的话，其事迹跟传说中的应该也不太一样。我们做饭时总要添油加醋，否则就没滋没味。同样，故事在流传的过程中，为了吸引听众或其他一些原因，不可避免地也会在里边添油加醋，以致最后形成的故事跟最早的故事原型有了天渊之别。上面的"李玄夺舍"故事，相对于最早的"故事原型"，已经添加了很多油盐酱醋，而这种篡改足以使读者对此事产生认知偏差。下面，我们把"李玄夺舍"的故事尽可能还原到本来面貌。

推理起来，最原始的故事应该是这样的：李玄修行长生不老之术，可惜人不胜天，肉体还是不断地衰老下去，到老无成，眼看就要撒手归西。本来这是一个悲剧，不过天道酬勤，多年的功夫毕竟也不是白下的，李玄的凝神之术已经达到了相当高的水平。他相信自己的魂魄能够长期离体而不散，所以就提出一种修行假说，是否可以找个尚处壮年的肉身附着上去？他把这个假说跟弟子们交代了，至于成没成功就不知道了。但从此就有了后来流布的"李玄夺舍"的传说。

两个故事的不同之处就是关键，有心人已经体会出来了。显然，第一个故事对李玄事迹做了神化，而第二个故事恐怕更贴近现实。

八仙的传承

首先，这个"夺舍"方术本来是不存在或者说并无这个概念的，但是修行者李玄在无意中冒出了"夺舍"的想法，正如传说里鲁班偶然发明了锯子一般，所以至少在中国来讲，李玄是"夺舍"方术的专利拥有者。

其次，李玄发明"夺舍"法之后，就把这个方术教给徒弟，他的徒弟又经过历代的改进，终于把"夺舍"发扬光大（甚至另换名字），并形成了一大门派，而这一门派的主要传承人，就是民间熟知的八仙。清人小说《八仙得道传》里，八仙里以铁拐李的辈分最高，道行当然也是最高，盖因他得太上老君亲传，铁拐李收徒汉钟离，汉钟离又收徒吕洞宾，吕洞宾又收徒其他人等。

再次，李玄贵为祖师，但他的道行就是最高的吗？就如飞机的祖师是莱特兄弟，难道他们的飞机能比得过 F-22 吗？要说在民间，吕洞宾的名头比铁拐李要更响亮，其内丹功夫也更吃香。究其因，除了比铁拐李形象帅之外，可能在修行上也有超越前辈之处。韩愈说：弟子不必不如师。这并非谦虚之言，本来就该如此嘛，青出于蓝才能有进步，教出比自己强的徒弟来才算好老师嘛。

在《吕祖全书》的仙派源流里记载着："大道之传，始于太上老君，而盛于吕祖。溯其源，少阳帝君得老君之传也。两传而得吕祖云。盖少阳帝君王玄甫（所以有人认为王玄甫就是李玄）传正阳帝君钟离云房。钟离祖传孚佑帝君吕纯阳。吕祖传海蟾帝君刘成宗；又传重阳帝君王德威。""盛于吕祖"之言，足证本派修法的不断改进与发展，到了吕洞宾才真正地蔚然大观。

最后，李玄的徒弟尊奉李玄为祖师，但是如果照直说李玄修炼肉身长生失败，那么，这个祖师也未免太丢份了，徒弟们也跟着面上无光，当然也不利于吸引信众。于是就把原来故事改动一下：把李玄无法肉体长生归罪于徒弟的疏忽大意，然后给李玄安上太上老君这样名头响亮的师父，后来又拿出"命数难违"作借口，一言以蔽之，就是为尊者讳。

综上所述，"夺舍"法可能最早由李玄提出，并经过历代的改良，成为钟吕丹法的修法源头之一。后来，此一门派发展壮大，无论是作为北派的全真教，还是南派的南宗，都出其门下。

屡见不鲜的夺舍传说

"夺舍"的技术含量其实也并不很高，"长清僧"就是在无意之中夺舍重生，而在古代笔记小说中也常有类似事例的记载，虽并未冠以"夺舍"之名，实则都差不多。

袁枚的《子不语》里记有"灵璧女借尸还魂"一事：

村中有农妇李氏，年三十许，貌丑而瞽，病臌胀十余年，腹大如豕。一夕卒，夫人城买棺。棺到，将殓，妇已生矣，双目尽明，腹亦平复。夫喜，近之。妻坚拒，泣曰："吾某村中王姑娘也，尚未婚嫁，何为至此？吾之父母姊妹，俱在何处？"其夫大骇，急告某村，则举家哭其幼女，尸已埋矣。其父母狂奔而至。妇一见泣抱，历叙生平，事皆符合。其未婚之家亦来视，妇犹羞涩，赤见于面。遂两家争此妇，鸣于官。砚庭为之作合，断归村农。乾隆二十一年事。①

纪晓岚的《阅微草堂笔记》里记有"借尸还魂"一事：

胡中丞文伯之弟妇，死一日复苏，与家人皆不相识，亦不容其夫近前。细询其故，则陈氏女之魂，借尸回生。问所居，相去仅数十里。呼其亲属至，皆历历相认。女不肯留胡氏。胡氏持镜使自照，见形容皆非，乃无奈而与胡为夫妇。此与《明史·五行志》司牡丹事相同。②

灵魂的性别

上面所列的"借尸还魂"事件都是男魂借男尸、女魂借女尸，这叫专业对口，那如果男魂借女尸、女魂借男尸又会怎样？

清代俞樾的《右台仙馆笔记》卷八，记载了一个男借女尸还魂的事件：

有钱某者，吴人也。妻卒，将殓矣，忽蹶然而苏，张目视其夫曰："何人欤？"夫疑为谵语。妇即起坐，周视其室曰："此何地欤？"已而揽镜自照，大哭曰："吾其为女子乎！"乃告其夫曰："吾闽人王某也。因病而死，至冥中，冥王谓吾阳寿未终，命二鬼送之回。途遇大风，二鬼为风吹去，不知所之。我亦觉身轻如叶，随风飘堕至此，乃化为女子乎！吾本男子，读书识字，家亦小康，妻孕未产，今当奈何！"言已，复大哭……夫欲与同寝，辄拒不纳。如是数月，有为其夫计者，曰："饮食男女，人之大欲。彼既因饥饿而强进饮食，然则岂无欲念欤？当以男女之欲诱之。"夫乃觅得一说平话者，日日为演说淫亵之事。妇始乐听之，数日后，忽曰："吾妇人也，奈何为我说此！"麾使出。是夜，夫就之，不复拒矣，遂为夫妇如常人。岁余。情

---

① （清）袁枚：《子不语》，申孟、甘林点校，上海：上海古籍出版社，1998年，第19页。
② （清）纪昀：《阅微草堂笔记》，北京：中国戏剧出版社，2000年，第73页。

好甚笃，乃哀其夫曰："吾家在闽，杳无消息，妻产亦不知男女。君其偕我往探之。"夫不忍拂其意，偕赴闽。至其家言之，其家初不信。妇乃历叙前生事，一一有据，且与其妻言当日房帏秘事，人所不能知者，妻乃大哭，已又破涕而笑。①

这个故事引人注目的地方倒不在"借尸还魂"，而是提出了这么一个难解之谜——我们的灵魂性别到底是由什么来决定的？换句话说，我们作为男性或者作为女性，到底是由"身体"决定，还是由"灵魂"决定呢？上面的故事告诉我们，灵魂的性别，是由身体决定的。何故？故事里借尸还魂的，本来是一个男性，相应地，他的灵魂当然也保持了不喜男人的思维惯性，所以开始的时候"夫欲与同寝，辄拒不纳"，但是几个月后，"夫就之，不复拒矣，遂为夫妇如常人"。到底是什么让他（她）发生了如此变化？要说因为"说平话者日日为演说淫亵之事"那就太牵强了，至多这也不过是个引子，真正的原因还是身体的原因，说白了，就是荷尔蒙。灵魂是本无所谓性别的，这个灵魂在男性的身体里，受到男性荷尔蒙的影响，就产生了男性的性格与喜好。当它换到女性的身体，受到女性荷尔蒙的影响，原来男性的性格喜好就慢慢消磨掉，最终养成了女性的性格与喜好。从这个角度来讲，灵魂本身可能是无所谓性别的，性别的决定权在于身体、在于荷尔蒙，这也算是符合物质基础决定上层建筑的唯物主义吧！

季羡林遭遇"撞客"

"借尸还魂"的事例在古代文献里有很多记载，简直是不胜枚举，要说这些怪事纯属虚构，倒也未必，因为现实中的确常有类似的事情发生，这种类似于"借尸还魂"的现象，在山东民间的方言里称之为"撞客"。

季羡林先生，曾任北京大学副校长，是著名的东方学家、古文字学家，典型的受过现代科学知识浸染的高级知识分子，但是季先生自述也曾遭遇

---

① （清）俞樾：《右台仙馆笔记》，梁修校点，济南：齐鲁出版社，2004年，第173页。

过类似的灵异事件。在季羡林的回忆性散文当中,有这么一段:

  在清华大学念书时,母亲突然去世。我从北平赶回济南,又赶回清平,送母亲入土。我回到家里,看到的只是一个黑棺材,母亲的面容再也看不到了。有一天夜里,我正睡在里间的土炕上,一叔陪着我。中间隔一片枣树林的对门的宁大叔,径直走进屋内,绕过母亲的棺材,走到里屋炕前,把我叫醒,说他的老婆宁大婶"撞客"了——我们那里把鬼附人体叫作"撞客"——撞的客就是我母亲。我大吃一惊,一骨碌爬起来,跌跌撞撞,跟着宁大叔,穿过枣林,来到他家。宁大婶坐在炕上,闭着眼睛,嘴里却不停地说着话,不是她说话,而是我母亲。一见我(毋宁说是一"听到我",因为她没有睁眼),就抓住我的手,说:"儿啊!你让娘想得好苦呀!离家八年,也不回来看看我。你知道,娘心里是什么滋味呀!"如此喋喋不休,说个不停。我仿佛当头挨了一棒,懵懵懂懂,不知所措。按理说,听到母亲的声音,我应当号啕大哭。然而,并没有,我似乎又清醒过来。我在潜意识中,连声问着自己:这是可能的吗?这是真事吗?我心里酸甜苦辣,搅成了一锅酱。我对"母亲"说:"娘啊,你不该来找宁大婶呀!你不该麻烦宁大婶呀!"我自己的声音传到我自己的耳朵里,一片空虚,一片淡漠。然而,我又不能不这样,我的那一点"科学"起了支配的作用。"母亲"连声说:"是啊!是啊!我要走了。"于是,宁大婶睁开了眼睛,木然、愕然坐在土炕上。我回到自己家里,看到母亲的棺材,伏在土炕上,一直哭到天明。

  我不能相信这是真的,但是希望它是真的。倚闾望子,望了八年,终于"看"到了自己心爱的独子,对母亲来说不也是一种安慰吗?但这是多么渺茫,多么神奇的一种安慰呀!①

  "撞客"还不是"夺舍",但二者毕竟有相似之处,甚至有可能"夺舍"的想法就是受到"撞客"的启发而提出的。虽然撞客现象的存在不容否认,但其实未必与鬼神有关,医学上也对撞客现象给出了科学的解释:"若只'以死人的身份出现'则是癔症的一种发作类型,即分离性身份识别障碍,又称双重或多重人格。"②

---

① 林祥编《世纪老人的话:季羡林卷》,巫新华采访,沈阳:辽宁教育出版社,1999年,第122页。

② 金栋:《"撞客"考识》,《甘肃中医》,2010年第3期,第69页。

转世灵童

"夺舍"或"撞客"并非只是民间人士的专利,还深深影响到政治,最典型的,莫过于西藏的活佛转世(转世灵童)制度了。

藏传佛教,同样不大重视肉体的永生,而是重视精神的长生,所以夺舍文化在西藏的修行者当中影响颇大。传说夺舍法由藏密的嘎举派祖师玛尔巴首次展示,《玛尔巴大师传》里记载说:有次开会的时候,大师住处附近发现一只死了的鸽子,大师就当众表演起了"夺舍"法。果然,那只已死的鸽子复活了过来,扑棱着翅膀,仿佛要飞的样子。但是回头看看玛尔巴大师,大师已经身体僵硬,已经死了的样子。大家都惊慌失措,过了一会儿,鸽子又倒下死去,而玛尔巴大师又活转过来。因为这个事件,他的弟子都相信了有"夺舍法"的存在。玛尔巴大师把夺舍法传授给儿子达玛多德。达玛多德有一次不慎坠马身亡,就用夺舍法重新转世,借助一只鸽子的身体,飞到印度去了。当然,上述也只是传说而已,听听即可,当不了真的。

但很多修行人士当真了,他们甚至还要练习这个东西,并创造出专门的修炼法,叫作"破瓦",是为藏密的六大修炼秘技之一。其修法在一些介绍藏密气功的书籍中可以略窥一斑,但是据说还得师传才行。藏密中又流传有一种说法,"破瓦"法需要和"长寿"法一起修才行,否则就有可能早死,这倒也合乎逻辑。破瓦是修的灵魂出体,对平常人来讲,魂魄出体就意味着死亡,所以修破瓦法的确就有可能导致早亡,作为对治,就需要同修长寿法。可见,对"破瓦法"还是敬而远之为妙。

但是虽修"破瓦法"容易早死,而能夺舍的人却未必短命,"长清僧"就享了高寿,这又是怎么回事呢?宗教的解释是,破瓦法是有意识的训练灵魂离体,久而久之灵魂离体成为习惯,故容易早死;而长清僧则只是修心性,魂魄非但不出出进进,反而安定地待在身体里,这样非但不早死,反而可以得享高寿。

纪晓岚在《阅微草堂笔记》里把"夺舍"法分为几类：一是转世为胎儿托生，二是夺壮盛之躯，三是魂魄四处飘荡，随缘夺舍（《长清僧》、"灵璧女借尸还魂"、"借尸还魂"即是此类），四是直接附体在活人身上（季羡林所说的"撞客"即是此类）。

西藏的活佛转世制度，其实就建立在第一类夺舍法的理论之上。活佛一旦圆寂，下一任活佛要怎么选呢？按照藏密的说法，活佛圆寂后，会找一个与此同时就要出生的胎儿身体进驻，也就是通过胎儿的身体而重生，找到活佛所托生的这个婴儿，加以培养，那就是下一任活佛。这种制度在很大程度上避免了活佛圆寂后权力交接过程中的各类矛盾，逐渐被藏传佛教所接受，现在仍然行用的达赖转世、班禅转世制度，即是其典型代表，并深刻影响到西藏地区的宗教、政治环境。

夺舍的目的

关于"夺舍"的目的，纪晓岚在《阅微草堂笔记》里论述说：

释家能夺舍，道家能换形，夺舍者托孕妇而转生，换形者血气已衰，大丹未就，则借一壮盛之躯与之互易也。狐亦能之。族兄次辰云：有张仲深者，与狐友，偶问其修道之术，狐言初炼幻形，道渐深则炼蜕形，蜕形之后，则可以换形。凡人痴者忽黠，黠者忽颠，与初不学仙，而忽好服饵导引，人怪其性情变常，不知皆魂气已离，狐附其体而生也。然既换人形，即归人道，不复能幻化飞腾，由是而精进，则与人之修仙同，其证果较易，或声色货利，嗜欲牵缠，则与人之惑溺同。其堕轮回亦易。故非道力坚定，多不敢轻涉世缘，恐浸淫而不自觉也。其言似亦近理，然则人欲之险，其可畏也哉。[1]

佛教称为夺舍，道教称为换形，或者托生到胎儿的身体上而转生，或者夺取壮盛的身体而延命。表面上看不同，其目的却很一致，都是想不昧

---

[1] （清）纪昀：《阅微草堂笔记》，周杰、高振友、余夫、王放点校，长春：吉林文史出版社，1997年，第473页。

前世所学，此生继续修行。现代道学大家陈撄宁先生在《梁海滨先生入山炼剑事》当中提到：

> 尚有一位叫作通邃道人，原籍江西樟树镇……通邃学问渊博，天文地理，无不精晓，常自言年龄快到七十，身中真铅真汞之气已衰。若用南派栽接之法，奈为境遇所困，力不从心；若用北派清静之法，又因年龄关系，未必能收速效，不得已学一种投胎夺舍的功夫，居然被他做成功了。前年坐化于上海河南路永昌泰五金店楼上之吕祖坛隔壁静室中，其时正值华灯初启，高朋在座，谈笑甚欢。通邃君突蹙额曰："吾去矣。"遂斜靠于西式围椅上，笑容渐敛，声息全无。店主人程兰亭先生，急乘汽车，赶至敝寓，促余往视，已无及矣。通邃君以前屡屡自言："我尚有五年寿命。"余等闻之皆不乐。今果符合预言之数，但多出一年耳。其实，梁海滨先生正在广东，有要务勾留，未获诀别，闻之颇怅怅也。①

先不管到底有没有效，至少可见修道人当中确实也有"夺舍"在流传。

至于夺舍的原理，在《阅微草堂笔记》里也含糊地提到过：

> 人有不伏其死者，所以既死，而此气不散，为妖为怪，如人之凶死，及僧道既死多不散，神道务养精神，所以凝聚不散……死而气散，泯然无迹者，是其常道理，怎地有托生者，是偶然聚得气不散。②

从中归纳一下，夺舍之人有那么两类：一类是按常理这时不该死，所以不应死，因而死后魂魄不散，就如"灵壁女借尸还魂""借尸还魂"里的例子，死者都是年纪轻轻，这么早死掉当然不甘心，还有心事未了，是以魂魄不散；另外一类则是正常的生理寿命已终，但因长期的佛道修行，修养深厚而神凝气聚，因而死后魂魄能够长久不散，例如"长清僧"的魂魄不散，就得益于其能够长养精神，凝神有成的缘故。长清僧能够得享高寿，其中一个重要原因也是"凝神"有成。

---

① 洪建林编《仙学解密——道家养生秘库》，大连：大连出版社，1991年，第810页。
② （清）纪昀：《阅微草堂笔记》，周杰、高振友、余夫、王放点校，长春：吉林文史出版社，1997年，第386页。

记载凝神法的秘籍

那么哪里才能找到"凝神"的修炼方法呢?各位看官运气不错,笔者珍藏有一本传承了两千多年的修行秘本,在这本修行秘籍当中详细记录了"凝神"的修炼方法。说到这本修行秘本,在江湖上也是赫赫有名,无人不知无人不晓,且被诸多修行人尊称为《南华真经》,其实也就是——《庄子》。《庄子》里记载:

仲尼适楚,出于林中,见痀偻者承蜩,犹掇之也。仲尼曰:"子巧乎!有道邪?"曰:"我有道也。五六月累丸二而不坠,则失者锱铢;累三而不坠,则失者十一;累五而不坠,犹掇之也。吾处身也,若厥株拘;吾执臂也,若槁木之枝;虽天地之大,万物之多,而唯蜩翼之知。吾不反不侧,不以万物易蜩之翼,何为而不得!"孔子顾谓弟子曰:"用志不分,乃凝于神,其痀偻丈人之谓乎!"①

翻译如下:孔子到楚国去,进入一片树林,看到一个驼背老头正在用竹竿粘蝉,容易地简直就跟在地上捡一样。孔子说:"先生的粘蝉技术真是了不得啊!敢问有什么窍门吗?"驼背老人回答:"有啊。我先经过五六个月的练习,就练习在竹竿的一端,累叠起两个丸子而不会坠落,这样粘蝉就很少失手了;再继续练,等到在竹竿一段能够叠起三个丸子而不坠落的时候,粘蝉就能十拿九稳了;等我练到在竹竿一端叠起五个丸子而不坠落的时候,再粘蝉就跟在地面上拣拾一样容易了。我在这里立定身体,就如扎根在地里的树木一样不动如山;我举起竹竿的手臂,就跟枯木的树枝一样纹丝不动;天地虽然很大,万物品类虽多,我一心一意只专注于蝉的翅膀,就不会分神思前想后,绝不会让纷繁的万物扰乱我对蝉翼的专注,像这样子来粘蝉,当然是十拿十稳啊!"孔子感慨万千,回头对弟子们说:"制心一处,凝聚精神,说的就是这位驼背老人啊!"

---

① 《典藏文化经典:老子·庄子》,北京:中国纺织出版社,2015年,第205页。

《庄子》里佝偻丈人的这个寓言，说的就是凝神之术。具体操作方法与原理是：确定一个目标，这个目标必须全神贯注才可能达成，这就逼迫着你必须专心致志，聚精会神。就这么训练时间久了，慢慢就能够达到"制心一处"的心灵境界，外在的纷纷攘攘已经不能再让你分神了。所以凝神，其实是一种心性的修行，也可以看作是一种精神体操。人的肌肉能够以一定方法锻炼，精神当然也能锻炼了，可惜多数人还是喜欢外在的好看、表面的花活，相比于精神，更愿意选择锻炼那些无甚大用的肌肉疙瘩。

凝神与养生

凝神的养生意义很大，不少得享高寿的高僧，在相当程度上得益于凝神之法。按道医的说法，我们的生命包括身体与精神，身体不好能影响精神，比如生病了心情就不好；精神不好了也能影响身体，比如生气了身体就不舒服（七情致病）。凝神的养生作用，就在于能够在最大程度上避免精神状态对身体的不良影响，从而获得长寿。打个比方，我们的身体是气球，精神则是气球里的氦气，气球的表皮和里面的气缺一不可。但是再饱满的气球，都会慢慢干瘪下去，因为气球总会有漏气的地方，即便这个地方非常细微。年轻人如饱满的气球，但是人的眼耳鼻舌身意这六识，都是精神外泄的孔径，我们常说的七窍生烟，其实就是精神从七窍往外去泄露，等泄露得差不多了，这人就老年痴呆了，晚期就是植物人……非但如此，精神影响身体，精神外泄过多，身体也就慢慢地衰弱下来。说到这里，想起了我的祖母。祖母的晚年，身体状况很一般，耳朵几乎全聋、眼睛近乎失明，丧失了生活自理能力，每天躺在床上啥都不能干，连跟人交流也困难，但就在这个状态下照样得享长寿。她在他们那一辈中身体并不好，但好像是那一辈中寿数最高的，现在回想起来，跟被迫卧床而减少泄漏有着相当大的关系。

凝神类似于把精神固定在身体里，不使其外泄，就像强大的地球引力，吸引住大气使其不外逸，是以能够天长地久。至于"夺舍"，只是宗教的说法，天知道有没有这回事，但可以确定的是，"凝神"的确具有很好的安魂定魄作用，是从精神方面对生命的保养，因而具有很强的养生意义。

凝神有成的人，表现为心性淡泊，外界的声色犬马很难使之心动，就是俗话说的"定力深厚"。《长清僧》里的老僧就是如此。他道行高洁，年过七十余身体仍然健康，死后能够魂魄不散，在重新获得年轻的身体之后，高门望族、金银珠宝、娇妻美妾仍然不能使其动心，可见，老僧的禅定功夫已达相当境界。

蒲松龄评价长清僧说："人死则魂散，其千里而不散者，性定故耳。余于僧，不异之乎其再生，而异之乎其入纷华靡丽之乡，而能绝人以逃世也。"这可真是一语道破天机，本以为蒲松龄只是爱听奇闻逸事，佛道修为则未必多深，看到这段论述，才知道蒲老先生对佛学有着很深的领悟。只可惜科举名利场，生计艰辛所，人情冷暖关，在人心尚古的年代，佛缘深厚的蒲老先生尚且照样为功名所累，考了一辈子科举，时有不平之鸣，也没能做到不动如山，更何况我们这些生活在喧嚣尘世的现代人。

第十八篇　《蛇人》《斫蟒》：灵蛇的崇拜

青蛇通人性

东昌府有个弄蛇糊口的人，养了两条蛇，都是青色，非常通人性，分别叫大青、二青。后来大青死了，二青就又给主人引来一条小蛇，名为小青，充实了戏班子队伍。后来二青因为身体太过庞大，被弄蛇人放归在淄川邑东边的那片深山里。二青从此在深山修炼成精，慢慢地就经常出来拦路作祟。这一次拦路的时候竟然又碰上了弄蛇人。弄蛇人让二青把已经粗壮的小青带走，并叮嘱从此之后不得拦路骚扰行人，两条青蛇听命而去，从此不知所之。

斫蟒救兄

淄博张店的胡田村有胡姓两兄弟，一起去山谷里砍柴。结果碰上了巨蟒，巨蟒一口就把哥哥吞了进去。弟弟一看也急眼了，拿起斧头使劲砍巨蟒的头，砍伤了巨蟒。然后从巨蟒嘴里硬生生地把哥哥的身体拉扯了出来，拉出来一看，哥哥已经气息奄奄，鼻子耳朵也已化为乌有。弟弟拼尽力气把哥哥背回家去，找医生将息调养，半年多才恢复健康。但是满脸疤痕，鼻子耳朵都没能恢复，只剩下几个眼儿喘气、听音而已。弟弟为救兄长而拼命的德义精神，的确令人敬佩。看来纵使是厉害的蛇精也怕拼命，也怕德义。

蛇的灵性

这两个故事说到蛇精。从现代生物学来讲，蛇作为爬行动物，冷血动物，其生物层次并不是很高，至少远远没法和哺乳动物相比。但是在民间传说里，蛇却是相当有灵性的动物，往往能够修行成神物。按山东地区的气候来看，蟒蛇存在的可能性不大，如果非得说出现了巨蟒，人们一般就会认为这是成精的蛇了。

十二生肖里，辰龙巳蛇，民间嫌蛇不好听，一般都称蛇为"小龙"。这倒非空穴来风，民间认为蛇能够通过修行，化身为龙，所谓小蛇化龙，就如鲤鱼跳龙门一般。

北方民间，对于蛇往往情感复杂，一方面，认为蛇是不吉祥的动物，例如奇门遁甲的八神里，腾蛇就主怪异；另一方面，又认为蛇是有灵性的动物，广泛加以崇拜，不敢得罪。北方所流行的供奉五仙，所谓狐黄白柳灰，说的是狐狸、黄鼠狼、刺猬、蛇、老鼠五种动物有灵性，容易成精，这里边多是哺乳动物，作为爬行动物的蛇能够忝列其中，看来的确是有些说道。事实也正是如此，蛇这种动物，隐藏着很深的秘密，这个秘密跟我们每个人密切相关。

人类的起源

蛇所隐藏的第一个秘密，跟人类的起源密切相关。东西方的宗教文化里，都认为人是神所创造。东方流传着女娲抟土造人的神话传说，西方《圣经》里有上帝根据自己的形象造人的记录。

但是从逻辑上讲，这两个传说其实都经不起推敲。屈原在《天问》里发问："女娲造人，孰造女娲？"这可真是一针见血，女娲不可能是石头缝里蹦出来的，那又是谁造了女娲？假如说某神造了女娲，那又是谁造了某神？这么一推，女娲造人包括上帝造人的体系，立马就崩溃了。

那人类的起源到底是怎么回事？也可以这么问，人类区别于其他动物的核心标志到底在哪里？历史上有不同的说法，比较搞笑的是柏拉图。柏拉图给人下了个定义说：两脚直立，全身无羽毛的动物就是人。结果有个学生就把一只鸡拔光了毛，扔在老师面前说："看那，这就是人！"

后来又有人说，人类与动物的本质区别在于人类有社会组织。结果生物学家发现蜜蜂、蚂蚁都有社会组织，这个说法也站不住脚了。

又有种说法是，人类与动物的区别在于人类有语言。但后来又发现非但鹦鹉、八哥能说人话，海豚之间也能够进行某种程度上的语言交流，所以这也不是本质区别。

自我意识

我们还是回到神话里的人类起源上来，看看能不能找到一些新的思路。古代神话虽然荒诞离奇，但往往隐藏着巨大真实。盖因上古人群生性淳朴，不懂得说谎，根本不可能像现代人一样满嘴跑火车。所以上古流传下来的神话必有相当的可信性。当然，因为流传时间过久，也肯定会有一些失真，因此显得荒诞不经。

所以要说到可信性，本人更倾向于相信神话，当然更重要的是把神话还原。下面，我们就把人类起源的神话试着还原一下。

女娲在历史上是真实存在的，她也确实是人类的始祖，所以说女娲造人。但是跟后世理解不同的是，女娲造的并不是人的身体，而是人的意识。换言之，正是因为女娲开创的这种意识，远古的类人猿才会真正转变成为人。这种关键而神秘的人类意识到底是什么呢？就是"我"，也就是"自我意识"。

"自我意识"有可能正是人类和动物的分水岭，这种意识为动物所不具备。这种说法的意思是，任何动物，包括上古类人猿，他们都是大自然的有机组成部分，但是从"自我意识"出现之后，人就开始从自然界里分离出来，成为相对独立的存在，就如婴儿离开母亲的身体，呱呱坠地，虽然还离不开母亲的呵护，毕竟已经成为独立个体了。中国人说"天人合一"，天就是大自然，人就是你我他，要说天人合一，前提条件当然是天和人要先分开，不分开又怎么谈合一啊！

女娲造人，实际上指的是她在历史上最早拥有"自我意识"，这种"自我意识"延续下来，也就是人类的延续，因此后世尊女娲为人类始祖。这里有几点蛛丝马迹可证，虽然还远不能作为充分证明，毕竟还值得细品一下。

女娲与夏娃

从读音上来看，"娲"字在读音上通"吾"，也就是"我"。我不清楚上古汉语里表"我"的字是否读音通"吾"，在此仅列出来供专业人士考察一下。倘若不吻合也没关系，还有其他更奇妙的巧合。

《圣经》里所记载的第一个女人，也是人类的始祖，汉文音译为"夏娃"。"夏娃"这个名字跟"女娲"是不是有点类似？不错，在读音上是非常接近，这种巧合是不是昭示了"夏娃"跟"女娲"很可能是同一个人？

无独有偶，央视曾播出过一个叫《寻找夏娃》的科教节目。大致意思是说，无论东方人、西方人还是非洲人，有一种共同的基因标志都源于多少万年前的同一位女性，这就是人类共同的老祖宗。因为节目是西方拍的，当然将其称为"夏娃"，要是东方人拍摄，自然就要称女娲了。既然东方人的始祖是女娲，西方人的始祖是夏娃，而人类的始祖又是同一个女性，那么这两个读音很相似的名字很可能就是指同一个女人。而且这个女人，跟蛇的关系恰好又极为密切。东方神话里，女娲的形象是"人首蛇身"，这就说明女娲部族的图腾崇拜（也是人类最早的图腾崇拜）是"蛇"。那么在西方《圣经》里的第一个女人夏娃，跟蛇又有什么关系呢？

遗失的伊甸园

根据《圣经》记载：

耶和华神将那人安置在伊甸园，使他修理看守。耶和华神吩咐他说："园中各样树上的果子你可以随意吃；只是分别善恶树上的果子，你不可吃，因为你吃的日子必定死。"当时夫妻二人赤身露体，并不羞耻。

神所造的、唯有蛇比田野一切的活物更狡猾。蛇对女人说："神岂是真说，不许你们吃园中所有树上的果子吗？"……蛇对女人说："你们不一定死，因为神知道，你们吃的日子，眼睛就明亮了，你们便如神能知道善恶。"

于是，女人见那棵树的果子好做食物，也悦人的眼目，且是可喜爱的、能使人有智慧，就摘下果子来吃了。又给她丈夫，丈夫也吃了。

他们二人的眼睛就明亮了，才知道自己是赤身露体，便拿无花果树的叶子为自己编做裙子。亚当给他妻子起名叫夏娃，因为她是众生之母。

神说："那人已经与我们相似，能知道善恶。现在恐怕他伸手又摘生命树的果子吃，就永远活着。"神便打发他出伊甸园去，耕种他所自出之土。

于是，把他赶出去了，又在伊甸园的东边安设四面转动发火焰的剑，要把守生命树的道路。[①]

智慧之果

《圣经》里记载，蛇诱使夏娃吃智慧之果，然后夏娃劝亚当吃智慧之果，人类从此拥有了智慧。由此细节可推知，夏娃早于亚当获得智慧，换言之，人类的最早智慧是来源于女性，而非男性。所以，上帝从亚当身上抽取肋

---

① 马佳编著《圣经典故》，上海：学林出版社，2012年，第94页。

骨造夏娃的说法就值得怀疑。

人类的发展也是先有母系社会，后有父系社会。最初的人类只知其母，不知其父，所以人类史上的第一人，是夏娃而肯定不是亚当。

亚当后来能够成为第一人，乃是因为人类进入父系社会后，男性确立起权威，当然无法容忍女性作为人类始祖，因此改动了古代神话，把父系氏族的首领亚当认定为第一人，并编造亚当的肋骨造出夏娃的谎言。但原始人扯谎的功力毕竟太嫩，还是在吃"智慧之果"先后的细节上露出了马脚。

类似的事情在东方也有发生，中国古代流传的伏羲女娲交尾图即是一例。伏羲是父系社会的首领，女娲是母系氏族社会的开创者，双方差了不知多少万年，后世非要关公战秦琼，把两人扯到一块，说到底就是想确立男性权威而已。

女娲部落的图腾是"蛇"，《圣经》里诱使夏娃吃下"智慧之果"的也是蛇，可见，"蛇"与人类智慧的最早起源密切相关。

《圣经》里记载，夏娃吃掉智慧之果获得智慧之后，做的第一件事就是，弄了条树叶内裤穿上了。我们就从没见过动物自己主动做条内裤穿上，所以这可能就是人类智慧的源头，也是人与动物的分水岭。

夏娃做树叶内裤的举动当然绝非无缘无故，这标志着她的意识已经发生变化。她拥有了"自我意识"——人有了"自我意识"，才会穿内裤。自此以后，古猿拥有了人的特质。与此同时，人类也告别了"伊甸园"的美好时光。

失乐园

上帝获知亚当与夏娃获得智慧后，大发雷霆，也很担心，怕他们再吃生命之果，那样就能长生不老了。于是，上帝把二人赶出了"伊甸园"。

人类最早的智慧是"自我意识"，而"伊甸园"又是亚当、夏娃获得智慧之前的住所，他们在其间曾经无忧无虑地生活，但是自从被蛇引诱，获得智慧后，就被迫离开伊甸园，从此开始了人类的苦难历程。

这段记录实际上是一个隐喻，是说自从人有了"自我意识"之后，人就远离了天堂般的伊甸园生活，而陷入无穷无尽的烦恼之中，是为"失乐园"。

可知诸生之烦恼，归根结底皆来源于"自我意识"，这也是佛家思想的一个关键点。我们可以反思，如果没有"自我意识"，何来人生中的诸般烦恼？所以要重回无忧无虑的"伊甸园"，把"自我意识"这种智慧消除掉，乃是佛教想到的最好办法，正所谓"绝圣弃智"。佛家之所以讲究"无我"，就是针对这个"自我意识"下手：本来无一物，何处惹尘埃。既然都"无我"了，哪里还有烦恼可言！

我是谁

我读过致光法师的《定慧之路》，这本书给我的帮助很大。此书开篇乃是一首诗：

这条定慧之路，你若曾经走过，何必猜想我是谁！

我本无我，常漂流生死海，何必问我在哪里？

不是贪嗔痴，更不是戒定慧，我是谁呢？

就是你！要休了我，请你永远记得，你越无我，我在你心中越伟大。

你已经觉悟到无我了吗？无我怎会觉悟无我？是谁悟无我？悟即我！

初读此诗，我是晕头转向，什么你啊我啊，老和尚又在故弄玄虚了。但现在回头看来，法师确实把握了个中的核心。听其言而知其人，判断这个人是否悟道（此处单指佛家），看他说的话就知道了。如果这个人的话语里涉及"我是谁"这样的哲学命题，那他很可能已经悟道了，纵使未悟，也算已经入门了。

蛇图腾

"蛇"何以成为人类最早的图腾崇拜,原因最可能是"蛇"是"性"的象征。夏娃用树叶遮住下体的行为,说明最初的智慧(自我意识)肯定是跟"性"密切相关的,因此"蛇"的形象应该是带有性的象征意味。

蛇成为图腾崇拜之后,逐渐发展成为上古部落权柄的象征。明白了这一点,神话里的有些记录就容易理解了。古代神话里,部落首领手里的权杖,往往都是蛇的形象。例如《列子》记载的"愚公移山"里,有"操蛇之神"。这个"操蛇之神"其实是指某部落的首领,他掌握权柄,这个权柄,正是蛇的权柄。

《山海经》里所记载的古部落,往往也在一些细节上表现出这种蛇崇拜的延续,诸如"博父国在聂耳东,其为人大,右手操青蛇,左手操黄蛇"等,这说明上古部族普遍继承了源于女娲的对"蛇"的图腾崇拜。

那后来,为什么由单一的蛇崇拜演变为多种崇拜呢?除了各个部落的情况不同之外,还有一个原因,就是"蛇"象征着最高权柄,那么大部落肯定不能容忍其他小部落也采用这个权柄。正如后世规定只有皇帝穿黄袍,其他人就得跟黄袍说拜拜一样,很多小部落被迫放弃了蛇图腾,而根据自己的喜好选择了新的图腾。

蛇崇拜的瓦解

随着父系时代的来临,男性的地位飙升,女性日益成为男性附属,相应地,人类对"蛇"也就由崇拜转为了厌恶。

作为母系文明标志的"蛇",逐渐被赋予了邪恶、可怕的意味。现代人普遍地害怕、讨厌、远离蛇,这种恐惧应该是来源于父系时代的遗传,

而在此之前，人类对蛇却是顶礼膜拜的。

父系社会以后，世界各地的不同人类种群，对"蛇图腾"及其背后象征的"自我意识"的态度不同，从而产生了人类社会的不同文明支流。基督教文明、佛教文明、道教文明的根本差异，也根源于此。

基督教"原罪"

在基督教文化里，蛇是撒旦的使者，是罪恶的象征，基督精神与蛇势不两立。正是因为人类的祖先受了蛇的唆使，偷吃了果子，犯了罪，违背了上帝的意志，所以被赶出了美好的伊甸园。所以身为人，自打一出生就是不清白的，身上就背负了这种原罪，每个人都要终其一生来赎罪，把自己交给上帝，对上帝无限服从，死后方能升入天国。

有一种文化上的说法：为什么西方的管理制度要比东方发达，就是因为西方人承认自己身有原罪，承认人性本恶，所以自认需要用管理制度来约束自己，这就导致了西方人的制度意识远比东方强大，他们更容易实施法治而非人治。

基督教所认为的"原罪"，其实正是人的"自我意识"，基督文化在潜意识里，是对抗"自我意识"的，要把自己完全交还给上帝，这样就赎罪了，就皆大欢喜了。

佛教"无我"

见仁见智，佛教跟基督教不同，佛教并不认为人类的"自我意识"有什么罪过，即便如此，佛教仍然认为人类的所有苦恼都来源于"自我意识"。

这是很有道理的。想想我们整天斗得死去活来、整日患得患失，还不是因为"有我"！所以在佛教看来，闭上眼睛就是天黑，去除烦恼的最佳途径，就是看破"自我意识"，所以佛教讲究四大皆空，"我"空了，就没烦恼了。这与基督教的对抗自我意识相比，显然是另外一种思路。

明白了这一点，就能够看懂很多东西。《功夫熊猫Ⅰ》里，很多观众觉得有个细节不好理解，那卷记载着最高武功心法的"神龙秘籍"，打开来看时，原来是 Nothing。明白了佛教的"空"，这个细节就好理解了。这么说来《功夫熊猫Ⅰ》的核心思想似乎是大乘佛教思想。只有到了《功夫熊猫Ⅱ》里，核心才变成了道教思想。中国的传统文化，还得让好莱坞来阐释，给我们打气树立信心，不知该说什么好……

道教"蛇化龙"

道教文化对"蛇"（自我意识）的态度则又有显著不同。华夏先祖并没有抛弃蛇图腾，而是给升级了一下，使其摇身变成了龙，并且以此作为中华民族的图腾，这就是"蛇化龙"。

"蛇"何以要化"龙"？这当然说明华夏民族并不反对"自我意识"，甚至还有点推崇的意味。"我"没有原罪，生活是不如意，但"我"尽我所能地活得精彩。

华夏民族也承认"自我意识"会带来诸多烦恼，却不像佛教那样把"自我意识"消除掉，而是想方设法寻找各种手段来解决"我"的各种烦恼。

怎么解决呢？蛇无爪牙之利、筋骨之强，没有本领怎么办？没关系，给装上爪牙、装上筋骨，生活里需要什么，我就给装上什么。就这么着，"龙图腾"在"蛇图腾"的基础上诞生了。《尔雅翼·释龙》中曰："角似鹿、头似驼、眼似兔、项似蛇、腹似蜃、鳞似鱼、爪似鹰、掌似虎、耳似牛。"

究其实，龙就是全能的蛇，蛇就是无能的龙。中国何以称"华"？华者，化也，化万物而为己用，能使万物备于"我"，为"自我意识"这条蛇服务，这就是华夏精神的本意！

三教有别

明清以后关于"三教"的关系常有一句话:"红花白藕青荷叶,三教原来是一家"。这话也对也不对。说"三教"是一家,乃是因为都是女娲的子孙,多少万年前当然是一家子;说不是一家,"三教"对于人类始祖传下来的"自我意识"的态度有着本质区别。就算红花白藕青荷叶真的是一家,那你咋光吃藕不吃荷叶?

此处并非比较"三教"谁高谁低,只是身为华夏子孙,明确"龙图腾"的真意,明确华夏民族的文明根源,乃是份内之事。"龙的传人"跟黑头发、黑眼睛、黄皮肤这些外在特征的关系还在其次,其更多的则是昭示一种责任,探寻一切可能的方式武装自己,来为"我"服务,这就是"蛇化龙"在华夏民族文化上的意义。

第十九篇 《雹神》：超感应能力

梦中雹神

王筠仓，淄川人，曾经在楚地做官。他准备去江西的龙虎山上拜访大名鼎鼎的张天师。他人还没到，张天师已经预知到，并派人前往迎接。

来到张天师处，张天师给王筠仓介绍了一个同乡，就是"雹神"李左车。双方见过之后，李左车就赶着去章丘降雹。因为章丘与淄川毗邻，王筠仓害怕降雹对老家有害，恳求免除，李左车答应"多降山谷，勿伤禾稼"，然后霹雳一声，升天而去。王筠仓告辞张天师回官署后，记下了具体月日，并派人前去山东章丘打探，当天果然降下大雨雹，并且"沟渠皆满，而田中仅数枚焉"。

被神化的张天师

《雹神》里把张天师描述得神通广大，竟然身边的仆役都是神灵，但现实里的张天师果真如此吗？纪晓岚在《阅微草堂笔记》里记录了他所亲历的一件事。

俗传张真人厮役皆鬼神,尝与客对谈,司茶者雷神也,客不敬,归而震霆随之,几不免,此齐东语也。忆一日与余同陪祀,将入而遗其朝珠,向余借,余戏曰:雷部鬼律令行最疾,何不遣取?真人为囅然。①

话说张天师要参加皇族祭祀,却忘记了带朝珠,因时间紧迫没法回去取,只得跟同事纪晓岚暂时借用一下。纪晓岚当然不会错过这个挖苦张天师的大好机会,质问道:"听人家说,张天师你能够驱役鬼神,就连家里的奴婢都是雷神雹神之类的,此等神仙皆擅腾云驾雾,来去如风,千里之遥,眨眼可至,尤其那个雷部鬼律令速度最快,张天师你老人家何不掐诀念咒,召他去给你取朝珠呢?"张天师当然知道这是在挖苦自己,却也无可奈何,只能嘿嘿地讪笑。由此可知,张天师驱役有形鬼神的传说,根本就是齐东野语。不要迷恋天师哥,天师哥只是个传说罢了。

雹神李左车

还有一件事,故事里提到的"雹神"李左车,史上实有其人。秦朝末年,李左车辅佐赵国守将陈余迎击汉军大将韩信的进攻,因陈余不听李左车计策,赵军战败,李左车被俘。韩信爱惜人才,采用李左车的破敌之计,平定了燕国。

李左车晚年回到老家山东,一直享有很高的威望。李左车死后,不知何时被封为山东地区的"雹神"。这么来看,"雹神"李左车的说法,其实只在山东以及周边地区流行,影响还不至于波及江西龙虎山。

而各地的"雹神"则又有所不同,例如陕西那疙瘩,俗传是由大如车轮之蛤蟆主管降雹。但陕西人何等彪悍,不像山东人般祭祀雹神,而是直接用火炮把蛤蟆给轰下来。又有江西地区传说掌管降雹的是蜥蜴,它们想降雹的时候,就去池塘里吃水,水变成雹子,然后抱着雹子降雹去也。可见,全国各地所封的"雹神"其实并不一致,山东的"雹神"还不至于纳入江

---

① (清)纪昀:《阅微草堂笔记》,周杰、高振友、余夫、王放点校,长春:吉林文史出版社,1997年,第117页。

西龙虎山的体系。因此《雹神》里写张天师取李左车为雹神,就不太可信,这个记录是真事的可能性基本可以排除。

梦中降雹

李左车为雹神,在山东地区广为人知。王士禛在《池北偶谈》里记载:

邑北苏王庄民某,粥姜于平原。见主人次子昼卧不醒,问之曰:"病乎?"主人曰:"非也,子昨往田间,忽云阴风起,不觉身入云中,见神人数十辈,形状诡异,各驾一车。驾车者似羊而狞。车中皆冰雹,教之以手撒雹,雹寒甚,令纳手羊氄间,顿暖如火。方撒之顷,或以蒲葵扇子障之,须臾不知行几百里。雹尽,恍忽已在原处矣,归家困甚,寝未觉耳。始知李卫公行雨非妄。"[①]

这里的李卫公,正是李左车。在《聊斋志异》里,还有涉及雹神李左车处,说的是唐太史途经雹神李左车祠,得罪了雹神,雹神稍微显灵,随之而行,簌簌雹落,大如棉子。据说雹神还会上身附于人体云云。

感应梦

有一个笑话,某人自称月收入过千万。旁人羡慕地问:"你是做什么的?"答曰:"做梦的。"回到原故事上来,虽说王筠仓的事情在现实中不可能出现,但是谁都不能否认其可能在梦中出现吧!所以,如果把这个事件看成是"感应梦"的话,《雹神》所载,又可能是一次真实存在的巧合。

"感应梦"指的是对于某些遥远事件的感应,人在清醒的时候理性比较活跃,感应功能就受到压制,而在睡梦中,理性功能衰弱下来,感应功

[①] (清)王士禛:《池北偶谈》,文益人点校,济南:齐鲁书社,2007年,第508页。

能就活跃起来，感应到一些事情的时候，就显化为"感应梦"。《雹神》里的王筠仓可能就做了一个感应梦。感应梦所感应的事情往往与自己密切相关，王筠仓牵挂家乡，感应的就是家乡降冰雹之事，又因山东地区尊李左车为雹神，所以梦中的雹神当然是李左车。但是做梦的时候潜意识会给加上一些前因后果，由于自己身在江西，于是梦里就让江西龙虎山的张天师也来客串一下。这种感应有时貌似很准确，所谓灵感来了，挡也挡不住，有时却也错得离谱。王筠仓把这个梦记下来，并且验证正确。后来为了追求故事的刺激，以讹传讹，梦的成分去除了，结果演变成"雹神"这样离奇不可信的故事。

"感应梦"指对已发生、正发生、未发生的事情在梦中的感知，也不知王筠仓感应到的是哪种情况。部分人偶然有过感应梦的经历，多数人也曾经历过突然似曾相识的那种感觉，不过真正与现实相符的"梦"并不多见，所以纵使是经过验证的"感应梦"，也往往被视为瞎猫碰上死耗子的巧合。

纪晓岚的特异功能

当然也有人不同意这是巧合，他们说，这其实是一种超感觉，也就是俗称的"第六感"。何谓"第六感"？就是比一般的感觉更灵敏。超感觉也不是什么神秘的东西，在自然界比比皆是。狗的鼻子远比人的灵敏，蝙蝠能够听到超声波，蛇能够感应红外线，鸽子能感应磁场的微小变化，蚂蚁能感知天气的变化……这些正是超感觉，有的人称之为特异功能。

纪晓岚在《阅微草堂笔记》里提到过：

余四五岁时，夜中能见物，与昼无异。七八岁后，渐昏暗。十岁后，遂全无睹；或夜半睡醒，偶然能见，片刻则如故。十六七后以至今，则一两年或一见，如电光石火，弹指即过。盖嗜欲日增，则神明日减耳。[①]

这可不就是二十世纪八九十年代人人崇拜、如今人人质疑的"特异功

---

① （清）纪昀：《阅微草堂笔记》，周杰、高振友、余夫、王放点校，长春：吉林文史出版社，1997年，第384页。

能"吗？网上也有人讨论了这个问题，很多人倾向于认为这段记录是纪晓岚捏造，并给出了论据：

其一，纪晓岚儿时能够"夜间视物"，按理，他的视力应该是很好的，但纪晓岚成年之后却是个不折不扣的近视眼，这可真是莫大的讽刺；其二，从动机上讲，纪晓岚口吃、近视、长得又矬又丑，出于这种自卑心理，编造了自己有"夜视能力"的谎言，以表示自己"出身不凡"，借此能够挽回些面子；其三，"夜间视物"可不就是特异功能？而"特异功能"是并不存在的。

超感应真实存在

不过，上面的理由并不充分，纪晓岚的自述还是可信的，证据如下：

其一，央视《走近科学》播出过一期节目，说的是一个能"夜间视物"的人，并且经过了医生验证，而且医学专家也对"夜间视物"能力做出了比较科学的解释。更耐人寻味的是，这个能夜间视物的人还是个不折不扣的深度近视。

其二，《阅微草堂笔记》里记载的神通法术太多了，纪晓岚的所谓"夜间视物"在里面连小儿科都算不上，他真要吹嘘自己"出身不凡"，当然要编些说得过去的神通才行，"夜间视物"这种雕虫小技怎好意思拿出来？

其三，人类到底有没有"特异功能"？咱就只说到底有没有"超感觉"吧！这个，当然是有的。例如明天即将来寒流，而今天仍然天气明媚、温度宜人，但是风湿、类风湿关节炎患者，也就是俗称"老寒腿"，提前好长一段时间就会有反应，表现为症状加重。不少老寒腿比天气预报还要准，这算不算"超感觉"？又如空气里散布的微量花粉颗粒，普通人根本就感觉不到，但有些人却能够捕捉到，并且产生强烈的反应，俗称"过敏"，这些算不算"超感觉"？

专家一般都不承认这是特异功能，理由很充分，这些"超感应"现象用现代医学知识能够做出解释，当然不是"特异功能"。但我又问了，在医学还不发达、尚无法解释这些"超感应"现象的时代，这些算不算"特异功能"？难不成同一个东西，科学不能解释的时候是"特异功能"，等能解释了就不是"特异功能"了？

开发夜视能力

在我看来，"特异功能"本来就是个伪概念，"有无特异功能"的争论完全没啥意义。一种现象是不是"特异功能"是人为规定的，好容易找出一种"超感知"的例子，有人不认为是"特异功能"，有人又认为是"特异功能"，双方的标准不一，结果争论来争论去，都是自说自话。

其实，也不是不可以讨论，但是讨论的对象应该非常具体，而不是泛泛的特异功能。比方说，讨论"人是否能灵敏地感应预知天气""人能否在夜间比较清晰地视物"。针对这些具体问题的讨论，比起大而无当的"有无特异功能"争论，要客观实在多了。

根据上面的证据，纪晓岚小时候的"夜视功能"，其真实性应该是八九不离十了。而且这种"夜间视物"是每个人都具备的潜能，完全可以通过一定的手段开发出来。资料记载，二战期间，美国和日本都曾经从事开发士兵夜视能力的研发工作，并且取得了相当成效。开发的办法其实也很简单，就是让士兵每天服用一定量的维生素A（当时科学家已经确认，服用维生素A能够增强视觉细胞感受弱光的能力）。坚持服用几个月后，在士兵群当中开发出了不同程度的夜视能力，很多士兵开始能够看到一定范围的红外线。不过后来随着红外线探测技术的发展，这种开发人体夜视能力的研究不再有实际应用意义，已经搁浅很久了。

神农尝百草

史上圣人，往往具有某种超越常人的感知能力，神农就是个中典范。神农氏有两个创举：一是开创了农业，二是开创了中药学，完成了"本草经"体系的构建。"本草经"体系的构建，很大程度上靠的就是神农超常的感知能力。

干宝的《搜神记》开篇就说："神农以赭鞭鞭百草，尽知其平毒寒温之性，臭味所主，以播百谷，故天下号'神农'也。"这记载有问题，赭鞭怎么能够感知中药性味？聪明的读者已经想到了，"赭鞭"表面词义是红色的鞭子，其真正所指则是红色的舌头。所以这段记载透露给我们的真相是，神农用舌头来尝百草，而不是用鞭子鞭百草。

还有的传说里说，神农的肚皮是透明的，能清楚看到草药入肚后的去向，所以能够知晓草药的寒热温凉药性。这个传说当然也经不起推敲，先不说透明的肚皮不太可能存在，即便真有透明的肚皮，也只能看到肠胃而看不到肠胃里的药啊！再退一万步讲，就算肠胃也是透明的，也只能看到草药变成粑粑，至于草药的药性还是看不到啊！所以，传说里的肚皮透明，指的是神农的感觉非常敏锐，能够直接感知药物的寒热温凉，并借此构建了本草经的医药体系。

从古中医的角度来看，神农本草经里的药性，并不是逻辑推理出来的，也不是小白鼠身上试验出来的，也不是劳动人民在劳动过程中发现并积累的，而是凭借神农氏的敏锐感知力尝出来的。道教修行里有一个词，叫作"内证"，说的正是这个意思。

扁鹊的望诊

《扁鹊、仓公列传》里记载：

长桑君亦知扁鹊非常人也。出入十余年，乃呼扁鹊私坐，间与语曰："我有禁方，年老，欲传与公，公毋泄。"扁鹊曰："敬诺。"乃出其怀中药予扁鹊："饮是以上池之水，三十日当知物矣。"乃悉取其禁方书尽与扁鹊。忽然不见，殆非人也。扁鹊以其言饮药三十日，视见垣一方人。以此视病，尽见五藏症结，特以诊脉为名耳。[①]

扁鹊服用长桑君的药方，30天就可以透视洞见人体脏腑，从此之后辨病如神，为后来成为神医打下了坚实基础。这个故事的真实性另说，但是身为中医，没有相当敏锐的感知力，距离大医的境界，必定还遥远得很。古代中医，没有现在那么多仪器，只能把自己当仪器，所以讲究望闻问切。所谓"望而知之谓之神，闻而知之谓之圣，问而知之谓之师，切而知之谓之工"，其实都算是一种敏锐感知力。这种敏锐的感知力，都能够通过一些简单方法，长期训练而达成。只是到了现代，医疗仪器的发展，人心又浮躁如是，已经很少能有人再静下心来去体会那些细微的东西。现在很多中医切脉，其实也就是做个样子，多是借切脉的时间，想些怎么开方的问题。但这么做是不对的，如果只想混口饭吃也就罢了，欲成真正大医，敏锐感知力是最基本的素质之一。

潜能开发

敏锐的感知能力，来源有两种：第一种是病态来源，第二种来源于静心修行。病态的来源很好理解，一头驴子，驮的货物已经达到极限，这时

---

① （清）姚祖恩编《史记菁华录》，邓加荣释，刘彦臣译，北京：当代世界出版社，2015年，第279页。

候你再给加上一根稻草，驴子就被压垮，这算是一种病态的敏感。风湿病老寒腿能够预知天气变化，就属此种类型，因为体质不平衡性太强了，所以稍微有点风吹草动就能引起身体的强烈反应。而源自修行的敏锐感知，其原理则是修行的人心灵平静，心静的人更敏感，敏感的人再稍微一训练，就能够拥有某种敏锐的感知能力，有句话说"静得连根针掉到地上都能听见"，就是此意。真正的诊脉高手，肯定能够做到心灵宁静，这是诊脉的最基本功。

最后，我们说说开发潜能的话题。日常经验都告诉我们夜间清晰视物是不大可能的，但是现实却告诉我们，每个人都具有这样的潜力。除此之外，我们还有很多的其他潜能，但终其一生，能够得以有效开发的又有几个？

21世纪，我们所处的世界，一切都在飞速的变化当中，淘汰换代的间隔越来越短，每个人都想成功，但是大多数人都迷茫于没有路径。或许成功需要某种特别的素质，而这种素质，就在我们身体里蛰伏着，不知谁能把它唤醒。这里拿《世界上最神奇的24堂课》里一句话加点鸡汤："你将会看到，你必定能看到，我们正处在崭新一天的破晓时分。即将到来的各种可能，是如此美妙神奇，如此令人痴醉，如此广阔无边，以至于几乎令你目眩神迷。19世纪，一个人不要说有飞机了，哪怕只有一挺格林机关枪，就足以歼灭整整一支用当时的武器装备起来的大军。眼下也正是如此。任何人，只要认识到了体系中所包含的可能性，都将获得难以想象的优势，从而卓冠群伦，傲视苍生。"

第二十篇 《僧孽》：揭秘巫术思维

僧孽

张某突然得病暴死，被押送到阎王殿，却发现抓错人了，只好遣送而归。张某当然不乐意，一定要申请地府给予补偿，于是抓错人的鬼差就赠送给了张某在阴曹地府的"一日游"。

游览路上，看到一个和尚，被倒悬在那里，正在痛苦哀号。张某一看，这不是我哥吗？鬼差给张某解释说："别看他是个和尚，其实是个花和尚，他们寺庙的化缘所得，都让他拿去吃喝嫖赌了，这么不把纳税人的钱当回事，就得严厉惩戒，所谓地狱门前僧道多！"

等张某复活，恍然若失，想起了刚才的梦，怀疑其兄已死，就赶紧跑到哥哥出家的兴福寺打探，进门看见哥哥虽然没死，但也凄惨得很，"疮生股间，脓血崩溃，挂足壁上"，跟在阴间看到的基本一个样。问哥哥，这么倒吊着干吗？哥哥回答："生疮了，就倒挂着还稍微舒服点，不倒挂就痛彻心腑啊！"张某把在阴间的所见所闻告诉了哥哥。和尚非常吃惊，看来做坏事瞒不过天地鬼神啊，于是，从此以后洁身自好，虔诚诵经，半月辄愈，遂恒守戒。

感应与成像

古人说："睡一场即小死一场。"意思是说，睡着了跟死是一个样子的。有时熟睡无梦，这就相当于死翘翘了；有时浅睡有梦，这就相当于死得不透。张某的死其实是假死，也就是相当于浅睡有梦，所以才有后来的"既苏"。

不过这不是普通梦，而是感应梦。很多人可能有过心灵感应的经历，心灵感应一般发生在有血缘关系的或其他有密切关系的人之间，至亲之人所遭遇的一些事情，能够被感应到，父子、母子、兄弟、恋人之间最易发生心灵感应。《二十四孝图》里的"啮指痛心"就是一例：曾参对母亲非常孝顺，他去山上砍柴，家里突然来了重要客人。母亲着急了，就自啮其指。曾参在山上突然感到心痛，就知道家里肯定有事，赶忙跑回家。母亲告诉他说："有客忽至，吾啮指以悟汝耳。"

曾参的心灵感应是在清醒时候发生的，这时人的理性发达，他略加思索，就能够猜想出家里有事发生。《僧孽》里张某的心灵感应，则是在入睡的时候发生。睡眠时人的理性思维很弱，当然无法理性思考，所以会用另一种思维对感应到的东西进行描述，这另一种思维就是"巫术思维"。

"理性思维"的三要素是"概念、判断、推理"，三要素都是抽象的，所以理性思考的过程是从抽象到抽象。"巫术思维"的要素是"感应、形象、组合"，三要素都是具象的，所以巫术思维的过程是从形象到形象。从脑科学的角度来讲，"理性思维"更倾向于左脑思维，"巫术思维"则更贴近右脑思维。例如，我写东西用脑久了，左脑那边会有热感，也可算一个验证吧！

巫术思维

为什么叫"巫术思维"呢？这主要是一种原始思维，也是巫师所擅长的思维。巫术思维，对于感应到的某种刺激，不是通过理性来进行分析，而是把这种刺激赋予形象,并展示出来。

《僧孽》里张某的所见所闻,正是典型的"巫术思维"。这个过程是,张某的哥哥(和尚)腿上生疮疼痛难忍,必须倒挂着才能稍微缓解一点痛苦。兄弟连心,张某也感应到了兄弟的痛苦。但是感应归感应,这时候正睡着觉,张某无法以理性去判断到底是怎么回事,因而在睡梦中很自然地启用了"巫术思维"进行处理。"巫术思维",就把所感应到的内容形象化地展现了出来。

首先,在哪里能见到兄长呢?既然兄长疼得钻心,这种痛苦堪比下地狱,对啦!那就让它发生在地狱。那去冥府总得有个理由吧?总不能说来就来,说走就走!但张某又怎么能够去地狱呢?正好自己也有点不舒服,干脆就制造一个暴死被鬼差抓到地狱里去的故事吧。但是这事可不能弄假成真,一定要明确是被错抓的。这样还有个好处,就是冥府作为补偿,可以允许他去地狱里转一圈,这样就能在地狱遇到兄长了。看到兄长倒悬在那里痛苦哀号,张某当然会纳闷这是怎么回事。他此前对兄长拿募捐所得吃喝嫖赌的事应该是早有耳闻,所以睡梦中就把兄长生病的原因通过鬼差之口加以解释,这种解释可能是对的,当然也可能是巧合。

这就是张某在梦中运用"巫术思维"对感应到的"僧人生疮"现实的形象展示。兄弟之间的感应是一种诱发,"巫术思维"则是总导演,导演出了这么一场梦。后来僧人谨守戒规,虔诚诵经,疾病终获康复,一方面可能是守戒的作用,另一方面是心理作用,也可能是自愈,还有一方面可能是诵经修行的作用。

《山海经》神话

"巫术思维"看起来荒诞不经,却非常重要。我们的上古祖先就是这么思维了几万年的时间,至于理性思维,那是好久以后才占据优势的。并且上古流传下来的一些神话,其实往往确有其事,但如果不了解"巫术思维"的话,解释起来就要闹笑话。

只有弄懂了"巫术思维",才有可能明白那些看似荒诞的古代神话背后隐藏的真相。说起古代神话与传说，往往散落，能够系统成书并保存到如今的，恐怕只有《山海经》一书了。

但是《山海经》里面的故事，着实让人头大，盖因里边的内容实在是太过荒诞，以至于研究者对这本书，提出了更加离奇多彩的看法。有认为《山海经》记录的是"中国地理"，也有说记载的是"世界地理"，但里边的奇怪故事与奇特物产讲不通啊！于是又有认为《山海经》是"中国神话"的汇集，还有一些想象力丰富的学者认为《山海经》里记录的，都是外星人文明，不然《山海经》里的那些怪兽、怪人又是从哪里来的？这真是你不说我还明白，你越说我越糊涂了。对《山海经》的解读越多，读者越头晕，越发不知道《山海经》到底是怎么回事了。

其实，最靠谱的解释、最能一锤定音的解释是：《山海经》乃是上古巫师基于巫术思维，对上古各个部落情况的观察与如实记录。只是由于巫师的思维方式，乃是"巫术思维"，所以记录下来的内容就显得怪怪的。但是如果我们能够通晓"巫术思维"，就完全可以将其逐个解密、还原。下面，我们就用"巫术思维"来还原几个神话的真面目，以作印证。先从"精卫填海"下手吧！

精卫填海的秘密

《山海经》里记载：又北二百里，曰发鸠之山，其上多柘木，有鸟焉，其状如乌，文首，白喙，赤足，名曰"精卫"，其鸣自詨。是炎帝之少女，名曰女娃。女娃游于东海，溺而不返，故为精卫，常衔西山之木石，以堙于东海。

翻译过来：从前有座山，山上有只鸟，名字叫精卫，是炎帝的小女儿，又叫女娃。女娃在东海里游泳淹死了，死后就变成精卫鸟，常常衔着西山的木头、石头，去填东海。

"精卫填海"的故事诸位必定耳熟能详，但它说的到底是什么，恐怕就没几个人知道了。按照语文课本的解释，"精卫填海"通过精卫衔木头、石块填大海的行为，歌颂了精卫鸟锲而不舍的复仇精神。这个解释貌似很有道理，但其实是胡说八道。"精卫填海"实际上是古巫师在"巫术思维"状态下对历史真实的描述，下面就让我们来见证真相：

问题一，这种鸟为什么要叫"精卫"？这个问题问得奇怪，同时也有难度，就像问"鸡为什么叫鸡""鸭为什么叫鸭"一样。但是真相大白了之后，就会恍然大悟。为什么要叫"精卫"，不要从字面意义上去理解，各位只要到花鸟虫鱼市场，或者树林里去听听鸟的叫声是怎样的，就能有所悟。很多鸟的叫声，就是"精卫、精卫"（叽喂），这就是"精卫"鸟得名的来源，拟声取名，就这么简单。又如在淄川方言里，鸭子被称为"呱呱"，就是因为母鸭子的叫声就是"呱呱"，拟声取名的方式表现非常明显。与此同理，鸡为什么叫"鸡"，因为小鸡"叽叽叽"地叫，鸭为什么要叫"鸭"，因为（公）鸭子"呀呀呀"地叫，鹅为什么要叫鹅，因为"鹅鹅鹅，曲项向天歌"……

问题二，精卫鸟怎么又是炎帝的小女儿？它既然是一种鸟，怎么又成了人？这个其实很好理解。古代有这么一个部落，他们以"精卫鸟"为图腾，认为自己来自精卫鸟，所以他们是鸟又是人。那这个部落的人怎么又成为炎帝的小女儿呢？这里包括了三个含义：一，此部落在部落联盟首领炎帝的势力范围内，归炎帝所管辖；二，此部落尚处于母系阶段，所以被说成是炎帝的女儿；三，该部落规模很小，所以是小女儿。

问题三，衔木石填海是怎么回事？这个得先了解"精卫"这个部落靠什么谋生。靠山吃山，靠海吃海，既然是临海，又经常到海里去，当然是以打鱼为生了。那怎么个打鱼法？用木头和石头啊！这里的木头，指的是用树干做成的独木舟，他们驾着独木舟去水里打鱼。当然也可以理解为，他们把树枝磨尖了，用来叉鱼。那石头又怎么说？农村的朋友常常在河水浅滩里用石块筑起堤坝，把里边的水排出来，堤坝里的鱼就干在那里任人捕捉。就是这么个用木头、石头捕鱼的生产方式。那用木、石捕鱼，又怎么变成填海呢？这是一种形象的说法。比方说男女谈恋爱，没地方可去，就在马路上手牵着手逛街，这被形象地称为"轧马路"，虽然不是真正的"轧马路"。与此同理，精卫部落的成员，驾着独木舟，带着木叉，搬着石块到海里去捕鱼，独木舟、木叉、石块都往水里去了，看上去可不就像"填海"一样吗？这就是"精卫填海"的本义。

问题四，女娲淹死又是怎么回事？那个时候技术不发达，独木舟经常翻船，结果淹死了不少人，所以说"女娲游于东海（这里的东海应该是指某个湖泊，而不太可能是大海），溺而不返"。但是尽管打鱼危险，为了谋生，活着的人们仍然得每天冒险去海里打鱼，这就可以解释女娲死后仍然锲而不舍地去"填海"这一现象了。

夸父逐日的秘密

如果还嫌不过瘾，咱们再分析一下《山海经》里"夸父逐日"的神话："夸父与日逐走，入日；渴，欲得饮，饮于河、渭；河、渭不足，北饮大泽。未至，道渴而死。弃其杖，化为邓林。"

教科书里把"夸父逐日"解释为通过夸父逐日、渴死、化邓林等，表现了夸父追逐光明的精神。但现实情况是，上述那是瞎说。"夸父逐日"说的，其实是一个叫"夸父"的部族不断迁徙的事迹。不信？且听我慢慢道来。

问题一，夸父是往哪个方向迁徙？请允许我们做个假设。假如说"夸父逐日"说的确实是夸父部落迁徙的过程，那么请问，这个部落是往东南西北哪个方向迁徙？显然是往西了。太阳每天从东边升起，往西边落下，人要跟太阳赛跑，当然同向而行，不可能背道而驰吧？所以，夸父刚刚开始迁徙的时候，必定是往西方走。

问题二，入日是什么意思？往西方走，入日（赶上了太阳），这个貌似在现实中是不可能的。毕竟地球是圆的，你跑得再快也只能在地球上转圈，不可能赶上太阳。其实这里"入日"的意思是说，他们迁徙到了一个非常干旱的地方，或许是沙漠，或许是其他。在古人心目中，太阳居住的地方肯定是干旱异常，因此记录此事的巫师就认定夸父到的这个干旱的地方，是太阳所在，是以称为"入日"。

问题三，北饮河渭是什么意思？这个就简单了。干旱的地方住不下，再找个有河流的地方去呗！于是北饮河渭（这里的河渭，不一定就是现在的黄河、渭河）。但是后来这地方也因为缺水待不下了（并非是水不够喝，而是此地的存水量不足以支撑夸父部落的生产劳动，例如种植水稻之类），于是又往北方的大泽迁徙。

问题四，也是最关键的地方，"弃其杖，化为邓林"什么意思？说到这里，我们可能已经觉得，夸父逐日好像确实说的是夸父部落不停迁徙这么回事，但又不是很确定。那么，我们最后给出个一锤定音的证据，也就是几千年来一直让人百思不得其解的"弃其杖，化为邓林"的真相。

"弃其杖，化为邓林"，字面意思是把拐杖扔掉，拐杖化成了一片树林。这里当然是在吹牛，夸父要真有那么大的神通，何不弃其杖，化为大泽解个渴呢？并且，教科书里把"邓林"解释为"桃林"，其实也不过是道听途说，缺乏确凿的证据。

那么真相究竟如何？首先得明白这里"杖"的含义。杖，拐杖，支撑用，引申为分支（相当于人的第三条腿）。那夸父的杖，其实指的就是夸父部族的一部分人，一个小的分支。这个分支比较幸运，幸存了下来，跑到一个叫"邓"的地方定居。这里的"邓"可能就是后来的"邓国"所在，或者夸父就是后来邓姓的祖先，这些尚有待于进一步的考证。

那么，这个分支化为邓林又是怎么回事？这里得先明确一下"林"的意思。林的第一个意思当然是树林，但是应该还有其他含义。农村的朋友都知道，"林"字还有家族坟地的意思。古人说："王死葬陵、士死葬冢、圣人葬林、民死入坟。"不知道其他地方，至少在山东地区，家族坟地普遍被称作"林地"。典型如山东曲阜的"孔林"，指的就是孔子及其家族的墓地。明白了"林"还有"家族墓地"的意思，剩下的就好解释了，因为夸父部落的这个分支（所谓弃其杖），迁徙到"邓"这个地方，世世代代居住于此，死后也都埋葬在此地，久而久之形成一大片的家族墓地，从而"化为邓林"。

"工欲善其事，必先利其器"，明白了"巫术思维"，马上就会发现，原来答案是这个样子！

夔一足的悬疑

意犹未尽，再来一个经典的例子——"夔一足"。"夔一足"是什么意思呢？上古传说中，"夔"只有一条腿，但是后世的韩非子不以为然，他觉得"夔"其实还是有两条腿的，并且给出了较为合理的解释：

哀公问于孔子曰："吾闻夔一足，信乎？"曰："夔，人也，何故一足？彼其无他异，而独通于声。尧曰：'夔一而足矣。'使为乐正。故君子曰：'夔有一足。'非一足也。"①

原来是这么回事啊！夔通晓音乐，尧因此任命夔为主管音乐的乐官，似乎尧对夔的音乐能力颇为信任，赞叹说："夔的音乐才能这么厉害，所以这个乐官，由夔一个人来当，已经足矣，其他人都可以下岗了！"这是文言教学里一个经典的"断句"案例。"夔一足"，可以断为"夔，一足"，当然也可以断为"夔一，足（矣）"，韩非子这么一说，貌似真相已然大白了。

但是身为《山海经》作者的巫师们表示明确反对，他们说：

"东海中有流波山，入海七千里。其上有兽，状如牛，苍身而无角，一足，出入水则必风雨，其光如日月，其声如雷，其名曰夔。黄帝得之，以其皮为鼓，橛以雷兽之骨，声闻五百里，以威天下。"②

《山海经》里白纸黑字写得清清楚楚：夔，不是人，而是兽，并且自古以来它就是一条腿，不容否认，不能谈判！现在轮到我们抓狂了，到底是"夔一，足（矣）"，还是"夔一足"？到底"夔"一个人就足够了，还是"夔"就一条腿呢？"夔"到底有几条腿？

说到底，这还得从"巫术思维"那里寻找答案，在此把答案轻易说出来就没意思了。研究研究，自己不动脑子，光接受灌输，又有何趣味可言！这里留下一个悬念，读者朋友们，开动自己的脑筋，想想到底怎么回事吧！我能感受到，大家在想通之后，那种兴奋、愉悦、如释重负般的美好感觉。

---

① （战国）韩非子：《韩非子》，长沙：岳麓书社，2015年，第114页。
② （晋）郭璞注：《山海经》，上海：上海古籍出版社，2015年，第341页。

绝天地通

提起"巫",我们自然而然就联想到神汉、巫婆、仙姑、跳大神,总之是一群上不得台面的牛鬼蛇神,让深受现代科学浸染的我们嗤之以鼻。但是,关于"巫",阿Q的一句名言非常适用:"我们先前——比你阔得多啦!你算是什么东西!"确实,"巫"在上古时代,乃是何等尊贵的阶层!

"巫",从字形上分析就能看出其中端倪,上面一横是天,下面一横是地,中间是两人,两人中间的一竖是梯子,整个字就是"可通天地之人"的意思。你说巫厉害不厉害?这个"巫"可不得了,能沟通把握天地,其地位之尊贵可想而知。《国语》里有记载:

"少昊氏之衰,九黎乱德,人神杂扰……颛顼……乃命南正重司天以属神(天),火正黎司地以属民(地)……以至于夏商。"[1]

这就是历史上赫赫有名的"绝天地通"。说的是颛顼的时候,实行了一次社会分工,让南正"重"主管通神,火正"黎"主管民众劳作,社会上就此形成了重、黎两个阶层。这种阶层分工,一直延续至夏商。在这里,"重"主管通神,其实就是"巫"阶层的通天地,而"黎"主管民众劳作,其实就是体力劳动。显而易见,"重"的身份地位是远高于"黎"的。我们平常使用的"黎民百姓"一词,就是从重、黎"绝天地通"这里来的。

可知"巫"在上古时期,是最尊贵的阶层,也是把握天地秘密的阶层,所以上古的最先进文明,其实是由巫所创造,并且在巫群体内部世代相传。而这种上古文明,正是运用"巫术思维"所出的成果。

既然流传下来的上古文明,来源于能通天地的"巫",那么在没有深入把握"巫术思维"之前,随便评论上古文明就是不负责任的,这是最起码的道理。以我自己为例,曾经也以为上古文明都是愚昧无知的产物,但是伴随着一些新的发现,崇敬之心越来越强烈了!

---

[1] (战国)左丘明:《国语》(三国吴)韦昭注,上海:上海古籍出版社,2015年,第371页。

第二十一篇 《野狗》：防身术速成

野狗

清朝顺治年间，在山东发生了于七领导的农民起义，称为"于七之乱"。在"于七之乱"里，生灵涂炭，很多人被杀，尸横遍野。有个叫李化龙的乡民，为了躲避战乱，跑到山里躲了起来，等他从山里回来的时候，正好碰上军队路过，李化龙怕被抓住杀了，就想藏起来。但藏哪儿呢？四下一看，路边有很多尸体，李化龙就趴在死人堆里，冒充尸体。军队倒也没发现李化龙，径直走过去了。李化龙松了一口气，但是为了保险，还趴在那里想看看情况再走。

这时，路边尸体突然站了起来，其中一具尸体还叹息道："野狗子要来了，怎么办啊？"其他尸体也纷纷应声："怎么办啊？"说完，众尸体又全部倒下，寂然无声。趴在那里的李化龙正惊魂未定，那边过来一个怪物，长着野兽的头、人的身体，俯下身来吸死人的脑髓。李化龙害怕，就使劲往尸体下面钻。那个怪物过来拨拉李化龙，拨拉不动，就把李化龙身上的尸体推开，李化龙的脑袋就露了出来，怪物张开血盆大口就要下嘴。

李化龙非常害怕，正好腰下有块碗口大的石头，顺手就摸了起来。这时，怪物正好把嘴巴伸过来，李化龙手握石头突然发力，朝着对方狠狠砸了过去，正好砸在怪物的嘴巴上。怪物吃痛，尖叫起来，捂着嘴巴一溜烟逃跑了，边跑还吐了一口血在路上。李化龙过去检查，看到血里有两颗牙齿，中间弯曲而两端尖锐，长约四寸，李化龙就把两颗牙齿带回家去给别人看，大家都不认识。

故事的失真

要知道《野狗》这个故事是不是真的，得先了解一下传话游戏。游戏规则如下：一群人越多越好，排成一排，主持人跟排在第一位的通过咬耳朵的方式传给他一句话，第一个人负责把这句话仍然通过咬耳朵的方式传给第二个人，以此类推。每次传话只准说一遍，听不清也不允许问，传话的时候不能让其他人听到，也不允许相互讨论。就这么从头到尾传完之后，问排第一的人所传的话，再问最后一个人所接受的话，话的内容一般都会大相径庭。这个传话游戏说的其实是故事在流传的过程中必然会被扭曲的现象。

《野狗》故事的真实性也可以这么理解，一方面这个故事应该是确有其事；另一方面，原来的故事在流传过程中不断被扭曲，以至于成为我们现在所看到的样子。其中不可信的地方有三：第一，众尸体站起来说话不可靠；第二，野狗子兽首人身也不可靠；第三，尖锐的牙齿无人能识也不可靠。

《野狗》故事的真实情况最有可能是这样的：李化龙为了躲避军队，藏身在尸体堆里。正好碰上野狗来吃尸体，正要对李化龙下嘴的时候，李化龙抓起石头砸中野狗的嘴，把野狗打跑了。这样的故事，在现实中是完全有可能发生的，却不足以引起听众的兴趣，为了赢得观众，李化龙包括其他人在讲述的过程中，就要添油加醋，努力把故事讲得惊险刺激一点，等传到蒲松龄耳朵里，已经演变成了上述的故事。对真实的故事做一些夸张，这是现实中常有的事，为了引发听众兴趣，撒撒小谎、吹点小牛都是再正常不过。《野狗》想来也是如此，真实的情况并非如故事所描述那般离奇夸张，这实际上是一个失真了的故事。

不过《野狗》的故事固然失真，其中却隐藏了武术上的很多秘密，这些秘密实乃居家旅行、自卫防身之必备常识！

"止戈为武"之谬

首先得说下"武"的真义。关于"武"字的组成，流行的说法是把武字拆开来讲，称为"止戈为武"。由此可知，"武"的真意就是交出武器、销毁武器、追求和平、不再打仗。不过，事实果真如此吗？

从造字的角度来讲，"武"是由"止"字和"戈"字组成的会意字没错，但这里的"止"字却非阻止的意思，而是人手的象形，所以真实的情况是"手戈为武"，手里拿着武器，这就是"武"字的本义。

至于"止戈为武"的想法，是在儒家温良恭俭让思想下的理解。因历朝历代在民众当中倡导儒家思想，所以"止戈为武"的思想就大行其道，其原始含义反而逐渐消泯了。我们当然没必要追求成为武术大师，但是人有旦夕祸福，普通老百姓还真有必要略微花点时间掌握几招防身术，在万一遭受不法侵害的时候，能够奋起反击，保障自己的生命安全。学几招实用的防身术当然不可能成为武林高手，但是防身效果好，且简单得很，几乎是一点即通。下面，我们就一起向乡民李化龙学习几招速成防身术。

韦小宝的偷袭

防身术的第一条秘诀是"偷袭"。说到"偷袭"，貌似不怎么光彩，但即便不光彩，偷袭还是极有市场，这反而说明"偷袭"的效果的确是好，古今中外无数的案例已经证明了这一点。李化龙对付野狗子采用的正是"偷袭"法。野狗子哪里想到正要下嘴时，尸体能够突然给它一下子，因此没有任何防备，在李化龙的突然袭击下，猝不及防，还给打掉了两颗牙，狼狈而逃。假使李化龙先摆好格斗姿势，再出手攻击，野狗子早有防备，加之其行动敏捷，李化龙怕是反而要遭其毒手了。

偷袭在战争中也往往是最有效的战术。第二次世界大战期间，德国偷袭波兰、突袭苏联，日本突袭珍珠港，都在短期内赢得了巨大优势，使其在二战中一度掌控局势。偷袭的战术价值不言而喻。

在江湖争斗里的"偷袭"也是屡见不鲜。我读《封神演义》印象最深的不是各路神仙、各种法宝，而是神仙们常挂在嘴边的一句话："先下手为强，后下手遭殃。"只要这句话说出来，对方基本就要倒大霉了。《封神演义》里有多少神仙高人，就是毁在这个"偷袭"上。典型的如土遁高手土行孙，只要碰着地面就能遁走，按说已经立于不败之地了，谁都奈何不了他，结果却毁在"偷袭"上，还没来得及展示自己的本领，就着了道儿。

金庸的《鹿鼎记》里，不学无术的韦小宝居然也好几次打败了顶尖的武林高手，靠的也是"偷袭"。洪教主教给韦小宝的"美人三招""英雄三招"里边都含有偷袭的因素。且看韦小宝大人被王屋派抓住后，是怎么脱险的：

韦小宝笑道："好，磕头就磕头。男儿膝下有黄金，最好天天跪女人！"双膝一曲，向那少女跪了下去。众蓝衫人都哄笑起来。突然之间，韦小宝身子一侧，已转在那青年背后，手中匕首指住他后心，笑道："你投降不投降？"这一下奇变横生，那青年武功虽高，竟也猝不及防，后心要害已被他制住。[1]

韦小宝这一招在江湖上并不少见，王屋派的这些高手估计多是书房派，没怎么在江湖上混，这招在江湖上俗称"求爷爷告奶奶"。使用的时候，要现出愚蠢、软弱、害怕的表象，目的是让敌方放松戒备，然后趁机突然发难，几乎是十拿九稳。类似的突袭招式，完全可以举一反三，灵活运用。由此看来，金庸对江湖里的一些险恶招数还是有一定了解的。在现实当中，歹徒行凶时，戒备心当然会很强，受害人如果想要击溃歹徒，首先就得让歹徒解除戒备心，然后实施突袭，如此方有胜算。

---

[1] 金庸：《鹿鼎记》3，北京：文化艺术出版社，1998年，第1000页。

"正大光明"之谬

但是影视剧给我们做出的榜样往往极其错误。武侠片里常出现以下司空见惯的场景：歹徒正在那里对人行凶，这时一身正气、英俊潇洒的英雄路见不平拔刀相助，还离着几十米就一声断喝："住手！歹徒休得猖狂，看本大侠来收拾你！"然后摆出格斗姿势，接下来，正邪双方就为观众献上一场精彩的武打盛宴。

这显然是很恶劣的误导。这么一声断喝，相当于提前通知歹徒，"小心，我要过来打你了。"有了这么一个戒备，打倒歹徒的难度一下子翻了几倍。影视剧里的此类场景很多，真是害人不浅，导致很多人，尤其是青少年形成这样的错误思维："见义勇为"就应该正大光明，偷偷摸摸地偷袭是很丢人的。但是正大光明的结果，一般都是被早有准备的歹徒打到鼻青脸肿，丢脸是小，丢命就太不值得了。

所以出门办事，自保的黄金准则是：有事躲着走，不要贪便宜，不要凑热闹。但如果碰上必须得出手的时候，就务必遵循"悄悄进村，打枪的不要"的原则。比方说看到歹徒行凶，当然要先打电话报警，交给警察叔叔处理就可以了。如果必须得动手，那就要悄悄捡起块石头，轻轻地摸到歹徒背后，趁着其专心致志行凶之际，悄悄对准要害，一下子解决问题。完事以后，千万不要在现场逗留，赶紧悄悄走掉，这才是正确的办法。有诗为证："悄悄地，我走了，正如我悄悄地来；我挥一挥衣袖，不带走一片云彩。"

械斗

防身术的第二条秘诀是"械斗"，也就是拿起武器抗争，就算实在没有武器，至少也要拿根木棍，所谓"揭竿而起"就是这个意思。李化龙采

用偷袭的战术是提高了命中率，但如果赤手空拳击中野狗，又能有多大杀伤力？李化龙明白这一点，于是摸起碗口大的石头当武器，从而极大提升了杀伤力，一下就敲掉了野狗子的两颗牙，这就是握有武器的威力。

我们刚才说"手戈为武"，说"武"字的本义是手里拿着武器去战斗，既不是止戈，更不是赤手空拳。真正的武者是绝对离不开武器的，不信翻开史书看看，古代的刺客从来就没有赤手空拳去行刺的，至少要带上短刀等武器。有了武器，便是如虎添翼；没有武器，就是待宰的小肥羊。荆轲要是一拳能把秦始皇打死，犯得着大费周章把匕首藏地图里吗？秦王当然也深知武器的厉害，瞥见荆轲抽出匕首，也就不管什么九五至尊了，撒丫子就跑，绕着宫殿的柱子跑。他知道自己空着手，肯定斗不过荆轲。后来终于抽空抽出宝剑，才敢跟荆轲动手，把对方的匕首打掉。失去匕首的荆轲，已经没有任何杀伤力了。对江湖人士来讲，武器的重要性，乃是最基本的常识。

俗话说："武功再高，也怕菜刀；功夫再好，一枪放倒。"有武器跟没有武器完全是天壤之别。据说国际拳王泰森入狱后，说话做事一直小心翼翼。有人问他："你是世界拳王，怕什么，谁又能打得过你？"泰森回答："要是比拳头，我当然是稳操胜券，但如果他们手里有刀呢？"这话值得深思。

《水浒传》里，鲁智深武功高强、膂力过人，倒拔垂杨柳都不在话下。此等英雄人物，打死镇关西还要用三记重拳，这要是在战场上，是没有时间让你去打三拳的。倘若鲁智深用上刀，一刀就解决了。武松赤手空拳打死老虎一直被传为佳话，但是很多读者忽略了，并不是武松想赤手空拳，他不傻啊，实在是因为哨棒折断没法用了，只好空手上阵。即便这样，按住老虎用拳暴揍的时候，武松还忘不了偷懒，捡起折断的哨棒揍，毕竟有武器要比没有武器强太多了。最后，老虎是被打死了，武松自己也累得要死。《水浒传》里另一个打虎好汉是李逵。要说李逵除了力大，武功那是远不如武松的，但就是这么个武功不如武松的莽汉，两把朴刀，轻松摆平了四只虎，完事之后连大气都不带喘。对比之下，可知武器在手，武功倍增！

中国武术史上，武功独步京城的八卦掌名家程廷华，在街头与德国士兵发生冲突。程廷华施展高深武功，轻松打倒几个德国兵之后，飞身上墙，不想辫子卡在瓦片上，结果让德国兵开枪打死了。此等武功绝顶高手尚且抵挡不住武器（火器），更何况普通人！

　　古代武术中的刀、枪、剑、戟等兵器一般称为冷兵器，古人使用武器进行的战斗称为械斗。五块钱买一把菜刀，杀伤力绝对优于苦练十年的铁砂掌。一件防弹衣在身，效果绝对优于任何形式的铁布衫、金钟罩。

徒手拳术的兴起

　　冷兵器这么厉害，为什么空手打斗的拳术却如此兴盛，甚至盖过了兵器的风头？其实武术的发展史，就是研究怎样使用武器的历史；武术的没落史，则是放弃武器，转向徒手拳术的历史。

　　武器的杀伤力如此巨大，封建统治者心知肚明，怕民众以武犯禁，当然要禁止武器了。据说元朝政府明令禁止私藏武器，甚至家用刀具都要加以限制，规定三户汉人共用一把菜刀，那时候做饭时的热闹景象可想而知。这个传闻不知道真假，但限制民间私藏武器则是无疑义的。

　　到了明清，封建统治者虽然也想禁止武器，但又怕禁令过严引起反抗，所以采用温和的方法，以舆论引导的方式，推广徒手拳术，使武器边缘化。其宣传的大致意思是：用武器打败对手，这算什么本事？空手能打败对手，才是真本事！这么一提倡，加上对武器的禁令，软硬兼施，终于在明清两朝，出现了徒手拳术的巅峰，涌现出形意拳、八卦掌、太极拳、武当拳等名扬天下的徒手拳种。

　　这么一来，皆大欢喜。封建统治者在某种程度上不再惧怕民间拿起武器造反，毕竟空手的杀伤力在战争中基本可以忽略。我们看新闻，很少见人是被拳头打死的吧！

　　在徒手拳术的舆论引导下，太多的人忘记了武器才是武术的真义，而是着眼于徒手武功。武侠小说《天龙八部》里，乔峰的降龙十八掌居然在群雄的刀枪剑戟里如入无人之境，这场景，不觉得太过荒诞吗？

　　我小时候看过一些教人"空手入白刃"的武术书籍，当时觉得高大上，现在却嗤之以鼻，不知道作者是异想天开还是不负责任。除非双方的实力绝对悬殊，否则，空手根本不可能入白刃，空手只有被白刃入的份儿。所以要说仅仅健身，学徒手拳术那是可以的，但要说为了防身，还是打消学徒手武术的念头吧！有时候读书多了真不是好事，大猩猩都知道拿根棍子放蚂蚁洞里钓蚂蚁，没文化的睁眼瞎都知道拿起棍子去打狗，这些最简单的道理，饱读武侠小说跟武术书籍的文化人反倒不懂了。

暗器

"偷袭"与"武器"的结合，就出现了暗器。我们在武侠小说里经常领略各色各样的暗器，什么飞刀、金镖、铁蒺藜、飞蝗石，带尖的、带刺的、红烧的、四喜的……使用的方法无不是将手一扬，只见一道闪光，暗器就飞了出去，指哪打哪，杀伤力煞是惊人，但这种暗器印象，在现实中完全是错误的。

"暗器"的核心在哪里？归根结底就是一个"暗"字，没有"暗"，哪有什么杀伤力可言。比方说你手一扬，朝远方的敌人飞出一柄刀，就算你的飞刀再准，这么远的距离，敌人老早就看到，很轻易就躲开了。所谓"暗器"，最主要还是在"暗"字上下功夫，必须是那些能够产生"偷袭"效果的武器，才配称"暗器"。

徒手打斗里，有一种常用的暗器叫铁拳头，又称手刺、手扣、铁四指等。街头小摊上常能看到铁拳头在卖。最简单的做法是找段钢筋，在钢筋的中间再焊上一段钢筋，跟原钢筋垂直，这样就有了三个尖头，有人称之为"三尖钉"。三尖钉握在手里出拳，以尖头击打沙袋，沙袋必然应手而穿，这种效果，世界拳王能做到吗？所以，看到有人似乎是空手上阵，也千万不要大意了，说不定他手里就握有三尖钉。三尖钉的杀伤力强大，握在手里又非常隐蔽，因此便于偷袭。文弱书生带着三尖钉打出一拳，比世界拳王带着拳套打出一拳的效果要强一百倍啊！

石灰粉或砂土也是很好的暗器。打架当然要靠眼观六路，耳听八方，如果眼睛都迷住了，再好的武功也白搭。《鹿鼎记》里的韦小宝就常使用这种下三滥的手段，效果出奇的好。电影《疯狂的石头》里，包哥最后没有被香港大盗干掉，也多亏了提包里的石灰粉。江湖上还有一种暗器是辣椒粉，朝着敌人的面部突然撒出。辣椒粉有强烈的刺激性，只要粘到眼睛或鼻孔里，对方就会暂时丧失攻击能力，类似于市面上的防狼喷雾，使用者趁这个机会赶紧走人就可以了。

身边的武器

　　遭遇不法侵害的时候，拿起武器是最好的选择。但是到哪里找武器啊？最好还是自己随身携带，比如街上的甩棍，可以买一根出差旅游的时候带着，用的时候一甩就是一根短棍，杀伤力强的同时，还有一个好处——甩棍相比于匕首，出大事的可能性要小很多。

　　倘若实在没有准备武器，仍然有办法，因为我们身边到处都有武器。钥匙你有吧，握在手里，露出一个尖头，就是一个最简单的手刺，这么一拳打出去，杀伤力相当惊人。地上有石头吧，《野狗》里的李化龙就是随手摸起一块碗大石头，不过他未加遮掩，其实使用时也可以掩饰一下，比方说捡块石头包在衣服里，这就做成了最简单的流星锤，只管四处抡就行。对方不知道衣服里有石头，还用胳膊去挡呢，挡上了胳膊就得报废，要是抡到脑袋上，那就是毁灭性的一击。还有凳子，到处都是吧？周星驰在《食神》里赞道："好折凳！折凳的奥妙就在于它能隐藏于民宅之中，唾手可得。平时还可以坐着它来隐藏杀机。就算被警察抓到也告不了你，真不愧为七种武器之首。"金属扳手有吧？可以当短棍来用，一下就能敲断手腕。螺丝刀有吧？这不就是一把简陋的匕首吗？家里有开水吧？这又不是大杀器一宗？图钉有吧，坏人朝你冲过来的时候，抓一把扔在坏人的来路上，给他的鞋子通通气。木棍有吧？也可以用，不要嫌木棍杀伤力太小，在木棍一头砸上几个钉子，这就是最简单的狼牙棒了，要是觉得杀伤力小，就给他稍微证实一下。没有石灰粉，沙土总有吧？面粉总有吧？抓一把朝坏人眼睛扬过去，敌人马上变睁眼瞎。什么？都是瓷砖，连沙土也没有，那口水总有的吧？朝坏人眼睛吐过去，趁他眨眼的瞬间，或者趁机跑掉，或者上去给他胫骨一脚再跑。套一句名言，生活当中，不是缺少武器，而是缺少发现的眼睛。开动脑筋，处处都有武器。

近水楼台先得月

有了武器，就要动手了，假如确实难以实施偷袭，这就要考验真正的格斗实力了。假如你和对方面对面，手里各拿一根木棍，双方都已摆开架势，那该如何出手呢？这里有一个原则，就是"近取"。

何为近取？"近取"是来自李紫剑先生的说法。我特别喜欢李先生的《轨迹拳学》一书，尤其喜欢里边不弄玄虚、明明白白讲道理的风格。有兴趣的朋友可以领略一下，跟体育院校的正统武术教材一对比，就明白什么叫"诗在民间"，什么叫"礼失而求诸野"。

"近取"的意思大致分三类：一是哪儿近打哪儿；二是哪里拿武器打哪儿；三是哪儿能牵动全局就打哪儿。

哪儿近就打哪儿，讲的是怎样能更快击中对方。古龙的《多情剑客无情剑》里，阿飞的武功也并非多么高深，其精髓就是一个字"快"，对方的武器还没到，阿飞的武器已招呼到了对方身上，胜负也就定了。那在格斗里怎样能够做到比对方快呢？很简单，哪儿近打哪儿。例如甲乙两人对治，同时出手，甲的击打目标是乙的脑袋，乙的击打目标是甲出手的手臂，请问谁会先打到对方？这就需要计算一下行为距离，从甲的手臂到乙的脑袋有一段距离，从乙的手臂到甲的手臂有一段距离，哪个距离短哪个就先击中对方。显而易见，乙会先击中甲的手臂，顺便也解除了甲对自己头部的攻击。

哪里拿着武器就打哪儿，讲的是要优先考虑解除敌方的攻击武器。敌人靠什么杀伤你？当然是武器。《野狗》里，野狗能够伤人，靠的是狗牙，把嘴巴给他打肿了，它当然就没法子伤害你了。试想你一个人在路上，迎面来了一匹狼要攻击你，你手里有根木棍，那你打狼的哪里？打头、打身子、打腿？都不是最好的，最好的办法应该是对准了狼的嘴巴狠抽，抽得它满地找牙，然后你就安全了。因为狼伤人的武器就是它的牙，把嘴巴抽肿了，它还能咬你吗？《野狗》里，李化龙抓起石头，不砸野狗的身子，也不砸腿，而是专门砸野狗的嘴巴，一下子就解除了野狗的攻击力，效果杠杠的。再联想到警察抓捕罪犯时，为什么要罪犯举起手来，双手抱脑后？目的就是让对方无法出手；士兵抓捕敌人，也要喊缴枪不杀，首先解除敌人武装，因为没有枪的敌人战斗力基本可以忽略；警犬攻击罪犯的时候，所选的首要攻击目标也是手臂，一旦手臂伤了，罪犯也就丧失了攻击力。

攻击敌人持武器手臂的"近取"秘诀，在武林当中隐秘流传了很久，乃是千金不传之秘，但到了现代，已经没有保密的必要了。《清代武术史》里曾有记载："一天晚间，来了一位武师……几十人把来者围在核心，真是刀枪棍并举。但见来人以尺许长的铁棍，左闪右跨，翻手击腕，举手即伤人，专门击腕部，一会儿被这人伤了七八个兄弟……左右躲闪剪腕击打腕，非常的好使……"

哪儿牵动全局打哪儿，意思是找那些能够四两拨千斤的地方进行攻击，这个更多是用在战争中。军事上讲"兵马未动，粮草先行"，如果能够截断敌人的粮草，断绝其后勤供应，敌军势必会陷入混乱。这种情况下，敌军人数越多反而越容易吃败仗，毕竟人多了，吃得也多啊！在战争里，粮草供应虽然在幕后，却常常能够牵动全局，扭转战争形势。曹操的官渡之战正是切断敌军粮草而取胜的经典一战。

上面所说的三种"近取"的方法，在多数时候可以合一。例如敌方持刀攻来，我方侧身挪步让位躲避，与此同时，手中短棍攻击敌方持刀手臂的手腕。挪步让位是为躲避攻击，短棍攻击敌人的持刀手是哪儿近打哪儿（敌方的持刀手离我方最近），因而我方攻击能够更快到达目标，这样符合第一条。敌人手腕被击伤，当然无法持刀，这样就符合第二条，解除敌人武器。敌人手腕被击伤、再也无法持刀攻击，这样符合第三条牵动全局。李化龙的攻击野狗，也完全符合这三条原理。

程咬金的三板斧

还有一个秘诀就是"连环"。所谓的"连环"就是一招无论得手与否,绝不能停手,必须进行迅猛的连续攻击,这样才能保证胜利。当然《野狗》篇里的李化龙没用上这一招,因为还没等李化龙继续攻击,野狗早就一溜烟跑了。"连环"秘诀,运用最好的当属半路杀出来的程咬金。

隋朝末年,群雄蜂起,尤俊达看中了程咬金的神力惊人,拉他入伙,去劫皇杠。没学过武术的程咬金苦思冥想了好几天,硬生生地创出了拿手绝技"三板斧"——劈脑袋、剔牙、掏耳朵。这三板斧不但名俗,而且太简单,比不得降龙十八掌、天罡三十六枪、地煞七十二铜有档次。但程咬金一辈子硬是靠这三板斧来撑门面,就如歌星一辈子指着一首歌过活一样,居然也击败了不少习武经年的悍将。小说里,程咬金的功夫远不及秦琼、罗成,但如果认真分析起来,他的"三板斧"才真正是至简至易至效的沙场绝技。"三板斧"的创立者乃是不世出的武学奇才,因为他发现并运用了"连环"这一格斗秘诀。

"三板斧"的三招绝不可分开来用,必须连环出击。使用方法如下:斧子由上而下劈敌方的脑袋(劈脑袋);劈下来以后并不抽回斧子,而是手腕一翻,斧子由下而上撩敌人的嘴巴(剔牙);撩上去以后仍不抽回斧子,而是再手腕一翻,由斜上到斜下劈敌方太阳穴(掏耳朵)。上述连环三招,经过几万乃至几十万次的练习,完全可以在半秒钟内完成,试问谁有这么快的反应速度躲开这接踵而至的三招?我们平常使用武器的习惯,是先砍一斧子抽回来;再砍一斧子再抽回来;又砍一斧子,又抽回来。多了三个抽回来的过程,完成三次攻击,足足用了多一倍的时间,当然比不过连环三板斧的迅捷了。反应敏捷的人能躲开第一斧,但是在这么短的时间里,接踵而来的第二、第三式攻击是绝对躲不开的。

如果三板斧能够把劈脑袋换成符合"近取"原则的劈手,然后剔牙,最后掏耳朵,那就更完美了。在对抗当中,敌方全神贯注于防护自己的要害,很难想到对方会对自己的持械手进行攻击。假如我方给敌人的持械手砍去一斧,大家可以竞猜一下,对方的手到底是该躲呢还是不躲?躲开吧,那就相当于把防护躯干要害的手臂回撤,致使自己门户大开,接连而来的剔牙、掏耳朵也就不可能躲得开。不躲吧,这条胳膊就算废了,那就成了待宰的小羔羊,仍然是相当于门户大开,真是挠头啊!所以从理论上说,三板斧是无解的,面对连环三板斧,除非遇到了撒丫子就跑,或者以三板斧对三板斧,否则极少有人能够躲开这连环三斧。经常在外的各位朋友要想防身,花上个把星期熟练一下"三板斧",是绝对有必要的。

兵者凶器

兵者凶器也,不得已而用之。自古河里淹死的多是会水的,同样,整天舞刀弄剑,打架斗殴,好勇斗狠,总有一天要栽在武力上面。本文林林总总说了这么多格斗秘密,仅靠这些成为武林高手是不可能的,但作为迫不得已的防身之用,还是非常有效的。当然,这些花招一辈子都用不上才好。

第二十二篇 《贾儿》：神童的奥秘

妖狐魇人

楚地有个商人在外经商，老婆留在家里独居。夫妇俩有个儿子，因为是商人的儿子，古时商贾并称，所以文称"贾儿"。这天晚上，商人的老婆睡觉，感觉床上有人，醒来一摸，是一个矮小男子，性格有点奇特。商人妇知道这是妖狐，正寻思间，妖狐已经倏忽不见，而门仍然紧闭着（民间传说，狐仙能够变化身形大小，只要有一丝缝隙，就能穿越而过，倘若没有缝隙的话，则无法穿过了）。

妇女怕妖狐再来，晚上让自己才十岁的儿子和一个老太陪睡。小孩子半夜醒来，发现不见了母亲，老太不敢去找，孩子胆子倒是挺大，打着灯笼四处寻找，在一个偏房里找到了裸睡的母亲，已经疯疯癫癫了（也就是已被妖狐所魇，精神被控制）。从此之后，妇女每日歌哭叫詈。对于这种狐魇病，医生也是束手无策。

牛刀初试

贾儿尽管才十岁，但胆子很大，不像别人那样畏惧妖狐。但是他喜欢嬉耍，不管不顾他母亲的病，只管整天学泥瓦匠搬砖和泥，垒在窗户上，几天时间就把窗户堵了个严严实实、密不透风。完事之后，又拿来一把菜刀整日磨刀霍霍，以至于所有的人都讨厌这个顽劣不懂事的孩子。

这天晚上，孩子怀揣利刃，拿一盏灯，用瓢遮住光亮，偷偷潜伏在母亲的房间外面。到了晚上，母亲在房间里又开始呓语，这说明妖狐又来了。小孩马上冲进房间，把门一关，守在门口，扬言要把妖狐砍死。

这妖狐一看不好，就想从门缝里逃跑，可门缝已被小孩拿刀守住。想从窗户里跑，窗户早被小孩用泥封堵。怎么办呢？正好这时候小孩稍微离开了门缝，说是要四处搜妖狐，妖狐一看门缝已经让开了，逃跑的机会可不容错过，于是赶忙从门缝往外跑。

谁想小孩只是使诈离开，其实一直留意着门缝处，一看有东西要从门缝往外钻，扬手就是一刀，结果手还是慢了点儿，只砍断了妖狐的一条尾巴，鲜血犹滴。小孩恼恨自己出手慢了，出门跟着血迹追踪，发现血迹一直延伸到何家园子里，这下算是知道妖狐住所了。

看来这小孩真不得了啊，心机颇深。他先把窗户堵上，防止妖狐从此逃跑；然后把妖狐堵在房间里，守住门缝，让妖狐无法从门缝逃走；再然后装作让开门缝，引诱妖狐从此逃走，从而给它一刀；最后还跟着血迹探听出妖狐的住处。其心思之细密，为成人所不及，简直就是神童一枚啊！但是别着急，更精彩的还在后面。

道具

妖狐被砍断了尾巴,消停了一段时间,养好伤之后,又来骚扰。小孩母亲的病变得愈发严重。商人回家后,得知此事,请医生,又请和尚、道士做法,都是无效,这可怎么办呢?

小孩这天晚上偷偷潜伏到何家园子里,要窃听一下妖狐的信息。果然月亮升起来时,有两人在园子的亭子里喝酒,旁边有个奴仆侍奉。他们说的话听不太清,好像要奴仆去买酒之类的。过一会儿,两人就都离开了,只剩奴仆一人在亭子里睡觉。小孩上去仔细查看,奴仆基本是人的形体,但是屁股上垂着一条狐狸尾巴。

第二天,小孩跟父亲上街,看到有卖狐狸尾巴的,就扯着父亲要。父亲拗不过他,只得给孩子买了一条狐狸尾巴。这孩子又偷跑到打猎为生的舅舅家要打猎用的毒药(药猎物用),托言说要药家里的老鼠。舅母给了他一小把,孩子嫌少,又趁机偷了一大捧毒药藏起来带回家。偷药干什么?他买了一瓶酒,把毒药都倒进去,准备好了一瓶致命的毒酒。

牛刀再试

孩子又开始整天在街上闲逛,找那个妖狐的奴仆。这天果然在街上碰到了,小孩就上去搭话,并自报家门说:"我也是狐狸啊!"狐性何等多疑,妖狐的奴仆当然半信半疑。小孩早就把父亲给买的狐狸尾巴系在屁股上,这时就牵出来给奴仆看,并叹息:"我们狐仙,跟人没啥两样了,只是这条狐狸尾巴总是褪不去,可恨啊!"这条狐狸尾巴,也就相当于人类的身份证,看尾巴都亮出来了,妖狐的奴仆当然深信不疑,于是两人言谈甚欢。小孩听说狐仙奴仆给主人买酒但是苦于没钱,就把准备好的那瓶毒酒送给了奴仆，双方挥手作别。

当天晚上，孩子母亲没有如往常一样癫狂，小孩知道肯定有事情发生了，就把自己的行动告诉了父亲。父子俩一块去何家的园子里看到底发生了什么。到了园中亭子一看，不得了，两只狐狸死在亭子上，一只狐狸死在亭子下，旁边酒壶里的酒还没喝完，显然是被药死的。其中一只狐狸的尾巴还断了一截，可不就是上次被小孩给砍断的。

妖狐除掉以后，小孩的母亲也逐渐恢复神志，最终康复。小孩的父亲由此知道自己的儿子是个天纵奇才，就请人教孩子骑射，精心加以培养。孩子长大以后果然很有出息，官至总戎。

天生神童

这个故事确实精彩异常，不过整个故事里，我感触最深的，不是妖狐怎么魔人，也不是小孩如何勇猛，如何想出计谋，而是文里的八个字："母便诟骂，儿若弗闻。"这八个字太点睛了。要论勇猛，一个小孩还能有多勇猛？要论计谋，小孩的心机比起成人来毕竟还是有所不及。所以，孩子的最闪光处，就是他这种"不动如山"的心境。无论被母亲骂得多难听，贾儿就如无事一般，完全沉浸在如何对付妖狐的世界里，其他事情一概不理，正所谓制心一处，无事不办。

朋友们不妨扪心自问一下，自己可有如此心境？要是脾气暴躁的，早就跳起来回骂了；脾气好的则会默默生气，但无论是暴跳如雷还是生闷气，其实质都是一样，都是被诟骂扰乱了心神，结果就极大干扰了对付妖狐的正事。贾儿虽小，但正因这种心境，所以不被扰乱，能够很快找到办法。成年人可能比贾儿多心机，也可能要更强壮，但就因没那个心境，所以找不到办法。

文中的"贾儿"可谓天生神童，对付妖狐，成年人都无计可施，一个乳臭未干的小毛孩却能斩除妖狐。那他的本领从何而来？当然不是大人教的，因为大人也是束手无策。故事里也没有什么高人给他支着，所以"贾儿"的能力，只有一个来源，那就是从娘胎里带来的，这人就是天生神童。

神童让你没脾气

在充满竞争的现代社会里，假如不幸你的对手是神童，你必定会慨叹命运何其不公。你有没有这样的经历：每次考试，当你还在绞尽脑汁的时候，旁边的同学提前一小时就交卷了；更让你吐血的是，每次成绩出来，他一直是年级第一。你是不是恨自己不够用功？是不是觉得他是作弊？再如运动会上的赛跑，你用尽吃奶的力气，却只能看着他在前面绝尘而去，你恨不恨自己没多长两条腿？你是不是怀疑他吃了兴奋剂？

如果你真有此等经历，请不要灰心丧气，也不要胡思乱想，以平常心对待即可。要知道，这不怪你，你比不过人家是正常的，普通人比不过天才乃是天经地义的。

很多人或多或少地见识过身边的神童，我也不例外，并且这种回忆让人很不爽，一想起这类事，父母的话又在耳边回响："你看人家××怎么样！你再看看你……"类似的唠叨，各位是不是很熟悉，并且对此深恶痛绝？不管我们多么不服气，但内心真的很无奈，人比人气死人，我已经很努力了，但仍然只有看着人家神童背影的份儿，真是让人没脾气。

天才（神童）是什么？天才（神童）就是，作为普通人的你，无论如何努力，永远都赶不上的那个人。天才有很多种，有学习天才，学习并不刻苦，成绩却遥遥领先；有体育天才，博尔特、菲尔普斯就是，不是其他人不努力，而是他们确实太强了；有记忆天才，过目不忘，乃至可以媲美扫描仪；有音乐天才，睡梦中就能做出好听的曲子；有喜剧天才，同样的表情、同一个动作，周星驰做出来能让人笑破肚皮，你做出来就显得做作……世界上有各式各样的天才，这是天地造化的神奇，更是常人的无奈。

中科大神童班

因为天才如此优秀，所以每个人都希望自己是天才，父母都希望孩子是神童。在这种心境下，社会上大面积地出现了"神童热"。"神童热"是对天才儿童的一种崇拜，而其登峰造极的表现则是中国科技大学开设的少年班。

1978年，在李政道先生提议和国家领导人的支持下，中国科技大学开设了"少年班"，主要招生对象是尚未完成常规中学教育，成绩却极为优异的青少年学生。1985年，中科大又开设试点班，主要招生对象是高考成绩极为优异的考生。通过这两项举措，中科大把众多天才神童收入囊中，进行培养，据说培养成果不错，多少人获得博士学位，多少人出国云云。一时间，望子成龙的父母把中科大的少年班当成了神童摇篮、成龙圣地。这也是二十世纪八十年代社会上"神童热"的典型标志。

但是少年班的美丽光环很快消失，其实，本来"神童班"就是名不副实的。明眼人一看即知，中科大少年班招收的那么多神童，没有一个是由中科大自己培养出来的，而是一些现成的神童让中国科技大学给搜罗过来，说好听点叫"选拔人才"，说难听点叫"贪天之功"。总之，这些儿童本来就是神童，"少年班"不过是给这些神童提供进一步的教育而已。

这种搜罗现成的神童加以教育，其实根本算不上真正的"神童班"。真正的"神童班"应该有能力把资质普通的儿童培养成在情智某个方面超常的天才。毕竟绝大多数儿童都是普通儿童，家长从心底里也都希望自己的孩子是神童，老师也希望自己的学生是神童，但是神童的数量极其稀少，可遇而不可求。所以老师家长最关心的，并不是发现与选拔神童（这太简单了），而是怎样把普通资质的孩子培养成神童（这太难了）。所以当他们看明白了，中科大的"神童班"原来是这么回事之后，必然大失所望。看来，只能靠自己了。

可怜父母心

临渊羡鱼，不若退而结网。众多父母与老师很快行动起来，想出各种办法，要通过自己的努力，把孩子培养成神童。

我老家流传着一种说法。据说某神童的妈妈在怀孕的时候，吃了整整两麻袋核桃，所以生出来的孩子聪明绝伦。这个听上去有道理啊，中医说核桃补脑，补脑了那还不聪明？于是，一些有心的夫妇赶紧去买核桃，备孕的夫妻二人都可劲吃，已经怀孕的只孕妇吃，已经生出来的，孩子自己吃……可惜老天爷不开眼，迄今为止未见成功案例。

也有些父母相信"笨鸟先飞""早起的鸟儿有虫吃"的说法，于是从娘肚子里就开始了各种胎教，什么游戏、音乐，一股脑地灌。孩子刚学会叫爸妈，就教孩子背古诗，以至到学前班时，不少孩子已能背下数量惊人的古诗了。但是结果呢？除了背古诗，其他方面就不行了。这也难怪，小孩子把精力都放在背古诗上了，没精力学别的，自然其他方面就一片空白。

总之，坊间流传的各种神童培养秘诀，先别说是否经过实践检验，首先就经不起理论推敲。做父母的省吃俭用，含辛茹苦，用这些方法要把孩子培养成神童，却注定以无功收尾，真是应了"可怜天下父母心"这句话。

不过，也并不是没有办法。当你历经千辛万苦，发现神童的个中奥秘之后，就会发现一切原来如此简单。就如神童这件事情，当你把握了神童得以产生的内在机制，剩下的只需照着做就可以了。《阴符经》说："观天之道，执天之行，尽矣。"下面，咱就把几类神童的奥妙曝出来，看看其中的秘密。

博尔特的天赋

博尔特是当前田径赛场上当之无愧的百米霸主。我要说博尔特是短跑天才，各位会有异议吗？这么说吧，假如博尔特懒得很，一天只训练三小时，而你一天训练十个小时，你认为自己有朝一日能够超过，再退一步讲，能够接近博尔特吗？肯定不可能啊，因为这里根本不是刻苦与否，而是天才与否的问题。

博尔特的短跑天赋很小就表现了出来。童年时期，父亲要揍他，他撒丫子就跑，父亲居然根本追不上。教练也盛赞博尔特的天赋："博尔特是短跑天才，所有百米高手的特质在博尔特身上都能找到，而他又天赋异禀，具备任何人都不曾具备的东西。"这种高手特质、天赋异禀、任何人不曾具备的东西到底是什么？我现在就把这个秘密揭穿，但咱得提前说好，你们一定不能笑话啊！博尔特的短跑天分，说出来非常简单，各位一定不要笑，他之所以能跑那么快，是因为他的两条腿一样长。

先不要嗤之以鼻，这可是有根有据的。在我们的意识中，每个人的两条腿可不就一样长嘛！其实还真不是那回事，就像几乎每个人都是左撇子或右撇子一样，绝大多数人的两条腿都不一样长，这在医学上称为"不对称的长短脚"。

长短脚的普遍也有原因的。胎儿的双腿可能尚能完全等长，但出生时骨盆受到产道挤压与外力撕扯，往往导致骨盆的偏斜，进而导致长短脚。此外，人类直立行走，也会导致股骨头转子嵌入骨盆的角度不同，进而导致长短脚。可以说，长短脚是普遍存在的，只是两条腿之间的程度差异非常非常小，一般很难觉察出来。

但我们可以通过一些细节来确定。例如这个人头有点斜、嘴有点歪、有高低肩、走长路容易累、有点外八字或内八字、容易崴脚等，这就昭示着此人长短脚，并已经开始到影响健康和生活了。至于腰椎间盘突出、脊柱侧弯、颈椎病等，更不用说，罪魁祸首之一也是长短脚。

在"脊柱医学"看来，对直立行走的人来说，骨盆就是身体的底盘，底盘正则身正，身正则健康。骨盆不正则有长短脚、脊柱不正，进而影响健康。遗憾的是，几乎每个人都或轻或重地存在着骨盆偏斜及引起的长短脚。然而几十亿人里，肯定也会有那么几条漏网之鱼，他们的骨盆天生就接近完全端正，两条腿也几乎完全等长，他们跑起来，速度优势也就非常明显了。倘若不信，你试着一脚穿平底鞋，一脚穿高跟鞋，一脚深一脚浅地跑一跑，就能明白了。

博尔特就是那个亿万里挑一的骨盆端正、两腿接近完全等长的人。在运动天分上，极微小的长短差异都会造成极大的差异。假如博尔特两条腿长度差距仅1微米，另一个人两条腿长度差距2微米，我们觉得这种差距几乎可以忽略不计，但现实是，就是这点微小差距会进一步引发腿部肌肉用力方式的差异，再扩大为腿部肌肉的发育差异，再扩大为引发整个身体运动系统发育的差异……整个过程有点类似于蝴蝶效应：一只南美洲亚马孙河流域热带雨林中的蝴蝶，偶尔扇动几下翅膀，可以导致两周以后在美国德克萨斯州的一场龙卷风。

如此，两腿长度最初1微米的差异，最终引发在短跑成绩上的天壤之别，引发天才与常人之别。这就是天才博尔特的核心奥秘。当然除此之外，黑色人种的爆发力、训练方法等其他方面也会影响到短跑的实力，但双腿等长这一因素，在博尔特成为短跑霸主的诸多因素中，至少占据了相当的比重。博尔特获得短跑冠军之后，当思感恩，教练是应该谢的，但也可以暂时放一放，首先要感谢的是父母，因为是他们把他生成这个样子的啊！

明白了这个道理，培养短跑运动员时首先就得在骨盆很正、两腿等长的候选人中去选。问题是双腿等长的选手往往可遇不可求，那么就得想办法把普通人的长短脚改造成双腿等长的天才，能够做到的这一点，才是真正优秀的教练。

八卦掌走圈

如何改造长短脚为等长呢？这里举个八卦掌里"走圈"的法子，仅仅作为启发。

晚清三大内家拳术之一的八卦掌可谓大名鼎鼎，不过与太极拳和形意拳相比，八卦掌的修炼方法可谓刁钻古怪，往往让习者百思不得其解。内家拳最核心的东西并非招式，而是基本功，所谓"一力降十会"，功力到了，吃嘛嘛香。八卦掌里的一项基本功练法，简单又奇怪，就是走啊走。这种走又分成两种：一是围着树转圈，八卦门里称为"走圈"；二是按照洛书走九宫八卦步，八卦掌之名字可能就由此而来。在此，咱们只讨论"走圈"。

绕树走圈的练功往往让人啼笑皆非，应该没人会相信只要绕着树转就能练出董海川、程廷华的那般神功。但真实情况是，这还真就是八卦掌的真传之一。"走圈"在武林中又被称为"转天尊"，据说全真教龙门派的丘处机道长，当年练功时总是打瞌睡，便采用了"转天尊"的修行方法，整天转啊转，修行终于获得了成功。常说大道至简，下面我们就分析下这个简单的转圈到底有什么奥秘在里面。

转圈的第一个奥秘类似于佛教的"经行"。何为"经行"？《定慧之路》里说："经行是来回地行走着修行……你的脚在走的时候，身体的动作心里要明明了了。此时除了左右脚的动作这件事以外，观察其他的事情都是错的，全部心念都要专注在脚的动作上……加强你的心念专注在脚的动作上，不要做第二件事情。如果你突然间注意有灯，那么就是说你的心念已经离开了脚。这时候，你快一点警告自己……虽然你在动中，心专注在身体的动作上，这是在动中产生定力的方法。"所以"经行"说白了就是锻炼定力，因为采用安般法静坐修炼定力，容易打瞌睡，所以改进为在走动中修定力，其原理跟安般观息一样，效果甚至更佳。

在这里给习练八卦掌走圈而难有进步的朋友们提个醒，走圈的一个首要目的是定力修炼、心灵修行，需要悉心体察，在动中生定，而不是完成

走多少圈的体力任务，这就是走圈的第一层奥秘。心的境界到了，武功境界当然会相应提升，此项可算作是八卦掌走圈的心理修炼。

转圈的第二个奥秘则是道教独有了。道教很重视肉身的调整，并且探索出很多相应的方术。相比之下，佛教则更偏重于心性修行，对身体的调整相对要弱一些。就以转圈（经行）为例，《定慧之路》里提到："经行的方法就是来回地走，限定在十五步到二十步之间，不可以兜圈子，只能来回走直线。"但是来自道家的转天尊，却偏要兜圈子,孰对孰错？其实都对，当你专注修心的时候，走直线就可以了；但如果是想身心双修，还是转圈更合适。

转圈究竟如何修身？这就跟前面的长短脚联系起来了。走圈的时候，里面的脚走的距离短，外面的脚走的距离长，大圈距离长于小圈，这样日积月累地走下去，双腿的长度就会发生缓慢变化，骨盆的水平度也会发生变化。骨盆一正，双腿等长，脊柱正直，体质转好，身体构建起最佳形态，在此基础上再训练发力，自然会事半功倍，练起短跑来，也能笑傲一方。至于哪条腿在外，哪条腿在里，还是自己琢磨吧！

脑电波

可以毫不夸张地说，每个天才都有着其赖以成为天才的秘密。当这个秘密大白于天下时，普通人也可以通过科学训练，达到以往高山仰止的目标。当然，绝大多数人对跑得快不感兴趣，我们更关心贴近生活的内容，比方说如何获得神童般的学习能力。破解这个难题，得首先引入现代脑科学的脑电波理论。现代脑科学把人的脑电波大致分为四个频段——δ 波、θ 波、α 波、β 波。

δ 波的脑电波频率为每秒 1~3 次。婴儿或智力发育不成熟的人、在极度疲劳与昏睡状态下的成人，其脑电波都呈现为本波段。

θ 波的脑电波频率为每秒 4~7 次。这在抑郁症患者身上比较常见，同时这又是少年儿童（10~17 岁）所特有的脑电波频率，盖因少年心性尚为单纯，没有成年人那么多小九九，所以脑电波的频率仍然不是很快。

α波的脑电波频率是每秒8~13次，这是正常人脑电波的基本节律，出现在人头脑清醒、心灵宁静之时。

β波的脑电波频率是每秒14~30次。精神紧张、情绪激动、着急上火、神经衰弱时，脑电波多呈现为β波。

在运动领域有个词叫"顶级表现"，是指一个运动员在特定状态下能够发挥出最佳水平，如果发挥不出最佳水平，那就是"不在状态"。研究发现，运动员在做出"顶级表现"的时候，脑电波往往呈现为α波状态，这时候的那种心理感觉，就是灵光一现，就是成竹在胸、志在必得，这种感觉朋友们应该也偶尔有过。

神童的脑电波，基本可以维持在α波和β波之间自由转换，所以在学习过程中能够一直保持着顶级表现，这就是他们能够出类拔萃的一大奥秘。而普通人的脑电波，则像跷跷板，或是处于昏沉的低波段状态，或是处于杂念丛生的高波段状态，就是少有处于α波的平衡波段状态。

佛教修行里讲，静坐的时候会碰到两个困扰——昏沉与散乱。昏沉是打盹，这时脑电波处于低波段；散乱就是杂念丛生，这时脑电波处于高波段。"心性修行"与"现代脑科学"就在这方面相互印证了。

宁有种乎

明白了上述道理，神童的优异表现也就变得不再那么遥不可及。纵使是神童，其脑电波经常维持在α波，但偶尔也免不了昏沉或焦躁。语文课本里有篇《伤仲永》：神童方仲永，五岁的时候能够出口成章、文采斐然，为众人称道；后来整日穿梭于各种场合，没几年就"泯然众人矣"。如果用脑电波理论来解释，方仲永五岁的时候，脑电波维持于α波的状态，因此学习、写诗都能做出顶级表现。后来沾染了太多世俗中的想法，脑电波就变得以β波为主了，天才能力也因此丧失。

这个案例启发我们，既然神童能因一些因素蜕变成"泯然众人"，那

么也可以反其道而行之，普通人也能通过科学训练变身为天才。

其实普通人跟神童比，在脑电波方面的差别并非想象中那么大。α波并非仅是神童的专利，普通人每天也有那么一段时间，脑电波呈现为α波状态。各位可以悉心体会一下，我们早上刚刚醒来的那几分钟，脑电波就处于α波状态。这时头脑清晰，心情平静，如果此时静坐，就会比较容易进入状态；如果此时学习，那就是神童一般的学习效率。可惜的是，每天这宝贵的几分钟，我们都拿来洗脸刷牙了。

不过这也提示我们，α波状态并非可望而不可即，普通人偶尔也可以做到，既然能够偶然做到，那就能够通过科学训练，让α波状态成为一种常态。关于"右脑教育"的书里往往都有α波训练方法，包括听轻松的音乐、催眠暗示、特殊锻炼等，应当是有一定效果的，而传统的安般法、听息法、诵经法，效果来得可能更可靠些。

从现在开始，再面对天才的时候，我们可以平心静气了。每个人都有自己的天分和优势，有的生来聪明，有的愚笨；有的生来漂亮，有的丑陋；有的生来健康，有的多病……天才不过是一种生理差异而已，生理差异又是普遍存在的。无须羡慕别人的天分，也不必慨叹命运的不公，你羡慕别人的时候，有可能人家也在羡慕你。最关键的是，当我们把握了天才的奥秘，探索出科学的训练方法，本来平庸的生活就开始了不平凡的转变。

第二十三篇　《封三娘》上：腰腿痛的根治法

中国的罗密欧与朱丽叶

封三娘是范十一娘的闺中密友。封三娘懂得相人之术，晓得孟安仁以后必然飞黄腾达，就给范十一娘和孟安仁牵线搭桥。但是孟安仁家境贫寒、地位低下，再加上有大户人家求婚，所以范家否决了范十一娘和孟安仁的爱情，而把女儿许配给某大户人家。范十一娘抗争无果后，悬梁自尽，三日之后埋葬。

范十一娘死后，封三娘和孟安仁偷偷把她的尸体挖出来，灌上异药一剂，范十一娘起死回生了。有情人终成眷属，这两口子从此就隐居起来过日子。后来孟安仁果如封三娘所言，官至翰林，范十一娘也找个机会归宁范家，一家人又得以团聚。这是一个中国版的罗密欧与朱丽叶的故事，唯一不同的是，《封三娘》最终是个大团圆的结局。

封三娘的异诀

封三娘的来头是个谜。据其自称，她自幼读相术书，其相人术准验异常，事实也证明她相孟安仁非常准验。当然，她也绝非仅仅懂得相术，还有诸

多的方术传承。范十一娘因喜爱封三娘，劝其与自己共事一夫，封三娘推辞的理由则是：我从小就得异诀，有方术传承，通吐纳之术，有望长生不老，因此这色戒是万万犯不得的。

范十一娘当然视为诳语，不以为然道："别逗了，你看市面上流传的养生术，可以用汗牛充栋、车载斗量来形容，健身三百招之类的书籍，到处都是，也没见谁能够因此长寿啊！"封三娘正色回应："市面上能够流传的，基本上都不是真传。但是偶尔也有例外，比方说华佗五禽图，还能算是比较好的养生法。修炼者都追求血气流通，气血不通就要出问题。要是打嗝的话，就练一下五禽图里的虎形，马上就可以止住打嗝，这就是一个验证啊！"

后因中计失身，封三娘告别孟安仁、范十一娘夫妇时自陈："事到如今，我也不想再隐瞒了，其实我是狐仙出身，要是不破色戒的话，前程远大。现在犯了色戒，这都是天意，是未过情劫啊，看来不能在此久留了……"言毕，飘然而去。

虚妄抑或真实

故事里说封三娘是狐仙，还夹杂了不少神神道道的东西，以至读者觉得不可信，认为这是编出来的故事。我起初也是这么想的，但是读到封三娘关于"五禽图"的论述时，不由吃了一惊。

这里有个大秘密，本来以为普天下就没几个人晓得这个秘密，可是没想到，封三娘竟然知道，这个大秘密是关于华佗五禽戏的。五禽戏大家都熟悉，估计还有不少朋友正在练着，但是甭跟哥提现在市面上流传的各类五禽戏，那些根本就非华佗神医所传。从封三娘对五禽戏的只言片语里，能推断出她知道华佗五禽戏的真面目，并且她就那么不经意地透露了出来。看来山外有山，人外有人，山外有很多山，人外有很多人，绝非虚言。

可惜的是，这点价值连城的信息，湮没在浩如烟海的文字里，连带着其背后隐藏的大秘密，几乎从来无人关注。但也正因这只言片语，我开始怀疑《封三娘》的故事还是有一定真实原型的，毕竟关于五禽戏的秘密，可绝不是能虚构出来的。也就是说，尽管这个故事是编的，但作者肯定也得到过华佗五禽戏的真传，这个故事最少也是部分真实。下面，我们就慢慢揭开"华佗五禽戏"的神秘面纱。

五禽戏概说

诸位对"五禽戏"的名字当不陌生，历史课本上介绍华佗的时候，着重整理出他的两个成就：一是在世界上最早使用麻药"麻沸散"进行开刀手术；二是创编了健身良法"五禽戏"，成为后世导引术的标杆。

"五禽戏"是古代流传的一种导引术。导引之术古已有之，神医华佗也只是导引术的传承者。有的学者考证导引术来自于上古时代的巫舞，因为至少在战国时期成书的《庄子》里，就有"吹呴呼吸，吐故纳新，熊经鸟申，为寿而已矣；此道引之士，养形之人，彭祖寿考者之所好也"的记载，明证导引术确实是早已有之。

导引术托名为彭祖等高寿之人所传，其功用由此可见，为的就是健身长寿。大约成书于东汉的《黄帝内经》里记载："中央者，其地平以湿，天地所以生万物也众。其民食杂而不劳，故其病多痿厥寒热。其治宜导引按跷。故导引按跷者，亦从中央出也。"著名的"马王堆导引图"在二十世纪出土，里面明白图示了汉代流行的导引术，共计40多个导引动作，这些都确证了导引术在华佗之前早已存在。

但是只有到了华佗所在的东汉末年，"导引之术"才真正创立了一个品牌，这就是"五禽戏"的品牌。《后汉书华佗传》记载：

佗语普曰："人体欲得劳动，但不当使极耳。动摇则谷气得消，血脉流通，病不得生，譬犹户枢，不朽是也。是以古之仙者，为导引之事，熊颈鸱顾，引挽腰体，动诸关节，以求难老。吾有一术，名'五禽之戏'：一曰虎，二曰鹿，三曰熊，四曰猿，五曰鸟。亦以除疾，并利蹄足，以当导引。体中不快，起作一禽之戏，沾濡汗出，因上著粉，身体轻便，腹中欲食。"

普施行之，年九十余，耳目聪明，齿牙完坚……①

即便两千年以后，国内的气功潮陷入低谷，"五禽戏"在社会上仍然未受到什么冲击。主要原因在于：五禽戏是国家体育总局所认定并加以推广的，有着鲜明的官方背景；五禽戏的功法又是完全公开，不具迷信色彩，也不可能形成组织拉帮结派。五禽戏不但未受限制，反而趁气功潮陷入低谷而大大火了一把，在国内有着众多的拥趸。

后世造作五禽戏

华佗去世后，华佗医术可能失传，当然更有可能流落民间。华佗所传的"五禽戏"也很快湮没在历史的云烟里。尽管距离华佗不远的南朝时期陶弘景的《养性延命录》里，记载了"华佗五禽戏"的练法，但估计是动作太过简单，形象太过粗俗，理论也不够高深，所以读者多不愿相信这就是历史上鼎鼎有名的"华佗五禽戏"。

于是陶弘景之后，有很多未见过陶弘景版本五禽戏的，或者不满于其过于肤浅粗俗的修道士，就按照自己的理解，开始创编"五禽戏"，以作养生修炼之法，结果造成现在五禽戏多个版本的流行。对这些五禽戏版本的总结罗列，在网上有篇名为《五禽戏十个亟待破解之谜》的文字，可以搜索来看看，从中可见其一斑。

文中列出五禽戏的近 10 多个版本，让人不由眼花缭乱，无所适从，习者到底该练哪一个版本？哪个版本才是华佗所传？或者，这些版本里根本就没有华佗所传？当一种导引术从普通群众到专家，连其真实练法、真实版本都难以确定时，那推广的时候可能就有点欠缺底气了！其实，目前"五禽戏"的重中之重，不在于推广本身，而是要还原"五禽戏"的真实面貌。下面，我们一起来分析后世是根据什么原理来创编的"五禽戏"。

---

① （南朝）范晔：《后汉书》下，（唐）李贤注，北京：中华书局，2005年，第1850页。

"五禽戏"的原理辨

原理之一是"五行说"。这个好理解,"五禽戏"的五个动作,正好能跟"五行"对应起来,于是就有了这种种说法。"五禽戏"对应着人的五脏五行,不过哪个动作对应着哪种五行,那可就众说纷纭了。其实这种"五行说"实在是太牵强了,倘若这套导引术包含六个动作,那岂不就跟"六合"对应起来?有七个动作对应着"七政",八个动作对应着"八卦",九个动作对应着"九宫",以此类推……所以"五禽戏"的"五行说"根本就是乱弹琴,远未能揭示真相。

原理之二是"模仿说"。这种说法认为,"五禽戏"是古人从动物的养生动作中获得启发,据此发明了"五禽戏"。所以我们现在看到的某版本的"五禽戏",猿戏如猴子一般上蹿下跳、抓耳挠腮,鸟戏则如飞鸟般扑扇翅膀……但这些来自动物的动作真的就能养生吗?我在济南动物园见到笼子里的猴子上蹿下跳,几乎是一刻不停。虽说生命在于运动,但如果没记错的话,这种猴子运动狂的平均寿命是一两年。与此同理,整天扑扇着翅膀的鸟类,寿命也高不到哪里去,所以这种仿生说其实也靠不住。真实的情况是,华佗所传的"五禽戏"是先有其戏而后有其名,先创出了动作,然后看这个动作像什么动物,或者与什么动物有关联,即命之以其名。"五禽戏"来源的"模仿说",究其实也是靠不住的。

原理之三是行气说。这种说法秉承古代养生里的"行气术",类似现在的气功通大小周天之类,用意念导引内气在体内流动,所以有认为五禽戏是行气术的说法。有的文章把"五禽戏"与"十二经络"对应起来,这个就更是不着边际。行气术涉及经络,相当复杂,五禽戏大道至简,绝对不是在经络上下功夫,况且五禽跟经络确实也扯不上什么关系,因此以中医经络去套"五禽戏",可以休矣。

原理之四是"自发动功"的原理。这方面以"自发动功五禽戏"为代表,这可能是现代人创编的功法,在网上也有相关书籍下载。所谓"自发动功",

就是练功的时候，练着练着进入某种状态，会突然无意识地做出一些平时没有练过的动作，有时候动作如虎、如鹿、如猿、如鸟、如熊，这就是"自发动功五禽戏"。有人在练功之时能够自发打出像模像样的拳法来，而此拳法他从未学过，这种功法又称"神拳"，也是客观存在的一种现象。在此揭个底，这个"神拳"跟"义和团"时期的"神拳"有类似之处。总之呢，"自发动功"确实存在，是在特殊心理状态下的一些自发动作。从"心理学"的角度来看，应该是潜意识内在意象的一种外化。"自发动功五禽戏"当然不可能是华佗所传的"五禽戏"，要是华佗练自发动功的话，在那个年代怕是早被关精神病院了，倒也免了后来一劫。

啰唆了这么多，明眼人也看出来了，敢情你打着分析的名义，认定市面上的"五禽戏"都并非华佗真传，还不就是为了说明你的"五禽戏"才是正宗的华佗所传吗？你的证据又何在？

跟五禽戏的缘分

这个嘛，证据以后会给出的，在此请允许我先啰唆一下我跟"五禽戏"的缘分。话说，我从小天赋异禀，是修道的一根好苗子。这一天偶然遇到一位仙风道骨的得道高人，该高人哭着喊着非要收我当徒弟，并密授"华佗五禽戏"于我，临别时还谆谆告诫我说："此'五禽戏'不同流俗所传，实乃华佗仙师亲授，我是 N 代传人，到你已是 N+1 代。你当立下重誓，谨守其秘，绝不可妄泄天宝。不过若是机缘成熟，也可出世普度有缘众生，办个养生培训班啥的，收些束脩也不是不可以的……"

但是我可以告诉你，这是假的！本人天庭并不饱满，地阁也不方圆，从小到大也没碰到过太离奇的事，看到别人自述其奇异经历，常常禁不住自惭形秽。其实对现实里的每个人来讲，就如新写实小说里表现的，平淡庸碌，这就是生活的常态，对此我也很无奈。至于跟"五禽戏"的缘分，其实是因我父亲而起。

恼人的腰腿痛

2001年，父亲被一种常见病所折磨，这种病的好处是死不了人，坏处是真的能够把人给折磨死。这么一说很多朋友可能就猜出来了，不知该恭喜你猜对了呢，还是该同情你猜对了呢？毕竟能够猜对的，或者自己，或者亲人，吃过这个病的亏。

不错，这个病，正是发病率甚高的"腰腿痛"。父亲去医院检查，被确诊为是"腰椎间盘突出"导致的"腰腿痛"，由此就开始了漫漫的求医路。

腰腿痛的症状很折磨人，表现为腰骶部酸痛，并且牵扯着腿部酸痛，不是那种剧痛，是那种说不出来的难受感。患者站立、行走困难，多有间接性的跛行，走一点路就得蹲下休息一会，很多患者只能卧床休息。但是严重的腰腿痛患者，即便卧床也相当难受，因为躺着也照样酸痛，翻来覆去地睡不着，心情落到低谷，常常有生不如死之感，那种感觉非亲身经历难以体会。更可怕的是，这个病古今中外医学都认为是慢性病、疑难病，而且在医学上仍然没有特别有效的治疗方法。所以，要恨一个人，就诅咒他患腰腿痛吧！

腰腿痛疗法概说

其实"腰腿痛"的治疗方法还是很多的，大致可以分为"保守治疗"与"开放治疗"两种。保守治疗就是服药、敷贴、理疗、封闭、针灸、针刀、正骨之类的无创或微创疗法，开放治疗当然就是大动干戈——开刀做手术了。伤筋动骨一百天，刚得此病的人当然不愿选择手术，毕竟开刀对身体的损伤还是很大的，所以患者多首选保守治疗。市面上的"保守治疗"，我们几乎挨个试了个遍，但效果总不尽人意。

药吃了一些，膏药也贴了一些，效果不能说没有，但是距期待甚远。还曾经去理疗过，其中一项是把病人放烤灯下烤，就像烤乳猪，结果效果还是欠佳。再有就是"打封闭"，说白了就是打麻药，在疼痛的部位附近注射激素以减轻炎症反应，注射麻醉药以消除疼痛，能够让腰腿痛的症状消除那么一两周。如果这段封闭麻醉期间内，病人能够自我康复，那就恭喜他中大奖了。不过据我所知，能够自我康复的患者毕竟还是少数，待到出了封闭期，腰腿痛依然如故，继续这么阴魂不散地纠缠着患者。

给"草根"泼冷水

说起这个"打封闭"，我倒又想起另一件事，这是我亲自见闻。那是10多年前，我的一位长辈，是位老农民，也是因腰腿痛而四处求医，听说南边某地有个医生，有治疗腰腿痛的自制药丸，效果很好，就去买了一些来用。在农村来讲，这个药还是中等偏贵，每天得吃几块钱的药。至于效果嘛，据他所说，效果是有的，吃了药果然就不疼了，但是不吃药就又疼起来了。

听到这里，我心里有点数了，如果没猜错的话，药丸子里肯定是掺了止痛药。止痛药才值几个钱，掺进丸子里，摇身变成治疗疑难病、腰腿痛的灵丹妙药，价格也翻了不知多少倍。虽说赚了个盘满钵满，赚的都是昧心钱不说，更耽误了患者的病。

相对来说，西医的"打封闭"效果虽然并不理想，但是很讲职业道德，非常实在。他明确地告诉你这就是打麻药，看看打麻药期间能不能好转，如果不能好转，你还是另请高明，不要再在这耽误工夫了。

这件事给我很大冲击，加上其他的一些经历，让我面对民间高人的时候，时时升起提防之心。虽然现在常说诗在民间、礼在民间、中医在民间、功夫在民间、高人在民间、民间立场什么的，总之，凡是好东西都在民间，这就是时兴的"草根精神"，学术界所说的"民间立场"吧！但事实是，无论官方背景还是民间背景，其实都不能作为判断依据，真金既有可能在官方，也有可能在民间，而我们自己的思考与探索，才是真正的试金石。

一个正骨神人

保守治疗经历的失败已经太多，至于针灸和针刀之类的疗法，倒没怎么去试，况且以我的立场看来，针灸和针刀治疗腰腿痛，其实并不对路，只能缓解，难以根治。所以我们选择看上去可能更有把握的一种疗法，比如"正骨"。

在我们那里，流传着一个正骨高手的传说。据说此人正骨的技艺精湛，只需几个动作，几分钟时间，就能够基本解决患者的腰腿痛问题，听说已经治好了不少人。于是，在一个阳光明媚的日子，父亲和我花三百块钱包了辆小车，赶往高手所在的县就医。一路的心情，期待又忐忑……

小车司机走起这条路来可谓驾轻就熟，毕竟他不止一次带人去那边治腰腿痛了。司机一边开车，一边给我们讲这个高人是多么神奇，谁的腰腿痛给他几下就治好了，还说他们本地大医院要拉他入伙，他嫌挣钱少不乐意，仍然自己干个体户云云。

几个小时以后，终于抵达了目的地。这是城里一条不起眼的街道，谈不上豪华热闹，正骨高人开了一个门头房，有没有挂牌子也记不清了，倒是比较好找。很旧的房子，很小的房间，房间里站着不少人，听说高人的女婿在跟着当学徒，看来好技艺确实不传外人。

高人的治疗手法也很简单，简单询问一下病情，扫一眼患者带来的片子，然后让患者躺在床上，曲起膝来，就那么娴熟地扳动了几下，然后让患者站起来到街上走动一下，这就完成治疗了。患者离开的时候，还要拿上几十块钱的膏药回家贴敷。

至于治疗费用，其实也不高，合计起来也不过一百块钱。我们在那里待了有四五十分钟，这期间先后有好几个远道而来的腰腿痛患者前来治疗。按一人收费一百，一天有六十多个病人的情况算下来，一天可入账五千，

怪不得放着大医院的铁饭碗不要，非得自己单干，这就是发财人士的生动写照。这个事情也启示我们，你要想发达，就得有自己的东西，有自己特立独行的技术，而那些大路货的技术，因为掌握者实在太多，仅够小打小闹，维持温饱而已。

又扯远了，希望与失望如影随形，即便回家后贴了高人的膏药几天，"腰腿痛"仍然没有好转的迹象。看来内外兼修、博大精深的中医正骨功夫，照样让人失望了。当然这可能是个案，高人或许确实曾经治好了某些人也说不定，毕竟治病还讲究个治愈率呢！从逻辑上讲，失败的案例也并不足以给高人的能力下定论。

但时过境迁，当基本搞明白了"五禽戏"以后，高人有没有真功夫其实已经不重要了，因为在"五禽戏"看来，治疗腰腿痛，手法正骨的方向本来就没有太大出路，或者只能作为配合疗法来用。"会当凌绝顶，一览众山小"之后，那种感觉却不是豪迈，而是唏嘘，五味杂陈。

天无绝人之路

这时父亲的腰腿痛发展得比较严重，几乎要卧床不起了，只得住院。短时间内就花了几千块钱，当然钱不是问题，问题也不是没钱，而是钱花了，罪还是照样受。

这时摆在面前的路貌似只有一条——手术。手术治疗腰腿痛是相信现代医学之人的首选。也确实，手术治疗"腰腿痛"的效果看上去的确立竿见影，一场手术下来，腰不酸腿不痛了。不过患者却忽视了一个问题，或者也不能说是忽视，而是不敢直视这个问题，那就是手术后的复发。我在医学论坛版块转过一段时间，见识了手术的复发率，众多网友的发言都可作为证明。所以，不是患者愿意选择手术，而是到了那个关头，已经别无选择。

好在天无绝人之路，正在要准备手术的时候，父亲碰到一个熟人，此人也是腰腿痛患者，但是当时已经好得差不多了，谈及怎么好起来，他没有提针刀、手术、中药、针灸、正骨、牵引这些非专业人士不能掌握,而且治疗效果也不咋滴的大路疗法,而是给出了让人大跌眼镜的三个字——吊单杠。是的,没错,你没有听错,不是针刀,也不是动手术,更不是针灸,也不是998,而是不花1分钱的吊单杠。刚听闻此言,不相信的成分自然占多,但是眼见为实,人家既然已经康复,就证明这个办法至少值得一试,况且,吊单杠也不花你钱。

几个星期后,父亲又能够走动自如了,腰胯看起来还有点斜,但是总算基本恢复了。这里边还有一些内幕,吊单杠也有诀窍,咱们以后再说。总之呢,中西医都缺乏有效的治疗手段,公认为疑难杂症的腰腿痛,就这么样子基本解决了,回想起来还真是有点失落。

发现"猿戏"

后来,我读到《三国志》里的华佗传,又有缘接触到南朝陶弘景在《养性延命录》里记载的"华佗五禽戏",里面明确记载着"猿戏"的练法:"攀物自悬,伸缩身体,上下七,以脚拘物倒悬,左七,右七;坐,左右手拘脚五,按各七。"[①]

这不就是吊单杠吗?或许是缘分到了,以此为契机,"五禽戏"的大门开始朝我打开。经过数不清的实践与体悟,根据《养性延命录》及其他相关资料,我花了很长时间来还原五禽戏的真实练法,同时探究五禽戏的养生治病原理。时至今日,五禽戏的秘密总算基本水落石出。

暂时不说别的,先说说"猿戏"的养生原理,这么简单到让人大跌眼镜的动作,怎么就能治好困扰现代医学的腰腿痛呢?

---

① (南朝)陶弘景:《养性延命录》,宁越峰注,朱德礼校译,赤峰:内蒙古科技出版社,2002年,第57页。

腰腿痛的机理

现代医学明确给出了腰腿痛的病理，就是腰部的椎体发生偏斜或有突出物，导致附近的神经受压迫所致，很多患者的痛感沿神经一直延伸到小腿，是为腰腿痛。这个解释比起中医的风寒、湿痹、肾虚、血瘀等说法应该要直白易懂得多。

根据这一病理，现代医学的治疗方法，基本都是围绕着被压迫的神经做文章。封闭就是通过局部麻醉减轻痛苦，创造时间与条件，让椎体偏歪恢复正常；针刀就是拨开受压迫的神经使其不受压迫；手术就是把神经的压迫物割掉。这些疗法有时效果也不错，但是很多时候疗效不佳，或者不长久，久而久之，腰腿痛成了公认的、困扰现代医学的疑难症。

治病求本，好的中医与好的西医皆然。求中标，只取本，治千人，无一损，的确为至理名言。对于腰腿痛来说，何为标何为本，需要静心揣摩。真相是，腰腿痛症状为标，神经压迫为本；再进一层，神经压迫为标，椎体偏斜为本；更进一层，椎体偏斜为标，导致偏斜的综合力学因素为本。标本认知的不同层次，就决定了治疗方法的不同层次。只看到腰腿痛症状，当然只好停留在用止痛药的层次；能看到神经压迫，就会进入到针刀治疗的层次；能看到脊椎偏斜，差不多就进入手术治疗的层次了；而能找出脊柱的综合受力原理，就会发现，"猿戏"才是最大道至简，最深层次的治疗方法。

椎体偏歪

脊柱的力学功能如下：脊柱是身体的大梁，是人之所以能站立与承重的主要支柱。

脊柱的正常弯曲程度如下：从正面与背面看，脊柱应该是完全正直的；

从侧面看，脊柱具有生理弯曲。

脊柱与神经的关系如下：人体有 31 对脊神经，脊神经紧密附着于脊柱，从脊柱两侧通过，因而当椎体偏离正常位置时，很容易导致压迫神经，从而产生相关症状。

脊神经与疾病的关系如下：脊神经是内脏器官与人脑的连接通道，换言之脊神经负责将内脏的情况传达给大脑，然后把大脑的控制信息发回给内脏，从而使人体的生理机能得以正常进行。假如某条脊神经通路发生了问题，就会导致相关脏器的机能紊乱而致疾病。

非外伤者发生椎体偏斜的情形有两类：一类是脊柱从正面、背面看应该正直，却发生了左右偏歪，这被称作脊柱侧弯；二类是从侧面看脊柱应该有正常的生理弯曲，但是患者的脊柱生理弯曲过大或过小，上述两种椎体偏斜情形，都可能导致脊神经受压迫。

从"六合"的视角进行分析：上下前后左右，是为六合。两块椎体，上下贴得太紧，可能会压迫神经；左右偏斜，也可能会压迫神经，前后偏斜，同样可能压迫神经。

脊柱偏歪与肌肉关系如下：正常情况下，肌肉能够维系脊柱处于基本标准状态（正背面正直，侧面正常生理弯曲），但随年龄增长或长期从事特殊工作如搬运、司机、坐办公室者，因脊柱受压严重，周边肌肉往往不能维持脊柱正常状态，并产生肌肉劳损，进而导致椎体偏歪。

"猿戏"的养生机理已经包含在上述原理中。

"猿戏"的机理

病人因为椎体偏斜，导致脊神经受压迫，医学上应该如何处理呢？应景的做法当然是把压迫点切除或者拨弄开，从而使得神经压迫解除，针刀、手术的原理即是如此，但显而易见，导致椎体偏斜的根本原因并未消除，倘若不注意保养，复发率定然很高。

那么，如何除掉椎体偏斜这个病根呢？打个比方，一根弯曲曲的粗铁丝，怎么能让它变直？拽住两头使劲扯当然是可以的，但是变直的效果不会很好。最好最省劲的办法是，铁丝的一头拴在房梁上，另一头坠上一块砖头，就那么挂那里，过几天自然就变直了。脊柱正直，神经压迫就容易消除，腰腿痛也会自然解决。吊单杠的原理其实就是这么回事，大跌眼镜吧！当然，这只是基本原理，主要针对消除椎体的左右偏斜，上下压迫，猿戏还有其他动作及原理，主要针对椎体前后偏歪的解除。

吾道不孤

近日读胡孚琛先生的《丹道法诀十二讲》，看到里面一段记载颇有意思："有'悬空挂臂功'，其诀法如站桩之要领，但双手抓住单杠，使两足悬空，等于用双臂承担全身重量，以手代足，呼吸调整与站桩同，全身松静自然达20分钟，久行有奇效。"[①] 读到此处，会心一笑。不知教给胡先生此法的是何方高人，在此握个手先。胡先生以官方学者的身份，历数十年在江湖上寻师访道，访得不少古传秘法，并公之于世，可谓莫大功德。可惜的是，"悬空挂臂功"也只是这么被记录在书里而已，静待知音。这么简单粗糙的功法，胡先生自己都未必去练，其他人估计更没几个相信的，更遑论坚持练习。

仅仅是上面所述猿戏里的"吊单杠"，其养生价值已经不可估量了。正常人每天坚持吊单杠，至少在很大程度上能够预防腰腿痛类疾病。尤其是负重劳动者、每日久坐的司机、每日久坐的办公室人员，"猿戏"是养生保健必做，若是等到腰腿痛发作，悔之晚矣。一整天的工作之后，吊一下单杠，感觉一身轻松，坚持时间长了真的会上瘾的。

---

① 胡孚琛：《丹道法诀十二讲》中，北京：社会科学文献出版社，2009年，第400页。

脊柱医学

"猿戏"能预防和治疗的疾病，当然远不止腰腿痛。江湖上有卖大力丸的，自称能治百病，当然毫无疑问是骗子。但如果说世上真有什么能治百病的妙法的话，恐怕"猿戏"正是其中之一。

不过这里得先解释一下"能治百病"的含义，否则就有吹牛骗人之嫌。所谓的"猿戏"（吊单杠）能治百病不假，却绝不是"百病皆治"。"能治百病"和"百病皆治"的区别，语文及格者都能够理解。为何"猿戏"（吊单杠）能治百病？这就要从近年来很火的"脊柱医学"说起。

"脊柱医学"有个核心理论——人体的诸多疾病与脊柱偏斜有着密切联系。比方说颈椎某节偏斜（紊乱）导致骨质增生，就会压迫颈部动脉血管，造成大脑供血不足，为了维持大脑供血，人体就会自动抬高血压，这不就是颈源性高血压吗？这样子的高血压，无论怎么吃药，效果都不会很好，究其根源，就是椎体的偏歪。

同理，假如胸椎某个椎体偏斜导致压迫相关的脊神经，而这股神经又正好负责心脏与大脑的联结，久而久之就会出现心脏异常。据统计，有相当比率的心脏病人，发现有胸椎偏歪或小关节错位，很多早逝的名人，其实就是栽在这上面。

武国忠先生在《黄帝内经使用手册》里记录了脊柱相关疾病的部分案例，例如有位患者在正脊的时候，无意中了治好了多年的性功能障碍，类似的神奇例子还有很多。从脊柱医学的角度来看，其实是正常得很。

对脊柱相关性疾病患者来说，倘若能够早日采用"猿戏"养生，就能够防治由脊柱偏歪引发的多种疾病，"猿戏"的"能治百病"而不是"百病皆治"，其实就是这么个意思。关于脊柱相关性疾病的对应关系，网络上有图可供参考。

再透露个秘密供大家参考：中医里的任督二脉、武术里的易筋经、密宗的中脉、佛道兼有的大礼拜，还有晃海什么的，是不是都在不约而同地围绕着脊柱或其周边做文章？

就我个人来讲，坚持最久并受益良多的养生方式，就是"猿戏"之"吊单杠"。以前看电影，常有恶人把弱者吊起来拷打的场景，先别忙着义愤填膺，从脊柱医学的角度讲，这倒是种很好的养生方法。

脊柱与相关疾病关系表[①]

第 1 颈椎 眩晕，后头痛，视力下降，高血压，失眠，面瘫

第 2 颈椎 眩晕，偏头痛，耳鸣，胸闷，心动过速，排尿异常，视力下降，高血压，失眠，面瘫

第 3 颈椎 喉咙部异物感，胸闷，颈痛，牙痛，甲状腺功能亢进

第 4 颈椎 喉咙部异物感，胸闷，打呃，肩痛，牙痛，三叉神经痛，甲状腺功能亢进

第 5 颈椎 眩晕，视力下降，心动过速或过缓，上臂痛或下肢瘫痪

第 6 颈椎 低血压，心率失常（过速或过缓），上肢桡侧麻痛

第 7 颈椎 低血压，心率失常，上肢后侧尺侧麻痛

第 1 胸椎 上臂后侧痛，肩胛部痛，气喘，咳嗽，左上胸痛，心慌，心悸

第 2 胸椎 上臂后侧痛，气喘，咳嗽，左上胸痛，心慌，心悸

第 3 胸椎 上臂后侧痛，肩胛部痛，气喘，咳嗽，左上胸痛，心慌，心悸，胸闷，胸痛

第 4 胸椎 胸壁痛，气喘，打呃，乳房痛

第 5 胸椎 胸壁痛，气喘，乳房痛

第 6 胸椎 胃痛，肝区痛，上腹胀，肋间痛，胆石症

第 7 胸椎 胃痛，肝区痛，上腹胀，肋间痛，胆石症

第 8 胸椎 胃痛，肝区痛，上腹胀，肋间痛，胆石症

第 9 胸椎 胃痛，肝区痛，上腹胀痛，子宫炎

[①] 武汉等编《脊背疗法与脊源性疾病》，长春：吉林科学技术出版社，2006 年，第 62 页。

第 10 胸椎 腹胀，肝区痛，卵巢炎，睾丸炎，子宫炎

第 11 胸椎 胃脘痛，肝区痛，胰腺炎，糖尿病，肾病，排尿异常，尿路结石，腹胀痛

第 12 胸椎 胃脘痛，肝区痛，胰腺炎，糖尿病，肾病，排尿异常，尿路结石，腹胀痛，肾炎，肾结石，腹泻

第 1 腰椎 胃脘痛，肝区痛，胰腺炎，糖尿病，肾病，排尿异常，尿路结石，腹胀痛，肾炎，肾结石，腹泻，大腿前侧痛

第 2 腰椎 腰痛，排尿异常，大腿麻痛

第 3 腰椎 两侧腰痛，腹痛

第 4 腰椎 两侧腰痛，腹痛，腹胀便秘，下肢外侧麻痛

第 5 腰椎 下肢后侧麻痛，下肢痛，遗精，月经不调，骶椎骨排尿异常，子宫炎，前列腺炎

猿戏之倒吊

双手握住单杠，悬挂在那里，脊柱及周边肌肉放松，力尽而止，这就是猿戏的最基本动作，也是猿戏的第一层秘密。但要说这就是"猿戏"练法的全部内容，还是早了一点，其中更有诀窍，更深层的练法以提升疗效。

上面讲到猿戏之"吊单杠"，虽然能够防治腰腿痛，但是假如腰腿痛已经发生，再用吊单杠治疗，疗效还真不一定。部分运气好的或者对证的患者，经过一段时间吊单杠后能够康复，不过还有一部分不对证的患者经过一段时间的"吊单杠"后却并无大的好转。这是不是就说明"猿戏"不行呢？别急，神医华佗早就考虑到了这一点，他在猿戏里又设置了另外一种吊单杠的方法——倒吊。

"以脚拘物倒悬，左七，右七"，这段讲的就是"倒吊"。说实话，"正吊"对腰腿痛的治疗效果不及"倒吊"。原因想一下就能明白："正吊"时腰椎在下，故而对腰椎的牵引力不够大，"倒吊"时腰椎在上，牵引力就增大了很多，效果也会好很多，这是"猿戏"的第二层秘密。

元代名医危亦林的《世医得效方》中载,"凡挫脊骨,不可用手整顿,须用软绳从脚吊起,坠下身直,其骨使自归窠。未直则未归窠,需要坠下,待其骨直归窠。然后用大桑皮一片,放在背皮上,杉树皮两三片,放在桑皮上,用软物缠夹定,莫令屈。用药治之。"说来说去,其实就是"猿戏"之"倒吊"。

当代的严金林先生有一本《倒悬推拿疗法》,里面采用的方法就是来自这种倒悬,只是其采用的方法没有"倒悬"那么霸道,更多地借助牵引床而已,久治无效的腰腿痛患者值得去试下。

不过,在此有必要提醒倒吊的危险:一是"倒吊"时不小心可能会掉下来,那可就危险了,因而需要专业周全的防护(前不久还听说有人在倒吊单杠的时候摔下来造成重伤,所以如果不能保证防护,那就不要倒吊,还是以正吊为准);二是心脑血管疾病患者、严重的颈椎骨刺患者,"倒吊"时会不会产生危险?应该是有可能的。总之,为了万全起见,除非有专业医疗机构的周密防护,否则还是不要去尝试倒吊。

猿戏之攀足

"猿戏"还有第三层秘密。假如正吊没用,倒吊也效果欠佳,神医华佗是不是就束手无策了?非也,"猿戏"里又载"坐,左右手拘脚五,按各七"。这不就是"坐式八段锦"里的"翻掌向上托,弯腰攀足频"吗?陈撄宁先生曾传授此法用于解决滑精问题,果然是其来有自。

这个姿势为何对腰腿痛能有良效?都由我说出来就没意思了,诸位可以思考一下。在此给个提示,正吊单杠的时候,试着脚尖使劲往上翘,脚跟往下沉,很多腰腿痛的患者的感受应该会很明显。如果弄清了其中的原理,佛教静坐推崇双盘,也就好理解了。

此姿势又可以跟吊单杠结合起来成为一个动作,至于怎么结合,华佗祖师没说,各位也可以自己思索。

写到这里,"猿戏"的秘密已经托出十之七八了,有些内容未能明说,主要是论说起来颇为烦琐，也难以面面俱到，不如就此打住，待以后出书对"五禽戏"专门进行详论。

现在面临着一个新问题，就算"吊单杠"有效，也不等同于这就是"猿戏"，不等于它就是真正版本的"华佗五禽戏"。所以我们有必要论证一下，为什么这个吊单杠版本才是神医华佗所传承的"五禽戏"版本。

第二十四篇 《封三娘》下：五禽戏正本清源

陶弘景的"五禽戏"

林林总总诸多版本的"五禽戏"里，到底哪个版本才真正是神医华佗所传？我的意思很明确，南朝时期上清派宗师陶弘景著作《养性延命录》里所记载的"华佗五禽戏"是最接近于神医华佗所传的版本。原文如下：

谯国华佗，善养生，弟子广陵吴普、彭城樊阿，受术于佗，佗语普曰：人体欲得劳动，但不当使极耳。人身常摇动，则谷气消，血脉流通，病不生，譬犹户枢不朽是也。古之仙者及汉时有道士君倩，为导引之术，作熊经鸱顾，引挽腰体，动诸关节，以求难老也。吾有一术，名曰五禽戏。一曰虎，二曰鹿，三曰熊，四曰猿，五曰鸟，亦以除疾，兼利手足，以常导引。体中不快，因起作一禽之戏，遣微汗出即止。以粉涂身，即身体轻便，腹中思食。

吴普行之，年九十余岁，耳目聪明，牙齿坚完，吃食如少壮也。虎戏者，四肢距地，前三踯却二踯，长引腰侧，脚仰天，即返距行，前却各七过也。鹿戏者，四肢距地，引项反顾，左三右二伸，左右脚伸缩亦三亦二也。熊戏者，正仰，以两手抱膝下，举头左擗地七，右亦七，蹲地，以手左右托地。猿戏者，攀物自悬，伸缩身体，上下一七，以脚拘物，自悬左右七，手钩却立，按头各七。鸟戏者，双立手，翘一足，伸两臂，扬眉，用力各二七，坐伸脚，手挽足趾各七，缩伸二臂各七也。

夫五禽戏法，任力为之，以汗出为度。有汗，以粉涂身，消谷气，益气力，除百病，能存行之者，必得延年。①

去古未远

陶弘景，南朝人，道教上清派宗师，距华佗时代300年左右。陶弘景所编撰的《养性延命录》一书，汇集了其所搜集的各种宝贵养生资料，略取要法，删其繁芜，最终成书，为后世保存了大量的古代养生方术。

《养性延命录》里面记录的"五禽戏"，是目前已知距华佗时代最近的"五禽戏"的文字记录，况且陶弘景在序言里说《养性延命录》里的内容很多是采自东晋人的著作《养生集要》（该书已佚），其年代距华佗更近。从这个角度讲，这个"五禽戏"版本相比于后世出现的"五禽戏"，应该更接近于华佗所传"五禽戏"的原貌。因为去古未远，后人恐怕还不至于动编创五禽戏的心思。

佗别传曰："吴普从佗学，微得其方。魏明帝呼之，使为禽戏，普以年老，手足不能相及，粗以其法语诸医。普今年将九十，耳不聋，目不冥，牙齿完坚，饮食无损。"②这说明，官方曾经向华佗的弟子吴普咨询五禽戏的练法，并且记录了下来。可见，"五禽戏"并没有随着华佗的离世而失传，恰恰相反，被官方认可并保存下来。在"五禽戏"尚未失传的年代，别人不会不知趣到自己去编创"五禽戏"。只有时代久远以后，"五禽戏"的真相已然模糊，后世才会按照自己的理解去重新编创"五禽戏"。

行文至此，虽说还没有确凿证据，但《养性延命录》里记载的"五禽戏"是华佗真正所传"五禽戏"的可能性最大，却是可以下定论的。趁热打铁，下面我们再上一些确切证据。

---

① （南朝）陶弘景：《养性延命录》，宁越峰注，朱德礼校译，赤峰：内蒙古科技出版社，2002年，第57页。
② （南朝）范晔：《后汉书》下，唐李贤注，北京：中华书局，2005年，第1850页。

华佗倒悬疗法

《华佗别传》里记录了一个病例:"又有人苦头眩,头不得举,目不得视,积年。佗使悉解衣倒悬,令头去地一二寸,濡布拭身体,令周匝,候视诸脉,尽出五色。佗令弟子数人以铍刀决脉,五色血尽,视赤血,乃下,以膏摩被覆,汗自出周匝,饮以亭历犬血散,立愈。"①

说是有人头晕目眩,好几年了,请华佗来治疗。华佗却用了个让人大跌眼镜的法子,让人把此人倒挂起来,以湿布擦拭身体,然后根据擦拭的情况,以铍刀决脉放血……病人很快就痊愈了。

这里需要解释几个医学术语以便读者理解,首先是把人"倒悬",这个没啥好解释的;然后用"濡布拭身体",这个其实是"刮痧","濡布"恐怕也不是湿布,而是"刮痧油";再然后"视诸脉,尽出五色",这实际上指"刮痧"后出现的累累"痧象",就是青一块紫一块那种,"刮痧"后常有,"拔罐"后的青一块紫一块更加明显。出现"痧象"后怎么处理?有痧的地方就有问题,有淤积,所以要以铍针刺血、放血,等到黑血或其他颜色的恶血变成红血,就说明恶血去尽,赶紧药敷按摩,等到发汗,灌上一剂亭历犬血散就行了。

这个病案里,综合运用了倒悬、刮痧、刺血、膏摩、发汗、方剂等疗法。明眼人也看出来了,这里边的"倒悬"就是我们着重要说的。

《养性延命录》里记载的"五禽戏"之"猿戏"是:"攀物自悬,伸缩身体,上下七,以脚拘物倒悬,左七,右七;坐,左右手拘脚五,按各七。"上文已经解释过此段记录,这里的"猿戏"包括三个动作:一是正悬,二是倒悬,三是坐式攀足。

《华佗别传》里,华佗采用"倒悬"来治病,《养性延命录》的"五禽戏"之"猿戏"里也是采用"倒悬"。这证明什么,已经不用说了吧?

---

① (晋)陈寿:《三国志》,(南朝)裴松之注,北京:中华书局,2000年,第596页。

华佗别传

不过，我还是说说……

《华佗别传》其书已佚，我们能够看到其中的部分内容，得感谢为《三国志》作注的南朝时人裴松之。

已经成书并且广泛流传的《三国志》为何需要作注？关于这个问题有各种说法，在我看来，主要原因是《三国志》的作者陈寿是魏国人，《三国志》必然是站在魏国正统的立场上写成，以魏国为主角，这就不可避免地导致关于蜀国、吴国一些内容的散失。戴着有色眼镜写成的《三国志》，内容肯定不全面，所以有必要加以进一步完善，裴松之博览群书，发现了史书《三国志》的不足，自然就动了为其作注的念头。

裴松之注的《三国志》里，多次引用"某某别传"里的内容，诸如《赵云别传》《华佗别传》等，近十种之多。《华佗别传》的成书当然是在裴松之之前，离华佗的年代也较近，其内容的可信度也较高。

既然《华佗别传》里记录着华佗用"倒悬法"来治病，而陶弘景版本的"五禽戏"之"猿戏"里也有"倒悬法"的内容，这就在相当程度上证明了"倒悬法"正是出自"五禽戏"，包含有"倒悬法"的"五禽戏"才是真正的华佗所传！

我的倒悬

我上学的时候，忙于毕业论文，整天埋头在电脑桌前敲键盘，突然有一天就感觉到脖子不对劲。这种不对劲不好描述，就是不好受，也不是疼，说是酸貌似也不合适，总之就是难受，说不出的那种难受。我明白，这是颈椎病找上门来了。据说颈椎病最爱光顾办公室白领，可怜我一个还没有

领过工资的穷学生就得了颈椎病。

这个难受劲持续了好几天,端的是令人心烦意乱,什么都做不下去。怎么办呢?正好这时因一些原因,我在研究"倒挂",于是就去"倒挂"。这个"倒挂"当时也不是针对颈椎的,但没想到的是,就这么倒挂了一两次,脖子的难受劲就消失得无影无踪了(在此郑重提醒,除非有医疗机构陪护,否则不要倒挂,万一出危险就不值得了)。

但是要说"倒悬"能够治愈颈椎病,还是有条件的。年轻人得颈椎病,多是颈部椎体偏斜,继而引起颈部肌肉的劳损,导致颈部不适。因为还年轻,所以颈椎并无太严重的骨质增生(骨刺),这时候抓紧倒挂,要恢复还是比较容易的。如果是中老年人的颈椎病,很多颈椎上已经有了骨质增生,也有很多人有脑血管问题,这时候"倒挂"的话,就可能会出问题。所以这个法子,只对年轻人并且没有出现严重骨刺的颈椎病患者适用。张爱玲曾说"出名要趁早",同样治病保健要趁早趁年轻。年轻人多仗着自己的那点身体底子使劲折腾,待到年纪大了,悔之晚矣。

百姓的智慧

几年前的一天,吃晚饭的时候偶然看到山东电视台一档挺火的生活类节目,其中一个栏目好像是观众在展示自己的才艺之类的。本来这类节目我懒得看,但这一期节目却一下子把我吸引住了。

这天参加才艺展示节目的,是一个已退休的跳伞员。他其实也没什么才艺,据他说,因为经常跳伞,在接触地面的一瞬间对腰椎的冲击力很大,以至于得了腰椎病,出现了腰腿痛的症状,然后就是各种难受。

但是现在此人看起来好好的,怎么好起来的呢?他就在接下来的节目里展示了自己的拿手好戏,挂单杠啊挂单杠……各种表演,但是万变不离其宗,都是在单杠上做文章。看来,他的腰腿痛也是吊单杠治好的。

世间那么多人得一种病,即使这种病再难以治疗,这么多人里面,也绝对会有那么几个人就像中大奖一样,找到治愈的办法。这么几个个案,尽管在统计学上根本不值一提，但在我来看却是最有价值的。因为，存在即合理，只要此个案是真实的，它就必然隐含了一条出路，这条出路即使用在别人身上暂时不可行，也只是说明是其他条件尚不具备，剩下的工作就是研究如何完备其他条件，而不是否定这条出路。

"猴"不是"猿"

在现在市面上流行版本的"五禽戏"里，"猿戏"的样子往往是勾手缩颈，活脱脱一副猴子样子。想想也是，没有猴子样，哪能称为"猿戏"呢？但真实情况是，就是因为一副猴子样，所以这是"猴戏"，而根本不是原始的"猿戏"。

这里的关键在于"猿"与"猴"的区别。猴子给人的感觉是抓耳挠腮，毛毛躁躁，现在流行的"五禽戏"版本里的"猿戏"，模仿的其实是猴子。而猿呢？给人的感觉则要稳重很多，不抓耳挠腮，不欢蹦乱跳，更重要的一点是，有一种长臂猿，它善于做长时间的悬挂。猿与猴的区别已经一目了然，而"猿戏"的真相也无可置疑了。

要说把猿、猴混为一谈，也怪不得后人。毕竟猿、猴经常并称，见过并仔细研究过猿、猴的人又不多，以至于在人们看来，猿与猴就是同一个物种。《西游记》就是一例，孙悟空本来是个石猿，但因在《西游记》里的抓耳挠腮、上蹿下跳、手搭凉棚等动作，被赋予了好多猴子的特性，加上电视剧更是着力表现孙悟空猴性的一面，以至于大众往往以猿为猴。观世音菩萨也起到了混淆视听的作用，骂起孙悟空来，一口一个"猴头""泼猴"，毕竟，骂成"猴"的杀伤力更大一些。

《封三娘》里的"虎戏"

说完猿戏,咱再说说"虎戏"。《封三娘》里,只是提到了"虎戏",说"若得厄逆症,作虎形立止,非其验耶?"通过这短短几个字的描述,我们可以推知封三娘所说的"五禽戏",正是《养性延命录》里的版本。

《养性延命录》里的"虎戏"说:"虎戏者,四肢距地,前三踯却二踯,长引腰侧,脚仰天,即返距行,前却各七过也。"

大致意思是,四肢趴在地上,前后爬动。做过的朋友会发现,牵引感最强的是在背部。换言之,虎戏,锻炼的是背部的脊柱,大致相当于胸椎的部分,除此之外,腰椎和颈椎也会受到牵引作用。

而现代脊柱医学发现,脊柱里的胸椎部分,跟呃逆大有关系。前篇我们列出的脊柱与疾病对应表里,第四胸椎如果偏斜,可能会出现胸壁痛、气喘、打呃、乳房痛等症状。那么,从理论上讲,通过抻拉来矫正胸椎,打呃的症状就会消失。下面摘一段医学论文:

"原则上讲,在膈神经运动与感觉传导路的任何部位刺激性病变均可导致呃逆。当胸椎小关节发生紊乱造成椎间孔变形变窄,椎体周围软组织肿胀痉挛等时,可直接或间接压迫、刺激脊神经和交感神经,尤其当胸6以下小关节发生紊乱时可使膈肌周围部的支配神经激惹而使膈肌的不自主痉挛运动产生呃逆。推拿手法可使紊乱的胸椎小关节复位……从而使膈肌支配神经功能恢复正常,解除膈肌痉挛而呃逆消除。"[1]

无独有偶,民间流传有治疗打嗝的一个土办法:找一杯水,喝满一大口,然后掌握自己的打嗝间隔,在打嗝快来前一至两秒,身体慢慢前倾五至十度,慢慢把水咽进喉里,这样,打嗝就可以止住。这里的身体前倾,可不就是抻拉胸椎。当然,这里的喝水,尤其是喝温水,也能够帮助胸椎周边的肌肉疏解痉挛。

---

[1] 马英传、杜炳军、钱锋、《推拿治疗椎体小关节紊乱致顽固性呃逆2例》,《中国社区医师》,2007年第23期,第187页。

这么多的证据综合在一起，可以确定打嗝跟胸椎部位的神经相关，《封三娘》里的"虎戏"又能够治疗打嗝，显然也是在胸椎上做文章。《养性延命录》里的"虎戏"，主要作用也在胸椎。由此推知，封三娘所说的"五禽戏"，最有可能是《养性延命录》里的"五禽戏"。

虎背熊腰

下面再谈下"熊戏"。但是在此之前最好先看这个成语——"虎背熊腰"，意思不用说了，形容人的健壮，但是为什么是"虎背熊腰"？其实也正是出于"五禽戏"。在《养性延命录》的"五禽戏"里，"虎戏"锻炼的是背部（胸椎），"熊戏"锻炼的是腰部（腰椎），所以称为"虎背熊腰"。明白了这个对应，就恍然大悟了。

前面已经说过，"虎戏"主要锻炼胸椎，下面就说下"熊戏"为什么对应腰部（腰椎）。《养性延命录》里记载："熊戏者，正仰，以两手抱膝下，举头，左擗地七，右亦七，蹲地，以手左右托地。"这里的前半段先不看，以后另有论述，咱只看后面的蹲地，以手左右托地的动作。

这个动作我研究了好久，发现其正是后世流传《易筋经》里的一式——"三盘落地"的原型。"三盘落地"的样子类似于站马步桩，两手放在身两侧。这个动作强健腰腿的作用很强，我上学时曾练过很短时间的马步，虽然当时不知其中的诀窍，但是立定跳远的成绩很好，足见其效力之霸道。不过，这种练法倾向于练力量，所以练武者常用，这就跟"熊戏"调整腰椎骶椎的养生目的差了一截。所以就养生来讲，还是等真正明白了"熊戏"的练习诀窍再练习比较好。总之呢，"熊戏"练的是腰椎（也包括部分骶椎），这是无疑义的。

熊经鸟伸

下面再说一下"鸟戏"。先来看《庄子》里的一个短语——"熊经鸟伸"。这四个字实际上已把"熊戏"和"鸟戏"的内容给我们概括出来了。

"熊经"怎么理解？经纬之中，纬为横向，经为纵向，所以熊经的意思就是狗熊人立，其中并没有走来走去的含义，所以这个姿势，也正跟"三盘落地"的站马步桩姿势对应。这又一次证明了，"熊经"的真实练法乃是《养性延命录》里类似于马步的练法。

下面再说"鸟伸"。鸟的最鲜明特点当然是有一对翅膀，这对翅膀相当于人的两臂，所以不在双臂上做文章的"鸟戏"，肯定不是真正的"鸟戏"。既然《庄子》里记为"鸟伸"，那么推究起来，其动作自然就是伸展两臂了。

《养性延命录》里记载："鸟戏者，双立手，翘一足，伸两臂，扬眉鼓力，右二七。坐伸脚，手挽足距各七，伸缩二臂各七也。"这里也包括两个动作，后面的动作咱以后有机会再谈，在此只看前一个动作，其实就是一个伸直双臂的动作。至于翘起一脚的动作，个人怀疑是描述"鸟戏"后面那一式动作的描述，在传抄过程中，给误放到前面了。

我偶然得知"通背拳"里秘传有一种"通臂劲"的练法，特别简单，就是双臂平伸，尽力坚持，力尽而止。据说此式能练出通臂劲，对肩背部的不适颇有治疗作用，养生效果很好。现在回头一看，这不正是《庄子》所说的"鸟伸"、《养性延命录》里所记的"鸟戏"吗？

鹿衔草补肾

最后再说"鹿戏"。鹿在中国文化里可谓是吉祥的象征，古今都讲究长寿，而大名鼎鼎的寿星坐骑，也正是一头梅花鹿。

鹿更是性功能强盛的象征，中药里有鹿茸、鹿血、鹿衔草，都是相当强大的补肾药物。《聊斋志异》里的《鹿衔草》篇记载：

"关外山中多鹿。土人戴鹿首，伏草中，卷叶作声，鹿即群至。然牡少而牝多。牡交群牝，千百必遍，既遍遂死。众牝嗅之，知其死，分走谷中，衔异草置吻旁以熏之，顷刻复苏。急鸣金施铳，群鹿惊走。因取其草，可以回生。"①

关外传说，雄鹿的性功能很强，但是再强也有个限度，所以最后往往因纵欲而死，这时候只要来点鹿衔草，顷刻就能复苏了。可见，东北民间对鹿衔草补肾功效的认可。

鹿运尾闾

《养性延命录》里记载："鹿戏者，四肢距地，引项反顾，左三右二，左右脚伸缩，亦三亦二也。"这个"鹿戏"的动作，其实就是古养生书中常说的"鹿运尾闾"。

张三丰《金液还丹破迷歌》里说："鸟兽类，知全形，龟纳鼻息能调气，鹿运尾闾亦炼精。又有鹤胎常稳抱，夜伴云松静养神。畜生倒有千年寿，为人反不悟长生。"《黄庭经》里说："鹿运尾闾能通督脉，龟纳鼻息能通任脉，故二物皆长寿"。古人认为，尾闾这个部位，能够养精，能够通督脉，故养生功效极大。

至于怎么运尾闾呢？"五禽戏"里的办法是趴着，然后头朝着尾骨方向看，这样能够让平常很难活动到的骶椎、尾椎左右摆动，从而加以锻炼。这个动作后来又被改编到《易筋经》里，所谓的"摇头摆尾去心火"，可不就是站着运作尾闾？

古人所说的尾闾，大致相当于骶椎、尾椎部分。而在脊柱医学里，骶椎部位跟人的性功能的关系甚大。现代脊柱医学认为，骶椎偏斜，可导致

---

① （清）蒲松龄：《聊斋志异详注新评（三）》，赵伯陶评注，北京：人民文学出版社，2016年，第2052页。

盆腔炎、痛经、闭经、月经不调、不孕、遗精、早泄、阳痿等；尾骨偏斜，可导致男性阳痿、性欲低下，女性不孕症、月经不调、肛肠病等。如果骶椎、尾椎的问题解决了，这些问题也就能够随之而解。当然，如何去运作尾闾倒也不必局限于"五禽戏"里的法子。知道了"鹿戏"锻炼骶椎、尾椎的原理，就可以自己发掘出一些方法来。

手足不能及

陶弘景《养性延命录》记载的五禽戏版本，非常接近真正华佗所传的"五禽戏"，但是不可避免会有一些微小的失真。

《华佗别传》里说："吴普从佗学，微得其方。魏明帝呼之，使为禽戏，普以年老，手足不能相及，粗以其法语诸医。"这个记载说明"五禽戏"里的某些动作还是有点难度，以至于年老的吴普不方便去亲自演示，只好用语言来描述。

这里面的"手足不能相及"，非常有可能指的是"猿戏"里的"坐式攀足"，就是要手去触足。这个动作对身体的柔韧性要求很高，年老的吴普已经难以胜任，也在情理当中。另外倒悬等动作，年轻人做起来都怵头，何况吴普老先生，所以也是不便亲自演示。

因为无法亲自演示，吴普只能用语言来描述"五禽戏"练法，由于言不尽意，里边不可避免有些描述不准确的地方，或者记录者理解错了的地方，或者后世传抄过程中也可能出现错讹，以至于三百年后《养性延命录》里所记录的"五禽戏"，虽然能够基本还原华佗所传的"五禽戏"，但应该已经不是完全的原汁原味了。《养性延命录》里"五禽戏"的一些细节问题，尚有商榷与改进的必要。

骨架系统

行文即将结束,再拿出一个强有力的证据。这个证据就是《养性延命录》里的"五禽戏"版本对于身体的锻炼构成了一个完整的系统,这个系统就是骨架系统。

"骨架系统"是什么样子的呢?"鸟戏"针对双上肢与肩关节及部分颈椎进行调整;"虎戏"针对胸椎(也包括部分颈椎、腰椎)进行调整;"熊戏"针对腰椎(包括部分骶椎)以及双腿进行调整;"鹿戏"针对骶椎、尾椎部分进行调整;"猿戏"针对整根脊柱进行调整。五禽戏所锻炼的范围,囊括了人体的整个骨架系统,这个版本的"五禽戏"完成了对骨架系统的全面锻炼与调节,形成了一个完整体系。

其他版本的"五禽戏"则难以形成这个整体体系。尽管也曾有过把"五禽戏"往五脏、十二经脉上靠,以求形成一个整体系统的努力,但说服力并不强。比方说,你说某个版本的"熊戏"动作是锻炼的脾脏或某条经络,是不是真的证据确凿?恐怕说者没什么底气,听众将信将疑,但是说《养性延命录》版本的"猿戏"是锻炼的整条脊柱,那是摆在眼前的事实,谁都能亲身体验,都不能否认的事实。

事到如今,真相已然大白。在这么多的证据面前,可知《养性延命录》版本的"五禽戏",才是华佗真正所传。

名正言顺

不过需要说明的是,本文绝没有否认其他版本"五禽戏"健身效果的意图。我们只是想说明,其他版本"五禽戏"的健身效果可能也很好,也确实值得去练去推广,但事实就是事实,我们不应把非华佗所传的"五禽戏"

按在华佗的名下。同样，也不应该让华佗真正所传的"五禽戏"，被湮灭而默默无闻。

我希望看到的是，在宣传推广某个"五禽戏"版本的时候，我们可以明白地做出说明，这个版本的"五禽戏"并非华佗所传而是后人造作，或者这个版本的"五禽戏"正是华佗所传。这才是负责任的态度！

安徽省亳州市是神医华佗的故乡，为了打造亳州文化品牌，亳州在全国范围内积极推广"华佗五禽戏"。首先得承认这是很好的打造城市文化品牌的战略。但是，有一个基本问题仍然存在争议：在"五禽戏"的诸多版本里，哪个才是华佗真正所传？我们所推广的，是不是真正华佗所传的"五禽戏"？

要想推广《养性延命录》版本的"五禽戏"恐怕有些难度，至少形象关就不好过。这个版本的"五禽戏"太简单，需要道具，不好看，也不飘逸，很粗糙，缺乏那种仙风道骨的意蕴，不适合大型表演，只适合自己找个没人的地方比画。但是养生意识已然觉醒的人们，总归会慢慢发现，健身术不是用来表演的，实在的效果才是最需要的。

后　记

一、缘起与旨趣

可能是缘分使然，2008年我到淄川工作。淄川是《聊斋志异》的作者蒲松龄的家乡，"聊斋故里"的气息可能是一种唤醒。2010年，我开始逐篇解析聊斋故事，当时也未做什么规划，就是断断续续地边想边写，慢慢地也有了可观的积累。

其间让我印象深刻的就是迭现的灵感，当然所谓的灵感也不神秘，不过是个人秉性与所言说对象之间的契印，同时也跟时代氛围密切相关。众声喧哗的当下环境里，社会人群最缺乏的已不是物质，而是一座精神伊甸园、一片心灵栖息地。这种氛围下，寻找寄托、追求感动、渴盼新奇、向往神秘，就成为现代人心灵的新常态。

其中对神秘的向往，涉及到本书的旨趣，也就是"趣味性"与"学术性"。写作固然是艰苦的，创作对象的"趣味性"却能够让人乐此而不疲，而这里的"学术性"也不艰深枯燥，反而是"趣味性"的有力保证。再曲折玄幻的内容，如果无法提供真实感或代入感，也就乏善可陈。好在"学术性"为本书提供了这种宝贵的真实感，本书有很多内容也正是对作者学术论文的趣味化表述。

二、聊斋的真实性

"聊斋虚构论"的观念可谓根深蒂固,但聊斋故事其实有着相当的"真实性",这种"真实性"体现在"事件真实"与"文化真实"两方面。

"事件真实"是指一些聊斋故事是真实发生过的客观存在。这些故事看似不可思议,但其中的一些蛛丝马迹足以证明其真实性,读者可以从《耳中人》《咬鬼》《种梨》《龁石》等篇里窥见"事件真实"之一斑。"文化真实"是指一些聊斋故事在现实中固然未曾发生过,却展示了真实的文化存在,而绝非讲述者的随意虚构。举例而言,鬼神并不存在,但"鬼神文化"却是客观存在,而且这种文化因其内在逻辑而构成有机整体,绝非个别人所能虚构出来。读者可以从《画皮》《瞳人语》《王六郎》等篇里窥见"文化真实"之一斑。

更多时候,"事件真实"与"文化真实"是杂糅交织的。我曾实地探访"婴宁遗迹",找到了"莒之罗店",其特征与《婴宁》篇所记完全吻合。我甚至碰到一个当地人,她热情地领我去寻访婴宁墓,这就是"事件真实"。但是婴宁为狐仙所产又该作何解释?如果了解山东地区农村神职人员里"人狐一体"的狐仙信仰也就能够释然了,这就是"文化真实"。

"细节研究"是聊斋故事"真实性"的重要支撑。"余从友人戏瞩"的细节,可推知"偷桃"一事为蒲松龄亲睹;"会上元……方至村外……生见游女如云"的细节,可推知临近元宵,罗店村近旁有庙会举行;"解肩上镶"的细节,可推知道士早已有备而来,所谓的"种梨"神迹必有猫腻……

三、方术的真相

不同于鲁文化的"不语怪力乱神",齐文化有着专语怪力乱神的"志怪"传统。《齐谐》是中国志怪文学的源头,唐时齐人段成式的《酉阳杂俎》

是志怪传统的延续，至有清一代，齐人蒲松龄的《聊斋志异》又成就了志怪文学的高峰。齐地还是方士群体与方术文化的发源地，这与齐地的志怪传统，正是同气相求的。

方术的本质是"巫术"与"理性"的合体。巫文化占据了原始社会的文化主流，社会进步决定了巫文化的必然衰败，但是得益于颛顼时代的"绝天地通"，中国的巫术并未如西方那样中断，而是与理性相结合，最终形成了独步天下的方术文化。方术的源头为巫，所以不可避免地会充斥着迷信内容，但其间又结合了理性，则又必然孕育着科学萌芽，诸如太乙、奇门、六壬与上古天文学的密切对应，方士在炼丹求仙的实践中发明了火药等等，都是明证。

《聊斋志异》作为志怪文学的高峰，必然蕴藏着丰厚的方术文化。本书揭开了其冰山一角，可以起到抛砖引玉的作用，抛出的砖未必精致，但所开启的聊斋方术世界，则必定是大有可言的。

四、体例释解

本书分为上下两部，上部侧重于探究聊斋故事的背后真相，是"揭秘"之举；下部则倾向于借人之酒杯，浇己之块垒，是"演绎"之类。揭秘与演绎往往交叉，只是主次不同而已。为了对称，把《捉狐》篇放在了揭秘部分，可能未必合适，也曾想过做《婴宁》篇的揭秘以替代之，但因急着交稿，只好留待后续。

除了题目揭示每篇的主题外，文内还有小标题提示每部分的内容。这种体例受到南怀瑾先生著作的启发，我很喜欢这种体例，有了小标题的提示，文章内容可以一目了然，与人方便，于己也省心。

五、其他事项

  感谢《聊斋志异》里登场的各色人物，他们都是有故事的人；感谢蒲松龄老先生的采风与整理，古人尚留名，先生在给当事人立传的同时，也成就了自己的名垂青史；感谢赵德发老师在百忙之中为本书写下精辟的序言，这令我备感荣幸；感谢当代世界出版社和中尚图的工作人员为本书悉心尽力，他们确实是在用心做图书事业；感谢写作过程中那些素不相识的朋友，给予我温暖的鼓励与支持；还要感谢正在和即将阅读本书的各位读者朋友！

  本书只是揭开了《聊斋》方术世界的冰山一角，所以还只是"初探秘"，这也意味着以后还会有"再探秘"的续篇，届时体例上也会有一些调整。尘埃落定，让我们相约，再次扬帆起航！

2017 年初春

李学良

图书在版编目（CIP）数据

破异：探秘《聊斋志异》中的方术世界 / 李学良著．
—北京：当代世界出版社，2017.6
ISBN 978-7-5090-1204-8

Ⅰ.①破… Ⅱ.①李… Ⅲ.①《聊斋志异》—小说研究
Ⅳ.①I207.419

中国版本图书馆CIP数据核字（2017）第100538号

书　　名	破异：探秘《聊斋志异》中的方术世界
出版发行	当代世界出版社
地　　址	北京市复兴路4号（100860）
网　　址	http://www.worldpress.org.cn
编务电话：	（010）83908456
发行电话：	（010）83908409
	（010）83908455
	（010）83908377
	（010）83908423（邮购）
	（010）83908410（传真）
经　　销	全国新华书店
印　　刷	北京天宇万达印刷有限公司
开　　本	710毫米×1000毫米　1/16
印　　张：	21
字　　数：	322千字
版　　次	2017年7月第1版
印　　次	2017年7月第1次
书　　号	ISBN 978-7-5090-1204-8
定　　价	46.00元

如发现印装质量问题，请与承印厂联系调换。
版权所有，翻印必究；未经许可，不得转载！